国家社科基金
GUOJIA SHEKE JIJIN HOUQI ZIZHU XIANGMU
后期资助项目

移民文学视野下的
新产业工人形象研究

秦香丽 著

天津出版传媒集团

天津人民出版社

图书在版编目（CIP）数据

移民文学视野下的新产业工人形象研究 / 秦香丽著
. -- 天津 : 天津人民出版社, 2025.1
IISBN 978-7-201-20316-4

Ⅰ．①移… Ⅱ．①秦… Ⅲ．①小说研究－中国－当代
Ⅳ．①I207.42

中国国家版本馆CIP数据核字(2024)第062253号

移民文学视野下的新产业工人形象研究
YIMIN WENXUE SHIYE XIA DE XIN CHANYE GONGREN XINGXIANG YANJIU

出　　　版	天津人民出版社
出 版 人	刘锦泉
地　　　址	天津市和平区西康路35号康岳大厦
邮政编码	300051
邮购电话	(022)23332469
电子信箱	reader@tjrmcbs.com

责任编辑	王　玲
美术编辑	汤　磊

印　　　刷	天津新华印务有限公司
经　　　销	新华书店
开　　　本	710毫米×1000毫米 1/16
印　　　张	14.5
字　　　数	220千字
版次印次	2025年1月第1版　　2025年1月第1次印刷
定　　　价	94.00元

国家社科基金后期资助项目
出版说明

后期资助项目是国家社科基金设立的一类重要项目，旨在鼓励广大社科研究者潜心治学，支持基础研究多出优秀成果。它是经过严格评审，从接近完成的科研成果中遴选立项的。为扩大后期资助项目的影响，更好地推动学术发展，促进成果转化，全国哲学社会科学工作办公室按照"统一设计、统一标识、统一版式、形成系列"的总体要求，组织出版国家社科基金后期资助项目成果。

全国哲学社会科学工作办公室

目　录

导　论

改革开放以来,随着城市化、工业化的快速推进,城市需要大量的廉价劳动力,而农村由于土地政策的调整和农业机械化的广泛使用却催生出大量的农村剩余劳动力,两者的合力使得"民工潮"成为一种显见的社会现象。此外,"民工潮"还与世界工厂浪潮的扩张交织在一起。随着世界范围内全球化进程的加快,中国融入了全球化发展轨道,大批发达国家在中国东南沿海地区建厂。磅礴的人口红利,使中国迅速成为"世界工厂"。但因为以户籍制度为基础的城乡壁垒难以打破,新产业工人便处于尴尬两难的境地。国家经济腾飞与新产业工人生存境遇的艰难,引起了广大作家的关注,以新产业工人打工生活为题材的小说创作便应运而生。

一、新产业工人与新产业工人题材小说

"农民工",是一种临界身份,乃"农民+工人"身份的组合,意指户籍是农民而在城市打工。从最早的"盲流"到"外来工"或"打工仔""打工妹",再到"农民工",而后为"进城务工人员",再到如今的新产业工人,前后经历了近七十年时间。可以说,新产业工人这一称谓,见证了共和国的建设史,它的演变也浓缩了共和国的成长史。1984年,中国社科院张雨林在《社会学研究通讯》中,首次提出"农民工"这一概念,用来指称本地乡镇企业或进入城镇务工的农业户口人员。2006年1月18日,国务院常务会议召开,审议并通过《国务院关于解决'农民工'问题的若干意见》,确定采用"农民工"这一称谓。"农民工"的概念和称谓被写入中央政府具有行政法规作用的文件中。作为城乡二元社会经济结构的产物,"农民工"的概念具有历史性和阶段性。21世纪以来,党和政府在诸多政策法规文件和讲话中大多将"农民工"改称为"进城务工人员"。如《中共中央关于制定国民经济和社会发展第十一个五年规划的建议》和《"十一五"规划纲要》中就多次明确提出"进

城务工人员"这一新称谓。而随着工业化、城市化、市场化、信息化的持续推进,城乡二元社会经济结构的逐渐解体,加上农民工群体的发展变化特别是代际更替,"农民工"这一约定俗成的概念也将成为历史名词。在这种情况下,具有鲜明时代特点的"新产业工人"新称谓应运而生。这在2017年的《新时期产业工人队伍建设改革方案》、2020年的《保障农民工工资支付条例》、2022年的《建筑工人实名制管理办法(试行)》等文件中均有体现。

作为我国社会转型时期的一种特殊现象,"农民工"有广义和狭义之分。广义上包括两部分人,一部分是在乡镇企业从事非农活动,俗称"离土不离乡"的农村劳动力;另一部分是外出进入城市务工,俗称"离土又离乡"的农村劳动力,其流入地主要是"北上广"(北京、上海、广东)等沿海、沿江及经济发达地区。而狭义的"农民工"是指后一部分既"离土又离乡"的农民。

随着时代的变迁和现代化进程的推进,"农民工"群体发生了重大变化,如今,多以新产业工人代称该群体。据统计,我国新产业工人的数量一直在持续增长。国家统计局发布的《新产业工人监测调查报告》显示,2020年全国新产业工人数量约为2.86亿人,2021年约为2.93亿人,同时可以预见的是,随着城市化进程的进一步推进,未来还会有大量的农民加入这一行列。由此可知,新产业工人在相当长的时间内,仍然会以城市化主角和历史见证者的身份进入我们的视线。然而本书研究的视角集中在这一群体诞生之初至21世纪10年代,故多使用"农民工文学"等说法。

农民纷纷外出打工形成的"民工潮",引起了社会各界人士的关注。社会学对该领域的研究已经相当成熟,主要有以下五种视角:"社会分层与流动""冲突与失范""人的现代化与农村现代化""社会网络""国家与社会的关系"。①总体而言,新产业工人成为"过渡人"和"边缘人"的现状,诱发了社会学研究的两条路径——制度层面和文化层面。研究者从制度层面考察中国社会结构的整体性裂变,并呼吁维护新产业工人的权益;从文化层面,强调新产业工人的文化适应及流动产生的现代性体验。因此,在某种

---

① 参见王毅杰、王微:《国内流动农民研究述评》,《河海大学学报(哲学社会科学版)》2004年第1期。需要提及的是牛喜霞、谢建社的《六大视角关照下的农村流动人口研究》(《学习与实践》2009年第8期)中认为目前的研究视角有两个层面,除了"社会分层与社会流动""社会冲突与失范""现代化视角或再社会化视角""社会网络或社会资本视角"以外,还增加了"推—拉视角"和"实践社会学视角",前者强调农民进入城市的动因,后者强调农民的城市适应,均没有产生新的研究视角,所以本书采用"五种视角"的说法。

程度上,作为"制度设定""话语建构""社会合意"三重合力①之下的新产业工人俨然成为一个庞大而又繁复的"问题场"。但不管怎么说,社会学将我们带到了一种"现场",为我们提供了许多可资借鉴的理论视角和话语资源。社会学侧重于制度层面的思考,而影视、报纸等媒介则侧重意识形态的思考,以一种"伪关怀"的姿态,或站在"城市"的视角上,从装扮、语言、行为等方面建构"农民工"的刻板形象,满足人们的好奇心态和猎奇欲望,或以"春天里"的隐喻给新产业工人一个假想的未来和希望,②或以"我骄傲"忽视城乡差异,或以高蹈的"乡愁"召唤返乡。

与此同时,随着城市化进程的深入和乡村振兴战略系列政策的调整,以及科学技术、社交网络、就业方式与交通的发展,"成为新移民"不再是"农民工"身份的唯一指向性归宿,而回流到来源地则成为一种新的可能,同时也是新产业工人的一种主动和自发的选择。应该说,"回流"并不是新现象,它与"民工潮"相伴而生,只不过在2008年金融危机爆发和新冠疫情以后,新产业工人回流现象日趋明显。一方面,由于城市就业形势的严峻,东南沿海地区产业结构的调整及中西部经济的崛起,以正向迁徙为主的"孔雀东南飞"现象正在减缓,省内地级市和县级市务工现象增加;另一方面,由于打工生涯的尴尬体验使得新产业工人意识到后代子女养育、教育的重要性,使得相当一部分新产业工人选择"离土不离乡",重回兼业模式,既务工又务农。2018—2021年,我国城镇化率及新产业工人分布情况如下:

表1-1 2018—2021年全国户籍人口城镇化水平与新产业工人增长情况

年份	全国人户分离人口数(亿)	全国新产业工人总人数(万)	流动人口数(亿)	户籍人口城镇化率(%)	外出新产业工人同比增长率(%)	本地新产业工人同比增长率(%)
2018	2.86	28836	2.41	43.37	0.5	0.9
2019	2.80	29077	2.36	44.38	0.7	0.9
2020	4.93	28560	3.31	45.4	-2.7	-0.4
2021	5.04	29251	3.85	46.7	1.3	4.1

① 参见熊光清:《制度设定、话语建构与社会合意——对"农民工"概念的解析》,《中国人民大学学报》2011年第5期。
② 最明显的如《生存之农民工》被更名为《春天里》,而《春天里》很明显与"旭日阳刚"的《春天里》的"泣诉"构成某种呼应,并且大团圆式的结局更显示了意识形态的无所不在。

由此可见，我国的城镇化率、新产业工人数量仍持续增长，其中本地新产业工人同比增长率逐渐与外出新产业工人拉开距离，新产业工人回流人数持续上涨。回流的人员构成主要有：因年老体衰而被迫回流的老一代新产业工人，出于经济、社会或家庭原因自愿回流的新产业工人，心系家乡发展立志在家乡干一番事业的新生代新产业工人等。

在文学场域，"农民工"更是纠结着意识形态话语和各种文化力量的角逐，以及对公平正义、人道主义等历史难题的艰难诉求。这使得有关"农民进城"的文学略显尴尬，这种尴尬至少体现在以下方面：

其一，就创作群体而言，是前所未有的庞大，大半个中国文坛均涉猎这一题材。既有文坛大家铁凝、贾平凹、阎连科、尤凤伟、鬼子、残雪、孙惠芬，也有改革开放以来涌现的"打工作家"王十月、郑小琼、张伟明等人，更有仍在打工第一线为生活苦苦奔波且文化水平较低的周述恒①、王子群②等人。

其二，有思潮却没有统一的命名，更没有共同的主旨和纲领。学术界有关新产业工人题材小说的命名有些芜杂，大致有"打工文学"（目前称"劳动者文学"）"底层文学""农民工文学""乡下人进城小说""城市外来者小说""农民工题材小说""新乡土小说""亚乡土叙事""乡土移民小说"等说法。

其三，最为尴尬的是，表面的繁荣难掩实质的边缘。总体而言，有创作热潮，却没有奠基性的作家、作品出现，且充斥着诸多功利主义和投机主义，使得这一题材的文学与"农民工"一样沦为"问题场"。

因此，在这里有必要对"打工文学""底层文学""农民工文学""乡下人进城小说""城市外来者小说""农民工题材小说""新乡土小说""亚乡土叙事""乡土移民小说"等概念一一辨析。尽管概念的辨析，在周水涛等人合著的《新时期农民工题材小说研究》一书中有所涉猎，然而由于论述对象的不同，论述的角度也不同，且该书的概念论析并不全面，仍需稍加补充。在这里，我们可以采用分组的方法加以辨析。

先看"打工文学""底层文学"和"农民工文学"。从本质上讲，这三组概念，均关注转型时期的社会结构断裂现象，在内涵上有相当部分的重合。"底层文学"由主流意识形态命名，乃21世纪文学无法回避的重要概念，引

---

① 四川籍农民工，2009年以45万字的长篇小说《中国式民工》进入公众视野。

② 河南项城付集镇人，19岁离家打工，现已是河南省作家协会会员，河南省曲艺家协会会员，宁波曲艺家协会会员。2011年以描写农民工情感问题的《临时夫妻》进入公众视野。

发学界的大讨论。但它作为一个阶层概念涉猎广泛,城市的下岗工人、留守农村的老弱病残等均属于这一群体,并非专指新产业工人,因此"底层文学"不能准确表述本书的研究对象;"打工文学"中的"打工"二字最贴合新产业工人的说法,他们一般将进城务工称之为"打工"。"打工文学"系深圳的文化品牌,在打工作家和评论家的相互合力下,有其特定的文化内涵。一般是指发源于深圳宝安区,强调作家身份与写作主题的一致性,意即由打工者写,反映打工生活的文学。①其内容围绕城乡二元冲突反映社会、政治、经济、伦理、道德等内容,情绪基调是"外来务工人员在努力适应城市的过程中心里的紧张感、异化感和断裂感"②。不得不重视的是,很多打工者并非新产业工人,城市工人甚至很多"白领"阶层也是"打工者"。2020年的流行语"打工人",意味着人们逐渐用精神层面的东西描摹自己的身份和社会属性,"打工"不再专属于新产业工人。因此,"打工文学"也不适用。"'打工文学'整体上仍是一种平民化、粗加工的文学,亟待提升和转型。于是,一个新的命名便应运而生,它便是'劳动者文学'。"③虽然"劳动者文学"有应对当下社会转型期"打工"复杂性的诉求,扩大了"打工文学"的范围,但何谓"劳动者"又产生了歧义,其概念的内涵与外延更加模糊;"农民工文学"基本上也已成为约定俗成的概念,其书写对象也以"农民工"为主。也就是说从题材上来讲,"劳动者文学"这一命名并不存在问题。但这一命名带有浓郁的政治文化印记,且确有专指"农民工"所写的文学之嫌。因此,本书也不予以采用。

再看"乡下人进城小说"和"城市外来者小说"。这两个命名厘定了描写对象的身份,暗示了小说的主题,但也存在着某种缺陷。"乡下人进城小说"是一个批评集合概念,将20世纪初有关乡下人进城的小说均囊括其中,虽有历史的视野,却忽视了这一群体是历史转型时期的独特现象。而且"乡下人进城"指代不明,陈奂生之类同样进城,但他并不在城市打工,与新产业工人有着很大差异,因此舍弃这一说法。而"城市外来者小说"这一命名的问题在于参照体系——城市,非本市人均可称为外来者。即便专指"农民工",也仅指出了他们身份尴尬的一个层面,并没有指出"农民工"

----

① 严格意义上讲,这样的界定并不严谨。早期的"打工文学"确实是"打工者写,写打工的文学",然而随着打工作家身份的转变,"打工文学"更强调题材意义上的命名,但"打工文学"的边缘化实质,以及文学界的集体无意识,均决定了原有概念不可能得到实质性的突破。

② 周思明:《从"打工文学"到"劳动者文学"》,《河北日报》2018年5月4日。

③ 周思明:《从"打工文学"到"劳动者文学"》,《河北日报》2018年5月4日。

的双重边缘人现实,故不予采用。从本质上来说,"乡下人进城"和"城市外来者"均针对的是"农村到城市"的正向迁徙,而忽视了"从东南沿海到中西部小城镇"的逆向迁徙,故也不予以采用。

最后,我们看看"新乡土文学""亚乡土叙事"和"乡土移民小说"。"新乡土文学"是得到主流意识形态提倡与认同的命名,它关注的是当下乡土的命运,其对象是市场之下的乡土和农民,自然指向两支:"衰败"的乡村和进城的农民。尽管有论者用以指称"农民进城"小说,但就从内涵和外延来看,它是明显大于"农民工题材小说"的。"亚乡土叙事"由雷达提出,指"聚焦于城乡结合部或者城市边缘地带,描写乡下人进城过程中的灵魂漂浮状态,反映现代化进程中我国农民必然经历的精神变迁"的不太纯粹的准乡土文学。①这一命名将当下新产业工人的生存和精神状态概括得相当准确,但问题就在于其概念描述上的不准确性。"城乡结合部"作为中国社会转型的一个活标本,它的确在新产业工人题材文学中屡见不鲜,绝大多数新产业工人也居住于此,但这必然排除了居于城市中心地带的新产业工人。因为新产业工人的特点是在城市中心谋生,而在城乡结合部或城中村就住。"乡土移民小说"虽然将对象界定于"乡土"二字上,却也包括参军、求学、打工等,且容易让人产生是指已获得城市身份的"农民",因此为了方便起见,舍弃这一用法。

本书未采取上述既有概念,而使用新产业工人题材小说的新概念,在尊重历史与现实的基础上,规避或弱化研究路径中强化"农民"身份意识或落脚点的成分,体现城市化、工业化的本质,突出农民的迁徙意愿及身份诉求——"农民—农民工—产业工人"。此外,新概念将不同阶段的新产业工人文学创作概况纳入研究视野,可回避命名不同带来文学研究的割裂现状。需要注意的是,既有文献资料使用"农民工"说法的,为尊重史实计不做调整。

在明确之后,我们有必要对新产业工人题材文学的历史脉络进行一番梳理。作为改革开放以来持续时间最长的文学思潮,②它涌现出一大批具有开创意义的文学作品。从思潮层面上来讲,这是一个以全球化、城市化进程中新产业工人尴尬的现实境遇和文化身份的定位与寻找为内容,以中短篇小说为主的文学潮流。因此,其发展的每一个阶段均与中国的政治、

---

① 雷达:《新世纪文学的精神生态——雷达在上海市作家协会"城市文学讲坛"的演讲》,《解放日报》2007年1月21日。

② 需要指出的是,"农民进城"并没有形成独立的文学思潮,但它是"底层文学"思潮最主要的组成部分。而"底层文学"思潮持续之久是学界公认的。

经济发展进程有着微妙的对应关系。它发端于20世纪80年代中后期的"打工文学",其主力军是"在生存中写作"的"打工作家",即我们常说的"草根作家",譬如林坚、张伟明、安子等人,代表作品有林坚的《深夜,海边有一个人》《别人的城市》,张伟明的《下一站》《我们INT》《对了,我是打工仔》,安子的《青春驿站——深圳打工妹写真》等。其中,1984年林坚发表于《特区文学》第3期的《深夜,海边有一个人》乃"打工文学"的开篇之作。总而言之,上述"打工文学"均以我国深圳特区的打工生活为底本,写尽了"外来者"在"别人的城市"里的适应难题和悲苦人生,以及时代骚动与个体灵魂的紧密关联,彰显踌躇满志、追梦奋进的昂扬精神,整体的基调并不低沉,而是如杨宏海所说的"沉重的潇洒"。随后,反映"打工生活"的文学出现了"同源异派,二水分流"的情况,也就是评论界所说的"草根创作"和"精英创作"的情况。

"打工文学"进一步发展,并涌现了具有相当影响力的作家,如王十月、郑小琼、盛可以、张伟明等,代表作品有《国家订单》(王十月)、《北妹》(盛可以)等。与早期的"打工文学"相比,王十月等人的作品从简单的劳资矛盾、心理异化等私人层面的写作转向国家层面的书写,并且获得了主流的认可。在某种程度上,我们可以说,鲁迅文学奖等荣誉既是打工文学获得主流认同的标志,也是打工文学文坛影响力的一个体现。与此同时,李佩甫的《送你一束苦楝花》、关仁山的《九月还乡》、刘醒龙的《萝卜白菜》和《生命是劳动和仁慈》(长篇)等,也开始关注"打工"这一现象,并且随着"底层文学"思潮的兴起,中国文坛绝大部分作家均开始涉猎这一题材,出现了诸如铁凝的《寂寞嫦娥》,刘庆邦的《到城市里去》《家园何处》,邓一光的《怀念一个没有去过的地方》,陈应松的《归去》《天平狗》,孙惠芬的《吉宽的马车》《民工》《歇马山庄的两个女人》,鬼子的《瓦城上空的麦田》,荆永鸣的"外地人"系列,夏天敏的《接吻长安街》,项小米的《二的》等重要作品,这些作品打破了"农民工题材小说"浓郁的类自传色彩和写实底色。而贾平凹的《高兴》、尤凤伟的《泥鳅》、孙惠芬的《吉宽的马车》、东西的《篡改的命》等的面世,则意味着新产业工人题材文学长久缺席的局面得以改变。主流作家的介入与创作直接奠定了新产业工人题材文学的文坛位置,提升了其文学品格,将新产业工人生存际遇的制度追问和个体成长路径的命运拷问演变为对新产业工人身份归属的关注。然而"变异分流"的结果是"底层文学"的势头超过了"打工文学",除了部分打工作家(如王十月、郑小琼等)的作品进入我们的研究视域,已经很少有人关注"打工文学"的"源头"作用。且王十月等人有意识地在小说中引入"故乡"视角,与主流的乡土作家常采用的

"城一乡"双重视角不谋而合,使得整个文坛趋向一致,模式化与类型化的写作更为明显。

而近年来,新产业工人题材文学无论是在形象塑造还是主题内容方面均呈现出新的因素。这表现在作家的关注对象开始多元化,目光投向了新生代新产业工人,书写内容逐渐从生存层面转向精神层面的文化冲突及价值观念层面的断裂,从突出新产业工人与城市的疏离转向他们与城市的融合,视角从微观的个体命运转向宏观的"个体—国家"的联动,小说的基本情绪也由此前的剑拔弩张转化为舒缓和徐。更为重要的是,写作的视域不再局限于城乡冲突,而是在改革开放、城市化、全球化的整体进程中关注新产业工人与城市、时代发展的复杂关联,以及他们在历史大潮中的精神面相。典型的如铁凝的《春风夜》、王昕朋的《漂二代》、杨争光的《最后的农民工》、荆永鸣的《北京房东》、王子群的《临时夫妻》、刘庆邦的《找不着北:保姆在北京》、许春樵的《麦子熟了》等。

总体而言,我们可以视早期的"打工文学"为"农民工题材文学"的发轫期和积累期,而将21世纪至2006年视为新产业工人题材文学的"井喷期"和"爆发期",将2007年至今的新产业工人题材文学视为转型期和成熟期。

循常理而言,作为中国城市化和现代化的产物,新产业工人题材文学必将持续发展,但可惜的是,它曾出现一个"小高潮"(或曰"准高潮"),即2005年"底层文学"命名的确立,以及2006年贾平凹的《高兴》、罗伟章的《我们的路》等作品的出现,而后,传统的以农民和农村为主的乡土小说的风头再次盖过了"农民工题材小说",使得真正的高潮远未到来。

二、研究现状及反思

"农民进城"研究之热是有目共睹的,我们只需看看"底层文学"之热便可知晓。"底层文学"被誉为"继1993年'人文精神讨论'之后,十几年里唯一能够进入公共论域的文学论争"[①],而作为主体构成部分的新产业工人题材文学也是如此。它在"底层文学"那里具有一席之地,在21世纪"乡土文学"那里更是"主力军",也就是说对这一领域的"话语权"的争夺是文学史上少有的。这一方面推进了新产业工人题材文学研究的深入,另一方面也遮蔽了这一文学现象的独特性。

---

① 孟繁华:《"底层写作":没有完成的讨论》,《探索与争鸣》2008年第5期。

不过,以"农民工题材小说"为独立研究对象的成果也不少,颇为可惜的是,这些研究主要以论文为主,专著不多,标志性的专著则更少。到目前为止仅有三部。周水涛等人合著的《新时期农民工题材小说研究》(社会科学文献出版社,2010年)是我国第一部全面、系统研究"农民工题材小说"的专著,其初衷是突破该领域研究概念界定、研究方法单一等瓶颈,它将"农民工题材小说"创作分为"草根创作"与"精英创作",运用文学、传播学、文艺学等方法比较两者的异同,不仅实现了研究领域的拓展,也实现了研究方法的创新。此外,该书认为文学中的"底层形象"始终受制于精英意识的影响,颇有洞见。但该书并没有从根本上解决学界存在的问题,无论是宏观层面还是微观层面都有待完善。

陈一军的《生命迁流与文学叙述——当代农民工题材小说研究》(东北师范大学出版社,2014年)认为,新产业工人题材文学被"国家意识形态""现代性意识形态""性别意识形态""传统文化意识形态""民主意识形态"等所裹挟,因此它本身就是矛盾的综合体,是意识形态烛照下的问题场,关联到中国当下文坛创作的一些内核和症结。该书富有见地,将"农民工题材小说"定位于问题小说,全面而深刻地呈现新产业工人题材文学的矛盾性,并发掘其背后的原因。不过,由于过于强化意识形态,将"性别""传统文化""民主意识"等截然不同的概念纳入意识形态之内,从而显得逻辑性与统一性的乏力。

江腊生的《新世纪农民工书写研究》(人民出版社,2016年),兼具社会学与文学视角,从历史维度梳理不同时期新产业工人面临的不同问题,不同阶段的作家先后呈现出"悯农精神""乡土意识""左翼精神"和"底层意识",在此基础上,勾勒我国新产业工人文学书写的流变图景。同时,该书运用心理学的"焦虑叙事"理论,关注新产业工人的心理与精神世界,在此基础上分析新产业工人文学的美学价值。此种研究以其自身书写的作品为主,抓住了新产业工人题材文学的核心问题及其当下的固有弊病。其研究范式以"延安文艺思想"为视角和资源,以"人民性"为主要立足点,显示出鲜明的意识形态特点。不过,由于研究对象的预设和限定决定了文坛重要作品难以进入研究视域。总体而言,表面的喧嚣之下仍隐藏着很多问题,对之的研究仍然处于"成长期",有待进一步完善。

在这里,笔者将目前的研究现状概括为"三条路径"和"一个主题"。"三条路径",是指研究者进入这一领域的方法,它包括"乡土文学研究路径""底层文学研究路径""'乡下人进城'研究路径";"一个主题",既是指目前的研究主要是主题学层面的,也指不管哪一条路径均是指向"现代性"的裂隙,即"现代性"主题。

"乡土文学研究路径"主要以文化冲突为视角,选取主流作家带有明显乡土文学标志性元素的作品,在现代性和乡土文学的范畴中考察"农民进城"带来的乡土文学的叙事新质。这一条研究路径或明或暗地隐现在诸多研究者的成果中,譬如郜元宝关于《泥鳅》的评论、雷达关于"亚乡土叙事"的观点,以及"新左翼文学""新乡土文学"等花样翻新的命名均或多或少采用了这一观点。但最鲜明的还是丁帆、李兴阳等学者,他们致力于21世纪中国乡土小说的转型研究,其系列论文如《中国乡土小说:世纪之交的转型》(《学术月刊》2010年第1期)、《文明冲突下的寻找与逃逸——论新产业工人生存境遇描写的两难选择》(《江海学刊》2005年第6期)、《对转型期的中国乡土文学的几点看法》(《文学教育》2010年第2期)、《中国乡土小说生存的特殊背景与价值的失范》(《文艺研究》2005年第8期)、《"城市异乡者"的梦想与现实——关于文明冲突中乡土描写的转型》(《文学评论》2005年第4期)等。其主要观点集中于"乡土小说"的"变",认为"农民进城"及其在城乡之间游走的生存状态拓展了乡土小说的边界和内涵,并呈现出移民文学的内容。这一研究路径侧重于新产业工人作为"城市异乡者"的生存状态与文化诉求,以文坛主流作家的创作为样本,并强调城乡两种文明之间的碰撞与融合,忽视了早期的新产业工人题材文学形式。

关于"底层文学研究路径",在前文已经提及,是以思潮性质界定的一种研究范式。2002年《天涯》率先发起"底层与关于底层的表述"的专题讨论,2004年曹征路在《当代》第5期发表了引起广泛关注的《那儿》,自此,"底层写作"逐渐成为21世纪以来极为热门的话题之一。代表性的国内学者有蔡翔、蒋述卓、南帆、孟繁华、张清华、洪治纲等,他们从葛兰西、斯皮瓦克那里借鉴理论资源,聚焦于现代化进程中"底层"的沉默与发声的可能性,以及"底层写作"的苦难主题和道德化倾向。不可否认的是,这些研究以独到的眼光开辟了文学史新的研究范式,观察到"底层"的"失声"境遇,同时也考量了知识分子的良知。此外,该研究路径的成果最丰,代表性专著如刘旭的《底层叙述:现代性话语的裂隙》(上海古籍出版社,2006年)、滕翠钦的《被忽略的繁复:当下"底层文学"讨论的文化研究》(上海三联书店,2009年)、冉隆中的《底层文学真相报告》(云南人民出版社,2012年)、李云雷的《"底层文学"研究读本》(上海书店出版社,2018年)等。然而颇为可惜的是这些"底层"研究注重的是概念的追溯和话语权的掌控,并过于倚重文化研究特别是后殖民的相关理论,没有贴近真正的文化现场,化繁复为简单,同样失之偏颇。

"'乡下人进城'研究路径"是从主题学角度对农民进城的历史进行纵向研究的。其概念由徐德明于2005年提出(《"乡下人进城"的文学叙述》,《文学评论》2005年第1期),随后又陆续发表了系列论文如《"乡下人进城"小说的生命图景》(《文艺报》2006年12月28日)等加以强化,而2007年4月于扬州召开的"'乡下人进城':现代化背景下的城乡迁移文学"研讨会,将这一研究推向深入,后逐渐成为扬州大学显见的学术品牌,其课题组的研究成果持续至今。自此,新产业工人题材文学被纳入文学史的视野中,同现代、当代类似的文学现象加以比较。这种研究就范式而言有其开创意义,但就其实质而言,仍是乡土文学研究的一部分,而且在抓住"农民进城"这一特定的历史现象时,将其视为一个延绵不断的文学现象,强化其相似性,遮蔽了独特历史现象之下文学的独特性。因为20世纪80年代以前的"进城农民"多以短暂逗留为主,并没有鲜明的身份意识,更没有形成数量庞大的群体。①而且从实际的研究成果来看,现象描摹较多纵深研究不够,主要纠缠于城乡对立之下的生存图景,而对城乡文化的碰撞关注不够,更没有对"农民工题材小说"的特质作出有力的阐释。

研究视角的差异蕴含着研究者问题意识的差异。"乡土文学研究路径"和"'乡下人进城'研究路径"回应的是社会转型中传统向现代的转型,隶属文化层面的思考,而"底层文学研究路径"回应的是社会转型中社会结构的断裂,隶属社会学层面的思考。但三者共享"一个主题"——新产业工人的尴尬境遇。"一个主题"的概括并非精准,但也确实能够概括当下研究的胶着状态。当然,由这一个主题生发出如下层面:

第一,新产业工人的尴尬境遇,即漂泊状态。此类研究最为集中,也是"农民工题材小说"始终绕不过去的问题。典型的如洪治纲的《底层写作与苦难焦虑症》(《文艺争鸣》2007年第10期)、苏奎的《漂泊于都市的不安灵魂——中国现代文学中的"城市外来者研究"》(东北师范大学博士学位论文,2006年)、范耀华的《论新时期以来"由乡入城"的文学叙述》(华东师范大学博士学位论文,2007年)、杨荣超的《苦难的漂泊,真挚的书写——新时期以来关于年轻一代农民工形象的文学叙述》(吉林大学硕士学位论文,2007年)、肖芹的《论"乡下人进城"的"苦难"叙事》(扬州大学硕士学位论文,2007年)、王敏的《乡土移民小说的苦难叙事》(河北师范大学硕士学位论文,2007年)均基于中国城乡二元对立之意识形态探讨小说的"苦难"主题和"苦难"主题的价值及缺陷。但这种研究是基于对新产业工人题材文

---

① 陈映芳:《"农民工":制度安排与身份认同》,《社会学研究》2005年第3期。

学所热衷的苦难叙事的认知上,反复咀嚼的还是被人所熟知的苦难。此种研究,最大的缺陷是研究总量与创新性研究不成比例,基本上没有产生新的成果,更没有在文学史的视野中发掘"农民工题材小说"的特质。

第二,叙事模式研究。苏奎在《漂泊于都市的不安灵魂——中国现代文学中的"城市外来者"研究》(东北师范大学博士学位论文,2006年)中从"形象"角度将"农民工题材小说"的叙事模式分为三种:第三人称的叙述视角、返回乡村或对抗城市的出路、善与恶对比的隐喻;向涛的《当代农民工文学叙事研究》(华中师范大学硕士学位论文,2007年)中将新产业工人题材文学的叙事模式归结为"回归乡土叙事""生活在城市叙事"和"归去—返回叙事"三种类型。显而易见,划分叙事模式的标准值得商榷,有些芜杂,基本上也没有脱离叙事新产业工人的生存境遇,是叙事主题的一种延伸。

第三,价值判断体系研究。这一论题基于"农民工题材小说"在书写现代化、城市化进程中新产业工人的生存境遇时采取的"底层视角"来考察作家的"现代性焦虑"。典型的如丁帆的《文明冲突下的寻找与逃逸——论农民工生存境遇描写的两难选择》(《江海学刊》2005年第6期)、徐德明的《乡下人的记忆与城市的冲突——论新世纪"乡下人进城"小说》、轩红芹的《向城求生——论90年代以来乡土小说的现代焦虑》(浙江大学博士学位论文,2006年)等均涉及创作主体的价值困惑和焦虑等。这类研究抓住了新产业工人题材文学的文化内涵,颇为可惜的是,研究者并没有真正将研究细化,只停留在宏观把握上。

总体而言,在"现代性"这一主题之下,创作对象(新产业工人)与创作主体(作家)的焦虑均暴露无遗,然而这些研究总体而言,提纲挈领式的研究较多,进一步的深入研究较少,基于文本细读基础上的整体性研究则更少。具体体现在如下两个方面:其一,新产业工人题材文学没有成为自足的研究对象,而是从属于既定的研究视域;其二,现象描述多于深度考察,研究者过多地纠缠于文本呈现的内容,鲜有将新产业工人题材文学放置于社会、政治、文化思潮中加以研究。这与新产业工人题材文学的"类型化"与"粗鄙化"有着莫大关联,也与研究者的精英意识和价值立场密不可分。"期待"与"痛斥"成为研究者两种基本的情绪,因为无论是草根作家还是已享誉文坛的"大家"均对文本的"社会效应"葆有极大的热情,而对文学本身的审美品质"无意识"地遮蔽。换言之,批评的生态存在严重问题,因此对它的持续研究很有必要。

在这种情况下,如何进入这一研究领域,甚为关键。不论是研究其生存困境(当下研究最多的是苦难)还是文化冲突,其根本的出发点应是"农民进城"之后导致农民形象的转变,至于各种生存悲剧、精神困惑,不过是支撑农民形象的具体而微的细节。即便是要探讨新世纪乡土文学的转型,也绕不开农民形象。因此,本书便从新产业工人形象入手来探讨新产业工人题材文学的内涵与文化意蕴及存在的诸种问题。

人物形象研究是众多文学研究者楔入作家作品乃至思潮研究的一种视角或方法。不无遗憾的是,国内对新产业工人形象的研究以单篇论文和硕士学位论文为主,还未形成体系,将之纳入整个中国现当代文学史的视野加以研究的成果更为少见。惠雁冰的《论当代文学史中农民形象的三度整合》(《延安大学学报·社科版》1999年第4期)、田中阳的《论五四以来新文学对农民形象审美视角的三次选择》(《湖南师范大学学报》1992年第5期)等,从不同角度、不同程度上提到21世纪初"进城农民"是崭新的农民形象,只是由于写作时间的限制并未具体展开,也未辐射到具体的新产业工人形象研究;潘峰的《简论九十年代以来小说中的进城农民形象》(山东大学硕士学位论文,2007年)、赵耀的《失"根"者在新时期文学视野中的形象变迁》(《青年文学家》2011年第20期)、王玢琪的《都市寻梦与精神流浪——论90年代以来小说文本中的农民工形象》(湖南大学硕士学位论文,2014年)、单博的《论文学作品中的农民工形象——以新世纪以来的"打工"题材小说为例》(黑龙江大学硕士学位论文,2015年)、郑术静的《焦虑与困境——论新世纪小说中的农民工形象》(黑龙江大学硕士学位论文,2016年)等均涉及新产业工人形象的划分,但这些作品的分类标准存在明显缺陷,并且仅仅认识到新产业工人是城市边缘人,并没有意识到他们也是农村的边缘人,是名副其实的"双重边缘人";还有一些研究者以反思和质疑的形式对"农民工形象"进行分析,典型的如李雪梅的《他者视域中农民工形象的现代性缺失》(《当代文坛》2007年第3期)、周水涛的《主流农民工文学形象塑造的价值判断》(《西南大学学报·社会科学版》2012年第6期)等文指出目前的"农民工形象"只是一种被想象的"他者",而他们身上的现代性被严重遮蔽了,作家因普遍采取道德和历史的双重视角导致价值负载空缺现象。

由此可见,新产业工人形象的研究尚有很大的空间。研究者似乎缺乏足够的自信将之纳入全新的文学史形象谱系中,既对新产业工人形象的本质认识不清,也缺乏足够的史学视野对之加以观照。但这既是挑战也是契机。

三、研究方法

本书试图以新产业工人题材文学中的新产业工人形象为考察对象[①]，选取改革开放以来具有代表性的文本，在立足分析"新产业工人是一个什么样的形象"的基础上，探讨"新产业工人形象何以被塑造成这样的形象""怎样被塑造成这样一个形象的"，以及这样的"新产业工人形象又存在怎样的问题"。法国比较文学学者巴柔（D. Pageaux）认为，形象就是"对一个文化现实的描述，通过这种描述，制造（或赞同、宣传）了这个形象的个人或群体，显示或表达他们乐于置身其间的那个社会的、文化的、意识形态的、虚构的空间"，因此他把形象界定为"一定时期的社会总体想象物"。[②]现阶段新产业工人形象作为社会转型时期的"问题符号"，是主流意识形态借助"身份差异"社会带来的群体感知而"制造"出来的，与真实的新产业工人形象存在着巨大反差。这反映出新产业工人题材文学虽从"底层"发起，也切实反映了"底层社会"的种种问题，但由于市场和作家身份的变迁等种种原因，呈现出与现实背离的面貌。在某种意义上，我们完全可以说，新产业工人题材文学一直处于一种低水平重复，表面繁荣而实际上已严重边缘化。

如何界定新产业工人，学界的普遍看法是：在城乡之间迁徙流动且身份悬置的农民。从本质上来讲，新产业工人的出现是城市化进程中，农民向城市谋生而与户籍身份产生背离的一种现象。在这个过程中，大致历史趋势先是"离土不离乡"，然后是"离土又离乡"（即孔雀东南飞），至现在的"离土不离乡""离乡不离土"（即再次回到中西部或小县城）等正向迁徙与逆向迁徙相互交融的阶段。事实上，若同改革开放四十多年的迁徙地图做一简单的比较，大致以 2008 年为界，分为两个阶段，"从中西部到东南沿海"的正向迁徙，"东南沿海到中西部"的逆向迁徙。就新产业工人自身而言，无论是正向迁徙还是逆向迁徙，均是其基于自身人力资本、赚钱能力与家庭状况而采取的一种主动或被动选择。其迁徙方式也逐渐从"候鸟式迁徙"转向"定居式迁徙"。同时在此过程中，乡土的"衰败"与城市的快速发展形成鲜明对比，个体受难史和城市的发展史、乡土的"衰落"史纠缠在一

---

① 需要指出的是，新产业工人形象既存在于新产业工人题材文学中，也广泛出现在21世纪乡土文学的其他文类中，但因为在这些作品中，新产业工人形象没有像新产业工人题材文学这样"集束性"地出现，也没有将新产业工人视为小说的主要人物形象。因此为了便利起见，就仅考察新产业工人题材小文学中的新产业工人形象。

② 巴柔：《比较文学意义上的形象学》，《中国比较文学》1998年第4期。

起。而新产业工人题材文学也聚焦于新产业工人进城务工带来的地域歧视、边缘性体验、身份焦虑、文化杂糅、家园寻求等各种移民文学表征。因此,本书在充分吸收前沿研究成果的基础上,更关注迁徙流动过程中个体与国家、民族的变化,借助"移民文学"的相关理论,来看待"新产业工人题材文学",以历史的眼光来观照这一群体和这一思潮的文学特色。

"移民文学"在本质上是"离散",它关注的是迁徙、流动过程中人与"迁出地"(故乡)和"迁入地"(在地空间)之间的情感纠结,以及文化交融与碰撞。在勃兰兑斯的《十九世纪文学主流》中,"移民文学"被定义为曾被放逐或流亡在国外的一些作家的作品,如夏多布里昂、卢梭、贡斯当、斯塔埃尔夫人等。质言之,学界基本上是从"跨文化、跨国界"的角度理解这一概念,更为关注文化的冲突。在这方面,较有影响且成为中国文学的重要学科的就是海外华文文学了,中西方文学的差异加上移民之前对移入国的美好想象与踏上该国土地后的现实经历之间的巨大落差,直接引发了身份认同的危机。而从乡村到城市,从中国到外国,这里面有很多问题可以放在同一层面上思考。国内学者钱超英在20世纪80年代就曾指出:"'移民文学'本质上不应是一种区域性的文学概念,它应当用以指称一种面对全国和全部社会人生的文学,一种旨在表现新旧交替时期人的遭际、处境、命运和情绪的文学,一种开拓、流动多变和不断演进的文学。"[1]而在21世纪初,他在《广义移民与文化离散——有关拓展当代文学阐释基础的思考》[2]及《流散文学:本土与海外》[3]中进一步明确了自己的观点,将"移民文学"的概念及内涵延伸至与"'原初联系'(家族、土地、传统人伦)"的疏离,而自觉进入"失根"和"漂泊"的状态。钱超英的出发点是为深圳特区文学正名,但他对将打工者视为"移民"和对"打工人的生存状态"与海外华人生存境遇的比拟是值得借鉴的。在他看来,"中—西""城—乡"关系均是"中心—边缘"关系的表征,新产业工人与海外华工尽管存在谋生区域的差异,但前往"中心"的内驱动力,以及在此过程中的艰辛、无权与失语境遇是同质的。钱超英的这种观点其实指向了"移民文学"最核心的问题——认同危机,是由文化差异性和经济发展不平衡带来的心理落差给迁徙者带来的身份困惑。

无独有偶,柳冬妩在《打工文学的整体观察》一书中专辟章节——《打工文学的互文性建构》对离散文学中的"打工书写"也是基于同样情境的思

① 钱超英:《移民城市中的文学躁动》,《文艺报》1988年4月16日。
② 钱超英:《广义移民与文化离散——有关拓展当代文学阐释基础的思考》,《深圳大学学报(人文社会科学版)》2006年第1期。
③ 钱超英:《流散文学:本土与海外》,海天出版社,2007年。

考。①也就是说,广东深圳一带研究海外华文文学的学者及该文化圈内深受移民文化影响的评论家均倾向于将"洋移民"和"土移民"加以比较,两者确实在身份认同上有着诸多相似之处。乡村在某种程度上是中国的"第三世界",新产业工人的生存焦虑和文化焦虑均和处于中西文化冲突的移民处境无甚差别——他们均面临着身份认同危机、缺乏认同感和归属感,同样经历过从不适应到适应的过程,从疏离到自觉融合的生命移植过程。因此,"移民文学"的身份认同、文化适应理论等相关研究方法,可适用于新产业工人题材文学。此种研究范式更为广大学者提供了一种全球化视角,它不仅仅是表征层面的简单比附,而是将新产业工人纳入全球化的一个链条和世界工厂的生力军层面加以思考。

而内地的学者更愿意在城市化进程带来的城乡文化变迁视角中考察"民工潮"。部分学者如丁帆、雷达、郜元宝、陈国恩、施战军等,均意识到"民工潮"颇具移民性质。最典型的如丁帆,他一直强调中美文学中的移民情境,在《中国乡土小说生存的特殊价值背景与价值的失范》一文中指出,以西部文学为主的美国乡土文学可视为"顺流而下"的梯度性"移民文学",其文化语境乃城市文明冲击乡土文明;而反映农民进城的乡土文学,恰恰相反,是从乡村向城市"逆流而上"的反梯度性"移民文学",是乡村文明冲击城市文明。前者明显不存在文明的碰撞,只是"城市文明"向"乡村文明"的透视与转移,而中国则是两种文明面对面的碰撞。这种鲜明地亮出"移民文学观点的学者毕竟是少数。像陈国恩和施战军均等学者则以迁徙文学或迁徙叙事替代之,显示出其研究的严谨性。不过,大量的在文本中熟练运用"移民文学"理论的研究者那里,新产业工人作为城市新移民也基本成为共识。

"城市化"的基本内涵是乡村文明向城市文明过渡,这种文明演变的历程是世界范围内的大课题,并非中国所独有。而且大量农民从农村向城市迁徙是各国城市化过程中的共有现象,也出现了反映这种历史现象的文学作品。这就为我们研究新产业工人题材文学提供可资借鉴的世界文学资源。在这里选取最为典型的三个国家——英国、法国、美国,它们曾共同经历了从以土地为主导的农业文明向以工业、商业为主导的城市文明过渡,而它们的文学也经历了同样的转型,书写同样的内容、运用同样的叙事方式——自然主义。这说明我们的新产业工人题材文学并不孤单,它的成功和失败都可以借助世界文学这面镜子窥视出来。

---

① 柳冬妩:《打工文学的整体观察》,花城出版社,2013年。

从严格意义上讲,我国的工业化、现代化开启的时间不过百年,人员的大规模流动大概只有四十余年。因此,移民的问题、文化融合与冲突问题,今天才真正成为一个问题。2003年,时任国务院总理的温家宝在哈佛大学作了《把目光投向中国》的演讲,指出中国的城市化进程已发展迅猛,如果不关注进城农民的基本权利,狄更斯、德莱赛小说中描摹的悲苦境遇必然难以避免。质言之,城市化进程乃人类世界由农耕文明向工业文明演进的必然之途,自然,率先完成城市化的欧美国家,可为我们的研究提供可资借鉴的经验。

英国作为工业革命的发源地,也是世界上最早实现工业化的国家。16世纪,由于英国商品制造业特别是毛纺织业发展迅速,需要大量的羊毛,于是便发生了著名的"圈地运动",成千上万的农民被迫流落到城镇,成为廉价的工业劳动力,而农民进城带来的人口迁徙则成为工业革命的重要助推力。托马斯·莫尔在他的小说《乌托邦》中将这一阶段的英国历史称之为"羊吃人"的时代。出身丝绸工的作家托马斯·迪罗尼据此创作了小说《纽伯雷的杰克》《文雅的手艺》《里丁的托马斯》。但迪罗尼的小说将重心放在了资本主义初级阶段普通工人如何通过努力奋斗获得成功的主题上面,类似于深圳的"安子"故事,并没有真正揭示出城市化进程给农民带来的各种悲剧性命运。

维多利亚时期被狄更斯视为"最好的时代"和"最坏的时代"。彼时,随着科技革命、工业革命的进一步发展,大批自耕农从乡村迁移到城市,社会结构发生重大转型。1801年英国城市人口仅占全国人口的20%,而到了1851年城市人口比例已达到50%。应运而生的维多利亚文学便从多侧面反映这一社会状况,产生了一批世界意义的文学巨匠,如狄更斯、萨克雷、哈代等人。他们关心城乡迁徙旅程中广大百姓的凄惨命运,控诉荒唐的道德及不人道的社会,为我们贡献了具有"外省青年"气质的人物形象(如萨克雷《名利场》中的蓓基·夏泼、哈代《德伯家的苔丝》中的苔丝)和批判现实主义的创作方法。

19世纪40年代到20世纪50年代,第二次工业革命在美、德、法等主要资本主义国家兴起,西方国家的城市化进程明显加速,美国当时的城市化水平为64.2%,德国为64.7%,法国为55.2%。和其他国家的工业化进程不太一样,法国则是"巴黎+外省"的结构。拿破仑三世曾亲自绘制巴黎城的蓝图,意在将巴黎建设成欧洲的大都会乃至世界上最美丽的城市,吸引欧洲各地乃至世界各地的人来到巴黎。路易十四集全国人民之力建造凡尔赛,他对外扩张,拓展疆土,对内将全法国的富贵户都迁到了凡尔赛,凡尔赛一举成为全世界的销金窟,聚集了全国的财富,连同财富的拥有者——贵族、富户。到了19世纪中叶,巴黎成为当时世界上最大的制造业城市、最主要的金融中心之一。巴黎与"外省"差距日渐凸显,巴黎成为最大的交通枢纽、最大的人才聚集地、最大的商品集散地……巴黎在不断扩大的规模中崛起,而农村却在不断消失。"巴黎的偏见"也逐渐形成。对于巴黎人来说,法国只有两个地区:巴黎和"外省",他们乐意或者故意将巴黎之外的95个省统称为"外省"。在《人间喜剧》中,巴尔扎克专门分出了"巴黎生活场景"和"外省生活场景"两类,"巴黎/外省""巴黎人/外省人"就构成了非常鲜明的二元对立。"外省来的青年人"希望自己像"炮弹一样轰进"或像"瘟疫一样钻进"巴黎的上流社会,不断谋取金钱和地位,实现个人奋斗的理想,如拉斯蒂涅(巴尔扎克《高老头》)、吕西安(巴尔扎克《幻灭》)、于连(司汤达《红与黑》)、弗雷德里克·莫罗(福楼拜《情感教育》)、杜洛阿(莫泊桑《俊友》)。这种新型的人物形象贯穿了巴尔扎克的理念:"城市世界创造出各类社会人物"[①],而这得益于农业社会向城市社会的转型。当然,在法国文学这里,巨大的身份落差转化成了一种追求平等的动力和人性异化的悲剧性根源。

同样,我们也不能忽视雨果笔下《悲惨世界》中凄惨的劳工生活及其悲惨的命运。冉·阿让出身贫农家庭,原本是一个淳朴善良的工人,为了挨饿的外甥偷面包未遂,却因此被判五年有期徒刑。但由于冉·阿让刚正不阿、不畏强权的性格引起了探长沙威的深恶痛绝,加之他屡次越狱,五年徒刑延长至十九年。出狱后的冉·阿让对社会充满仇恨,再次偷窃了迪涅城主教米里哀先生家的银器,并因此被捕。主教解救了他,并感化他的灵魂,于是冉·阿让决定悔过自新,更名换姓为马德兰,来到蒙特猗城,在工厂务工并因技术革新而致富。成为富人的马德兰,乐善好施,热衷公益事业,因此一跃成为该市的市长。与马德兰发迹相对应的是芳汀的悲惨命运。芳汀因受爱情蒙骗,不得不将私生女寄养在酒店主德纳弟家中,并为此失去了自己的首饰、头发、牙齿甚至生命。而马德兰为了不嫁祸于人主动公开自己的真实姓名,并在芳汀的病榻前被抓走。

1865—1914年间,美国的工业化和城市化给人民带来了无尽的苦难,农民失去土地,被迫进城谋生,过着颠沛流离的生活。资本家的奢靡与底层人民的困苦成为极为鲜明的两极景象,这一切使得浪漫主义的精神一去不复返,作家开始纷纷将笔锋转向丑恶与肮脏的现实,书写新移民与劳动

① [美]理查德·利罕:《文学中的城市:知识与文化的历史》,吴子枫译,上海人民出版社,2009年,第71页。

阶级的苦难与挣扎。在这过程中,形成了美国文学的重要传统——自然主义。典型的如德莱赛的《嘉莉妹妹》《珍妮姑娘》《美国的悲剧》等。德莱赛作品中的"进城农民"以《嘉莉妹妹》中的嘉莉、《美国的悲剧》中的克莱德为典型代表。作为来自底层社会的青年男女,他们为了在繁华的大都市过上有钱、有地位的生活,选择了有违伦理道德的道路,并取得了世俗意义上的成功,却在精神世界忍受着空虚与孤独之痛。

当然,世界文学之林还有很多作品具有借鉴意义,为了方便起见,不一一列举。借用理查德·利罕的话来说,诸多作家借助文学的方式思考"农民与土地的关系""家庭的转型""都市犯罪""城市与人的关系"①等共同的文学命题,是值得探究的。

之所以简述这些世界文学史的名篇,一方面是为了引起公众的注意,放眼世界文学之林,寻求文学的共性。更重要的是"以文为镜",反思中国当下新产业工人题材文学的现状,在方法论上,吸纳真正的现实主义精神,在内容书写上,要发掘新产业工人的复杂性,洞悉他们身上那种混杂着开拓者、冒险者、投机者的气质,以及他们痛苦的精神裂变,乃至对无常命运的忍耐与挑战。

落实到具体的研究中,当务之急,便是要对新产业工人这一概念进行文化阐释。社会学意义上的概念,仅是城乡之间的"边缘人",而从文化内涵的角度来讲,新产业工人是"乡村文化"与"城市文化"的"中间物"。在此基础上,借助"迁徙文学"中"移民"的流动轨迹,来看待"农民工题材小说"中形形色色的新产业工人形象,以历史的眼光来观照他们,才能真正看到新产业工人的主体性及他们对现代性的主动追求。这既是对新产业工人题材文学创作集体不满的一种微不足道的反驳,也是对批评界的漠视的一种反驳。将批评界对新产业工人的伦理关注,转向真正的"文化关注"。

四、本书基本架构及主要内容

本书除导论和结语外,共有七章,具体如下:

导论部分简述了新产业工人题材文学产生的时代背景,廓清和辨析相关概念,并对这一课题的研究现状进行综述,指出本书将从新产业工人形

---

① [美]理查德·利罕:《文学中的城市:知识与文化的历史》,吴子枫译,上海人民出版社,2009年,第138页。

象入手,以"身份"为切入点,采用文本细读和文化批评的方法考察新产业工人形象的谱系及存在的问题,并借此反思新产业工人题材文学的困境及探讨困境中的出路。

第一章是"民工潮"及文学呈现。在全球化和城乡流动的大背景下,结合改革开放以来我国为推进现代化进程而逐渐放开的户籍政策,城乡差异和东西发展不平衡的现状,以及人类追求美好生活的原动力和农民的个体梦想,考察新产业工人在城乡之间迁徙的尴尬处境与认同焦虑。作为从乡土文化游离出来的新产业工人,他们的迁徙与流动既生成了个体意义上的现代性体验,更带来乡土社会的转型,使以差序格局为主体的乡土中国向城乡中国转变。此外,本章还运用文史互证的方法,勾勒"民工潮"所带来的文学风貌的变迁,主要体现在催生深圳、广州等新的都市移民文学空间、乡土文学和都市文学的互渗、新的人物形象三个方面。

第二章是"城乡迁徙"与新产业工人的文化边际心态。由于原有的身份羁绊及文化区隔,加上城市生活本身的压力,使得新产业工人群体面临着巨大的生存困境、认同困境和返乡困境,成为农耕文明向工业文明转型时期的"边缘人"。其文化边际心态具体体现在:他们始终纠缠着"在路上"的文化心态和"诗意的栖居"、"焦虑"和"期望"、"家园意识"与"超越意识"等悖论性情绪。

第三章是新产业工人形象的历史变迁。四十多年来,新产业工人形象大致经历了一个侧重书写背井离乡、融入城市的生存困境到书写"离散"所带来精神困境,特别是伦理道德观念的变迁等。此外,从书写正向迁徙过程中的文化适应难题到书写逆向迁徙过程中的回流文化休克,新产业工人普遍能超越原乡意识,具有了扎根城市的愿望,选择小城镇为最后的居住地,生成一种"城乡性"人格。在此基础上,本章还对未来的新产业工人形象的变迁进行展望。随着逐渐摆脱生存压力和文化冲突的窠臼,作家关注的焦点会从国家制度安排中的歧视性身份转移并聚焦到超越城乡和地域的人类共性上。在历史性与当下性两个维度中书写新产业工人与城市、改革开放的共生共存关系以及个体的生命体验,有可能出现"最后的新产业工人"的书写图景。

第四章是新产业工人的形象谱系。结合代际差异和文化适应的相关理论,将新产业工人群体划分为三类:一是"'过客'心态的老一代'新产业工人'",他们绝大多数有长达二十余年的农耕生活经验,价值观念已经形成,负载着贫困、历史创伤等记忆进入城市,仅仅将城市视为谋生的场所,以工贴农,主要从事建筑、家政等职业。尽管他们也有认同焦虑,但因将自已视为"过客",而能克服。现如今,老一代新产业工人已基本回流,成为留守群体的重要组成部分。因此,老一代新产业工人是农事经验、风土人情、乡土情感的维系者,是名副其实的乡土大地最后的守护人。二是"漂泊心态的'新生代新产业工人'",其主体是"80后"和"90后"新产业工人,他们普遍受过高中高职教育,基本没有务农经验,直接从学校到城市,甚至一直生活在城市,因此他们基本已经半城市化,但由于户籍壁垒和高房价等现实生活压力,使得他们身在城市、认同城市却又无法真正扎根,从而产生了较老一代新产业工人更为强烈的漂泊体验。三是"城乡双栖性认同的新乡贤",他们既是乡村建设的主体,也是回流的新产业工人,但他们基本上在城乡各有房产,家庭结构也明显呈现双栖现象,且对城乡文化均有认同的一面,超越了狭隘的乡愁意识。

第五章是新产业工人形象的建构策略及文化内涵。作家结合新产业工人的现实状况和自己的文学理想,采用"归乡模式""边缘视角"和"城乡二元对立模式"来塑造新产业工人形象。"归乡模式"是鲁迅乡土小说的常用模式,也是"流寓者"的生命轨迹,新产业工人题材小说作家纷纷借用这种方式反映新产业工人的"漂泊"与"无根"的生命状态,并站在"边缘"的立场上,用一种平视的姿态,以"城乡二元对立"为核心,结合"本地人和外地人""上层和底层"两种对立模式,来塑造新产业工人形象。

第六章是新产业工人形象的缺失及提升空间。作为乡土中国向城乡中国转型的主体——新产业工人,在文学作品中存在鲜明的定型化、他者化、符号化倾向。具体体现在如下四个层面:严重的"符号化"倾向、抽离思想强调命运悲剧、缺乏哲学意蕴及缺乏典型。众多的文本显示,作家往往将传统与现代、乡村与城市、边缘与中心、内地与沿海、劳资等复杂的矛盾冲突简化为新产业工人与城市人的冲突,在一种极不对等的结构中展示新产业工人的悲苦处境,写尽他们的苦难,将新产业工人视为"弱者符号""社会问题符号"和"乡土文化符号"。这必然导致了思想的缺席,再加上作家按照既定的命运逻辑演绎故事文本,使得"主题先行"的通病普遍存在。此外,应该注意的是,乡土文学发轫之初,就与"侨寓"密切相关,本身就有漂泊的意味。也就是说苦难意识复杂的现代意蕴没有揭示出来,特别是新产业工人"在路上"的惶惑,这是城乡中国语境下的新常态,也是现代人的普遍困境,具有深刻的哲学意蕴,但作家很少去触及。所有的这一切均导致了典型的缺失,使得这一蔚为壮观的文学思潮,缺乏标志性的作品和标志性的人物形象。

第七章是困境中的反思及出路。"与现实严重脱轨""作家的精神眩惑及价值判断的紊乱",以及"文学批评的'不作为'",共同影响了作家的创作动力和新产业工人题材文学的良性发展。当下的"乡土"已经与鲁迅、沈从文、赵树理为代表的乡土截然不同,但部分作家囿于自身的创作经验,盲目追随后现代主义思潮和消费文化思潮,写出违背现实的作品,他们看不到作为历史主体的新产业工人的真正诉求,一味在皮相的怀旧中走向历史的反面。而批评界也存在这样的情况,单向度的理论建构较为明显,评论家纷纷攫取"历史资源",从"底层文学"这一视角出发,忽视了新产业工人题材文学发展的整体性,以及迁徙与个体、个人史与国家历史的复杂关联。这严重损坏了良性的文学生态,在某种程度上也限制了新产业工人形象的书写。因此,作家必须"下生活"并葆有独立意识,而批评家则应该力求匡正不良的创作风气,提出真正的创作理念和思想,共同促使新产业工人题材小说的良性发展。

余论部分重申了新产业工人题材文学是在中国与西方、城市与乡村、传统与现代的碰撞与交融中重塑农民身份,寻找乡土中国未来、探求一种平衡的小说,它在现代性转型中探讨农民的现代转型及在此过程中的历史代价。有关新产业工人形象的书写始终纠缠着"历史性"与"当下性"两种维度。就历史性角度而言,中国的城市化进程与前所未有的劳动力大军密不可分,新产业工人是当之无愧的建设者,他们撑起了世界工厂和中国制造。同时,"进城"作为当代中国国家发展的一种隐喻,意味着我国从农业社会变为工业社会,新产业工人个体的生命体验特别是身份认同危机,也成为一种普遍的情绪;就现实性角度而言,新生代新产业工人登上历史舞台,返乡机制和整体的"故乡不再"氛围,都会进一步推进制度建设和人文关切。问题在于,新产业工人的整体境遇仍没有明显改善,"农民工化"依然是大家需要警惕的社会现实,他们成为工作低端无保障、报酬极低、生活不稳定、身份模糊的代名词。新产业工人丰富的人性和"丰饶的痛苦",进取和冒险精神,对命运的挑战和忍耐,反而都被遮蔽了。投射在文学作品中,新产业工人形象亟需打破符号化的刻板印象,在宏大叙事的话语中,发掘他们在全球化和城市化进程中被遮蔽的历史贡献,在书写历史局外人悲剧的同时关注个体与历史的复杂关联。同时,还要保持对"宏大叙事"和"日常生活叙事"的双重警惕,既要警惕前者遮蔽苦难的一面、道出异乡生存的边缘处境和身份认同的危机,又要警惕后者生存淹没精神的一面,还原跳脱出传统生活轨道的农民在迁徙与返归中的蜕变。唯有如此,才能塑造血肉丰满、意蕴丰厚的新产业工人形象。

22

第一章 "民工潮"及文学呈现

迁徙与流动,是人类社会的一种常态。综观古今,除去被动因素外,"移民"总与人们追求美好生活的原动力息息相关,改善现有的生活状态迫使一代又一代的人们奔赴远方,甚至远渡重洋。庞大的移民群体,既促成了人口输出地社会结构的改变,也对人口输入地的经济文化产生了很大影响。他们其实也是一种文化传播的资源,正因为迁徙导致了与母文化的被动割裂,那么对母文化的保留便显得更为顽强。当然,一旦进入新的文化系统,母文化便与当地文化发生了某种化合反应,生成了特色的杂糅文化。

因此,"移民"是推动世界政治、经济和文化发展的重要社会现象,"民工潮"也不例外。毋庸置疑,自古以来"农民进城"并不鲜见,但"民工潮"却是改革开放和城市化进程的产物。若将"民工潮"放置于整个世界视野下,我们可以发现,"民工潮"并非中国所独有,是城市化进程中的共有现象。

第一节 "民工潮"及文化动因

在中国的历史上,由于政治需要、躲避战乱、自然灾害、经济谋生等因素,发生了无数次大规模的人口迁徙。其中,出于政治原因而迁徙的有秦始皇"徙天下豪富于咸阳十二万户"、汉高祖用三十万人"实关中"、汉武帝战胜匈奴组织七十万人向西北边疆移民、北魏孝文帝因迁都洛阳而组织大量人口从内蒙古西部和山西北部迁到河南一带、新中国成立后的知青上山下乡运动等;出于战乱逃难的人口迁徙主要有西晋"永嘉之乱"、唐代"安史之乱"和北宋"靖康之变"导致的大量人口南迁至江南、新中国成立前"闯关东"(人口从河北、山东、山西、河南等地向东北迁移)、"走西口"(人口由山西向内蒙古、甘肃向新疆迁移)、"下江南"(人口从四川向云南贵州迁移)等;出于经济谋生的人口迁徙典型的如"下南洋"(从唐朝开始,中国人到东南亚一带谋生）等。

孔飞力认为，中国现代国家形成及发展的根本性议程在于国家不断挤走知识精英等中介力量，直接从乡村汲取资源，城乡之间的矛盾长期处于恶性循环的状态而无法调和。[①]因此，自近代以来，逃离乡村的愿景延续至今。先是知识分子和乡村精英，继而是普通的中国农民。由于科举制度的废止，士绅阶层不得不在城市谋生，新式学堂的兴起、庚子赔款以来蓬勃发展的留学运动等因素，使得19世纪末20世纪初我国知识分子的城市化潮流已初具规模。在《白鹿原》中，部分乡绅离开白鹿原进入新式学堂、报馆等，轻去其乡，蛰居城市。徐先生的"仁义"学堂，仍然以教育的方式缔造乡村共同体，形成乡土人才的有机循环。而西安的新式学堂，却是反私塾的。鹿兆鹏、鹿兆海、白灵是白鹿原上最早一批接受新学教育的人，也是最早一批举起反叛大旗的人；新中国成立后，城市对乡村人才的吸纳以"招工""招干"和"参军"为主；"文革"后期至改革开放初期，"招工""招干"基本停止甚至清退一些临时工，但随着高考制度的恢复，考大学成为重要的跳农门手段。不过，因为城乡教育资源的差异，相当一部分农村有志青年落榜，面临人生的困惑，这便是"高加林难题"。不过，高加林等均是农村的知识分子，我们往往也并不将之视为"农民工"，而是从心灵史的角度强调他们因身份壁垒带来的精神苦痛。紧接着，整个中华大地上演了轰轰烈烈的"农民进城"潮流，并延续至今。这股从20世纪八九十年代至今的进城潮流，称之为"民工潮"。在既往的研究中我们强调一点：向城求生。这一诉求也暗含了城市的诱惑，但这只是新产业工人成为边缘人的最主要条件，尚不能完全解释在文学中成为"边缘人"的原因，只有加上制度关怀带来的势能和阶层替代阶级等才能完整解释广大农民的这一历史命运。

一、逃离乡土：追求美好生活的原动力

在这里，不得不提到一本广为引用的书——《农民的终结》，这是孟德拉斯针对第二次世界大战后法国农民数量急剧减少，农民大幅度向第三产业转移的现状而做出的预言。小农作为一个阶级的消亡趋势，不仅仅在法国存在，今天的中国也存在这样的情况。20世纪80年代以来的"民工潮"便是明证。"民工潮"来势之凶猛是远远超出国内外学者的想象的，他们在惊呆、愕然之余纷纷将目光投向"民工潮"，就"民工潮"的产生原因、后果做

---

① ［美］孔飞力：《中国现代国家的起源》，陈兼、陈之宏译，生活·读书·新知三联书店，
2013年，第91—93页。

出自己的解释。关于"民工潮"产生的原因,影响最大的就是"推—拉"理论①,是农村和城市的双向合力造成了"民工潮"。其实,无论援引何种理论,归结到一点,则是农民究竟是主动进城还是被动进城,普遍的观点是"向城求生",也就是说被动的因素占了主导地位。当然,城市的"吸引力"也是必不可少的因素。事实上,只要把握了"农民与土地""农村与城市"两个至关重要的因素就找到了诠释农民进城的"万能钥匙"。

传统农业社会讲究的是"安土重迁",农民的生活半径包括婚姻、交往、交易等活动基本维持在县域以内,是完全相对封闭的时空。这便造就了中国农民的土地图腾信仰,典型的如土地爷或土地公公。即便是在"无土时代",阳台种菜、楼顶菜园、各类种菜手机应用程序等,仍是华夏儿女热衷之事。然而不能忽视的是,中国农民与土地的亲缘关系是建立在"土能养人"的基础上,一旦"土不能养人",就会出现背井离乡的情况。而且,农民的文化心理本身就存在着诸多矛盾性。张鸣在《乡土心路八十年:中国近代化过程中农民意识的变迁》一书中,就专辟章节"农民文化心理的二极结构"对此进行分析。他认为,与"安土重迁"相对的"开拓迁徙"同样是农民重要的文化心理,因为农业人口增长给农业生产带来的压力迫使农民不断拓展农耕区域,于是就有了历史上著名的"闯关东""下南洋"等。②常言道:"树挪死,人挪活",处于社会"底层"的人们往往具有天然的流动性。决定农民是否逃离故土的根本原因还在于土地的给养上,即故土是否能够提供他们生存与发展的基本需求?这是中国作家借助文学思考农民问题的主要出发点,离开这一点,乡土文学尤其是新时期以来的乡土文学基本上难以为继。

因此,"民工潮"的首要原因是"土不养人"带来的"向城求生"。大体而言,新中国成立以来,农民与土地之间的关系经历了"合—分—合",对应的

---

① "推—拉"理论是 D. J. 博格(D. J. Bogue)于 20 世纪 50 年代末 60 年代初提出的。他认为,从运动学的观点看,人口转移是两种不同方向的力相互作用的结果:一种是促使人口转移的力量,即有利于人口转移的正面积极因素;另一种是阻碍人口转移的力量,即不利于人口转移的负面消极因素。迁出地存在这两种问题,转入地也存在这两种问题,但总体而言,迁出地的推力(自然资源枯竭、农业生产成本增加、农村劳动力过剩导致的失业和就业不足、较低的经济收入水平等)比拉力(家人团聚的快乐、熟悉的社会环境、在出生和成长地长期形成的社交网络等)大,而转入地的拉力(较多的就业机会、较高的工资水平、较好的受教育的机会、较完善的文化设施和交通条件、较好的气候环境等)比推力(家庭分离、陌生的生产生活环境、激烈的竞争、生态环境质量下降等)大,这便促成了农村向城镇的转移。

② 张鸣:《乡土心路八十年:中国近代化过程中农民意识的变迁》,上海三联书店,1997年。

是"合作化""包产到户"和"土地流转"。中国当代乡土文学有个显著的特点——惊人的"重复"(或许是"历史的惊人重复"造就了"文学的惊人重复"):它们的起点均是农村的赤贫状态(即农业、农村、农民,宽泛意义上的"三农问题"),过程均是围绕致富路径(新旧土地政策),两派不同的人物互相争斗,结果均是新的土地制度建立,农民开始走向富裕。不可否认,中国农村土地制度的多次调整与纠错,"给中国社会特别是农村社会带来巨大而深远的影响,同时,也给中国乡土小说创作带来巨大而深远的影响"[①]。这种影响主要体现在反映不同时期土地政策的乡土小说对上一阶段的解构和新的农村新人的诞生,是故小说中的新旧矛盾往往以代际矛盾的方式呈现出来。

从已有的农村新人如张裕民、梁生宝、孙少安、范少山等形象来看,他们均是在不同历史阶段的农村创业史过程中涌现出来的,其形象塑造基本上是在代际差异中完成的,是在既有土地制度无法适应新时代农业发展,必须加以调整并确立新的致富路径的基础上产生的,他们肩负着"破旧立新"的责任,往往与父辈有着很深的代际矛盾。因此,柳青的《创业史》一开篇就煞费心机地讲述了梁三老汉的创业史,他三次创业均以失败而告终。到了梁生宝这里,小说才笔锋一转。农村新人梁生宝带领大家走合作化道路,以梁三老汉为代表的中国农民的创业梦想终于得以实现。如此创业史延续至今,即原有的创业模式难以达成,就寻求新的创业思路。在路遥的《平凡的世界》中,双水村村民勤劳善良却始终贫穷。孙家生活异常艰难,被牢牢拴在土地上的孙玉厚勤扒苦做仍然无法维持基本的生存条件。作为农村新人的孙少安要发家致富,就必须对梁生宝当年推行的合作化制度进行改革。他是最早提出土地承包单干的人,认为大家受穷的原因在于搅和在一起,只有单干,才会有出路。路遥完整地记载了1975—1985年土地政策变迁时期,家庭联产承包责任制实施过程中的各种犹疑和阻挠。以田福军为代表的改革派,坚持脚踏实地了解基层情况,从而打开了农村改革的局面。"孙少安们"则用勤劳致富开启了家庭联产承包责任制短暂辉煌的时代。

与路遥的《平凡的世界》同时期,相当一部分打工作家已经开启了"农民进城"的书写历程,如林坚、张伟明的早期作品。而在《平凡的世界》里,孙少安的砖窑厂,孙少平的黄原揽工生活,王满银、金富等人在城市的投机

---

① 李兴阳:《"农村新人"形象的叙事演变与土地制度的变迁》,《文学评论》2015年第3期。

倒把、偷窃等行为,以及政策调整后农民自发的商业活动等均显示着农村务农动力的弱化。至20世纪90年代末,"农村真穷、农民真苦、农业真危险"的"三农危机"成为农村生活状况的代名词。事实上,截至党的十九大,我国才首次提出"坚持农业农村优先发展"的理念,此前相关政策总体向城市倾斜,以农补工是以制度的方式得以确定的。如果说"交公粮""农业税"导致农民负担过重,那么2006年农业赋税制度的废除,为何仍没能阻止农民的进城、大面积抛荒现象依然存在?原因在于,显性的"负担"虽被取消,但隐性的"负担"依然没得到有效解决,农业的"靠天收"和高强度劳动性质导致的入不敷出状况甚为普遍。种地始终纠缠着劳作的汗水与"无尽的苦难",而收成又无法保证,远远不及进城打工省心省力。

2013年以来,"精准扶贫""扶贫攻坚"成为重要的国策,这也从侧面反映脱贫的艰巨性和必要性。王梓夫在小说《花落水流红》中,一开场便铺陈陈瘸子的"赤贫"状态,道出"进城"的必然性:子女众多,已年过半百,身无寸缕也无片瓦之居,生活全然没有着落。此种赤贫状况与陈瘸子后来的"富裕"形成了鲜明对比,"当下之穷"与"而后之富"形成鲜明对比,意在告诉我们"进城"才是中国农民家庭经济改善的重要渠道:再穷的人家,只要进城就能扭转状况;只要等孩子长到可以打工的年龄,特别是女儿多的人家,一俟长大进城打工,便成为家庭的摇钱树。梁晓声的《荒弃的家园》借助一个十七岁女孩芊子的悲剧道出当今乡村的命运,她羡慕别人能进城打工,而自己的母亲却瘫痪在床需要照顾,因此她视母亲为进城的障碍性因素,并精心策划谋杀案。在这部小说里也写了曾经的乡村权威翟广泰为聚拢人心,试图劝人返乡的故事。翟广泰,一身傲骨,曾经为了兑现白条敢于"为民请愿",赢得了村民的尊重,但他却阻挡不住进城的潮流。原因很简单,种地不划算,入不敷出,要想改变贫穷的面貌,必须进城。

而负担之重,又可从社会学著作中窥见一斑。李昌平的《一个乡党委书记的心里话——给朱总理的话》(2000年),陈桂棣、春桃在《中国农民调查报告》(2003年)等以"算账"的方式告诉我们:家庭联产承包责任制之后,农村那种欣欣向荣、农民争相侍弄土地的局面并没有持续多年,农村很快就出现了税收沉重的局面,上演着逃离土地的悲剧。因此,"农民工题材小说"大多仅将关注的目光投向"负担",围绕基层干部与普通民众之间的矛盾架构文学,释放"民怨",这种写法有其存在的现实依据。

威廉·配第有言:"劳动是财富之父,土地是财富之母。"但改革开放以来,因在"在大地上劳作"而"致富"的现象不复存在,农业致富必须依靠"非农业"，"打工经济"逐渐成为农民潜移默化的认知，引发其致富观念的变化。20世纪八九十年代以来勃兴的"农民工题材小说"，就是对"勤劳致富"的解构。即便是近年来的乡土小说，依然延续这一主题。周瑄璞的《日近长安远》、关仁山的《麦河》、付秀莹的《陌上》等小说均存在着一本农民的经济账，进而说明土地抛荒的合理性和现实基础。同时，小说也以务农和打工带来的经济收益的差异，说明进城打工的必然性。在这种情况下，"种田致贫"的观念也便成为近四十年较为流行的观点。

　　勤劳致富，这个亘古不变的道理放在今天市场经济大潮下的农村，显然是不合时宜的。在当代文学中，"劳动"曾经占据意识形态的高位，它不仅意味着生产力的解放，更意味着农民经济与政治地位的确立。在赵树理的《小二黑结婚》《登记》及张爱玲的《秧歌》中，均提及新中国成立初期婚姻登记的惯用语——"因为他/她能劳动"，说明结婚中劳动力的必要性因素。当然如蔡翔与黄子平所述，当代政治概念系统中的"劳动光荣"和"劳动惩罚"也使得"劳动"成为一种伦理。这种伦理体现在农业劳动中便是对于土地的热爱。在改革开放初期，乡土小说总是洋溢着一股"劳动致富""冲天干劲"的喜气，这在张一弓的《黑娃照相》，高晓声的《李顺大造屋》《陈奂生上城》，何士光的《乡场上》，铁凝的《哦，香雪》，路遥的《平凡的世界》等中均有体现。特别是路遥在《平凡的世界》中频频向"劳动"致敬，劳动成为孙家人乃至中国农民的哲学，也是路遥的哲学——土地不会辜负人。不爱劳动的王满银和骑马戴花的孙少安、单干后田福堂家地位的下降与孙少安家地位的上升、孙少平煤矿生活的得心应手和其他矿工的节节败退形成了鲜明对比，屈辱与尊严、家庭发展与家族荣耀均来自劳动。然而在今天，"劳动"这个外来词逐渐接近其原始的"下苦力""受苦"等无奈的生存方式。支撑人们在土地上劳作，其前提就是劳动与致富的挂钩，家里劳力多、爱惜土地、勤劳，这是家庭联产承包责任制时代的致富神话。当然，这也必然得益于农民身份的固化——不流动。一旦流动，农民就意识到这世界上有很多赚钱的方式，不必靠天吃饭，旱涝保收，"劳动"可以最大限度地实现其经济价值。因此，《平凡的世界》作为一部劳动的史诗性作品，很难复现，"农民工题材小说"涉猎农业生产劳动，基本上就是对"劳动的解构"。即便是《平凡的世界》，从严格意义上讲，孙少安的致富得益于制砖厂，而制砖厂隶属企业性质，他本人实际上是第一代乡镇企业家，且他的妻子贺秀莲多次提出放弃土地，专心经营制砖厂。

　　其次，城市化进程带来的土地经济致使农民无地可种。"人口的集聚与空间的扩张是城市化的两大显著特征。资本、移民与土地构成了中国城市化的核心要素。"①国家和地方的税费逐年增多,使农民不堪重负不愿种田地,而各级政府及商业集团为了自身利益廉价地从农民手中长久或永久性夺去土地,使越来越多的农民失去赖以生存的土地。当资本和大量现代资源都流向城市,而农民无法依靠土地享受现代的资源时,农民与土地的分离就势在必行。这在20世纪末新世纪初的很多长篇小说中均有体现。在此仅以贾平凹的《秦腔》、赵德发的《缱绻与决绝》、莫言的《生死疲劳》为例加以说明。

可以说,《缱绻与决绝》是半个多世纪以来中国农民与土地关系的形象描述。赵德发塑造了地主宁学祥(为了保住土地而不惜牺牲被土匪抢走的女儿绣绣,并造成了绣绣和苏苏的悲剧命运)、封二(一辈子只想着置地、多弄牲口,到死还念念不忘,将种庄稼的窍门一一传授给儿子)、封大脚(继承了父亲爱地如命的本性,合作化时期装疯卖傻,一旦单干了就恢复其本性,坚守庄稼人的本分,一门心思种庄稼)、封运奎(在村里年轻人纷纷外出打工的浪潮中,不为所动,惜地如命,甚至为了土地与官员发生冲突)等热爱土地的农民形象,他们对土地的爱源于土地对他们的馈赠,既有物质的(如生存),也有精神的(如尊严、财富的象征)。如果说,所有的乡村企业家及地方政府本着为民造福的愿望来利用土地,可能会出现关仁山的《麦河》中虽与传统耕作方式告别却仍未离开土地成为农业工人的现状。换言之,合理利用土地创造财富,农民仍然可以延续种地的历史传统。由此可见,农民对待土地态度出现分歧的根本原因在于无土可耕、土不为民所有、土不为民所用的情况。不可否认,县政府、乡政府的出发点是好的,是为了刺激经济发展,所以才组织了一次次的"圈地运动"。然而政府鼓励农民上报项目,盲目建各种厂矿、经济开发区,每一次都需要占领大量土地,且每一次都是劳民伤财,白白荒废了土地。更为可怕的是,农民不仅得不到征地补偿款,还倒贴各种费用,为了讨生活,他们不得不以打工为生。也就是说,除却农民负担问题,盲目的经济开发是要负一定责任的。《生死疲劳》中也这样的状况,西门金龙与庞抗美相互勾结,打着打造西门屯旅游开发区的名义聚敛钱财,而丝毫不顾及家乡人民失去土地的痛苦心情。《秦腔》中也存在类似的父子冲突。夏君亭身为新时代的农民,是改革派的代表,他顺应市场经济的潮流,决心要在清风街十八亩良田上建造农特产品贸易市场。初衷没有错,但问题在于夏君亭这样的人往往是乡村权力的掌管者,

---

① 熊易寒:《移民政治:当代中国的城市化道路与群体命运》,复旦大学出版社,2019年,第112页。

他们与农民的利益是对立的(至少从农民的角度来讲是这样的),不可能像《湖光山色》中的楚暖暖那样真正做到大公无私,他们创造的"经济效益"在很大程度上并没有真正受惠于民,他们所谓的"招商引资",不过是一次又一次的"圈地运动",直接缩减了农民的土地。客观上,也造成了人多地少的局面。人多地少,负担又重,也就再次证明了农民进城的必然性。小说中为征收税费引发的"年终风波"也从侧面验证了农民负担之沉重,以及农民出走之无奈。

这股潮流我们称之为"城市化"。"城市化"的应有之义便是迫使农民与土地的分离,使之成为无产者,从而实现劳动力的商品化。关于这一点,最形象的表述可能是《城市来了》。作为城市化核心要素的土地在城市就体现为"地产运动",好地段完全被开发商占领,并日趋向郊区与农村扩张;而在农村则近乎一场"毁村运动",乡村的优美环境、地下的矿藏资源,都成为可瓜分的资源。李兴义的小说《城市来了》基本上采用"反现代性"的写法,控诉畸形的城市化、工业化和现代化浪潮。"城市来了""城市要把农村给吃掉了",这样的话语自然有些过于夸张,也会忽视绝大多数农民的窃喜之情。然而不容忽视的是,城市的确是以吞噬和侵入的方式占有了农民赖以谋生的土地,加剧了农民与土地的分离速度。

由此可见,城市化对中国逆"梯度"式人口转移的作用不可小觑。"土地争夺战",尤其是房地产开发公司大量侵占土地,严重摧毁了农民的生存方式。在此以刘继明的《生死扣》为例。《生死扣》采用的是由小见大的写法,将一则社会悲剧引向当下的思考:农民没有了土地,他们的出路在哪里?扣子所在的撮箕湾被山水公司看上,他们决意要开发"山水人家",但这直接关系到村民的生活空间。当然对于那些已在城市扎根、有稳定收入来源的人来说,能搬迁到城市是求之不得的事情,因此他们自然对拆迁一事不会持反对意见。典型的如村长,他儿子在县城做生意,已经脱离了以土为生的命运,而且他家的房子有三层楼,按面积拆迁能补偿几套单元房,自然成为拆迁的支持者和动员者。他对扣子这样有文化对其施政有威胁的人采取"怀柔政策",而对大牛这样的顽强抵抗者采取"莫须有的罪名"予以关押,对无力反抗者采取威逼利诱的政策,其目的只有一个——逼迫农民搬迁。无论是村长、常小娥这样的村民,还是张刚这样的普通职员,乃至政府官员,都达成了一致意见,对村民形成了无形的压力,最终导致了血的悲剧。张刚虽然死了,施工暂时停止,但可想而知,村庄最终还是要被"占领",成为山水公司所说的"城市的后花园"。

在此种情况下,农民的出路在哪里?农民与土地的关系史实质上是农民为生存而进行的抗争史和奋斗史，这个时候他们从城市看到了生存的曙光。城市的优点之一是吸引穷人前来，"穷人没有快速致富的管道，但他们可以选择城市或乡村，而许多人合理选择了城市"①。城市"一直提供穷人脱贫的途径。有时候，向上流动的美梦不一定能实现，但这正表示我们应该继续留在城市打拼，而非把希望寄托在乡村生活"，"城市带来改变，无论对社会或个人都是如此，对于没有食物、医疗或未来的人来说，维持现状绝不是件好事。在这个世界上，有属于乡村与贫穷的部分，它的步调就像冰河一样缓慢，维持现状绝不是件好事。……这个世界也有属于城市与贫穷的部分，它的面貌瞬息万变。而唯有变化才能带来机会"。②质言之，"进城"是农民"穷则思变"之后的重要举措，也是人类生存本能的正常反应。

当代乡土文学中，人生道路的选择往往借助农村青年人的爱情选择予以呈现。在《创业史》中，关于徐改霞选择进工厂当工人还是留下来跟梁生宝在一起时，柳青说了这样一段话：

> 人生的道路虽然漫长，但紧要处常常只有几步，特别是当人年轻的时候。
>
> 没有一个人的生活道路是笔直的、没有岔道的。有些岔道口，譬如政治上的岔道口，事业上的岔道口，个人生活上的岔道口，你走错一步，可以影响人生的一个时期，也可以影响一生。③

这个问题在《人生》中再次被提出，既是一个现实问题，也是一个哲学问题，具有很强的针对性，是对当时农村青年问题的警戒之言。徐改霞和梁生宝是作为两个路线为准绳而设计的农村知识青年。他们不存在选择的可能性，只能依据社会为他们的设计而选择，这是时代的悲哀。需要注意的是，以爱情抉择折射人生进退，以人生进退隐喻社会转型时期的观念冲突，是柳青小说的惯用策略。路遥在继承导师柳青的笔法时，提出"城乡交叉地带"这一概念，并将这段类似警句的鞭策之语渗透进每一个人物的灵魂中。路遥笔下的人物在改革开放初期，在考大学、分配工作、工作升迁、结婚对象选择等问题上，均浮现出人生选择的难题。

---

① [美]爱德华·格雷瑟：《城市的胜利》，黄煜文译，时报文化出版企业股份有限公司，2012年，第34页。

② [美]爱德华·格雷瑟：《城市的胜利》，黄煜文译，时报文化出版企业股份有限公司，2012年，第148页。

③ 柳青：《创业史》，人民文学出版社，2005年，第182—183页。

柳青和路遥均是将读者的理解寄托于未来,不能说他们没有如愿以偿。带着坚定社会主义信仰的柳青,以及坚信民间价值的路遥,他们心目中还有"改革"二字,还能以"改革"的前瞻性期待来给小说一条通向光明的路径。但到了刘继明这里,"改革"已经不能为叙事提供某种优越的力量。在刘继明的《生死扣》里,我们看到了《平凡的世界》对"底层人"的影响:一方面,"底层"青年能够不畏逆境,奋起抗争,争夺生活和命运的主动权最终改变自己的命运;另一方面,大学生田晓霞和揽工汉孙少平能克服身份的鸿沟而达到灵魂的契合。这种跨越城乡壁垒的爱情感动了在现实中备受爱情折磨的"底层"青年。但刘继明思考的不是这些,他思考的是孙少平今天的命运是什么?新的土地流转制度下,农村青年的路在哪里?只能是"出走"。

"进城"已是潮流,农民被裹挟其中,基本上已无选择的可能。在我们的日常生活词汇中,"农民上楼""圈地运动"(房地产、各类产业园、厂矿企业等)"村庄消失"等已不陌生,面对一个日渐衰败的村庄,有谁还愿意将之视为生存意义上的故乡呢?这就是为何刘庆邦在《进城去》中已经无法为"进城"找到合理理由的缘故吧!在乔叶的《盖楼记》和《拆楼记》中,人们纷纷"种房子"等着拆迁,他们与老宅、与土地的关系均已发生了逆转。因此,不管我们承认与否,小型粮食加工厂、油坊等逐渐在乡村消失,取而代之的是超市,里面琳琅满目的商品足以满足村民的供需,"种粮"不吃自己的粮也成为一种常态。农民与土地的关系日渐疏离,农民慢慢转化为农业工人。

最后,我们还应注意到机械化大生产释放的农业劳动力。在《平凡的世界》中,农业劳动是这样的:起早贪黑抢种抢收,男女老少各有分工,镰刀、锄头、镢头、扁担等传统农具得到精心呵护……而随着现代化的快速发展,传统小农经济逐渐被机械化大生产所替代。华中科技大学编写的《回乡记》中有这样一个例子:尚不满五十周岁的壮劳力王泉林,一直在城市打工,和妻子过着"男工女耕"的生活,后因妻子罹患尿毒症,他不得不返回故乡,收入锐减。这个家庭因病返贫。穷则思变,王泉林从2010年开始,在短短的两年内相继流转一百五十多亩土地,并利用国家的政策扶持贷款购置现代化农业机械,替代原本的小农作业。在他不断地努力下,在家务农的收入开始逐渐超过了打工收入。而在关仁山的《日头》中,曹双羊采取工业的方式管理土地,农业生产的全过程都有严密的管理流程。可见,机械化大生产释放了大量的劳动力,这也促使他们大多最终流向了城市。

总之,20世纪90年代至今,"进城"成为中国农民"创业历程"的重要阶段。即便是作为乡村振兴战略的主旋律小说《金谷银山》也难以回避这样的事实："进城"则生,不进城则"死"。村中的先富群体如庞大辉、马玉刚、范少山等人无一不是闯荡城市的先行者,他们在城市摸爬滚打多年才改变了世代受穷的现状。当下的扶贫攻坚题材小说,召唤新产业工人回乡创业的口号基本有二:最核心的是在家赚的钱并不比城里少,背井离乡赚钱无法赡养父母和孩子,还得忍受各种歧视。然而绝大多数乡村产业较为落后,无法创造足够的就业机会,从事艰辛低效的农业生产劳动会被视为"没本事"的代名词,因此凭着对农业生产本能的抗拒和改变命运的冲动,只要其劳动力尚未丧失,绝大多数农民仍会选择在城市就业。

二、到达大都市:城之诱惑与农民的文化心理

"从乡村到城市"是人类历史发展的基本规律。在西方,关于未来社会的美好想象,基本上是以城市为范本的。无论是柏拉图的理想国,托马斯·莫尔的乌托邦,抑或康帕内拉的太阳城,乃至19世纪的空想社会主义,概莫能外。而在中国,关于未来社会(理想社会)的设想,虽以乡村为蓝本,但其背后有着城乡兼美、美美与共的思想。

那么城市是什么?乔尼在《梦想之城》中这样描绘城市,它"召唤着我们心中潜藏的梦想,因为广大与多样的城市世界,意味着幻想、希望、偶尔的满足和忧伤、期待、孤独……城市不仅是一个地方,也是一个'变化之地',一座'梦想之城'"[①]。威廉斯(Williams)的《乡村与城市》以悖反性的词汇描述人们对于不同居住形式的城市与乡村的看法,关于城市的正面看法是它"代表成就的中心:智力、交流、知识",而负面看法则认为它是"吵闹、俗气而又充满野心家的地方……"[②]可见,关于城市与乡村的观点始终有着特定的历史背景,但这并不能改变城市本身的"文明""未来"属性及人们对它的向往。

对当代中国而言,城市是混杂着物质、文明和身份特权的暧昧复合体。在城乡的天平上,城市自然属于"高贵"的那一端。《人生》中的高加林认为"农民就是奴隶",显示出城乡二元结构导致的"贱农主义""城市拜物教"已经内化为中国农民的集体无意识。新中国成立后,"50后""60后"乡土作家在追溯自己登上文坛的初衷时,往往会提及城乡身份制度,以及表达对

① 张英进:《中国现代文学与电影中的城市:空间、时间与性别构形》,秦立彦译,江苏人民出版社,2007年,第98页。

② [英]雷蒙·威廉斯:《乡村与城市》,韩子满、刘戈、徐珊珊译,商务印书馆,2013年,第1页。

写作改变自身命运的热望。而打工文学作家干脆将身份转换视为写作的重要途径，深圳也为"打工文学"设置"深圳户口"这样的奖励。投射到文学作品中，便形成了中国特有的城乡迁徙主题。新时期至今，文学中的诸多爱情悲剧和人生悲剧均源于主人公的农民身份。路遥的《人生》中高加林的爱情悲剧，《平凡的世界》中孙少平、孙少安的爱情纠葛，李佩甫的《城的灯》中冯家昌的始乱终弃等即为体现。

尽管在今天，我们可能从生态主义角度和传统道德去留恋乡村，但对农村人而言，它们根本不具备说服力。夏天敏的《接吻长安街》有力地证明了这一点，他以城乡身份的互换调侃了乡村被凝视的"诗意"。笔底嘲讽的语调已经显示着后现代式的浪漫乡村向往经不起现实乡村生活的考验。平心而论，四时美景、田园风光、优美的人性乃至恬淡的农家生活并非小农生产的基调，繁重的劳作才是生活的常态。所以，汪长尺一味地羡慕城市，想逃离故乡，背叛故乡。这也是为什么广西作家东西选择了《篡改的命》作为演绎农民进城故事的标题，高考被人顶替的汪长尺企图通过篡改自己身为农民的命运，一生饱受折磨，最终妻离子散。为了将被篡改的人生再改回去，汪长尺不惜将儿子送给自己的仇人，而自己在替死后投胎到仇人家，千方百计地留在城市里。

"到城里去"，也是城乡分治制度导致的文化心理失衡，在自由流动后产生一种巨大的反弹。不言而喻，中国的现代化进程就带有鲜明的"城市崇拜"特色，农业种植的艰辛与不可控因素，加上城乡社会制度的分野，均加剧了"城市崇拜"的集体无意识。即便是在新中国成立后三十年，这种无意识也依然存在。当时，城市或者与城市有关的价值观念虽然被视为小资产阶级专有的，是与社会主义阵营对立的危险性思想行为，但依然无法阻挡城市对人的诱惑。在萧也牧的《我们夫妇之间》中，李克和张同志夫妇，一则"返城"如鱼得水，一则"进城"百般不适，最终作为工农兵话语的张同志战胜了知识分子话语的李克。柳青的《创业史》中，徐改霞进城当工人，是无可厚非的。但徐改霞自始至终是遮遮掩掩的，事实上，也没有多少人支持她，除了郭振山。为此，徐改霞不仅失去了自己的爱情，还成了错误路线的牺牲者。然而毛泽东时代的农民对城市并非没有向往。在《创业史》中，徐改霞想进工厂是受蛊惑，但另外三千多个报名女工则是冲着"新生活"来的，她们渴望摆脱农民身份。此外，我们也可以从赵树理关于探讨青年人出路问题的文章中发现，尽管有政治上的强制，但人们心里还是想离开农村的。在《出路杂谈》《才和用》等文章中，赵树理批判的就是不少农村青年将写作视为逃离农村跳板的功利行为，他希望青年们能留在农村安于农业生产,为消灭三大差别而努力。可惜,他的劝说不仅没有用,还遭到了相当多的谩骂。

"城市文明作为一种诱惑,一种目标,时时吸引着大批的乡村追随者;而乡村追随者为使自己能融入城市,必须经过一番脱胎换骨的思想蜕变历程。"①曾几何时,为了进城,农村青年付出了沉重代价。路遥不仅写出人生选择、就业分配、教育资源等的差距,更触及眼界、世面等的城乡差异。城里的学生高中毕业就近插队,名为插队却并未劳动,且不久后就回到父母身边顺利找到工作,成绩好的则继续复习至考上大学。而农村的学生则不能不回到老家劳动,延续父辈的命运;在招工方面,城市户口则是门槛,宁要吃官饭的废物,也不要有才华的农村青年,他们只好四处揽工,一生漂泊;在教育资源方面,返乡知青多次复习无奈底子实在太差屡考不中,而下乡知青则凭借扎实的底子和便捷的信息渠道、复习资料等考上大学。乡村的孩子无论是物质条件还是师资力量都远远落后于城市。小说《人生》《平凡的世界》就集中反映了这一点,路遥聚焦于城乡交叉地带,关注现代化进程中农民对于身份蜕变的愿望,以及在此过程中他们的生存焦虑与文化焦虑。在当下"农民工题材小说"中,城乡文化冲突,道德本位与历史进步,反叛与回归等矛盾均可以在路遥的小说中找到。高加林这个人物及其悲剧命运仍然在不断被复制,他认为农民是奴隶而不是主人的体验也没有时过境迁,他雄心勃勃的野心和城市遭际更是诸多新产业工人命运的现实写照。他所做的一切就是改变命运——不再做农民,但他始终摆脱不了"农民"这一身份的宿命感,即便是他最终能够成为城里人也缓解不了他的精神焦虑。同样的,在李佩甫的《城的灯》中,"灯"这个意象在小说中一再出现,它就是城市,就是主人公冯家昌的方向。贫困而卑贱的冯家昌,其生存的动力就是改变命运,为此他背叛爱情、出卖友情、利用亲情,依靠各种卑劣的手段达到了目的。但他却背负着沉重的精神枷锁,被家乡所唾弃。从这些小说中,我们均可以看到农民为自己的身份突围所付出的沉重代价。

或许对这些乡村精英而言,身份突围的悲剧意义更为明显,毕竟他们对城市的理解带有追求人生价值的意味。但就普通农民而言,城市的吸引力同样在于它能改变他们的贫困生活和获取"见世面"的机会等向上的流动渠道,他们的心底同样怀着这样的心理期待,同样也带有身份突围的意味。范小青的《城乡简史》、鬼子的《瓦城上空的麦田》、夏天敏的《接吻长安

---

① 柳冬妩:《从乡村到城市的精神胎记——关于"打工诗歌"的白皮书》,《文艺争鸣》2005
年第3期。

街》、刘庆邦的《到城里去》等均体现了普通农民期望借进城而改变"农之子恒为农"的命运。以《到城里去》为例,成为"城里人"是主人公宋家银生活的全部,为此,她精心设计自己的人生,还力图控制丈夫杨成方和儿子的命运,最终却在某种程度上成为悲剧的制造者和受害者。宋家银设计的人生分属计划经济时代、改革开放初期、市场经济时代,她先是看重工人家属的身份,继而崇尚物质生活的改善,再接着随波逐流迷失方向,这背后隐藏着不同历史时期人们缘何进城的深层社会动因。最后,刘庆邦对宋家银的行为失去了判断能力,对当下现实产生了无能为力的炫惑之感。但他知道,在进城成为潮流的今天,"不进城"就是无能的表现。

"为了生活,或者说为了生活得好一点,我们抛弃了传统的观念,远离故土和家园以及亲人,扛着命运走进城市。"①带着既往的精神隐痛走向城市,但什么样的城市会成为新产业工人的首选? 毫无疑问是"南方"。因为改革开放和市场经济带来的"春天的故事",使得20世纪80年代的广东成为与内地不同的"南方"和希望的热土。"到南方去"成为那个时代的主流,"东西南北中,发财到广东"便是当时的真实写照。1979年,我国设立四个出口特区,除厦门外,深圳、珠海、汕头均隶属广东省。1992年,邓小平到南方视察,深圳更成为改革开放的前沿和市场经济的代名词走在时代前列。广东率先享受改革开放的各种优惠政策,吸引了大批的港台企业投资建厂。这些企业以"三来一补"劳动密集型工厂为主,需要大量的劳动力,所给的报酬自然也是内地无法相比的。悬殊的收入差距,促使无数来自内地的青年,踏上了广东这片神奇的土地,"没有比'发财在广东'更具诱惑力的了,在广东连捡破烂都能发达"②。

凯文·林奇在《城市意象》一书中,指出城市存在着一个由许多意象合成的、具有唯一性和不可重复性的公众意象,其物质形态由五种元素构成:道路、边界、区域、节点和标志物。道路系意象的主导元素,是"观察者习惯、偶然或是潜在的移动通道",边界作为线性要素乃"两个部分的边界线""连续过程中的线性中断",区域作为意象的基本元素是"观察者能够想象进入的相对大一些的城市范围",节点是"人们往来行程的集中焦点",标志物则是"观察者的外部观察参考点"。③而在林坚的《深夜,海边有一个人》,张伟明的《我们INT》《下一站》,吴君的《出租屋》和王十月的《出租屋里的

① 周崇贤:《漫无依波》,《作品》1995年第6期。
② 黎志扬:《打工妹在"夜巴黎"》,《广州文艺》1995年第2期。
③ [美]凯文·林奇:《城市意象》,方益萍、何晓军译,华夏出版社,2001年,第60页。

磨刀声》《31区》等早期的"农民工题材小说"中，深圳就是由道路(深南大道、皇后大道)、边界(出租屋和工厂)、区域(关内与关外、工业园区)、标志物(大海)等构成的南方城市。其中，道路除了地标性的深南大道和皇后大道等，并没有想象中的宽敞与整洁，而是尘土飞扬和混杂着香蕉林、木瓜树、荔枝林的农田小道，显示出深圳、广州、东莞等改革开放前沿阵地"南方"的蜕变和蓬勃朝气；蛇口工业园区和南方工业园区的工厂往往以"三来一补"企业为主，经营者及公司高管绝大多数是香港人乃至外国人(以日本人、欧美人居多)。在空间形态上，它并不是由单一的生产车间和宿舍、食堂构成，而是混杂着技术、管理经验等，因此工厂流水线及繁重的劳动将人的异化与人的蜕变纠结在一起，甚至后者占了上风；出租屋对于相当一部分打工者来说有些奢侈，他们因暂住证等问题会首选包吃包住的工厂，仅有少部分人因恋爱、暂时无工作等原因选择偏僻低廉的出租屋。狭小、逼仄、拥挤不堪是出租屋的典型特征，显示出打工者地位低下和尊严的丧失；大海是典型的南方意象，大鹏湾、小梅沙是被称为"北妹""捞仔佬妹"的内陆人的向往之所，也成为老板犒赏他们的许诺和至上荣誉。

深圳意象仅是深圳城市的表面，而深圳之所以成为深圳是与它的个性紧密相关的，那就是——开放、拼搏、竞争和效率。深圳是在"杀出一条血路来"式的勇气中涅槃重生的，"胆子更大一点，步子更快一点""时间就是金钱，效率就是生命"至今仍是耳熟能详的嘹亮之声。应该说，20世纪八九十年代的现代化进程参与到城市形象的建构之中，使得早期的新产业工人题材文学带有改革文学的部分特质，并高度张扬个体奋斗和新的社会秩序为核心的，与改革开放意识形态相适应的社会理想。在这些小说中，深圳为人提供了成长的空间，被赋予了理想主义气息，机遇、冒险、财富、神奇等成为"深圳梦"的内核。此时的深圳正处于"内陆—港台(甚至日本、欧美)"的全新关系体系中，它混杂着乡土的气息但又有着蓬勃的生机。而展现内地与沿海文化观念的碰撞与融合，以及改革开放带来的"观念的革命"则成为早期新产业工人题材文学的应有之义。快速找到工作、向上流动、获得与之匹配的生存住所和休闲方式，并与旧我告别，便成为新产业工人的梦想与蜕变之路。在林坚的《深夜，海边有一个人》中，主人公陈可化的苦恼不过是前现代儒家伦理受到工业时代竞争伦理的冲击，最终他认可了香港领班余师傅"要搏杀才能有出路"的理念，拥抱了以竞争和效率为圭臬的工业文明。在安子的《打工女郎》中，主人公康妮直言深圳是一个可以拼搏的世界，是深圳让她找到自我，实现了自我价值。有相当多的打工妹经历着白天打工，夜晚上夜校，拼命留在深圳从而逃避青春过后不得不返乡嫁人的命运,在她们眼里,深圳就是"做人的空间"。

老一代农民进城为了生存,新生代农民进城为了寻梦。城市就是物质与梦想的聚集地,它既是天堂又是地狱。就像当年移民潮中广为引用的那句——"如果你爱他,就送他去纽约,因为那里是天堂;如果你恨他,就送他去纽约,因为那里是地狱。"将纽约换为深圳、上海、广州、北京等也一样适用,其根底就在于城市就是与农村截然不同的地方,那里有着"自由的空气"和"逼仄的空气",而前者始终占了上风。从"落后""前现代"的农村进入"文明""现代""先进"的城市,便也成为一种潮流。

三、制度之殇与城乡分治:户籍制度壁垒的松动

农民流动的先决条件是户籍制度的调整。长期的城乡分治导致中国农民对自身身份的批判性认识和对城市的向往早已深入人心。因为户籍制度并非简单的身份固定、区域流动限制制度,它因先在的世袭原则决定了它还与就业、教育、医疗、养老等福利待遇挂钩,更与工作机会、发展潜能直接相关,这就直接导致了中国农民向往城市的心理,成为"城里人"也一度成为"逆天改命"式的身份博弈。

1978年以前,为了优先发展重工业,实现资源调配,国家采取计划经济体制,并以户籍制度的方式确定城乡分治的国策。1949年9月,《中国人民政治协商会议共同纲领》颁布,第五条明确规定:"中华人民共和国人民有思想、言论、出版、集会、结社、通讯、人身、居住、迁徙、宗教信仰及示威游行的自由权。"但与此同时,由于城市治理一向是较为薄弱的地方,它集中了各种诸如反动特务、官员、封建地主及犯罪分子等"特种人员",所以中共设立军事管制委员会,由公安派出所专门负责户籍管理工作。1950年8月,公安系统在内部颁布《特种人口管理暂行办法(草案)》。1951年7月,公安部颁布《城市户口管理暂行条例》,统一规范城市户口管理工作。此时的管理工作仍延续抗战时期的动员、劝服等策略方式,迁徙自由仍是其中的法则,但城乡之间的割裂已获得制度上的默认。1958年1月,全国人大常委会通过《中华人民共和国户口登记条例》,奠定我国现行户籍制度的基本格局,它以法律条文的形式将城乡居民区分为"农业户口"和"非农业户口",并限制农民进入城市,限制城市间人口流动,从而形成城乡分离的二元经济模式。1964年8月,国务院批转了公安部《关于处理户口迁移的规定(草案)》,提出严加限制"农村向集镇、城市"的迁移行为,其配套的政策,主要有对"盲流"的管制。1957年12月,中共中央、国务院颁布《关于制止农村人口盲目外流的指示》,1958年2月25日颁布《关于制止农村人口盲

目外流的指示的补充通知》;1959年3月11日颁布《关于制止农村劳动力盲目外流的紧急通知》,1959年1月又颁布《关于立即停止招收新职工和固定临时工的通知》,这些政策以行政命令的方式阻止农民进城。在相当长的时间内,"盲流"与割资本主义尾巴、道德败坏等密切相关,典型的如路遥《平凡的世界》中的王满银。王满银自称是祖传三代的二流子,天生的逛鬼,不爱农活,流窜到全国各个城市,因此被劳改、被遣返,让老实忠厚的孙少平一家抬不起头来。

王满银的遭遇并非孤例。但鲍昌的《盲流》显然与路遥对"盲流"的态度有所不同,前者没有赋予"盲流"懒惰等负面品行,而是采取客观冷静的态度书写不同"盲流"的遭遇。作为我国第一部全面关注"盲流"生涯的小说,鲍昌的《盲流》(上海文艺出版社,1986年)常被与艾芜的《南行记》进行比较,被视为流浪汉小说。主人公史岱年颠沛流离的逃犯生涯、雄奇壮阔而又充满凶险的大西北地理风光,以及颇具野性、坚韧、真诚、善良的各色"底层"们们,成为研究的焦点。这在某种程度上稀释了"盲流"二字的历史沉痛感。"盲流"即未经许可离开乡土盲目流入城市的农民,从某种层面上可以说,它是"农民工"的前身。在《盲流》中,盲流大致可分为三类:第一类是因正义而被家乡放逐的政治流亡犯,如史岱年。他因"蓄谋杀人未遂罪"而被诬陷下狱,却不甘成为"四人帮"的阶下囚,在押往青海劳改农场途中跳车逃跑,隐姓埋名,亡命于大西北。在三年的"盲流"生涯中,他顽强地生存、挣扎、卖命干活,绝不偷奸耍滑,同时,他又疾恶如仇,坚决不向黑恶势力低头。他的存在是对"四人帮"势力的控诉和对"文革"的反思。第二类是以崔连登、曲木三、尕豆妹为代表的为生活所迫的农民因讨生活而沦为"盲流"。崔连登是河南商丘人,穷得熬不住了,就来到了甘肃,成了老"盲流"。曲木三和尕豆妹父女二人,命运多舛。曲木三在甘肃无法活命,远走新疆寻找活路,渴望能给苦命的尕豆妹嫁个舒心的人家,过上安稳的日子。尕豆妹先是被曲木三卖给四十多岁的老矿工,后老矿工死后,她又在不知情的情况下嫁给一个早已结婚的年轻矿工,后被其妻子赶走,只好讨饭度日。母亲病危,尕豆妹返乡花尽所有积蓄,还被两个姐姐嫌弃,只好再次流浪。第三类是何欢喜这样的品行败坏的投机"盲流"。何欢喜乃上海人,带着一帮"盲流"打家劫舍,投机倒把。在前两类人的"盲流"生涯中,劳教、被抓进收容所、逃命、卖苦力等均是稀松平常的事情。他们不仅要忍受繁重的体力劳动和颠沛流离的生活,还要隐姓埋名克制自己的思乡之情。

需要注意的是,上述"盲流"的流徙之途主要是人烟稀少的甘肃和新疆,基本没有涉猎城市。无论是史岱年、曲木三、崔连登还是何欢喜等人，作为社会秩序的溢出者，并非城乡势差的存在，史岱年和何欢喜的东部故乡及崔连登的中部故乡都是逃离之所。因此，有必要回到"农民工题材小说"中的"盲流"书写上来。在杨志军的《最后的农民工》中有这样一段话：

> 那时候的农村人是不能进城的，进了城就是"盲流"，就是"黑人黑户"。这两个称呼显示了他们的处境，就像瞎子一样，盲目外出，到处流浪，既无亲友可以投靠，又无驿站可以落脚，在罪与非罪的边缘寻找活下去的机会，在高楼与田野的夹缝里发现改变贫穷现状、获得机体温饱的可能，在国家政策不平等的对待中苦苦求索平等生存的权利，在未知的前途与失落的命运面前追逐遥远的光明，在城与乡、工与农的巨大失衡带来的精神苦闷中挣扎着抓取救命的稻草——那一丝心灵的平衡，因为对他们来说，平衡就是富足。①

很显然，这里的"盲流"背景置换为城市，荒野求生的流离生活被城市务工的生涯所替代。罩子是第一代逃离农村的人，他和其他的"盲流"不一样，他胆大心细屡次逃脱，拼命留在青岛。在和牟汉林偶然间发现鬼宅、君山庙后，他长期栖居过着"不知有汉无论魏晋"的生活，全然不知世事变迁，甚至以挑衅的方式大摇大摆在青岛的街道上游荡，最终在得知"盲流"管制已废止后，才开始其传奇人生。

1978年后，农民进城逐渐成为普遍现象，我国的户籍政策也发生了转变。1984年10月13日，国务院发布《关于农民进入集镇落户问题的通知》，明确指出农民可以自理口粮进城，这标志着户籍制度的破冰。1994年，我国取消粮票等定量供应制度，标志着人口流动的生存障碍基本拆除。与此同时，盲流制度逐渐消失，取而代之的是暂住证制度。暂住证（Temporary Residence Permit）由深圳于1984年首创，是特定时期的人口管理方式，用以登记外来流动人口，并为流动人口提供相应服务。1985年7月，《关于城镇暂住人口管理的暂行规定》出台，标志着我国开始实行暂住证制度，它规定凡年满十六周岁以上的人若居住时间超过三个月，必须申领暂住证。而从事建筑、运输、包工等集体暂住时间较长的，由单位负责人登记造册，并及时报送公安派出所或户籍办公室申请寄住证。与暂住证制度配套的还有收容制度，即未办理暂住证的务工人员一经发现将被收容遣送。1991

---

① 杨志军：《最后的农民工》，作家出版社，2021年，第166—167页。

年,国务院发出通知,收容遣送对象扩大到"三无"人员。2003年6月,国务院公布施行《城市生活无着的流浪乞讨人员救助管理办法(草案)》,暂住证制度被废止。暂住证包含了太多的尴尬与无奈,且因它的强制性常与收容、劳教等紧密结合在一起,使之成为"声讨"的对象。

在新产业工人题材文学中,不乏关于暂住证的创伤情节,如王十月的《无碑》《国家订单》《出租屋里的磨刀声》《收脚印的人》,盛可以的《北妹》,周述恒的《中国式农民工》,邓一光的《怀念一个遥远的地方》等。最为典型的是王十月的《收脚印的人》,这是一部关于暂住证和收容制度的供词和灵魂忏悔的判词,也是一个"底层"作家的"复活"之旅。按照王十月的自述,小说源于"拒绝遗忘"的初衷,既有对改革开放初期中国南方打工群体承受制度之殇的反思,也有对因早年对一名未办暂住证的打工妹"见死不救"而导致的愧疚,它们一同构成了暂住收容制度的谴责。在写作之前,王十月做了大量的田野调查。同时,王十月也回顾了自己在武汉时三次被收容的经历和在广东躲避收容的不堪往事。小说曾被命名为《我要给你看恐惧在一把尘土里》,这里的"恐惧"有两层含义:其一,自然是收容制度强加给打工群体的恐惧,这种恐惧因2003年"孙志刚案"而终结,是一种历史性恐惧;其二,是社会包括新产业工人对收容历史的冷漠、无视、逃避甚至是遗忘,这是当下性的恐惧。而后者的"恐惧"在一个善忘的国度里是需要警惕的,它也因此成为小说真正的着力点。也正因为如此,王十月幻化成王端午——一个濒临死亡的收脚印的人。"收脚印"乃荆楚文化中的巫鬼传说,人从接到小鬼告知死期的那一天起便重走人生路,收回自己的脚印,在将脚印搜集完时便死去。王端午在收脚印的过程中回顾了自己短短的一生,特别是自己打工生涯中犯下的"罪"。

镜头拉回至20世纪的八九十年代,怀揣"南方梦"的王端午背着蛇皮袋和老师的推荐信来到了深圳,遇到了李中标、黄德基、马有贵。四人因共同的驱逐、收容经历同病相怜而结成同盟。白天他们要忍受毫无目的地找工作之苦,夜晚又要躲避保安队的明察暗访。在这期间,王端午因犹豫而眼睁睁看着阿喜被治安队抓走,自己也曾在穷途末路时跳进海里。即便是进了工厂办了暂住证也无法安枕无忧,王端午连同自己的女朋友阿立一同被抓进了收容站。收容站是治安队重要的收入来源,被抓的打工仔会互托老乡来领回,而打工妹的处境则很复杂,极有可能被与治安队暗中勾结的人口贩子赎走或被迫卖身或卖至偏远乡村,王端午的女友阿立就先是被人口贩子强奸后被卖到河北山区。

循常理,饱受治安队欺辱的打工仔会成为暂住证制度的反思者和批判者,而不是发誓日后也要成为治安仔,并在梦想成真后开始了和其他治安仔别无两样的职业生涯。讽刺的是,李中标、黄德基、马有贵、王端午四人就走向了自己的反面,他们成为治安仔后,乱抓乱殴,吃喝嫖赌,成为打工仔眼中的毒瘤,完全忘记了过往。更为可怕的是,他们借着职权之便玩弄女性,先是妓女继而是打工妹。刚烈的陆北川因身材高挑、相貌出众而成为黄德基的猎物,黄德基欲想金屋藏娇,侥幸逃脱的她未能冲出王端午、李中标、黄德基、马有贵的包围圈,情急之下跳海身亡。此事成为王端午一生的"罪",成为其生命难以承受之重。

濒死的王端午开始了救赎之旅,并因收脚印而获悉陆北川的家乡地址、阿力凄惨的命运、李中标和黄德基罪恶的发家史和升迁史……在这里,我们终于明白整个南方企业家的原始积累是"三无"人员的血泪史,李中标、黄德基、马有贵三人商议通过查暂住证的办法解决他们无法发工资的问题。凡是到了工厂发工资的时候,身为保安队副队长的黄德基去突击检查,抓走一批"三无"人员,再以低廉的价格招进急需找工作的新产业工人。换言之,无论是作为知识分子的王端午,还是已经功成名就的优秀企业家、慈善家李中标和公安局副局长李德基,乃至最底层的马有贵,都有着不可饶恕的"原罪"。但他们对自身之罪的认知是不一样的,王端午以托尔斯泰《复活》中的聂赫留朵夫自比,希望李中标和黄德基能够一起自首,还陆北川一个公道。李中标饱受良心的痛苦,通过做善事来缓解,他为汶川地震捐款并将捐献的学校命名为北川,黄德基则不以为然拒不认错,马有贵则抱着冷漠的态度。知识分子的鼓与呼终究无法与资本和权力抗衡,也无法唤醒马有贵这样的"底层人"。这使得王端午的救赎之旅变得荒诞,他也被视为精神病人。时代之病和制度之殇就这样在合力之下被遗忘了。最后,王端午通过下毒的方式,却也只毒死了李中标,自己仍被当成精神病人,在精神病院意外死去。即便如此,王端午依然无法完成救赎,陆北川不是玛丝洛娃,她消失在历史中,其家人也在汶川地震中全部死去。"死无对证"使得王端午的救赎变成个体的狂欢,也使得其忏悔变得虚妄,因为他面对的是整个时代。

随着户籍改革的推进,与户籍制度挂钩的医疗、教育等与新产业工人休戚相关的改革也提上日程。自2013年起,城乡户籍一体化的新型改革逐渐成为显性内容,小城镇落户全面放开,中等城市落户限制有序放开,大城市落户合理规定,特大城市落户仍处于严格限制状态。一方面,九年义务教育已基本得到保障;另一方面,小城镇并非务工地的首选,这就造成了人口流入地特别是"北上广"严苛的户籍管理并没有随着政策的松动而有所改观,反而出现更为严峻的局面。在大城市,购房落户和人才落户成为普遍的社会现状,它们基本与大部分新产业工人无缘。2006年以来,同工不同酬(劳动力不值钱)、子女读书难成为新产业工人题材文学的显性征候,这在曹保印的《草根儿》(2006),徐玲的《流动的花朵》(2008),胡继风的《鸟背上的故乡》(2011),黄蓓佳的《余宝的世界》(2012),王昕朋的《漂二代》(2013),郑春华的《丫中和丫串》(2016),毛芦芦的《姐姐的背篓》《黄梅天的太阳》(2016),范泽木的《我不是坏小孩》(2018),杨争光的《最后的农民工》(2021)等中均有体现。老一辈新产业工人深切感受到的是同工不同酬,自己仅是个出苦力的,丝毫没有假期、奖金、医疗等福利,即便是受了工伤也因没有合同等法律制度的保障,而只能回到家乡苟延残喘地活着。在杨争光的《最后的农民工》中,第一代新产业工人罩子、君保、船生、包爷、鸿儒、郝进青、刘惠民、常发财等人,都有强烈的成为"城里人"的愿望,他们在潜艇学院、海运公司、蓝白场冰库、远达公司等青岛有名的单位工作过,其中郝进青和鸿儒成为正式员工,刘惠民通过公务员考试成为城建三局的副局长。他们的成功既是改变自身命运的努力,更是罩子、常发财、马离农三人高瞻远瞩的规划。与老一辈新产业工人相比,其后代如齐拴柱(后小名叫齐万喜、大名叫齐敬横)上学因没有青岛户口而要多交赞助费,也无法在打工地参加高考,只能回到老家胶南。在王昕朋的《漂二代》中,北京新产业工人子弟学校成绩很差,因为无法在北京参加高考但又拒绝返乡只能选择辍学,成绩好坏根本不在乎。即便是肖祥这样的优等生,也遭受户籍的歧视。

不言而喻,新产业工人既是社会转型的产物,又是社会转型的推动者。关于社会转型,学界莫衷一是,但基本上围绕农业社会向工业社会转型和社会结构转变而展开。郑杭生、李强、李路路等在《当代中国社会结构和社会关系研究》中指出:"社会转型,意指社会从传统型向现代型的转变,或者说由传统社会向现代社会转型的过程,就是从农业的、乡村的、封闭的半封闭的传统社会,向工业的、城镇的、开放的现代型社会的转型,着重强调的是社会结构的转型。在这个意义上,它和社会现代化是重合的,几乎是同义的。"①具体到各个层面的转型就比较多,与新产业工人切身相关的则是社会结构的转型导致的"底层社会"的形成。

社会转型以来,社会分层非常明显,且出现阶层固化的倾向。一方面是掌握大部分资源和财富的总体性精英集团的形成,另一方面是由农村贫

---

① 郑杭生:《当代中国社会结构和社会关系研究》,首都师范大学出版社,1997年。

民、新产业工人和城市中以下岗失业者为主体的贫困人群的社会"底层"群体的逐渐形成,这两大社会阶层在经济、政治和生活各个方面的差距相当显著,形成鲜明的对比。孙立平在《断裂——90年代以来的中国社会》一书中,将20世纪90年代以来的中国社会称之为"断裂的社会",经济增长与社会发展的断裂,大量的农民、下岗工人等弱势群体在社会的发展过程中逐渐被甩到社会结构之外,城乡和地区之间也出现断裂,整个社会成为一个断裂的社会而不是整合的社会。而"底层社会"的构成则是重要体现之一,这些弱势群体被抛掷于现代性的轨道之外,无缘分享社会转型的利益。严行方(《农民工阶层:和谐经济热点丛书》,中华工商联合出版社,2008年)、彭人哲(《基于社会分层理论的农民工阶层研究》,九州出版社,2012年)等人认为,由于城乡二元结构,新产业工人成为一个一头连着农业和农村,一头连着工商业和城市,往返于城乡之间的庞大而又特殊的社会阶层。新产业工人阶层是一个处于城乡文化临界点上的中间性社会阶层,具有边缘性、过渡性和流动性等特征,是我国社会转型的独特产物。

质言之,"农民"作为一个阶级在逐渐消隐。"阶级"本身带有一定的社会政治定位,一旦它消隐了,农民也就失去自我定位了。所谓"边缘人",我们目前还停留在新产业工人的流动与漂泊的生存状态及心灵归属感上,即新产业工人阶层身份的无法获取上,而对历史赋予他们的阶级身份的丧失并没有提及。无论是鲁迅笔下的阿Q、沈从文笔下的翠翠,还是赵树理笔下的小二黑等农民,他们对自身的定位非常明确,特别是后两类农民形象,他们基本上都能找到与城里人相抗衡的东西(优美、自然的人性或曰传统道德、阶级自豪感)。但是在今天,阶级划分标准退出,而阶层划分标准兴起,判断人的社会地位更倚重于经济实力,这更加导致新产业工人的无归属感。事实上,从农民到"农民工",其实隐含着三层意思:第一,背离土地,失去了农民的天然符号和稳固身份;第二,流落异乡,成为"外来者";第三,沦为"底层",成为"边缘人"。因此,新产业工人成为"底层",本身就模糊了其自身的身份,他们和城市的下岗工人等一样,没有较高的社会地位。就中国社会现实而言,带有血统色彩的"身份制"没有转变,只不过此前的身份所依据的很大程度上是政治,是阶级。当然,"阶级"和"阶层"对"农民"来说,还是有细微的差别的。当"农民"尚属一个"阶级身份"时,他们还能依据政治资本换取一定的社会资源,还能在文学中挤占其他阶级的隐性资源。然而当农民成为"底层"之后,经济资源不能占优势,他们必然成为"边缘人"。

总之,20世纪80年代,随着户籍政策的放开,农民进城逐渐成为一种新常态,由早期进城的主体是乡村精英,慢慢发展至人人进城的局面,逐渐形成蔚为壮观的"民工潮"。需要注意的是,与中国历史上的历次人口大迁徙相比,"民工潮"持续时间之久,前所未有。从迁徙方向来看,"走西口""闯关东""下南洋""上山下乡"基本上是从经济较为发达的地区迁往相对薄弱的地区,而"民工潮"主要从西北向东南迁徙,俗称"孔雀东南飞"。从迁徙动态来讲,"民工潮"与"走西口""闯关东""下南洋"不一样,真正迫于生存而背井离乡的人并不是多数,绝大多数还是可进可退,以城补村、以工补农。因此,它最为鲜明的特征是流动且扎根困难,于是在大城市工作而在老家的小县城安家甚为普遍。从迁徙主体的文化中介作用来看,"走西口""闯关东""下南洋"基本上都将迁出地的文化带入迁入地,与迁入地的文化一同塑造了东北、内蒙古等地的不同文化风貌,促进了当地文明形态向更高一级发展。但新产业工人很难保存自己的文化主体性,他们很快放弃天然的乡村文化,并以城市文化来改造自我。丧失文化主体性的新产业工人成为悬浮的文化群体,他们既是城市的他者,也是乡村的他者。因此,我们往往将之视为城市的建设者,而不是文化融合的桥梁。质言之,文化融合的场所并非在人口迁入地,而是在人口的迁出地。从迁徙主体的情感来看,流动性和不确定性是新产业工人的最大特征,他们的焦虑、矛盾和对未来的莫可名状的恐惧则成为最鲜明的心理特征。

第二节 "民工潮"与当代文学风貌

客观地讲,迁徙往往起到开疆拓土、文化交融的作用,并建构了新的文明形式。在此,以"闯关东""下南洋""走西口""上山下乡"为例来探讨迁徙与文学风貌的关系。

在一定程度上,人口迁徙都形成了特定时期的文学风貌,进而形成特定时期的文学题材。"闯关东"作为我国近代移民史上规模最大、历时最长、迁徙人数最多的移民潮,它跨越了自顺治八年(1651)开垦令颁布至新中国成立以前近三百年的历史时空,迁徙人口有三千多万,迁徙方向以东北地区为主要目的地,诞生了最具传奇色彩的"闯关东文学"。"闯关东文学"大多以"闯关东"移民潮为历史背景,讲述移民过程中的生存苦难、精神苦痛和家族兴衰,并以此透视中国近代社会变迁。[①]比较典型的有端木蕻良的

---

① 王欣睿:《新世纪"闯关东"小说的传奇叙事》,《当代作家评论》2017年第4期。

《科尔沁旗草原》,骆宾基的《混沌初开》,高满堂的"闯关东三部曲"(《闯关东》《闯关东Ⅱ》《闯关东前传》),黄世明的《关东过客》《生死柳条边》,李家纬的《关东风云》,刘一达的《皇天后土》,罗遇文的《我家》,刘亚丹和岳治成的《闯关东的汉子》,胡兆龙的《风雪关东》,曹保明的《东北生死场》,张永军的《黄金老虎》等。

而"走西口"移民潮的作品主要展现移民的艰辛谋生史及经商文化,作品数量不多。"走西口"的人主要是内地农业地区的人口越过"西口"而进入内蒙古进而往北发展,即农耕文明人口进入以游牧文明为主的蒙古族生活区域,促使了该地区文明形态的转型、农耕文明与游牧文明的融合。2008年,电视剧《走西口》热播后,出现了一批有关"走西口"的文学创作,大多仍以"走西口"为名,且基本围绕电视剧《走西口》的主题框架设定而进行,集中于"走西口"迁徙潮的晚期,并与近代中国革命史相互缠绕,表现晋商"家国一体"的济世情怀。因此,此后的"走西口"故事大多以"以儒治商、以义制利、诚信为本"的晋商"走西口"为蓝本,描摹晋商的衰亡史。2009年,俞智先、廉越出版长篇小说《走西口》,描绘了山西人"走西口"的血泪奋斗史。此后,同类题材的小说相继问世,如张寿年、党惠贤共同出版的长篇小说《走西口》(上、中、下三部)、邓九刚的《走西口》、王寿龙的《跑口外》,王建中的短篇小说集《往米年》中的《走西口》、朱秀海的《乔家大院》、肖勇的《商途》、李永斌的《第一丫鬟》等。除此之外,还有相当一批民歌、民谣、戏剧等艺术形式以"走西口"为主题,且流传广泛,成为电视剧及文学作品的重要曲调或民俗意象。典型的有曲艺作品《陕北榆林小曲》《山西地方戏曲选》《山西民间歌曲选集》,陕北民歌《走西口》《绣荷包》《赶牲灵》《泪蛋蛋抛在沙嵩嵩林》等。

"下南洋"移民潮的文学作品总量并不多,也是先有影视创作后辐射至小说及报告文学等门类,时间多集中于晚清至20世纪上半叶时期,家国仇恨与个人的发家史相互缠绕,内容以乱世的经商史为主。典型的如俞智先、廉越的长篇小说《下南洋》,杨金远的长篇小说《下南洋》,雾满拦江的长篇小说《怒海妖船》,林筱聆的长篇小说《茶王》,许金聪的长篇小说《闽商下南洋》,吴国霖的长篇小说《广府人下南洋》,郎享伯的长篇小说《民国风云》,陈希我的长篇小说《移民》,张笑天的长篇小说《天之涯 海之角》,辛镛的《海邦剩馥》。除小说创作之外,还有传记文学(耿晓星、韩梦泽的《百年传奇邵逸夫传》,陈小平的《湄洲湾建港第一人——萧碧川》等),报告文学(陈子铭的《大海商》,王宏甲、刘标玖的《吴孟超传》等),戏剧(罗怀臻的琼剧《下南洋》等)等。

同样的，知青上山下乡诞生了一大批具有影响力的作家作品，他们纷纷将关注的目光投向曾经下乡的土地，从而诞生了当代文学以书写地方性知识为主的重要思潮——"知青文学"。基本上，20世纪八九十年代具有影响力的作家很多都有上山下乡的经历，比较典型的有梁晓声、韩少功、李锐、蒋韵、张承志、史铁生、王安忆、叶辛、严歌苓等，代表性作品有李锐的《厚土》《合坟》，梁晓声的"知青文学三部曲"（《这是一片神奇的土地》《今夜有暴风雪》《雪城》），陈村的《我曾在这里生活》，王安忆的《本次列车终点》《岗上的世纪》，韩少功的《远方的树》，张承志的《黑骏马》《绿夜》、孔捷生的《南方的岸》，史铁生的《我的遥远的清平湾》，严歌苓的《天浴》《雌性的草地》，叶辛的《孽债》等。

　　而"民工潮"则形成了蔚为壮观的"农民工题材小说"创作潮流。这股潮流先从深圳的打工作家张伟明、林坚、安子等人发起，后席卷整个文坛，贾平凹、阎连科、铁凝、王安忆、李佩甫、范小青、邓一光、刘庆邦、孙慧芬、刘玉栋等文坛大家纷纷进入这一创作领域，代表作品有贾平凹《高兴》《极花》，阎连科《柳乡长》，铁凝《寂寞嫦娥》《春风夜》《富萍》《上种红菱下种藕》《民工刘建国》《遍地民工》、李佩甫《生命册》，范小青《在街上行走》《回家的路》《像鸟一样飞来飞去》《法兰克曼吻合器》《城乡简史》《城市之光》《父亲还在渔隐街》《我的名字叫王村》，邓一光《怀念一个没有去过的地方》《深圳在北纬22°27—22°52》《深圳蓝》，刘庆邦《神木》《家园何处》《北京保姆》，孙慧芬《歇马山庄》《歇马山庄的两个女儿》《民工》《吉宽的马车》《后上塘书》，荆永鸣《外地人》《北京候鸟》，刘玉栋《幸福的一天》《年日如草》等。就像范小青所说的，在2007年前后几年，她一半的小说都在写"农民工"。我们的生活周围"遍地民工"，维系城市居民日常生活运转的快递员、外卖员、保洁人员等大多出自新产业工人群体。如此庞大的群体构成了我们的日常生活，也构成了一个城市的基本活力和表情，根本无法回避。当城市文学想探寻社会转型时代"人与城"的关系时，当乡土文学还在孜孜不倦地书写激荡的时代风云时，新产业工人必然会成为其中最为亮丽的风景线。即便是在"农民工题材小说"高潮过后，文坛两大小说题材——乡土文学和都市文学仍然关注新产业工人的生活，构成其中的重要段落。

　　"民工潮"对深圳地区社会历史文化的发展和演变起到了不可估量的深刻影响。深圳从一个小渔村一跃成为国际化大都市，全市人口有三分之二是外来人口，且绝大多数是打工者，成为一个"五湖四海汇集起来的""五方杂处和流动性很强的新移民空间"。此外，深圳原本被视为文化沙漠，但因为"民工潮"的带动诱发了人才的虹吸效应，一大批高级人才纷纷南移，形成文化的聚合反应,极大地促进了深圳都市文学的发展。特别是宝安区的"打工文学",成为深圳都市文化的重要旗帜,拥有相对稳定的作家群体和评论家群体如张伟明、林坚、安子、王十月、郑小琼、杨宏海、柳冬妩、周航等,他们活跃在深圳甚至全国文坛,并走向世界,引领着全国的打工文学风潮,举办全国打工文学征文大赛①。此外,近年来广东提倡"粤港澳大湾区文学",2020年8月《粤港澳大湾区文学评论》创刊,聚焦改革开放的前沿阵地广州,聚合香港、澳门等地的资源,梳理三地的文学发展并扶持和推动文坛新生力量。其中一个重要的维度仍然是流水线、铁皮屋、城中村等广东的另一幅面相。与此同时,"新南方写作"的概念也被提了出来,并有集束性的评论出现。质言之,无论是打工作家还是迁深、迁广名家,通过书写、组织新作研讨、文学活动等使广深成为越来越重要的文学场域。

"民工潮"对整个文坛格局的转型并不仅仅在于催生了一大批的都市文学,还使得相对薄弱的都市文学与蔚为大观的乡土文学有了分庭抗礼的底气。北京、上海、广州、深圳相继产生了一大批具有全国影响力的都市"底层文学"写作者,如张伟明、王十月、曹征路、荆永鸣等人。更为重要的是,"民工潮"带来了乡土文学的转型,丁帆、李兴阳、郜元宝等学者认为"民工潮"改变了乡土文学的边界,"农民进城"的文学书写也应该属于乡土文学。即便是很容易辨识的乡土文学,"乡村"不再是主要的地域空间,"城市"反而成为最主要的文化空间,而人物也在城乡之间自如迁徙。质言之,乡土文学与都市文学均将"民工潮"视为写作的重要内容,或者说都在占据其理论的高地。

其次,迁徙也生成了独特的文学审美品质,特别是移民的坚韧精神和开拓精神,可笼统称之为"移民精神"。无论是"闯关东""下南洋""走西口",还是"民工潮"都洋溢着移民为了生存而扎根人口迁入地的坚韧精神。"闯关东"精神就是人类为了追求美好生活敢闯敢干,而又顶天立地铁骨铮铮,深明大义的精神。事实上,新产业工人题材文学也洋溢着一股闯劲,如邓一光的《怀念一个没有去过的地方》、王安忆的《民工刘建国》、刘玉栋的《年日如草》、东西的《篡改的命》中的"农民工"为了能够改变命运、融入城

---

① 全国打工文学征文大赛系深圳市第十七届来深青年文体节组委会主办,宗旨"以关爱来深为目的,讴歌来深青工、全国建设者在中国共产党正确领导下的新时代美好生活,弘扬新时代文学精神,充分展示新时代来深青工、全国建设者的良好精神面貌,特开展全国打工文学征文评选活动。通过鼓励广大青工踊跃参与,丰富青工群体文化生活、提高其文化素养,实现其享有、参与、创造文化的权利。同时,增强来深青工群体的家园意识,共同营造和谐、文明、欢庆的良好城市氛围"。

市，从最基层的工作做起，愿意干别人不愿意干的，抢着干别人不愿意干的，一点点寻找机会。当然，他们中间有的人偏离了原来的轨道，但总体而言，闯荡本身就意味着告别旧我，而创造一个"新我"。

此外，"民工潮"还引发了现实主义的写作潮流。"现实主义"曾经一度是我国文坛的主流，但由于政治意识形态的压抑，现实主义也曾扭曲。而改革开放后，现代主义潮流的风头日盛，现实主义逐渐式微。随着"迁徙"受到越来越多人的关注后，现实主义又逐渐占据文坛主潮。无论是"下南洋""走西口""闯关东"，还是"民工潮"均经历了一个粗粝书写迁徙之难的阶段，在这一阶段，许多作家以自叙传的方式书写，而现实主义的方法较为容易掌握。当迁徙潮逐渐扩展至整个文坛，文坛重要作家仍然以现实主义的方法来摹写迁徙之苦。

当然，就文学风貌而言，"民工潮"并没有催生相对完整的地域性文学，而是催生了"都市文学"及乡土文学的转型；就移民文学的审美品格而言，新产业工人题材文学并不比"闯关东"文学、"下南洋"文学、"走西口"文学那样更注重移民群体的坚韧精神，而是强调他们的文化漂泊状态。

第三节 "流动"与百年来中国农民形象的嬗变

"文学是一个广阔、复杂而微妙的精神性世界。从外在形态看，它由情节、人物、环境等多种元素构成，人物在其中具有举足轻重的地位。从整体属性看，它是形而下的现实生活和形而上的审美意境的有机融合，人物是其中的核心和灵魂。人物形象是文学世界的重要组成部分，它支撑着文学世界，使文学具有了丰富的审美功能和恒久的艺术价值。"[1]阿诺德·贝内特说："优秀小说的基础就是人物塑造……风格是有价值的，情节是有价值的，观点的新颖独创是有价值的，但是，它们中间没有一项像塑造令人信服的人物有价值。"[2]因此，现实主义和批判现实主义作家也以塑造人物形象为己任，为我们提供了一批栩栩如生的人物形象，如于连、夏洛克、奥涅斯金、安娜·卡列尼娜等。就中国而言，作为乡土大国，农民形象是中国现当代文学形象谱系中最重要也最典型的一支，贯穿整个中国现当代文学。每

---

① 段崇轩：《变革人物观念 创造新的形象——关于人物和典型问题的思考》，《中国当代文学研究》2019年第3期。
② 转引自[英]弗吉尼亚·伍尔夫《弗吉尼亚·伍尔夫文集·论小说与小说家》，瞿世镜译，上海译文出版社，2000年，第292—293页。

有时代变迁,必会涌现一大批鲜明的农民形象。可以说,农民形象是作家传达时代变幻与创作理念的绝佳方式。

乡土小说目前有三个传统,分别是启蒙乡土小说、审美乡土小说、左翼乡土小说,与之对应的农民形象有三类:其一,是以鲁迅小说中的闰土、阿Q、祥林嫂为代表的愚昧农民形象;其二,是以沈从文笔下的翠翠为代表的颇带神性色彩的农民;其三,是以赵树理笔下的小二黑、柳青笔下的梁生宝、浩然笔下的萧长春为代表的社会主义新人。

五四运动时期,知识分子以救国救民为己任,关照乡土的视野兼具本土经验与世界眼光,鲁迅也不例外。他将笔触伸向老中国的儿女,意在探讨"国民的劣根性","揭出病苦,引起疗救的注意"。而在其思想资源上又借鉴了俄罗斯文学对被侮辱与被损害的人的人道主义精神。诚如王富仁所说:"对待农民的态度是连接鲁迅前期小说与俄罗斯现实主义文学的一个主要纽带,由这一点出发,使他们都成为充满博大的人道主义精神和深厚的人民爱的文学,使他们都注重农民以及其他'小人物'的艺术题材的选取和描写。"[①]因此,鲁迅笔下的农民是彻头彻尾的"小人物",可他并没有止于肤浅的同情,而是以一种启蒙的姿态揭示他们的愚昧和麻木等国民性弱点。《故乡》《风波》《离婚》《祝福》《药》《阿Q正传》等刻画了诸多各具特色但在灵魂深处又同是"老中国的儿女"的农民形象。阿Q、闰土、祥林嫂、九斤老太、华老栓等已经成为中国文学史上不可多得的农民形象。其中,最为典型的莫过于阿Q了。不言而喻,阿Q已经成为一个符号,既是愚昧、麻木的传统农民的象征,也是"国民的灵魂"的象征。作为一个"流氓无产者",阿Q"没有固定的职业,只给人家做短工,割麦便割麦,舂米便舂米,撑船便撑船",基本上还能保持农民的本性,干活也比较卖力。然而这一点并非鲁迅着意强调的,他着意强调的是阿Q的"精神胜利法"和思想病态,然后加以改造,达到"立人"的目的。在这里,我们能够明显感到鲁迅的"哀其不幸,怒其不争",阿Q每一次遭受重创时,都有一番貌似不经意的解析,将我们带进深深的思考中,让我们看到国民的病态。

当然,鲁迅笔下还有另一类农民形象,他们虽不若沈从文笔下的农民那般具有乌托邦气质,却不乏质朴与善良,如《社戏》中的六一公公及双喜等人。只是启蒙文化批判占了上风,另一类农民形象被有意遮蔽了。换言之,就从文化层面来讲,中国的农民形象一直处于两个极端:蒙昧与通透(乌托邦气质的唯美式人物以及哲人王式的农民)。这两种农民形象虽时

---

① 王富仁:《鲁迅前期小说与俄罗斯文学》,天津教育出版社,2008年。

有沉浮,相互交叠,有时前者占主导地位,有时后者占主导地位,但从来没有哪一个能完全替代另一个。究其实质而言,这两种农民形象均是现代性视野的不同观照,前者带着未来的眼光批判当下,后者带着批判的眼光质疑现代性这一参照系,并在具体的物理空间中幻化出抵制现代性弊端的东西。因此,后者往往将前现代的东西加以美学审视,复现极具道德意义的乡村幻影,创造出一个极具乌托邦气质的"乡土形象"。最为典型的便是沈从文的"湘西"。

以沈从文为代表的审美乡土小说作家则开辟了堪与"老中国的儿女"相媲美的第二种农民形象,他们纯洁、善良,有着健康而又优美的人性。他从乡村视角去观察都市文明,并借助湘西独特的文化气韵,刻画出一大批具有原始野性的农民形象。他说:"我只想造希腊小庙。选山地作基础,用坚硬石头堆砌它。精致,结实,匀称,形体虽小而不纤巧,是我理想的建筑。这神庙供奉的是'人性'。"①"我要实现的本是一种'人生形式',一种'优美、健康,自然而又不悖乎人性的人生形式'。我主意不在领导读者去桃源旅行,却想借重桃源上行七百里路酉水流域一个小城小市中几个愚夫俗子,被一件普通人事牵连在一处时,各人应有的一分哀乐,为人类'爱'字作一度恰如其分的说明。"②典型的如《边城》中的翠翠、《萧萧》中的萧萧等。翠翠作为大自然的女儿,散发着未经雕琢的自然美,她心无杂念、晶莹剔透,过着无拘无束的生活。尽管大佬、二佬两兄弟的求婚在她心底泛起了涟漪,但她依然恬淡自然。而爷爷等人均保持着古朴的民风,即便是性工作者也有情有义。他们远离工业文明的喧嚣,保持着优美而自然的人性,然而从这种静态的农耕文明中又生发出一种严重的不协调感,这种未经雕琢、浑然天成的美及人性的背后是浓重的悲剧色彩。沈从文何尝没有意识到,只是他是有野心的,他意在用乡村文明的恬淡、美好去衬托都市文明的丑恶。③

上述两类农民形象,尚属乡土中国"旧"的农民形象,是"化外之民"的一体两面。而左翼乡土文学(20世纪50—70年代)所着力塑造的是"新人",即新农民。此外,不管是鲁迅笔下的农民还是沈从文笔下的农民均是

---

① 沈从文:《沈从文选集》第五卷,四川人民出版社,1983年,第228页。

② 沈从文:《沈从文选集》第五卷,四川人民出版社,1983年,第231页。

③ 这里回避了沈从文作为一个"乡下人"为了闯入文坛主流而采取的"自我湘西化"的叙事策略。关于这方面的研究可参见龙惠萍、张志忠:《从"他者"到乌托邦——沈从文前期创作中的文化身份认同与叙事策略》,《湘潭大学学报(哲学社会科学版)》2010年第4期。

文化意义上的农民,尚未涂上意识形态色彩,而"新农民"则是意识形态意义上的农民。由于我国政治、思想、文化重心朝着工农兵方向倾斜,特别是1942年《在延安文艺座谈会上的讲话》确立了文艺的"工农兵方向",文学创作便出现了一个仰视农民的特殊时期。毛泽东用阶级分析的方法,不仅指明文艺的方向,还奠定了一套新的话语逻辑。他认为"无知者""卑贱者"高贵,扭转了五四运动以来启蒙者和被启蒙者的关系,使农民成为"启蒙者",而知识分子成为"被启蒙者"。因此,农民身上的愚昧、麻木、落后等都不见了,取而代之的是勤劳善良、意志坚定、忠贞不移、思想觉悟高、阶级立场鲜明等。这一阶段的农民形象的塑造始于赵树理,素有"赵树理方向"之称。应该说,赵树理笔下的农民是鲜活的,他笔下活灵活现的乡土人物"吃不饱""小腿疼"等均溢出了意识形态的范畴,超出了意识形态对文学人物形象的引导和规范。"十七年"时期,关于人物形象探讨的理论主要有:1949年在《文汇报》展开的"关于'可不可以写小资产阶级'问题"的讨论;1950年的关于"'正面人物'和'新英雄人物'问题"的研讨;1953年到1964年"关于'中间人物'问题"的斗争。这些讨论的核心重点是以"不能写"的政治导向强化文学创作的"新人",发展到极致便是"文革"时期的"三突出"和"高大全"式的人物。于是,便出现了梁生宝、萧长春、高大全这样的农民形象。梁生宝身上流淌着农民的血液,和梁三老汉一样吃过旧社会的苦,但他作为"新人",思想先进,敢于和地主阶级做坚决斗争。他为大家而忘了小家,领导农民走向共同富裕。更为重要的是,他心中有一个党,他把党当作了自己的父母。无怪乎严家炎批评梁生宝形象的"不真实",有故意拔高之嫌。其实,梁生宝还在一定程度上保持了农民的品质,有着一定的现实基础,而浩然笔下的萧长春和高大泉,则彻底变成革命英雄人物,完全失去了生活的根基。总体而言,梁生宝、萧长春等农民形象虽有很强的阶级自豪感和主人翁意识,却因脱离现实生活而显得"假大空",反倒是那些身上带有劣根性的"落后农民"更为贴近真实生活。然而即便是那些落后农民,也是作为"翻身农民"的一部分,很快就加入了先进农民的行列。

20世纪80年代末以来,文学界仍然在"新人"的范畴内探讨人物形象。1979年的"关于'社会主义新人问题'"的讨论,对"典型问题"的深入探讨。换言之,社会转型时期既要有新人出现,又要避免"三突出"理论,作家必须平衡二者的关系。在这方面做得比较好的有高晓声、路遥、贾平凹等人,他们为我们贡献了这一时期比较出彩的农民形象,如李顺大、孙少安和孙少平兄弟等。

目前农民的主体构成大致有两部分:"在乡农民"(以妇孺老幼为主)和

"进城农民"。后者明显处于人物形象画廊的核心位置,而且随着城市化进程的加剧和新生代新产业工人数量的增加,愈来愈多的农民开始认同城市、拒绝还乡,可由于户籍制度不可能短期内被废止,这决定了他们的后代一出生依然是新产业工人的身份,这也就意味着"进城农民"的数量呈递增趋势。且老弱病残的留守人员也有相当一部分人曾有打工的经历(进城为子女带孩子的"老漂族"、丧失劳动力而不得不返乡的第一代新产业工人),加之"以农为生"的生存方式的结束,真正意义上的"农民"已经不存在了。从这个意义上来说,新产业工人形象大体能够涵盖今日农民的总体风貌。

上述三类农民形象,虽说各有不同,但也存在着共同点:其一,他们没有离开土地,与土地保持着血缘关系,认同自己的农民身份,身份游离的状态基本没有,也就无所谓认同焦虑;其二,这三种农民形象虽说也是现代性视野观照下的农民形象,但农民并未与现代性遭遇(即城市遭遇),他们与城市的关系不大;其三,作家更多关注的是农民的外在特征,而对农民的精神状态关注不多。以上三点决定了新产业工人势必会成为现当代文学史上农民形象的第四个重要谱系。

第二章 "城乡迁徙"与新产业工人的文化边际心态

作为中国社会转型的参与者,新产业工人既有农民历史形象的印记,更有诸多新的内涵。"流动"使得他们获取了种种现代性因素,而他们的文化人格也在"流动"中发生了急遽裂变。英国社会学家齐格蒙特·鲍曼在《废弃的生命》一书的导言中开门见山地指出:"现代性的故事(或者任何有关现代性的故事)可以用不止一种方式表述。"[①]齐美尔也说:"现代性的本质是心理主义,即根据我们内在生活(实际上是作为一个内在世界)的反映来体验和解释这个世界。"[②]国内学者王一川视现代性体验为现代性的"地面",提出了从重视普通人体验的角度来研究现代性的重要性:"对人的现实生存境遇的体验,构成了现代性的基本的地面,如果离开了这一地面,现代性大厦将无以树立。"[③]舍勒有一个基本观点:心态(体验结构)的现代转型比历史的社会政治经济制度的转型更为根本。[④]"现代现象是一场'总体转变',它包括制度层面(国家组织、法律制度、经济体制)的结构转变和精神气质(体验结构)的结构转变。"[⑤]如果将现代性视为一种心理状态与生活方式,那么作为感知、体验和意义的现代性体验,就是现代性的微观基础。这正是伯曼和吉登斯的现代性理论的逻辑。[⑥]

当我们将中国可以说是最庞大的群体称为"农民工"的时候,实际上忽

---

① [英]齐格蒙特·鲍曼:《废弃的生命》,谷蕾、胡欣译,江苏人民出版社,2006年。

② 成伯清:《齐美尔:现代性的诊断》,杭州大学出版社,1999年,第59页。

③ 王一川:《中国现代性体验的发生——清末民初文化转型与文学》,北京师范大学出版社,2001年,第3页。

④ 刘小枫:《中译本导言》,载[德]舍勒:《资本主义的未来》,罗悌伦等译,生活·读书·新知三联书店,1997年,第7页。

⑤ 刘小枫:《中译本导言》,载[德]舍勒:《资本主义的未来》,罗悌伦等译,生活·读书·新知三联书店,1997年,第5—6页。

⑥ 张杰:《不确定性、陌生人与现代性的矛盾性——以1923年"爱情定则的讨论"为中心》,《江苏社会科学》2011年第6期。

略了当下中国"离散"的整体语境:中上阶层的出国导致的异国留守,"底层社会"的进城导致的乡村留守。当迁徙成为整个中国的常态时,"农民工"作为一个历史性的词语必将终止。但是在这个过程中,中国农民的迁徙带来了什么:留不下的城市,回不去的农村,迷失在城乡之间,对未来无可名状的焦虑始终伴随着他们。

第一节 "迁徙"与个体现代性的生成

迁徙给中国农民带来了哪些现代性体验?比较显著的有三种:日常生活层面的审美感知、婚恋伦理的转变、掌握法律等现代公民意识。具体如下:

一、日常生活层面的审美感知

毋庸讳言,既然迁徙者已从原有社会网络和文化传统中游离出来,生活在新的社会空间和文化氛围中,那么抛弃旧有的文化传统而采用现有社会文化习俗是其必要也是唯一的选择。这一替代性过程并不愉快,也会因人而异,但时刻发生着。

一般而言,我们用"土气"和"时尚"来区分城乡两类人群的外在特征。"土气"指向一种负面性评价,是落后、未见过世面的代名词,而"时尚"不仅仅代表着一种潮流,更意味着气质和品位。"日常生活的审美化在表面上似乎是民主与大众的,是人人都可以共享的文化,但在其背后却有着深层的意识形态的内涵,表面共享的反面就是分化。"[1]因此,由"土气"变得"时尚"便成为进城农民的必要性修饰,他们往往愿意投入金钱和花费大量的心思让自己焕然一新,以便获得城市人的平等对待和某些工作的入场券。几乎所有的新产业工人题材文学,均会提及进城男女的改头换面,以及返乡青年对老家的各种不顺眼,这里很大的原因在于时尚是一种社会行为更是一种文化心理。贾平凹曾经塑造过两个自进城伊始就改头换面的新产业工人形象——《高兴》中的刘高兴和《极花》中的胡蝶。刘高兴改名字(将"哈娃"改成"高兴")、穿西装(跟收破烂的职业严重不协调)、吹笛子和说普通话(文化身份的标志之一)等。经过他的系列改造,刘高兴被人当成气质高人一等的城里人甚至是采风的作家。与此同时,刘高兴对自己的女朋友也

---

① 和磊:《意识形态中日常生活审美化》,《首都师范大学学报》2003年第6期。

有基本的审美判断——能穿上那双漂亮的高跟鞋。灰姑娘的水晶鞋在刘高兴这里被置换成了高跟鞋，并如供奉神像一般祭奠。同样的，胡蝶也是一个进城捡破烂的女孩子，不妨叫她"女版刘高兴"。她进城后基本上没有任何的经济收入，但是她做的第一件事就是把头发披下来，穿上别人赠送的小西装，然后花了母亲三架子车的垃圾买一双高跟鞋。高跟鞋，司空见惯，但对胡蝶来说，是一场审美的变革。这双高跟鞋再也没有离过身，即便她怀孕、生子，均没有离身。这是令人困惑的，但也是容易理解的。因为我们无法将"高兴们"的行为视为阿Q的精神胜利法和应该贬抑的他者，相反，他们的文化和情感价值的困境应该受到重视。进城的"农民工"的转变，与其说是环境适应的结果，毋宁说是自我身份的重新建构。

在西美尔看来，时尚本身就是阶级分野的产物，具有等级性。较低阶层倾向于以模仿的形式向时尚靠拢，而较高阶层则对这种模仿保持警惕，一旦发现某种时尚成为普遍的东西，他们则转向新的时尚。西美尔将之视为周而复始的游戏。回到我国的文化语境，城市尤其是大城市的上层人士引领时尚，这是不争的事实。如果说在城市的文化空间内，对新产业工人来讲，时尚以山寨版的模仿、趋同和小心翼翼地靠近的面貌出现，那么在乡土的文化空间，时尚则回到区别性和差异性的面貌上来，小心翼翼的心理被见过世面、与众不同的心理所替代。在付秀莹的《陌上》中，香罗进城后变得很时尚，引发了芳村的潮流。"香罗"成为时尚的代名词和风向标，她的发型、她的首饰、她的化妆品，都是芳村女人们学习的榜样。林白的《桃树下》中，振兰因在北京做过保姆，对时尚有了自己的理解。拒绝穿上俗艳的演出服、跳不入流的广场舞，早餐也不再是祖祖辈辈的吃法，因而引起人们的谴责。但振兰毫不在意，反而为自己的"时髦"感到得意，而周围的人们也逐渐认同了她的"时髦"，纷纷效仿。

"美"从来就是一场经济能力、文化水平和意识形态的较量，"时尚""体面"所仰赖的物质基础和休闲时间是新产业工人所匮乏的，他们只能通过最低廉的方式占有一些文化符号，获取一种想象性满足。但它的确也有一些通用的原则，比如说干净与协调。在五四运动中，"卫生"也是颇具革命意义的。20世纪80年代，王蒙的《活动变人形》、路遥的《人生》等小说中均有一场卫生革命。因此，从事"不卫生"职业的刘高兴和胡蝶，将"卫生"视为文明的一种方式，以及审美革命。

二、婚恋伦理的转变

对婚恋伦理的转变具体表现为从遵守传统伦理、道德文化到自觉接受现代的爱情、婚姻等观念。这一点集中体现在女性身上。由于劳动密集型产业的特殊要求，使得女性无论在求职还是在薪酬上都远远高于男性，成为家庭的顶梁柱。随着经济地位的提升，女性在家庭的地位也明显改变，不再尊崇孝文化，不再信奉"父母之命媒妁之言"，而是敢于追求自己的爱情和婚姻。这便出现了备受关注的婚外恋、外来媳妇、结婚难、闪婚闪离等现象。可以说，"流动性"已经影响到婚姻的方方面面。但很快人们发现，"自由恋爱"也会带来很大的悲剧性，嫁到贫困的外地，离开自己熟悉的一切变得孤立无援，导致了婚姻的不稳定性及个体命运的不确定性。于是，她们开始反思这种选择是否是自己想要的？随后，她们再次接受了"相亲"这种模式。这时的"相亲"并非一锤定音，而是给双方足够的时间去互相了解。同时，自由恋爱的双方也会询问父母的意思进而决定自己是否进入婚姻。不管怎么说，传统的婚恋模式也即"父母之命媒妁之言"基本结束，自由恋爱或者虽有相亲但尊重子女的意愿已经成为当下主要的婚恋模式。

一方面，由于流动带来的价值观念的变迁，使得相当一部分女性从传统的乡村伦理秩序中解放出来，自由恋爱，选择自己的婚姻，在一定程度上，打破了乡村的熟人社会格局。这在孙惠芬的《歇马山庄的两个女人》、张伟明的《姐妹们》等中得到了集中体现。《歇马山庄的两个女人》中的成子媳妇李平用一场轰轰烈烈的婚礼迎接自己的新生活。作为外来媳妇，她的穿着打扮、行为举止都透着"经过大世面"的感觉，有着繁华绽放之后归于平淡的自如。而在张伟明的《姐妹们》中，南方小山村中活跃着的是一群在广州打工的外来媳妇，她们中间有无法忍受贫困生活而逃走的，但更多的是不得不在丈夫的村庄里扎下根来。

另一方面，由于城乡差异，借助婚姻实现阶层跨越的人毕竟是少数。因此，婚姻的跨地域流动本质上还是以乡际流动为主的。但这种流动，带有很大的不确定性，比如说男方家里比较贫穷、地域比较偏远，则可能会为日后的婚姻埋下隐患。于是，一种新的婚恋方式形成，就是父母介绍（先对家庭和人品等进行初步筛查），儿女自己做主的方式。同时，由于重男轻女思想导致的男女比例失调，女性在婚恋市场的自主性和选择性大大提升，优质男性和优势家庭缺一不可。于是，过年时节，便是一场盛大的相亲会。在付秀莹的《陌上》中，然婶为了儿子相亲而借车，甚至抱怨自己的儿子为何不在网上"勾搭"一个。识破银花的女儿大娟子被大全和大全媳妇看中，想让大娟子做他们的儿媳妇，但银花却在理性考虑之后犹豫了。她认为虽然大全企业做得很好，看重其家大业大的经济优势，在经济上大娟子也许不会吃亏,但大全儿子学军见异思迁,并不专一,同样有可能让大娟子受苦。老实、勤劳等已经不再是人们选择男性的标准,家庭条件固然是人们绕不过去的考虑因素,但人们更注重的是能够闯世界又品行好的男性。不过,父母的担忧会以建议的方式传达给子女,而不是以强制的方式。大全的儿子学军开始非望日莲不娶,但望日莲与多个男人均有牵扯,且只是看重学军的家业。大全虽深知这一点,却没有强行制止,而是采取迂回策略。父母在儿女婚事中逐渐退隐为"幕后军师"和"后勤援军"的角色,真正决定婚姻的还是子女自己。因此,臭菊的儿子海亮原定在腊月结婚,城里的房子、家里的房子和车子都买了,喜帖也下了,但因为海亮和未婚妻之间的矛盾,婚事黄了,而臭菊除了抱怨别无他法。可见,婚恋的主动权已移至青年农民手中,特别是青年乡村女性手中。

三、掌握法律等现代公民意识

传统的中国乡村基本采取乡村自治模式,即依靠乡村内部的乡绅群体实现自治,鲜少诉讼。即便是有了矛盾冲突,也是由乡绅及村中有威望的人出面劝和,劝和不成才借助法律手段。在陈忠实的《白鹿原》中,就有这样的一个群体,他们大致由以朱先生为代表的"关学传人"(九人县志编撰小组)、白嘉轩、冷先生、鹿子霖、郭举人、贺老大、贺耀祖及多次在小说中出现的不具名的乡绅等人组成。而"乡绅"的重要性在朱先生这里得到了淋漓尽致地体现:所有县令到任,无一不登白鹿书院,拜谒朱先生。滋水县令连续三任禁烟无果,而朱先生亲自禁烟,不过十天,白鹿原上下所有的罂粟都被犁毁。新式教育、国民政府赈济灾民、鼓舞士气,晚清民国到共和国成立这段历史中的重要事件,都有朱先生的身影。应该说,在朱先生身上才完整体现了"绅治"的理想化模式。事实上,唯有朱先生这样的"士人"才是陈忠实不吝笔墨夸赞的对象,文中出现的"乡绅"二字均是群体符号,而无具体指代。只不过,身为士人的朱先生并不与农民发生直接关联。因此,白嘉轩就以"绅治"理念实践者的身份而被推到了历史前台,以三桩功绩奠定他在白鹿原上的位置,成功实现他与白鹿原的合二为一。白嘉轩修祠堂、立乡约,惩戒违背乡约的人。村中有人抽大烟、吸鸦片,原本可以接受法律的制裁,但白嘉轩却以乡约处置。白孝文与田小娥偷情,二人同样是以乡约被论处。以"乡约"替代法律,符合当时礼法的要求,并形成一种舆论监督氛围达到自我约束的目的。《白鹿原》写到了"乡约"实施以后的白鹿村井然有序的状况。同样的,在贾平凹的《极花》中,圪梁村的人们基本没有现代法律意识,大事听从村长的,鸡毛蒜皮邻里纠纷的小事均找老老爷来解决。但是村长也有很多拿不定的事情需要老老爷来定夺。村中只有黑亮、胡蝶、訾米等极少数人有现代法律意识,以至于全村男性以集体强暴的方式占有被拐卖的女性,并以集体监视的方式阻止被拐卖女性逃走……此种"帮凶"行为,在村民看来很正常。封闭的圪梁村与见过世面的胡蝶、訾米的对比,可以发现,流动可以让农民拥有现代法律意识,拥有公平正义等现代公民意识。原来求助于村子里有威望的人变成遇事报警、打官司等。

梁鸿的《梁光正的光》中的振华加入了梁光正的上访队伍。振华在广东中山打了将近三十年的工,因为儿子清明不好好读书、偷窃打人等劣迹而回到吴镇,以期能帮助儿子走上正道。他将多年打工积攒的钱用来投资太阳能店,最终人财两空不得不再次离开吴镇。但是在振华的身上我们看到了有别于传统农民的离经叛道之处:活络、懂得法律和现代通信手段,在吴镇征地一事上充当主心骨。梁光正想捍卫自己的土地,然而由于视野的局限,只能是"死扛",乡政府不仅威逼利诱而且动用其子女使其众叛亲离。反观梁振华,则不一样。组织计划和谋略实施在他这里完美合一。他先是动用现代通信技术聚合在乡和在外的全部力量收集反对征地签名,然后花钱组织上访。上访的策略不是"诉苦"而是借助"公民""法制""地权"等传统农民所陌生的词汇,充分显示"流动"撕开了乡土大地"法律缺失"和"法律恐惧"的口子。

何玉茹的《三个清洁工》中,在市政府打扫卫生的工作经历不仅让主人公新月拥有了与众不同的高眼光、审美意识和追梦意识,更让她拥有了现代公民平等、参政议政意识。她可以在众目睽睽之下给副市长提意见,就会议室和停车位等事项发表自己的意见。后因市政府搬迁,无法顾及家庭,新月只能辞职回到村委会继续干保洁工作。此时的新月与另外两名清洁工便构成颇有韵味的对抗性关系:浑浑噩噩而又快言快语的春阳总是揶揄、驳斥新月不切实际的想法,性格懦弱但后台强大的小雪总是沉默不语,内心赞同、欣赏新月却不得不与给自己介绍工作的春阳保持同盟关系。小说在新月给"土皇帝"村长提建议后达到一个小高潮,春阳虽继续嘲讽但逐渐意识到新月的可贵。而陷入迷离的新月也显示着普通人内心的平权渴望,在她看来,所有村民一律平等,均有当村长的资格。即便是清洁工,也有参政议政的资格,一己之力固然微薄,但若众志成城,"底层人"的意见总会得到重视,社会总会向前发展。而且她也对春阳等人抱残守缺的处世之道和安于现实拒绝梦想的做法不屑一顾,可见,市政府工作的经历并非是炫耀的资本,而是一种穿透现实的光,是见过世面、眼界开阔、人生格局和责任担当的代名词。可以说,这恰恰是现代性的一种体现。

四、掌握现代社会的生存技能和管理经验

与"乡村向城市"的正向迁徙同时进行的是"从城市到乡村"的逆向迁徙,这种情况一直存在。只不过,迁徙回流的人除了五十岁以上的老年人还从事农业,而年轻一代人基本上从事非农职业,甚至借助在城市打拼的资本在老家办企业,摇身一变成为企业家。在付秀莹的《陌上》中,能够在芳村创办企业的均是在外面打拼很久的返乡新产业工人:大全在芳村人眼里不过是一个小混混,却跑青海、跑新疆,走南闯北,终于在村子里第一个创办了皮革厂;中树原本是个二流子,庄稼活不行,但东游西逛,走南闯北,发达起来,又是倒卖汽车,又是贩猪仔,还在城里承包了几家加油站;勇子不务正业,是村里第一个出去跑皮子的人,回来后添置家产,娶到心仪的姑娘小瑞……而且在流动的过程中,这些成长起来的农民企业家所做的第一件事就是拒绝熟人社会的亲情关系,采用现代企业管理经验。在《陌上》中,团聚的存在证明了以传统的乡土伦理根本无法管理企业。团聚心慈面善,注重亲情,却被自己的亲兄弟暗算,失去了对工人的管理权,厂子也面临着倒闭的风险。

梁鸿的《梁庄在中国》中提及一批农民企业家,他们的管理理念已经超出我们对农民的想象。"梁庄人"办企业均是家庭作坊式的,或者十几人、二三十人的小厂,但其中有一个例外,那就是千万富翁李秀中。他突破了传统家族企业的弊端,寻求新变,最终做成了规模巨大的企业。而且,其思想已经达到现代企业家的高度,认为家族企业的转型至关重要,一旦企业发展到一定程度,必然要打破排外心理和人情管理制度,建立新的人才引进机制,从而保持企业的良性发展。同时,他认为新产业工人最大的障碍是自己的农耕文化思维,不能总是带着浓郁的小农意识而束缚自己,要有长远规划。也正因为李秀中跻身企业家行列,其事业之大,是其他"梁庄人"所没有的。当然,李秀中身上的现代因素还体现在他对"河南人"和"农民劣根性"的反思上,他能站在现代的立场上去看待"河南人"为何名声不好,也能正视农民身上的劣根性,以及窥出他们融入城市所面对的真正问题。此外,李秀中还热衷公益事业,为进城打工的新产业工人提供培训等服务。

即便是从事农业生产,这些走南闯北的回流者,仍然能将现代管理经验运用到农业上。楚暖暖虽然因家贫而进城,从事保洁的工作,但在《湖光山色》中一直强化她目光的长远和储蓄人生蜕变的诸如金钱、现代技

能等资本,敢为人先和勇立潮头的勇气,因此她创下了楚王庄很多个"第一"——开发长城遗址、营建"赏心苑"民宿、打造观光农业等;关仁山笔下的曹双羊、范少山在激烈的城市空间中立住脚跟,靠的是雄心和魄力。曹双羊挖煤矿,带着竞争对手的血和泪攫取了人生的第一桶金,并凭着韧劲打开了上海的市场,创建麦河集团,拥有了自己的商业帝国。曹双羊推行的土地规模化经营模式,从耕种、管理到收割,均有严密的管理制度,已与传统农业有了天壤之别。他用管理企业的方式管理农业,实行上班制;范少山在北京拥有自己的菜摊,但他敢于与世界500强的开发商谈判,维护商户的利益。回乡承包土地,却并不急于种庄稼,而是采取休养生息,让土壤再生;刘杰夫原名刘立功,本是上塘村的村支书,后一跃成为城市名流。那些残酷、血腥的发家史背后是充满挣扎、撕裂的个人奋斗史;即便是有历史污点的李青,也有着出淤泥而不染的品性……李青与杏儿合称"柳城双璧",她有理想,梦想自己能成为老板,掌管自己的命运。虽是"银碧辉煌"的陪唱,但她依然保持着高贵的品性,渴望攒够钱后拥有自己的事业。她身上兼具了这个时代的"新鲜气息",比如说陪唱、网红(拥有八万粉丝),懂得利用网络技术推销家乡产品,这使得她身上很少有传统农民那种被时代遗弃的落后东西……之所以细数这些农民的进城作为,是想呈现这样一个事实:当下的农民已今非昔比,在迁徙流动中,他们完成了自身的转型,从小农经济中抽身而出,借助在城市积累的资本、从事农业生产活动,推进农村事业的发展。

换言之,进城不仅仅是开眼界的问题,而是在进城的过程中掌握了现代技能,并将之用在自己的事业中,从而打破小农生产的弊端。同时,摆脱农耕文明和适应城市文明的快慢决定了一个人向上流动和个体发展的程度。

第二节 "进城"与乡村结构的裂变

"村庄"与"村落"通用,意指"人口聚居的地方",特指"农民聚居的地方",是人类聚落发展中的低级形式。它较少流动,聚族而居,以土地为主要的生产对象,因此"靠天吃饭"是真实写照。曾经,广袤的中国土地上,村庄星罗棋布,现如今,高度的农民流动导致了"农村单向流出性衰败",乡村面临着前所未有的物质与精神双重消失的困境,村落文化共同体被迫解体。

一、"空心村":物质形态的消逝

村庄、村落乃中国传统文化的活化石和文化遗产,颇为可惜的是,据调查,我国的传统村落,以"平均约3天1个"的速度消亡。①消亡的主要原因便是农民进城,大量农村成为"空心村"。尽管改革开放以来,特别是21世纪以来,乡土文学仍不遗余力地书写村庄的现状,贡献了一大批类似于"高邮"的地方,影响力比较大的有"清风街"(贾平凹)、"歇马山庄"(孙慧芬)、"芳村"(付秀莹)、"白羊峪"(关仁山)等,但这些村庄,都有一个共同点,空有其名,鲜有其表,丧失了地方建筑的魅力,一味地向城市看齐。此外,由于城市垃圾向郊区、农村的处理方式及乡村工业化的现实,使得农村的生态环境遭到严重破坏,天人合一的生态价值逐渐消失。

首先,"村庄"的边界逐渐模糊,俨然成为城市的赝品。在聚合方式上,逐渐丧失聚族而居的传统,而是依照经济实力重新排列,形成相对封闭的小区;在物质形态上,丧失了传统民居与地理环境的共生关系,村庄已经失去了古建筑和文化活化石的非遗功能,强调高门阔院、楼房,内饰以"伪欧式"为主,整体格调强调金碧辉煌、传达阔气等气息。梁鸿《梁庄十年》中,义生的欧式小楼与上海、北京等大城市的别墅相比丝毫不落伍,灰色花岗岩围墙、雕花镂空栅栏、圆拱形塔楼、满是名贵景观树的庭院,内部功能齐全,涵盖休闲、茶歇、健身等。梁庄临近的村庄新房也是异常考究,传统中式建筑,花园假山亭台楼榭,内部是抽水马桶、空调、洗碗机、消毒柜等现代电器。同样的,在付秀莹的《陌上》中数次提及芳村的房屋,就盖在村南的庄稼地里,高门楼、大院子、二层小楼,装修得金碧辉煌,像宫殿一样。富裕人家里里外外金碧辉煌,所有生活起居均城市化,甚至有钟点工。出行靠车,在家主要看电视,进城做头发、买衣服等。即便是贫穷人家,也一定会因为颜面、攀比等因素盖高楼、筑高墙。构成村庄的"物质性器官"已经是路灯、超市、街道,而非小径、田野、鸡舍等,夜晚的村庄兴起了夜市,拥有了类似于城市的繁华。这样的村庄其实就是一个缩小版的城镇,它繁华着城市的繁华,热闹着城市的热闹。它和城市唯一的区别就是它有大量的农田,这里的农民和市民的区别就是村民更多地在模仿。

其次,那些原本成为"乌托邦"象征、心灵栖居地的乡村,变成了污染重地。田园景观发生了巨大的变化。美国乡土景观研究专家约翰·布林霍夫·杰克逊认为乡土景观并非恒定不变,而是具有暂时性、适应性、机动性

---

① 依据中南大学中国村落文化研究中心对长江流域、黄河流域传统村落的调查得知。

和嬗变性等特点。依据人类发展的进程，他将美国乡村景观分为三类：中世纪的景观、文艺复兴时期的景观和现代化的景观，三者明显呈现出从恒定性走向暂时性的趋势。这种观点同样适用于我国的乡土景观。一般而言，我们传统的村庄是由树木花草、家禽、牲畜、池塘、田野景观等构成的相对封闭和稳定的生态系统，区域性和地方性是其外在特征，有机性与和谐性是其内在特质，从而形成诗性的审美意境。然而传统乡村的生态功能随着城市化进程的持续推进而遭到破坏，城市里的绿化带、公园等人造景观开始替代乡土自然景观。这要从当下乡村建设或致富的路径谈起。

大量的乡土小说基本上会涉及乡村致富的三种路径：第一种，秉承发展主义的观点，利用农村的土地优势引进大工厂等。这在贾平凹的《秦腔》《带灯》，刘庆邦的《红煤》，关仁山的《金谷银山》等小说中得到佐证。贾平凹在《带灯》的开篇就营造一种剧场版的感觉，拉开"开发年代"的大幕，声称一个"开发的年代"的到来。因上一届领导班子"错失良机"，这一届领导班子便格外重视，不惜一切代价招商引资，对樱镇进行大开发。加上华阳坪的致富典范作用，樱镇书记在引进大工厂时，不曾遭遇任何阻力。几乎所有人都认为大工厂是让樱镇繁荣富强、迈进新时代的关键性因素。一时间，樱镇陷入了前所未有的狂欢，人人都在寻找商机，分得一杯羹。实力雄厚又有政治资源者如元黑眼抢占上游河段办沙场，仅有财力却无政治资源者如换布兄弟就改造老街办餐馆，财力微薄者则疯狂种树以期获得高价赔偿。此种情况下，梅李园被毁，千年驿站古迹不存。贾平凹将机器视为洪水猛兽，它们的到来打破乡村平静的生活秩序，使樱镇走向无序的状态。第二种，利用政策漏洞和村民环保意识不强，私建大量微小企业和家庭作坊，如未批先建的养鸡场、养鸭场、小型皮革加工厂等。典型作品如关仁山的《金谷银山》、梁鸿的《中国在梁庄》、孙惠芬的《上塘书》、付秀莹的《陌上》等。以关仁山的《金谷银山》为例，小说中的半寸，依仗家族的政治资源，明目张胆地占据河道上游，经营养鸭场。为牟取暴利，半寸根本不考虑生态环境污染，高密度养殖，且任由鸭子在河道乱窜不加清理，致使原本清澈的河道臭气熏天，而养鸭场也是鸭粪堆积如山、苍蝇肆虐。此外，由于半寸善于钻营，利用了激素、饲料缩短鸭子的生长周期。犹如雷切尔·卡森在《寂静的春天》中所讲，含有激素的食物传递给鸭子，鸭子吸收能量后下粪，而这些粪便并不安全，又以食物链的方式传递给土壤，导致土壤也受到污染。第三种，乡村能人洞察到房地产需大量沙子的商机，纷纷私建非法沙场。这种原本不起眼的沙子的市场价值被急剧放大，且沙场开采成本低下而利润较高，便使投资者趋之若鹜。梁鸿的《中国在梁庄》中的相当一部分悲剧皆因溺水导致,原因在于大量的挖沙场非法开采导致河床下留下很深的沙窝,给附近居民带来潜在的安全风险。贾平凹的《带灯》中,元黑眼兄弟与换布兄弟为争夺挖沙权,大打出手并最终酿成惨剧,归根结底在于沙场有利可图。

上述三种状况,是资本下乡的典型样貌。为谋一己私利,官场与村中食利者相互勾结,可一旦资源枯竭,所有的后果又要乡村来承担。乡村特别是西部等边远地区的乡村基本上是资源(尤其是矿产资源、森林资源)的代名词。在迟子建、阿来、刘亮程等人的小说中,处处可见"开发"对当地生态环境的毁灭性破坏。"开发之后"呢?由于人们环境意识的薄弱,修复性的工作难以开展,使得广大的乡村化为一个个"空洞"。因此,付秀莹在其小说《陌上》的结尾这样说道:

> 芳村这地方,怎么说呢,不过是华北大平原上,一个最平常不过的小村庄。
>
> 村子里,有男人,有女人。也有老人,也有孩子。
>
> 鸡鸣犬吠也有。是非恩怨也有。
>
> 庄稼地有的还种着。有的早就不种了。
>
> 月亮有圆的时候,也有缺的时候。
>
> 一些人在芳村出生了。一些人在芳村死去了。
>
> 一些人离开了。离开了还是忍不住回头去看,牵肠挂肚的。一些人留下来。死了,埋在芳村的泥土里了。
>
> 风吹过村庄。
>
> 把世世代代的念想都吹破了。
>
> 年深日久。一些东西变了。
>
> 一些东西没有变。
>
> 或许,是永不再变的了吧。[1]

在"地方"与"国家"意义关联纽带逐渐丧失的今天,"70后"的付秀莹仍坚守着故乡书写,恢复地域文学的尊严。"变"和"不变"、"芳村"与整个"乡土中国"是其着力的地方。叙事内容的芳村之变与叙事者强烈的挽歌情绪始终牵动着读者的心,让我们意识到在时代的洪流中,无数个"芳村"或成为城市的一部分,或逐渐没落,终至消亡。更或者它仍然叫"芳村",但

---

① 付秀莹:《陌上》,北京十月文艺出版社,2016年,第445页。

已不是原来的那个"芳村"。

二、乡土沦陷:村庄灵魂的消亡

"村庄"不仅仅是构成物质形态的田舍、房屋、小桥流水等,更是由农耕文明精髓的文化组成的,具体体现在"尊老爱幼""守望相助"等道德体系上,后者,更是村庄的灵魂。但今天的乡村,这一切都变了。

第一,公共娱乐文化生活的萎靡与乡村生机的消逝。随着民俗退出日常生活情境而沦为被欣赏、消费的对象,新的可以替代的集体性活动并没有产生,乡村公共娱乐文化生活不可避免地呈现一种萎靡状态。民俗是与地域文化密切相关的集体性仪式活动或生活方式,同时具有稳定性和变异性,并非一成不变。

乡村生机是指随着空心村成为常态,乡村作为一个有机体失去了活力。毋庸置疑,当我们提起乡村,总是与一系列带有地方色彩的娱乐文化生活联系在一起,如赶庙会、看花灯、赛龙舟、唱大戏、说书等。而乡土小说与地方性民俗有着天然关系,我们从鲁迅、沈从文、赵树理、阎连科等人的小说中均可以找到例证。在节日的庆典之外,地方戏更是乡村休闲时光的必备节目,但凡村中唱戏,十里八乡的人们都会汇聚于此,相当壮观。在此,以陕西作家较为热衷的"秦腔"为例。秦腔,别称"梆子腔",是中国西北地区传统戏剧,国家级非物质文化遗产之一。秦腔的表演技艺朴实、粗犷、豪放,富有夸张性,生活气息浓厚,技巧丰富。陈忠实在《我的秦腔记忆》中描写了乡村唱大戏的场面,还写了《李十三推磨》来祭奠李十三这位伟大的秦腔剧作家。贾平凹则写了同名散文与小说《秦腔》。陈彦更甚,除了大众熟知的秦腔"西京三部曲",还写了秦腔台前与幕后的小说,如《主角》《装台》《说秦腔》等。作为地地道道的陕西人,贾平凹对秦腔并不陌生,他用散文和小说两种不同的笔法写出他对秦腔的热爱。散文《秦腔》写于1983年,发表在1984年第5期的《人民文学》上。贾平凹以生动、富有乡土气息的语言描述了三秦大地上的秦腔盛况,大气磅礴、气势恢宏。当然,贾平凹的用意并不在于介绍秦腔的产生、沿革、行当、艺人、剧目等,为读者普及民俗学的知识,而是通过秦腔剧种的变迁、秦川大地上人们的喜怒哀乐等风土人情的描绘洞悉秦腔和养育了这一艺术样式的秦川百姓的血肉联系,以及人们对秦腔由衷地认同和他们苦中作乐的生存哲学。但小说《秦腔》却为"秦腔"唱了一曲挽歌。秦腔被视为乡野间的粗鄙文化,秦腔剧团不得不解散,秦腔演员沦为走街串巷的艺人,一心想重振秦腔文化的人们相继凋零,秦腔往日的盛况不复存在。取而代之的是流行歌曲和音乐。贾平凹还让"秦腔"与"流行歌曲"打了一场擂台赛,结果一败涂地。

事实上,我们还将民俗仪式视为家族凝聚力的象征,但民俗盛典也仅存于小说、戏剧等载体中,失去了广泛的基础而变得小众。如今,广大农村成为留守老人、妇女、儿童的汇聚地,呈现出"有心看戏,无力张罗"的局面。年轻人大多数都守着电视和手机,老年人也慢慢适应了广场舞等新型娱乐方式。付秀莹的《陌上》开头浓墨重彩地叙写村中"看戏"盛况,但在小说的主体部分,"唱戏"的热闹已难觅踪迹,取而代之的是广场舞、遛弯、看电视等。换言之,在大流动时代,随着青壮年的流逝,以及现代资讯的发达,网络和智能手机在农村的普及等已经改变了农民的价值观念和精神世界,娱乐方式自然也随之改变。加上农业机械化带来的日益解放的时间,戏剧等公共生活的退场和困守的乡村构成了鲜明的反差,滋生了一大批精神荒芜者。就像韩永明的《春天里来》中被视为"神经质"的夏香久,旁若无人地耕种被人遗忘的"小籽黄",并非"恋旧",纯粹是为了打发老年生活。与夏香久的忙碌形成对比的是,其他人无所事事而导致的精神贫瘠。荒芜的村庄和单调的娱乐生活滋生了不少空心人,原先的秧歌、赶庙会、唱戏等活动锐减,单纯地看电视、串门子、打牌又让人生厌,于是聚众赌博便悄然流行,甚至成为他们唯一的娱乐或精神生活。春节期间,村民参与打牌赌博活动的比例与日俱增,男女老少扎堆赌博蔚然成风。即便是在平时,除了夏秋两季农忙时节和平日的零星儿活计外,赌博也在摧毁农村。

第二,伦理道德文化触目惊心,主要体现在亲情伦理的解构和婚恋伦理的失序上。贾平凹在《秦腔》中,以仁义礼智为夏家四兄弟取名,而他们的相继去世,则意味着中国传统文化在中华大地消逝的困境。夏家的第二代已对老一辈的伦理亲情与道德准则置若罔闻。到了第三代,他们一开始接触的就是城市文明,他们的青春是在盲目的"进城"潮流中度过的,因此传统的伦理道德对他们根本没有任何的约束力。夏天义家的"窝里斗"和夏天智家的婚姻闹剧是小说的两个焦点。表面上看来,这些家长里短并无深意,更不牵涉人事变迁与伦理变化。但实际上,它们恰恰道出了伦理道德防线日趋被突破的社会现实。"窝里斗"的"斗"只围绕一件事赡养老人,与之紧密相连的是孝伦理。夏天义的五个儿子却斤斤计较,为一己之利毫不相让。利益与亲情之间的较量在夏家本不是个问题,但现在却成了最大的问题。同样,在付秀莹的《陌上》中,农村"啃老""老无所养"现象较为普遍。老人的面孔无一不是模糊的:躲在儿孙的背后,勉为其难地承担儿孙的养育责任,但无法获得反哺。甚至在子女面前没有丝毫权威,反而战战兢兢。如素台的父亲要唯唯诺诺颤颤悠悠地跟素台说话,兰月的母亲在儿媳妇面前要卑躬屈膝,喜针、小猪他娘等无法得到子辈的关爱……即便部分老人并不匮乏金钱养育,但精神抚慰、言语安慰却始终付之阙如。除此之外,农耕文明最为显著的差序格局也逐渐发生变化,人情凉薄,传统家族伦理不复存在。家家高门阔院,围墙很高,像铁桶一般,守望相助已是不可能。《陌上》中,翠台为了给儿子娶媳妇,不得不买同宗同族的勺子叔一块宅基地。勺子叔却丝毫不讲情面,拒绝讨价还价甚至坐地起价,坚持要六万块钱。不仅如此,她还要欠上一份人情,不得不奉上大礼作为答谢。翠台原本知书达理,心高气傲,但在财大气粗的妹妹素台面前无地自容,姐妹之间的聊天丝毫没有任何亲人之间的温暖。姐姐的藏着掖着在妹妹的"要多少""十万够不够"等直接爽快而又不耐烦的语气中显得多么卑微。整个芳村,不再具有传统的义利观和家族情感,而是趋利避害。团聚顾及亲情,但他弟弟却生生将其暗算,使其厂子无法正常运转。小鸢以前帮人做衣服,人们都是记着人情,礼尚往来,但后来,人们开始以手工费代替。起初,小鸢还觉得不好意思,但慢慢地也接受了明码标价。

婚恋伦理的乱象并非指向"闪婚闪离"等婚姻脆弱现象,而是婚姻中"忠贞""责任"等观念的解体造成的两种后果:其一,封建糟粕意识沉渣泛起,金钱和占有女性成为男性能力的体现,出现"一妻多妾"婚姻的当代变体。这主要出现在男性身上,作家在批判其道德败坏的同时也将矛头指向了婚姻价值观下行的社会现实;出于报复、苦闷等原因而无视婚姻的责任,一味追求所谓的"自由",从而走向自由的反面。在小说中,这种情况多出现在女性身上,作家往往带着同情理解的眼光挖掘造成女性悲剧的家庭原因和社会原因。如孙慧芬的《后上塘书》中,身为教师、高贵出身的徐兰与司机顾放产生了畸形恋情。小说并没有谴责徐兰的行为,而是浓墨重彩地写徐兰丈夫拈花惹草的行径,以及徐兰内心的空虚寂寞与无助。徐兰并非孤例。小说还写了一群女性同盟——黎平组织的"怪帮"。"怪帮"成员的经历大体相仿:和男人同甘共苦一起打拼攫取人生的第一桶金,到事业走上正轨商业版图不断扩大,到男人有外遇导致夫妻不睦,到夫妻分道扬镳,再到女性满怀怨愤在欲望中迷失自我……在这样的悲剧中,我们看到了社会对男性的宽容和对女性的苛责,因为男性的外遇行为往往被视为是"有能力"的象征。

在《陌上》中,付秀莹详细描摹了乡间伦理道德全面崩溃的图景。小说一开始就以客观冷静的笔触拉开"乡村宫斗剧"的帷幕——拥有经济实力的乡镇企业家占有很多乡间女性,而乡间女性则为获取生存资源和个体发展心甘情愿沦为欲望对象,隐性的"一夫多妻制"伴随着消费文化登上乡村的舞台。一方面,妻子因出身农民,人到中年无力谋生更无法约束丈夫,便任由丈夫胡作非为,助长其气焰,使他们沦为乡村的土皇帝或土霸王。大全、素台、建信等乡镇企业家的媳妇均以默许的姿态巩固自己的"大妻"地位。另一方面,在商品经济和消费文化占主导地位的社会,乡村女性多为留守群体,困守乡间饱受着情感折磨的痛苦而乡间资源又很逼仄,很容易被金钱所物化和异化。纵然我们可以忽略芳村因丈夫打工、外遇、无能等因素带来女性被压抑的欲望,但不能否认婚恋伦理意识大撤退现象。男人"三妻四妾""土皇帝"等封建意识沉渣泛起,并借助金钱、权力更加肆无忌惮。而乡村女性的"慕强"心理使得她们可以忍受婚姻内部的不和谐,却不能忍受丈夫在事业上的失败。付秀莹借助宫斗剧《甄嬛传》在乡村的推崇,抨击了乡间不正常的"类宫斗"现象。

当然,乡村的变迁并非仅由农民进城带来,还与整个社会的大变迁有关,但前者显然是最主要的因素。其实,无论是现实还是文学,我们都在和"最后的村庄"进行告别或者正在告别的路上,并逐渐意识到文学、影像的见证、记录作用,席卷知识界的"非虚构""返乡书写"和纪录片《文学的故乡》、电影《一直游到海水变蓝》(原名《一个村庄的文学》)莫不是意识到时代的转型与村庄的转型。

第三节 "中间物"与新产业工人的文化边际心态

"中间物"由鲁迅首次提出,他在《写在〈坟〉后面》一文中从自己被当成"做好白话文须读好古文"的例证引出该概念,并将之视为进化链条中的固有现象,而他自然也是历史"中间物"。20世纪80年代末以来,诸多学者对"中间物"做了富有创见性的阐述,从"鲁迅的自我意识"(汪晖)、"价值观和世界观"(王乾坤)等方面将之视为鲁迅思想的概念。在这里,借用"中间物"来指代新产业工人从传统到现代的临界状态。

"边际人"一词是社会心理学用于解释在社会文化变迁或地理迁徙过程中产生的一种转型人格,它是在新旧文化或本族文化与他族文化的碰撞冲突下导致人格分裂呈多变双重化的产物。1928年,罗伯特·帕克提出了"边际人"(marginal man)的概念,在一定程度上超越了他的老师关于"陌生人"的论述。帕克在《人类的迁徙与边缘人》一书中指出:"边际人是一种新的人格类型,是文化混血儿,边缘人生活在两种不同的人群中,并亲密地分享他们的文化生活和传统。他们不愿和过去及传统决裂,但由于种族的偏见,又不被他所融入的新的社会完全接受,他站在两种文化,两种社会的边缘,这两种文化从未完全互相渗入或紧密交融。"①国内学者周晓红曾将"边际人"划分为两种类型:其一是处在两种社会形态的转折点或者说是两种时代交界处的特定人格,就像当年恩格斯称但丁是"中世纪最后一个诗人和新时代最初一位诗人",这是所谓的"历时态边际人";其二是处在两种文化接壤处的特定人格,他们由于国际联姻、出访、留学、移民等原因而生活于两种不同的文化中,因此又称"共时态边际人"。叶南客在《边际人——大过渡时代的转型人格》中关于"边际人"的论断,他说:"从时代精神的变迁意义上说,边际人是二元结构的矛盾性产物;从社会文化的进步取向上来看,边际人是从旧文化阴影中走出来并刚踏上新文化边缘的'文化移民'。"②从这个意义上来讲,"农民工"不仅仅是身份上的"亦工亦农",还是文化上"半传统半现代"的"中间物"。一方面,他们经历着城乡文化冲突带来的身份困惑;另一方面,他们和城市人一同经历着农耕文明向工业文明的转型。这共同决定了他们的认同焦虑,而身份焦虑亦成为新产业工人最为典型的特征。具体而言,作为"边缘人",新产业工人有三个显著的特征:其一,城乡流动;其二,有着显著的身份焦虑;其三,经历着文化人格的裂变。

"城乡流动"是新产业工人的生命轨迹。改革开放之前,农民是不允许流动的,这在路遥的《平凡的世界》中可以窥知一二。王满银是个爱折腾的乡村"跳蚤"式人物,屡次外出,却也屡屡以"盲流"的名义被抓住,被公社干部送回来,接受"批斗""劳教"等处罚。即便是改革开放初期,剩余劳动力向城市转移,流动人口越来越多,但王满银仍需要随身带着介绍信才能在上海等城市流动。因为,城乡二元对立的户籍制度规定了农民的不可流动性。1958年全国人大颁布的《中华人民共和国户口登记条例》,以立法的形式确立了城乡居民在户口上的隔离,城乡二元的户籍管理制度正式形成。这也意味着农民不能自由流动这一规定以法律的形式被确定了下来,到了改革开放以来,经济逐渐放开,但相应的户籍制度仍没有放开。于是,中国文学开始书写这一群体的时候,仍然存在着大量新产业工人因没有"暂住证""身份证""外出人员务工证"而担惊受怕、诚惶诚恐的状况。历史行进至今天,城乡户籍制度逐渐在解体,但隐形的户籍之墙依然存在。无

---

① Rebort E. Park, Human: Migration and Marginal Man, *The American Journal of Sociology*, 1928(33).

② 叶南客:《边际人——大过渡时代的转型人格》,上海人民出版社,1996年,第172页。

论是1984年《国务院关于农民进入集镇落户问题的通知》开启的户籍改革的破冰之旅,还是2013年至今的城乡一体化新型户籍制度改革,并没有打破户籍壁垒。

不过,总体而言,新产业工人以血的代价换来了流动的自由,过上了"流动性的生活"。起初,新产业工人的流动以季节性的流动为主,一年至少有三次比较集中的短期返乡现象,即收麦子、秋收和过年。而随着"80后""90后"新产业工人登上历史舞台,城乡流动的周期越来越长,除了春节外,很多人基本只在城市与城市之间,城市同城不同工作岗位之间流动。甚至,部分新产业工人返乡只是短暂停留。

与"流动性"相伴随的是强烈的身份焦虑。身份研究既是当下文化研究的重要话题,也是移民文学绕不开的命题。一般而言,身份(identity,有时被译为"认同")指个人与特定社会文化的认同,强调统一性、确定性和稳定性。这种经典的身份概念明显受到了质疑,现代建构主义认为身份是由社会所建构的,是一种建构的过程,是在演变中持续和在持续中演变的过程。①移民,其流动性和边缘性决定了身份问题的紧迫性。在某种程度上,我国已经进入一个移民的世纪。农民自觉或被迫地疏离土地,进入城市,进而进入一种"失根"和"漂泊"的状态,身份认同危机已成共识。

农民"跨地域、跨语言、跨文化"的生存状态决定了他们的认同危机,因为"在相对孤立、繁荣和稳定的环境里,通常不会产生文化身份的问题。身份要成为问题,需要有个动态和危机的时期,既有的方式受到威胁。这种动荡和危机的产生源于其他文化的形成,或与其他文化相关时,更加如此"②。

"进城"是改革开放以来一个巨大的隐喻,就个体生存层面来讲,它已不是问题(特别是相当一部分"80后""90后""00后"新产业工人就出生在城市,工作在城市,仅户籍在老家),关键在于农民为自己的进城做了哪些准备? 这个社会又"为农民进城铺设了怎样的道路"③,以及城市是否为农民的身份转换提供了必要的准备? 在进城之前,城市与乡村是在各自的视点上"互看",两者并不交融。以农民的眼光来看,城市就是他们的梦和天堂。正是带着这种一厢情愿的误读和肤浅认识,他们涉足异乡,同城市面对面地遭遇。一切并非想象的那样,冲突与碰撞便在所难免,小到衣食住

---

① 钱超英:《身份概念与身份意识》,《深圳大学学报(人文社会科学版)》2000年第2期。

②[英]乔治·拉雷恩:《意识形态与文化身份:现代性和第三世界的在场》,戴从容译,上海教育出版社,2005年,第194页。

③ 张继:《去城市里看看》,《中篇小说选刊》2002年第4期。

行、生活习惯、行为举止，大到价值取向、道德观念等均与农村相去甚远。而城市并没有接纳他们，他们遭遇的是群体性的偏见与歧视，沦为"都市里的乡下人"，备受"曾经是农民"的身份折磨。在乡村这个封闭的环境中，身份的炫惑之感并不明显，但以"寻梦者"的身份向城市进军的过程，本身就是一个身份转换的过程。文化空间的转换及文化差异性的凸显，自然带来了新产业工人对"我曾经是谁，现在是谁""别人认为我是谁""我与他人有什么不同"等问题的追问。与侨寓的知识分子一样，在城市里无法获得认同就寄希望于家乡，他们重返家园寻找尊严和慰藉，但他们面对的是日益衰败的故乡，他们身上习焉不察的城市文明气息又给了他们"外来者"的视角。于是，这种双重合力离间了他们与故乡的关系，使之成为故乡的"他者"，沦为"无根人""边缘人"，而且是双重的边缘人。即便是对文化震惊体验和压迫体验相对稀薄的新生代新产业工人来讲，清醒地认识到"故乡"和"乡愁"只是主流意识形态建构的东西，但他们在面对教育、房子等切实的问题时，也会有刻骨铭心的身份焦虑。

在某种程度上，我们可以说新产业工人是"乡村的叛逆和城市的弃儿"（夏天敏《接吻长安街》）。我们可以借助鬼子的《瓦城上的天空》中的身份证意象加以说明。老人的子女都生活在城市里，循常理而言，老人应该在子女身边安享晚年。故事也的确按照这一逻辑展开，但出其不意的是，老人一进城就丢失了自己的身份证，而他那些城市新移民的子女们也不再遵循乡土社会的孝伦理，以陌生人的经济伦理方式来对待老人。在这种情况下，出了车祸的老人因为没有身份证而成为城市的幽魂，即便是这个死魂灵回到乡村又能如何呢？"进城"就意味着与乡村共同体关联性的断裂，也就是身份的丢失，而返乡既不能复活曾经的农民身份，又不能安放自己的城市身份，两相比较，只能成为悬浮的边际人。

最重要的是，新产业工人还经受着文化人格的裂变。表面看来，农民的文化人格裂变屡被提及，但并没有进入一个实质性的阶段，只有在今天社会转型及城市化高速发展的情况下，他们的文化人格才开始了真正的裂变。除却外在社会的变迁，农民的流动也是其文化人格裂变的重要因素，因为一旦进入强势文化场域，其结果必然造成弱势文化的妥协和自我裂变。拉什迪就认为："传统上，一位充分意义上的移民要遭受三重分裂：他丧失他的地方，他进入一种陌生的语言，他发现自己处身于社会行为和准则与他自身不同甚至构成伤害的人群之中。而移民之所以重要，也见之于此：因为根、语言和社会规范一直都是界定何谓人类的三个重要元素。移民否决所有三种元素，也就必须寻找描述他自身的新途径，寻找成为人类的新途径。"①在前文已经提及,新产业工人是"城市新移民"的重要组成部分,他们也必然经历拉什迪所说的三重分裂。"失根"也就失去原有的文化记忆,包括地方风俗、生活习惯、服饰等一切有形或无形的乡土印记;而"语言"或许对新产业工人而言不那么重要,因为毕竟他们没有进入一个全新的语言系统,但他们同样也进入了陌生的语言环境中,必须放弃自己的方言,改变自己的口音,说着南腔北调的普通话。方言与普通话在价值上是对等的,尽管拯救方言也显示出方言会优于普通话的假象,但进入城市说普通话,这是一种常识,不遵守这一常识就无法与人交流,更无法融入社会,进而达到自己"进城"改变自己的意图或理想;至于"社会规范",更是如此。面对城市文化新的价值理念和伦理秩序,新产业工人由茫然失措到自我裂变是必然的。

新产业工人文化人格的裂变,主要是指传统人格的现代裂变,主要体现在如下两个方面:其一,从逆来顺受的忍辱负重的传统文化人格中解脱出来,追求敢闯敢干的人生准则,奉行"命运掌握在自己手中"等生存理念。这一点集中掌握在"农二代"身上,他们对社会公平的要求比较高,不愿意像自己的父辈那样从事技术含量较低的工作,而是想从事稳定与体面的工作,因此他们身上不可避免地带有一种强烈的"外省青年"气质。典型的如邓一光《怀念一个遥远的地方》、尤凤伟《泥鳅》。其二,从重义轻利的传统文化人格转变为重利轻义,甚至不顾一切地追求财富,信奉丛林法则。由于新产业工人进入城市后,原有的差序格局被打破,宗族伦理不复存在,他们必须依靠自己赚取金钱。再加上,市场经济及市民文化的熏染,使他们也变得重利轻义。典型的如邓一光《怀念一个遥远的地方》、尤凤伟《泥鳅》。当然,新产业工人文化人格的裂变并非这两点所能涵盖的,而是存在着多种可能性。裂变的维度也可能是"正向的",如上所述,也可能是"反向的",如"异化""疯狂"等。然而不能否认的是,文化人格的裂变是农民走向现代化的标志之一,只是目前还没有受到重视而已。

总之,新产业工人在城乡之间无所适从的漂泊状态,以及内在的文化人格裂变,使他们与传统的农民截然不同——他们始终纠缠着"在路上"的文化心态和"诗意的栖居"、"焦虑"和"期望"、"家园意识"和"超越意识"等悖论性情绪。

① [美]布罗茨基等:《见证与愉悦》,黄灿然译,百花文艺出版社,1999年,第340—341页。

第三章　新产业工人形象的历史变迁

如果从形象研究的角度对近年来的乡土小说进行梳理,农民形象的重要性是不言而喻的。若与20世纪八九十年代侧重于书写"乡下人进城"的文化震惊体验及"外省青年"的奋斗故事相比,近年来的乡土小说在书写农民形象时更侧重于新产业工人的漂泊体验,书写处于人生下半段经历过身份困惑的回流打工者,以"城乡中国"的视角考察新时代的农民如何承担起乡土重建的历史使命。而新产业工人形象的变迁则附着社会、文化内涵,与整体的时代变迁和作家的个人视野有着莫大关联。

第一节　开拓者与城市异乡者:
从生存困境到精神困境的发掘

从生存困境到精神困境书写的转变,其实与城市化进程的推进和新产业工人的迭代有关。改革开放初期,由于长期的城乡分野带来的巨大势能使得刚进城的农民产生既迷离又兴奋的感觉,这种感觉在与老家收入差距的对比中被披上了"幸福的外衣"。流行的"打工"并不指涉社会结构话语,也不专指新产业工人,歧视色彩也不明显,反而对于内地农村来讲,"打工"意味着希望;此后,随着时间的推移,长期浸淫在城市文明中的新产业工人因身处"底层"更进一步感受到城乡的差异,无论是否有融入的想法,城市都为他们的融入设置了门槛,"城市异乡者"甚或零余者便产生了;紧接着,整个乡土中国的社会转型,使得农民也不可避免地经历着观念的嬗变,蓦然回首,故乡也面目全非,他们成为城乡之间的夹缝人。

20世纪80年代,是新产业工人题材小说发展的第一阶段。在这一阶段,改革开放尚在初期的探索阶段,全球化浪潮的影响尚集中在沿海地区,我国对新产业工人的态度是需要其廉价的劳动力来发展沿海经济形成示范效应,而广大内地仍极度贫困。因此,这时的文学大力歌颂城市梦(南方梦），凸显成功的、被主流社会所接受的打工仔和打工妹，进而凸显"进城"对人的命运、价值观的改变。"东/西""沿海/内地"的经济差异与文化差异使得劳务输出成为地方政绩的体现，在第一部打工题材电视剧《外来妹》（1991年）和近年来的扶贫攻坚热播剧《山海情》（2021年）中，均可以看到地方政府组织农民外出打工的集体行为。时代的转型与人的觉醒，使得"到城里去""到南方去""外出经商""下海经商"的观念深入人心，奋斗者的故事、昂扬的精神与改革意识形态巧妙地扭结在一起。自然，在这一时期的新产业工人题材小说中，我们可以看见第一批进城打工者的踌躇满志，渴望像著名打工皇后安子那样通过打工实现自己的身份转换，扎根城市，实现梦想。因此，《安子的天空》始终洋溢着命运掌握在自己手中的亢奋，"每个人都有做太阳的机会"成为打工仔或打工妹的座右铭。在《青春驿站——深圳打工妹写真》一书中，安子说："深圳是所有都市寻梦人的乐园。梦在苦干中，梦在勇气里，梦在奋斗者的心怀，梦掌握在开拓者的手里，梦在真诚的奉献中，梦在爱情的翅膀上。"①而该书中的打工妹形象带有明显的同质化倾向，且绝大多数都是成功人物——马兰英、于凤、夏雪娥、郑毓秀、阿华、康珍等。她们无一例外不是从普通的打工妹而蜕变为白领精英，甚至是企业家。除了安子自身写作的重复性，以及政府的有意造星运动外，"安子们"的故事在某种程度上确实符合20世纪80年代至90年代初期人们进城怀揣的"发财梦"和改革开放带来的南方想象。

彼时的南方是梦想者的天堂，改革开放带来的时代骚动与打工人不安分的心理相契合，他们高唱着理想的凯歌踏上南下的列车和南方的热土。他们在打工，也在改变命运。这是新中国成立后第一代真正意义上接受城市文明、工业文明和西方文明浸润洗礼的人。他们充满了危机感，利用工作之余上夜校和培训中心，拼命提升自己。林坚在《深夜，海边有一个人》将人物命名为"陈不化"，究竟是"食古不化"还是积极蜕变寻求自我发展？小说以"陈不化"走向深圳的灯火预示着城市文明的胜利。这些打工者开始积攒工作经验、以跳槽的方式寻找自身的价值，实现自己的理想。张伟明也在《我们 INT》《下一站》等作品中，书写打工者充满无限可能性的生活，以及他们自主掌控自身命运的自信，甚至在心中窃喜"此处不留爷，自有留爷处"的傲气。这时的"打工"成为"财富"的代名词，成为闪闪发光的履历，而打工经历则是都市历险记，每一个打工者都充当着都市冒险家的角色。否则，也无法解释改革开放四十余年国人的集体无意识，即"东西南

---

① 安子：《青春驿站——深圳打工妹写真》，海天出版社，1999年，第16页。

北中,发财到广东"。"到南方去"就成为内地压抑已久的中国农民视为实现更高的工资、提升自我的方式、个人自由的重要途径。

此外,就作家身份而言,早期的打工作家基本以粤西、粤北籍为主,尚处于20岁上下的年龄,受过高中教育,且他们前往深圳打工并非单纯因为生活困苦,而是怀着对宁静的乡村生活的不满,渴望到大城市寻梦。如写出第一篇打工小说的林坚,虽是庞大的打工群体的一员,但在高中时就已开始了文学创作;张伟明原本是梅县蕉岭锰化厂的工人,捧着铁饭碗,令人羡慕,他前往深圳的目的并非为了生存,而是追求文学梦;打工皇后安子父亲家里经营小饭馆,经济并不窘迫,其外出打工的诱因是羡慕因打工而蜕变的表姐和表姐口中描绘的城市生活。正因为有这样的心理期待,他们与成长中的深圳是同步发展的,也能迅速抓住机遇完成梦想,这必然影响其笔下的人物形象,时代机遇和个人奋斗的扣合自然成为书写的重要组成部分。

但时代行进至20世纪90年代末期,市场经济的确立和社会转型使相当一部分城市居民沦为"底层",他们随之也进入劳动力市场,新产业工人就业竞争增强、压力增大。在曹征路的《那儿》中,军工企业矿机厂日趋衰落,面临整顿和改制,工人被迫下岗,劳动力市场人满为患,头脑灵活的工人开办小工厂、做些小买卖,但绝大多数男工人蹬三轮,而女工人成为霓虹灯下的"哨兵"。下岗女工杜月梅因找不到工作,女儿小改治疗又需大笔费用,不得不当站街女。后来杜月梅担心自己的行为会影响到小改,便退出了站街女的队伍,但无数个"杜月梅"又补了上去。而近年来,在"80后"作家班宇、双雪涛等人的"东北叙事"中,90年代的国企改革和下工潮是其中的重要组成部分。在这种情况下,很多打工者发现,《安子的天空》并不是一份"打工指南"和身份转换的宝典,打工生活之苦立即充溢着生活。个人的奋斗、沉沦、痛苦挣扎逐渐被一代人的命运所替代,于是,叙写"城市异乡者"的生存困境便成为文坛的主流。"苦涩"成为这一时期新产业工人题材文学创作的基调,且以批量复制的形式为人诟病。"打工文学"开始转向,以粤西、粤北为主的打工作家逐渐被粤籍以外的作家,如王十月、郑小琼等人替代。因为语言不通和地域差异更为明显等因素,使得第二代打工作家不再盛产"成功的故事"和"都市历险记",而是着力书写其中的生存艰难境遇。

与此同时,以陈应松、关仁山、贾平凹为代表的大批乡土作家开始书写农民进城现象,并将自身的乡土写作经验用于新产业工人题材文学创作,保留了农民进城的前史和乡土小说中城乡文化冲突的故事内核,重点关注从故乡走向异乡过程中的精神失落,进而呈现城市化进程中的乡土衰败境遇。工厂、流水线的退出和日常生活情境的强势进驻成为显著的趋势,工业化的城市建设、经济生产基地和财富诞生中心也逐渐让位于城市繁华背后的壁垒更加森严。乡土作家笔下的新产业工人大多来自作家的故土,所进之城大抵是省城,主要寄身于城乡结合部从事建筑、搬家、保姆等体力繁重的工作,经济窘迫加上生活封闭使得他们被隔绝在城市的繁华之外,城市的凝聚力和向心力在文本中有所稀释。于是,生存困境和城乡对立情绪较为明显,使得这一阶段的新产业工人成为不折不扣的"城市异乡者"。

"城市异乡者"这一概念由丁帆在《"城市异乡者"的梦想与现实——关于文明冲突中的乡土描写的转型》(《文学评论》2005年第4期)中首次使用,后被广泛采用并沿用至今,虽然这一概念已经涉及新产业工人无法返乡的现实,但它毕竟是站在城市视角的概念,强调的是城市单向的拒绝,也就是鬼子《瓦城上空的天空》这一文本的隐喻——进城则失去了自己的身份。城市并没有相应的制度安排和人文关怀为新产业工人提供保障,扎根城市近乎一种奢望。小说中到处可见的"三来一补"企业不再出现,找工作的方式从直接的工厂询问到经过中介帮忙,工作中的反抗意识被卑微的"底层意识"所替代。"打工苦"的咏叹调出现了,"背井离乡""找工作难""工作苦""工钱难拿""受人歧视""城市陷阱""职业病""死亡""残疾"等成为新产业工人题材文学中的高频词汇,它们一同汇成"苦难"二字,昭示着城市对农村的诸多排斥。比较典型的如残雪的《民工团》,陈应松的《太平狗》《归去》《望粮山》,荆永鸣的《北京候鸟》,王十月的《出租屋里的磨刀声》,邓一光《怀念一个没有去过的地方》,尤凤伟《泥鳅》,罗伟章《我们的路》《大嫂谣》,刘庆邦的《家园何处》《到城里去》《神木》,孙慧芬的《民工》《歇马山庄的两个女人》《吉宽的马车》,夏天敏的《接吻长安街》,项小米的《二的》等。这些小说无不有着紧张的叙事节奏,用城乡二元对立的模式构建新产业工人的命运,并给他们死亡、伤残、迷失的结局。

2006年之后,尽管新产业工人题材文学的创作有衰落的趋势。但因为在城市工作已经是绝大多数人的选择,新产业工人题材文学仍然大量存在,且因不再居于文坛中心,反而给了作家相对的自由。当然,整个社会从物资匮乏阶段转向丰裕阶段,人们的精神需求也逐渐得到关注,这也促使了新产业工人题材文学朝着纵深发展,开始关注新产业工人的精神困境,从简单的伦理道德的谴责转向人性复杂性的探讨,比较典型的有贾平凹的《高兴》、许春樵的《麦子熟了》、付秀莹的《陌上》、铁凝的《春风夜》、林白的《桃树下》、杨争光的《最后的农民工》等。在此,以许春樵的《麦子熟了》和贾平凹的《高兴》《极花》为例来谈谈新产业工人两种显见的精神困境:离散家庭带来的新旧伦理困境和身心漂泊的精神困境。

离散家庭所带来的新旧伦理困境事实上自新产业工人诞生之初就存在,只不过当时生存的困境压过精神的困境,还不是特别明显。但是随着社会的转型,打工从生存转向发展的过程中,精神层面的需求就呈现出来。新产业工人中的许多问题比如说"临时夫妻""闪婚闪离"等成为乡村的谴责对象,但事实上,其背后渗透着人性的复杂性,也成为介入新产业工人心灵历程的有效方式。2012年当选为中国首批新产业工人全国人大代表的刘丽曾说,"临时夫妻"在她身边已很普遍,建议政府对这种情况加以解决。在小说中,作家并没有简单地以道德谴责的方式将其归为伦理的乱象,而是细腻地呈现主人公因长久分居带来的精神苦闷,特别是女性敏感的心理。在这些小说中,通常会有整体的"临时夫妻"氛围,大家也接受了不影响原有家庭的临时夫妻关系。此外,小说也会设置三角结构:孱弱而又木讷、不解风情的丈夫,敏感、上进的妻子,踏实能干、乐于助人又解风情的第三者。许春樵的《麦子熟了》便是一部关于"临时夫妻"的小说。这部小说一开始就写了打工生活之苦,"把女人累成男人,把男人累成畜生,出门打工,就这命",更写出了打工在外的麦子们的灵魂挣扎。麦穗与王瘸子的手下老郭有染,麦叶在洗浴城根本无法"出淤泥而不染",整个打工的小镇上到处都是"闲扯"(意即临时夫妻)的男女。麦子坐上油滑的老耿的车上时内心蠢蠢欲动,夜晚辗转反侧实在难熬,便给丈夫桂生打电话说出"桂生,我想你",却得到了一句"神经病"的谩骂……一边是无法按捺的寂寞之苦和丈夫的不解风情,一边是老耿有意无意地诱惑和五色迷乱的厂区生活,这都促使麦子内心的道德防线不攻自破。但麦子毕竟是有尊严的女性,她企图以醉酒来自我麻痹以回报善良的老耿。没想到,老耿是一个原本跟厂里二十多个人"闲扯",表面上油滑、毫无道德的男人,骨子里却有着侠义情怀和朴素的人道主义,为死去的阿水争取最大的死亡赔偿,追着火车将阿水生前最好的皮鞋送到阿水媳妇手上。同时,他同情理解麦子,懂得麦子公然拒绝为死去的阿水捐款乃源于道德洁癖,也更懂得麦子内心的挣扎,因此他不愿意以强迫的方式占有麦子。然而返乡的麦穗害怕自己在外的"闲扯"败露而无中生有诬告麦子与老耿,因此激怒了麦子的丈夫桂生,使得桂生开车撞死了老耿。

麦子可以抗拒王瘸子等人物质化的诱惑,却无法抗拒寂寞和精神依靠所混杂的无法命名的东西,她的挣扎显然要比麦穗和麦叶更为痛苦。正因为痛苦,麦子在小说中作为一种隐喻,是乡村希望、纯洁的代名词和城市飘萍的象征。她不仅仅是老耿心目中不能破坏的美好的东西,更是桂生和麦穗及整个乡村需要捍卫的东西。"麦子熟了",成熟的麦子面临着被收割的命运。而对打工在外的人而言,他们就必须回到土地上去收割自己的麦子。因此,麦子熟了的时候,麦子的悲剧就来了。许春樵不像林白的《妇女闲聊录》般觉得这乡间伦理的失序是正常的,但他也没有用道德的眼光去审判,而是回到人性,给予麦子们以人文关怀。

我们要追问的是,因夫妻长期城乡分居带来的性苦闷为何具有现代性意义。我认为,这对于长期以来忽视中国农民性压抑和性苦闷的现实来说,他们作为鲜活的生命个体自然无法回避正常的生理欲望,而正视恰恰也是一种进步;此外,这些新产业工人并没有因极度的禁欲而带来纵欲,相反,其心理一直在道德自责和身体觉醒之间挣扎。这种挣扎与自身的边缘处境又构成了某种同构关系,甚至加剧了内心的漂泊感。

城乡夹缝人其实是广为人知的新产业工人境遇——"融不进的城市,回不去的故乡"。这种畸零感和漂泊感一方面是因为在城市里,他们居无定所,往往随着工地、项目而不断搬迁。繁重的劳动无法换取城市的入场券,只能以租赁和廉价劳动力的方式和城市发生关系;另一方面,由于农业生产的机械化和集约化,加上乡村的空心化使得新产业工人无法在现实意义上返乡。即便是能返乡,但因迁徙产生的现代性体验与滞后的乡村构成了某种错位,使新产业工人无法在心理上返乡。在贾平凹的《高兴》中,刘哈娃卖房子,转让土地身无牵挂地进城去,大有一去不复返之意。他改名,说普通话,穿西装,吹笛子,梦想找一个城市女人做媳妇,从此世世代代扎根城市。其温文尔雅的外表一度给人一个体验生活的作家的感觉,让他不由得暗暗得意。然而收破烂的职业和其行为模式及内心渴望极不相称,城里的老太太也能轻易将他的乡下人身份打回原形。但真正让刘高兴感到绝望的是,他心心念念的一只肾并非给了韦达,他恋爱的姑娘孟夷纯乃进城的妓女,名字"刘高兴"又被警察否定了……贾平凹在这里所写的就是逃离土地束缚的农民的失重状态,努力适应城市,扎根城市,却无法真正扎根的困惑。回到农村,却没有了土地和房屋,又该如何生存呢?

贾平凹借助《极花》回答了回流新产业工人的精神危机。回流农村的胡蝶不得不面临"我是谁""我的故乡在哪里"这两个问题。"家乡""城市""圪梁村",这是三个不同的区域空间。但就文化空间而言,"家乡"和"圪梁村"隶属乡村文化空间,胡蝶也并未强调两者的本质区别,她在相当长的时间内也并未认同自己的家乡,而是将自己视为一个城市人。所以她始终摇摆的核心问题是"究竟自己是一个农村人还是城市人?"她的痛苦并不是违背意愿的拐卖,她内心深处更为惶惑的认同危机才是最可怕的,是强烈的主体意识和农村生活状态严重不协调而产生的矛盾导致的认同危机。换言之,在胡蝶建立起虚假的城市认同之后,"被拐卖"这一关键性的刺激事件使她重新认知自己的身份,在心理上经历了"敌对阶段""调整阶段""适应阶段"三个阶段。

在敌对阶段,胡蝶将自己视为"城市人",在潜意识中置换了自己的出身。她将房东老伯视为自己的父亲,青文视为自己的恋爱对象,拼命呵护自己的城市记忆。她以城市的眼光来看待圪梁村的人和事,全盘否定并全然拒斥圪梁村的一切,试图逃离那里。这一阶段自胡蝶被拐卖至圪梁村到胡蝶失身结束。在这一阶段,贾平凹主要从生存环境、日常习俗、婚姻观念等来叙写胡蝶作为"城市人"与圪梁村人的不同之处,刻意强化"初中文化""小西装""高跟鞋"等城市文化表征。此外,贾平凹还一再强调胡蝶敏锐的听觉,譬如说窑外乌鸦拉屎,窑内老鼠咬箱子,蚊子细声细气地嗡嗡响,借此书写胡蝶与环境的"隔"。总之,在这一阶段,无论是外在环境,还是内在的文化心理,胡蝶都是难以适应的。

"调整阶段"大致以胡蝶的失身为序曲,以胡蝶儿子的出生为尾声。在这一阶段,圪梁村的暴力征服和文化征服与胡蝶自身的认同危机形成了一种巨大的审美张力。其中,暴力征服主要是以身体占有和生育捆绑的方式。在胡蝶被关押的第三百零三天,黑亮爹得知黑亮始终没能占有胡蝶,于是撺掇猴子、八斤等六人以集体强暴的方式,使其失身、怀孕,借助母子血缘完成胡蝶的身份转换。当然,暴力征服带来的并非心悦诚服的认同,黑亮父子深知这一点,所以在胡蝶被强暴之后,他们开始想方设法地让她融入圪梁村。这种方式主要有麻子婶的"招魂"、訾米等外来媳妇的情感抚慰、老老爷的文化征服。麻子婶的"招魂"和老老爷的"望星空"其实都在帮助胡蝶找到自己的归属,只不过,后者更带有一种"文化征服"的意味。老老爷蛰伏乡间,俨然是圪梁村的文化权威,他一直在望星空,也一直让胡蝶看星。这"看星"既是胡蝶活下去的生存动力,也是召唤胡蝶乡土记忆的重要手段。

与此同时,胡蝶一直在拒绝这种同化和融入,集中体现在"千方百计堕胎""抗拒遗忘,伺机出逃""怀孕期间坚持穿高跟鞋"等方面。当她意识到生育带来的可能性后果之后,胡蝶想尽办法要将孩子打掉;当她意识到自己模糊了电话号码的时候,她也是惶恐的,那是她唯一的希望和稻草,于是她反复回忆,并将八个数字分别刻在不同的地方;当她取得黑亮的信任,能自由行走时,她还是若无其事地打探圪梁村的位置;当訾米问她是哪里人时，她毫不犹豫地说自己是省城人……还有她那双寸不离身的高跟鞋，都时刻提醒着她自己的身份，掩饰着内心的认同危机。她不知道自己到底属于哪里，是生她养她的老家还是打工的城市抑或被拐卖的圪梁村？特别是，当她终于在老老爷的指引下，发现了自己的"星"，她的内心无比怨愤："这么说，我是这个村子的人了，我和肚子里的孩子都是这个村子的人了？命里属于这村子的人，以后永远也属于这村子的人？我苦苦地往夜空看了这么长的日子啊，原来就是这种结果吗?!"①

正是在这种惶惑之中，胡蝶进入了"适应阶段"。从生育的角度来讲，兔子的出生意味着胡蝶的扎根。首先，胡蝶从自己感官的钝化，敏锐地觉察出自己已适应了圪梁村的脏乱环境，身上所有的城市气息均消隐殆尽，所有的城市感觉都在逐渐丧失；其次，她的生活和行为方式逐渐"在地化"。贾平凹花了相当的篇幅来写胡蝶的转变。她开始主动叫黑亮爹，融入家庭，积极学会圪梁村的全部手艺和技艺。圪梁村人会的东西，她都会。就像黑亮所说的那样，她学会了做圪梁村的媳妇了。再次，贾平凹还以人性的方式设置了胡蝶最终的人生选择。无论是拒绝跟母亲相见，留在圪梁村，还是逃回城市在舆论的旋涡中再次回到圪梁村，都表明胡蝶开始认同圪梁村这一身份。

只不过回流故乡产生的"逆向文化休克"具有持久性。一方面，圪梁村人将胡蝶视为城市人，以暴力征服和集体意淫的方式迫使她落地生根；另一方面，圪梁村唤醒并复活了胡蝶关于乡村的全部记忆，使她最终在文化的幻象中完成了自己的认同，使其沦为文化的浮萍，无所皈依。小说着重写了胡蝶从訾米那里得知母亲来救她的消息后，回避了母女将要重逢时的喜悦与激动，而是写她的灵魂被抽干的痛楚。返城无望与不得不困守乡村的绝望袭击着她，让她产生了错乱感，消失在无尽的黑暗里，以至于忘了"来时路"。小说以"纸片人"的隐喻告诉我们：失重的人生，没有根袛的人生的悲剧感将要伴随胡蝶的一生。事实上，自迁徙伊始，城乡文明之间的界线已基本被打破，以血缘与地缘为特征的地域文化版块也开始呈现一种漂移状态。"城市""圪梁村""胡蝶的故乡"三个文化空间相互交融，相互碰撞，形成了一种"在路上的文化"。对于铁板一块的圪梁村来说，胡蝶是闯入者；对广大的农村来讲，胡蝶是回流者；对城市来讲，胡蝶是外来者，哪里都没有她的位置。而随着"返乡潮"的出现，"逆向文化休克"症候群也在形成，返乡农民与乡土文化之间的脱节状态愈加凸显。

<hr>

① 贾平凹：《极花》，人民文学出版社，2016年，第124页。

在新时期初年,路遥的《人生》和《平凡的世界》、贾平凹的《满月》、郑义的《老井》等作品中都有从土地上挣脱的农民,他们基本上都是"理想的出走者",往往是农村的知识分子,因文化的差异而不得不离开家乡。就像高加林、赵巧英是现代文化的拥抱者,进城的阻力虽然也有城市体制方面的打压,但基本上还是来自土地的束缚,他们是与土地分离的第一代农民,是自我价值的实现者。而到了20世纪80年代末90年代初,由农村向城市的正向迁徙所带来的漂泊体验基本上覆盖了整个文坛,与蓬勃发展的"农民工题材小说"相比,颓败乡土成为一种有力的呼应。新产业工人的"进退失据"则生成了一种独特的漂泊经验。

第二节 "小城镇"回流者:从正向迁徙到逆向迁徙

费孝通将"小城镇"定义为"由一批并不从事农业生产劳动的人口为主体"组成的"比农村社区高一层次的社会实体",它们既具有与"农村社区相异的特点,又都与周围的农村保持着不能缺少的联系。"①小城镇虽然各具特色,但它是农村的政治、经济、文化中心。在今天看来,费孝通关于"小城镇"的概念仍然适用,只不过,他的小城镇更侧重于"镇"。而我们今天所说的"小城镇"不仅仅局限于镇,更多的还是小县城。"小城镇"作为大城市和乡村之间的过渡性空间,乡土性与现代性既对立又统一,因此它兼有城乡两种文明因子,特别是那个叫"城市"的地方,满足因种种因素无法在大城市定居又无法返乡的中国农民,给他们一个栖息地和灵魂的归宿。父辈打工历史的退场,子辈的无望,均可以在家乡隶属的小县城得到慰藉,它不像大城市那样令人恐惧,也不像故乡那么颓败,更为重要的是源源不断的退守者汇聚在这里,他们原籍邻近更或者有着某种亲缘关系,因此在不斩断原有社会网络的情况下,更容易缔结新的社会关系网络。

城市生活迫使新产业工人成为"新穷人"。鲍曼在《工作、消费、新穷人》中认为,"贫困"这一概念的内涵与外延应该从物资匮乏延伸至精神层面,因自尊心而带来的羞耻感和负罪感。消费社会里的"穷人"就是准备不充分的消费者。我国著名学者汪晖也从这一角度界定当下中国"新穷人",一类是"农民工",一类是受过高等教育初入社会的都市白领。其实,不管

---

① 费孝通:《小城镇大问题》系1983年9月21日在南京召开的"江苏省小城镇研讨会"上的发言,后经沈关宝整理发表在1984年《瞭望》杂志上。

怎样，"农民工"始终无法摆脱贫穷的境遇。2018年，关于农村青年与城市遭遇的问题引发了全国性的思考。许多研究者从20世纪80年代的"潘晓问题"谈起，以石一枫的《世间已无陈金芳》等作品为例探讨今天农村知识分子、农民进城可能遭遇的困境，得出了"失败青年"的集体论调。换言之，尽管各方观点不一，但在"农民进城"变成了"新穷人"这一点上达成了共识。"新穷人"逐渐意识到扎根城市的不易，以及离散带来的代际性贫困导致相当一部分人回到家乡，但这并不意味着他们就愿意返乡。在引起广泛注意的《岂不怀归：三和青年调查》（田丰、林凯玄，海豚出版社，2020年）里所讲的挣扎在城市边缘的"三和大神"（以"90后"和"00后"新产业工人为主），"留城无望，回村无意"，选择"干一天玩三天"，待在"三和"这个颇像世外桃源的地方。这群与社会共振的"躺平"式新产业工人群体用异化的方式来对抗这个时代的异化，但他们宁愿待在城市也不愿返回家乡。乡村空心化、土地流转或者因机械化生产而不需投入过多的人力，即便是返乡也没有办法重新变回农民身份，而是在故乡所属的镇或县城安家，做点小生意，其整体的生活状态已经脱离农村。

我国经济发展的主要状况为"东高西低"和"南快北慢"，因此，迁徙也基本上是"孔雀东南飞"。事实上，自迁徙之日起，就存在着逆向迁徙的回流现象，只不过还没有形成潮流。在社会学层面，2008年曾经出现"用工荒"的现状，"逆向迁徙"逐渐受到关注。三年疫情防控，使得相当一部分新产业工人只能就近就业。加上中小企业在乡村的下沉，也为返乡就业创造了便利条件。据国家统计局调查显示，2019年新产业工人总量达到29077万人，较2018年增长0.8%，其中本地新产业工人11652万人，增长0.7%；外出新产业工人17425万人，增长0.9%。据2020年统计数据显示，返乡留乡的新产业工人明显增多，并且各地都在积极鼓励返乡留乡新产业工人创业创新。2020年返乡创业创新人员达1010万，首次超1000万，带动农村新增就业岗位超1000万。国家发展改革委预计到2025年全国各类返乡创业人员达1500万人以上。当然，随着国家城乡战略的调整，老一代新产业工人的回流，新生代新产业工人为了子女的教育等，发现城市打工的资金流不再流回乡里，而是留到小城镇，也即新产业工人基本上会选择在小城镇安家就近奋斗。"如果回乡就业，近80%农民工不愿意再选择在农村工作，只有1950年以前出生的农民愿意回到村里面去。回去做什么呢？只有15.7%的人愿意务农，剩下的当然愿意到工厂劳动、经商、做买卖等。农民愿意去哪里定居呢？镇的比例还是非常低的，只有不到1/5，想去县城定居的占35%。调研发现，农民在城镇里面买房的比例已经比较高了，根据近来的数据估算,全国有近30%了,在某些省份比例达到近40%。"①同时,小城镇也出台了系列政策,鼓励回流打工者返乡创业。

投射到小说文本中,我们可以发现,小说中的文化地理空间开始疏离城市中心地带,取之以小县城和乡镇,而人物则是充满倦意、有落叶归根愿望的倦行人。恰如梁鸿的《梁光正的光》中所言,由于城市的虹吸效应,吴镇经济越来越差,基本不具备生产功能,消费性的超市、饭店、家具店、理发店、蛋糕店等却很多,整个镇的经济来源主要依赖于外出务工。但吴镇仍然是落户县城而不得的返乡人的主要落脚点。梁振华用打工的积蓄在镇上开了个太阳能店,但因长久脱离家乡生活,缺乏足够的市场调查而不得不关闭店门,再次背井离乡外出打工。即便如此,随着老一代新产业工人退出劳动力市场,小城镇依然是他们的首选。在《梁庄十年》中,吴镇占了大量的篇幅,甚至"梁庄—吴镇"成为不可分离的空间和共同体,容纳着返乡的人们,老一辈可能选择小产权房,而年轻一代则选择"帝景豪宅"这样的大规模商业住宅区。

在这种情况下,城乡性人格就逐渐形成了。换言之,小城镇作为一种文化空间,其实类似于路遥的城乡交叉地带。城乡交叉地带是路遥在书信与创作随笔中反复提及的关键词,自然也成为解读路遥及其创作的重要视角。研究者常常从这一关键词进入路遥的小说创作,阐释其创作特色和主题内容,并在价值层面阐释其内涵。大家基本上是使用概念,但不界定概念,直奔价值阐释,也就是将"地带"视为一个自足毋庸界定的范围而关注文化,使城乡交叉地带成为一个重要的文化场域,凸显"乡—城"正向迁徙过程中的价值冲突和文明冲突。1981年10月30日,路遥在西安召开的"关于农村题材小说的创作座谈会"首次提出"农村和城镇的'交叉地带'",从城市常见的"立体交叉桥"隐喻时代发展带来的城市与乡村的相互渗透,从而引发生活方式、价值理念等的矛盾,这些矛盾又是整个社会政治、经济、文化、思想意识、精神道德转型的体现。他将20世纪80年代与五六十年代简单相比指出新农民"大部分具有初高中文化水平,他们比自己的父辈带有更多的城市意识,有比较高的追求,和不识字的农民有许多新矛盾"。因此,他们具有改革时代的精神苦闷,而农村题材小说的叙事空间也不能仅仅限于农村,还必须拓展至城镇。1982年7月11日,路遥在《中篇小说选刊》中强调"立体交叉桥"几乎象征了当代社会生活的面貌,而他最熟悉的是农村和城市的"交叉地带"。在和王愚的对谈中,路遥强调"交叉"

---

① 李强:《就近城镇化与就地城镇化》,《北京日报》2019年2月25日。

是社会各方面及每个有机体内部均有交叉,不仅仅是城乡交叉。1982年8月21日,路遥在回复阎纲的信中进一步解释:"由于现代生产力的发展,又由于从本(20)世纪六十年代中期开始,在我国广阔的土地上发生了持续时间很长的、触及每一个角落和每一个人的社会大动荡,使得城市之间、农村之间,尤其是城市和农村之间相互交往日渐广泛;加之全社会文化水平的提高,尤其是农村的初级教育的普及以及由于大量初、高中毕业生插队和返乡加入农民行列,城乡之间在各个方面相互渗透的现象非常普遍。这样,随着城市和农村本身的变化发展,城市生活对农村生活的冲击,农村生活城市化的追求意识,现代生活方式和古朴生活方式的冲突,文明与落后,现代思想意识和传统道德观念的冲突,等等,构成了当代生活的一些极其重要的方面。"[1]1984年,路遥在《对当前农村题材创作的几点认识》中,对城乡交叉地带这一概念进行反思,指出应该有更大的范畴。可见在路遥这里,"交叉地带"与"城乡交叉地带"时有混用,其言说范畴与文本实践均指向"交叉地带",但他又指出自己更擅长写"城乡交叉",以此辐射整个社会的交叉。

路遥将城乡交叉的起点放至20世纪60年代,也就是知青下乡,他肯定了知青对城乡文化交流的人际传播作用。历史行进至改革开放,这种城乡交流逐渐被农民进城所替代。在路遥这里,城乡交叉地带既是一种地域文化空间,更是社会文化交流碰撞的试验场,它强调的是社会转型时期城乡冲突导致的价值互渗,但在具体的创作及实践中,人们越来越偏向于将之视为城乡冲突下农村知识分子的艰难选择,特别是选择城市却不得回归乡土而心有不甘的状态。

那么路遥之后,我们如何书写城乡交叉地带?或者我们换种说法,进入城乡交叉地带浸淫多年已至人生下半场的"高加林们"如何安顿自己并为子孙铺就一条进城的路?路遥的遗产究竟是什么?又该如何发挥效力?事实上,路遥指向的是躁动的时代情绪和心灵状态,在理性层面,他仍然肯定的是城市,只是将情感留给了农村。返回小城镇指向的是"沉淀",在经历过城市生活之后的主动选择,重新建构自己与城市的关联性。其实,今天的"小城镇"更指向一种混合的文化空间,内部的文化冲突逐渐被文化混杂心理所替代,形成一种大熔炉态势。这是因为,它处在"大城市—中小城市,特别是县级市、镇—乡"这样的链条中,是大城市和乡村的中转站和联结点,是无法在大城市立足又无法在乡村生活的农民的最佳选择。质言

---

① 路遥:《关于〈人生〉与阎纲的通信》,《作品与争鸣》1983年2月。

之，"小城镇"生成的文化空间安放的也是一群畸零人，生成的是一种"城乡性"人格的人。虽然无法给"城乡性"人格做出明确的界定，但可以简单描摹其形状，那就是从大城市退守返回离故乡隶属的县城，身上有鲜明的现代烙印但又有浓重的寻根意识，无论是对城市还是乡村都保持着既亲近又疏离的状态。在此，以叶炜的《蹦蹦》为例。

《蹦蹦》系"转型时代三部曲"（《蹦蹦》《天择》《裂变》）的首篇，以"城乡夹缝人"陈敌在三个女性红颜、郭聪、李巧之间周旋的爱情故事反映农裔新移民的心路历程。陈敌，原本是地地道道的苏北鲁南农民，没有考上高中，毫无人生理想，农忙干活，农闲时打打零工，按部就班地娶妻生子。后因妻子红颜的"瞧不起"而被迫前往中苏边境做皮草生意，被骗后再次遭受红颜的奚落，不得不去弟弟陈可上大学的苏北小城当送水工，并发奋图强考上大学。上大学期间，凭借丰厚的生活底蕴和笔头功力，陈敌当上学校学生会主席和记者团团长，如愿找到中石油的工作，被派到省城南京工作，可谓平步青云。小说的题记便是"回不去，进不来"。陈敌从言谈举止、穿衣打扮、收入水平等方面已经和南京人没什么分别，但他迟迟不在南京买房子，也无法回到老家，成为畸零人。在是彻头彻尾的新产业工人时，陈敌因无钱而缺少尊严，无法回家。在获取正式工作后，陈敌仍然是局外人，往日熟悉的人除了见面的寒暄再也相顾无言，往日熟悉的风景感到隔绝和陌生。"回老家，待也不是不待也不是，回到城市来，也是如此。在农村想念城市，在城市想念农村。"①在他的同学雁南看来，这是一代人的精神困惑，"身体在城市，精神在乡村，灵魂在路上"②。

这种精神困惑体现在感情上，便是"放纵"和"禁欲"。于陈敌而言，红颜这个乡村女性迟早是要抛弃的，李巧作为城市尤物虽然能带给他很多刺激，但他始终无法彻底与之达到身心合一，唯有郭聪，才是他心目中的理想爱人。"我理想的爱人不是城里人，也不是乡下人，而是这两种人的复合体。在现代社会，这样的女孩或许只有运用化学方法才能合成。"③身为高等学府研究生的雁南，一直充当陈敌理论提升和人生导师的角色，他的理想爱人自然也是陈敌心目中的理想爱人模样。红颜，典型的乡村女性，目光短浅，虽不保守，但仍未迈出传统的步伐，内心始终存在"嫁鸡随鸡，嫁狗随狗"的想法。因此，即便是没有红颜的出轨，陈敌也会与之离婚。小说绝大

---

① 叶炜：《蹦蹦》，安徽文艺出版社，2019年，第192页。

② 叶炜：《蹦蹦》，安徽文艺出版社，2019年，第190页。

③ 叶炜：《蹦蹦》，安徽文艺出版社，2019年，第191页。

部分围绕的是陈敌在郭聪和李巧之间的艰难选择。郭聪,小城女孩,兼具传统保守与敢于追求自我于一身,善良、温柔而又乐于奉献,在爱情中不为父母所动,遵循内心的感觉,是乡村与城市完美结合的化身。李巧,典型的都市女孩,"清醒而又执着",时尚前卫,追求新鲜刺激的生活,对待爱情始终是游离的态度,明知陈敌有女友,却丝毫不在乎,希望通过公平竞争的方式来换取陈敌的心。"在郭聪那里,他是从乡下走来的农家子弟;在李巧那里,他是打进城市的成功男人。"①小说以欲望书写的方式尽可能展现,郭聪和陈敌的爱情撕扯,并将双方的父母牵扯进来。反而是李巧这边显得简单得多,每次的出场都伴随着精致的妆容和熨帖的名牌服装、充满小资情调的会面场所以及无法遏制的身体欲望,这种欲望最终也反噬了她,她沦为情妇,遭到网络曝光,消失在陈敌的视野里。当然,即便是李巧不出事,陈敌也会选择郭聪,并在小城安家,谱写小城故事。唯有郭聪这个城乡兼具的女孩(也可能是叶炜为陈敌量身定制的女孩),才能给予陈敌最大的心灵慰藉。

借助叶炜《踟蹰》这个支点,我们可以窥知当下"城乡人"的心灵状态——因漂泊而生倦意,因现实而复归故乡。当然,所谓"逆向迁徙"不尽然是彻底的回流,而是在不同的生命阶段、按照家庭向上流动之路的内部分工和时代的潮流,在比较、权衡之后重新选择更为适宜的生存方式。"小城镇"便成为理想的安居地。其功能上既有城市生活的某种便利,特别是教育、医疗条件,又有乡土社会节奏缓慢的底色,是一种较为现实的桃花源。小城镇四乡八村相联系的商品交换和人员流动使其成为乡村和大都市的中转站,它具有"泛血缘"和"泛地缘"的空间文化属性,涵盖了都市和乡村的所有特征,特别是既陌生又熟悉的人际关系,成为观察新产业工人的一个新的联结点和观察点。

第三节 最后的"农民工":新产业工人形象的想象图景

"最后一个"往往讲述时代转型与某一特定的人群之间的错位关系,时代的轰隆隆向前而个体的生活方式、生存技艺、价值理念因坚守而在美学上呈现出崇高感和悲壮感。也因此,"最后一个"的叙事文本往往带有挽歌情调。新时期文学中,"最后一个"较为常见。如汪曾祺笔下的系列手艺

---

① 叶炜:《踟蹰》,安徽文艺出版社,2019年,第53页。

人,《鉴赏家》中的最后一个鉴赏家,《故人往事》中的戴车匠,《鸡鸭名家》中的炕房师傅余老五和放鸭好手陆长庚,《茶干》中经营酱园生意做得一手好茶干的连老大,《祁茂顺》中糊烧活的祁茂顺,《喜神》中的画匠管又萍等,还有寻根作家李杭育《最后一个渔佬》中的福贵……这里面的"最后一个"以技艺为主,它们因无法适应现代机械大生产而遗留在历史的尘埃里,坚守者会被视为因循守旧,出现后继无人的状况,"最后一个"成为终结者或"非遗文物"。然而杨争光的《最后的农民工》出现时,仍引起人们的狐疑,"最后的"究竟何意?

从思潮层面来讲,"农民进城"历时之久、影响之大远超中国现当代文学的其他任何一个思潮。从20世纪80年代大规模出现至今,新产业工人数量未曾减少,城乡迁徙仍是绝大部分农民的生存状态,新产业工人题材文学创作仍有持续之势,即便是势头锐减,但仍以文本的形式出现在当下的乡土小说创作中。在这种情况下,新产业工人形象仍是大家热衷的话题,"最后的农民工"很显然不可能短期内出现。不过,当下国内出现了新产业工人博物馆,如深圳宝安劳务工博物馆与广州农民工博物馆、北京打工文化艺术博物馆、成都农民工博物馆(系中华农耕文明馆展馆之一)等。这些博物馆多将新产业工人建构为"城市的建设者""命运改变者""昂扬奋斗者""弄潮儿"等,这些带有积极色彩的宏大话语显示着国家关于"农民进城"的历史化冲动。与博物馆对应的是与改革开放有关的影视剧近年来颇为盛行,其中不乏打工妹闯广东的主题,典型的如《星辰大海》(与《外来妹》完全不同的讲述方式)。在此种建构体系下,"民工潮"与改革开放的历史功绩密不可分,新产业工人既是改革开放的产物更是改革开放的推动者,而改革开放的纵深发展特别是乡村振兴战略均表明对"农民工"的历史化冲动已经到来。按照这样一种思路,"农民工"在现实层面而不是在语义层面有可能"终结"。这里的"终结"并不是说不存在农民进城这种现象了,而是说随着城乡一体化的推进和高流动社会的到来,迁徙成为人的自由选择,城市户籍福利逐渐隐匿。这就出现以下可能的"终结"方式:第一,歧视性的"农民工"称谓不复存在;第二,农民因城市扩建,或因个体奋斗在城市站稳脚跟,漂移的身份变成固定的市民身份;第三,因年龄、乡村建设等因素,"农民工"返乡就业、创业再次回归农民身份或成为产业工人。如此一来,杨争光的《最后的农民工》在2021年的登场就不意外,其为"农民工"树碑立传的雄心也不显得突兀。乡村振兴战略的国策其主旨就是为了解决农民进城带来的历史问题——乡村衰败,排在首位的是"产业兴旺",以经济吸引返乡就业,从而恢复乡村秩序,至少能满足"老有所终,幼有所养"。此时的文学界诞生了一大批扶贫题材小说,典型的如赵德发的《经山海》、老藤的《战国红》、贺享雍的《天大地大》、王洁的《花开有声》等。此时影视界的乡土创作类型,基本上也是扶贫题材小说(与第一书记题材相交叉),典型的如《山海情》《索玛花开》《花繁叶茂》《江山如此多娇》《一个都不能少》等。

在《最后的农民工》中,杨争光坦言:"最后的农民工"是一种隐喻,其含义是"有产业工人和农民工日益紧密的融合,有农民和工人身份认证的模糊,有乡下人和城里人差别的缩小,有执着地想做一个城里人的观念的消解,有农民工群体精神道德的完善或开始,有小说中人物的死亡、离去和新生。"①这段话说得其实语焉不详,精神道德完善,以及"死亡""离去"乃至"新生"并不能说明是"最后的",只是代表着第一代新产业工人的消亡,新生代新产业工人乃至接下来的第三代新产业工人仍会诞生。但紧接着,杨争光又表达了中国新产业工人与中国城市发展的共进退关系,以及重新阐释农民进城的历史愿望。我们可以这样认为,杨争光所言的"最后的"其实不外乎以下两种:

第一种是新市民或返乡创业者:漂移身份的实体性终结。随着城乡一体化,城市与乡村的历史鸿沟可能逐渐减少乃至消失,"农民工"本身所隐含的对城市户口的向往的身份意识逐渐消失,定居城市的叫新市民,回流农村的叫农业资本家或农业工人。《最后的农民工》中,成为新市民的有罩子、马离农、船生、翠莲、郝进青、鸿儒、刘惠民、陶三、君保。如下表所示:

表2-1 《最后的农民工》中成为新市民的人物一览表

人物	成为新市民的方式	新市民的质素	最终的归宿
罩子	以浮山岬老君庙为据点,经营度假村,在青岛购买大量房产。	现代经济理性,杜绝血缘裙带关系;远见卓识与斡旋商场、官场的博弈能力;尊严、忏悔意识。	在青岛服刑的监狱中自杀。
马离农	创办卖力公司(后改为鸿翔劳动力服务公司)、经营小海食品厂、打造记忆岛,积累大量资本。	敏锐的商业意识,敢为人先的魄力、革新意识、专业意识和深刻的反省意识。	返回家乡梅林渡,先是种植苹果,后培植兰花,创办中国兰花基地,继而打造以梅林河为中心的风景区。

---

① 奚同发:《生活是艰辛而苦涩的,感情却可以丰富而斑斓——长篇小说〈最后的农民工〉出版之际访著名作家杨志军》,《河南工人日报》2021年6月22日。

人物	成为新市民的方式	新市民的质素	最终的归宿
船生	给出版社搬书,后经马离农推荐管理施工队,进而组建专业拆迁队。	学习能力强、干活麻利、为人正派、拿得起放得下,具有反思意识和超前意识。	打造建筑博物馆,将自己的名字镌刻在城市的历史上。
翠莲	进城后因照顾常发财而成为护工,后因乔护士的帮助和提携在医院护工站站住脚,并创办家政公司,在青岛购置房产。	兼具吃苦耐劳、服务意识和品牌意识等城乡文化因子,适应能力强,将小事做到极致。	和齐乐年离婚,返回家乡承包山地,并和马离农重组家庭,一起打造乡村旅游风景区,建设家乡。
郝进青	因常发财而成为海运公司的正式员工,一步步升迁为办公室主任,分得房子。	正直善良、急人所急。	与城里媳妇离婚,和牟梨花重组家庭,经营度假村。
鸿儒	给出版社搬书,后因金科长赏识和马离农推荐成为出版社图书发行主任,一步步升至发行部副处长。	有文化、有魄力。	在图书市场站稳脚跟。
刘惠民	在田光罩的帮助下成功考取公务员,成为拆建局三处的处长。	于连式的野心。	因贪污、受贿而被双规。
陶三	先是拜包公信为师以偷窃谋生,后一直跟随马离农,成为鸿翔劳务公司副总经理和小海食品厂副厂长,娶城里姑娘焦莉莉为妻。	活泛、通融。	成为拆挖掘机械租赁行老板。
君保	跟着马离农创办"鸿翔劳务公司",在老段携款逃跑后,接管公司并将其壮大。	远见卓识与魄力。	与香水娘结婚。

如果不是背上"农民工"的称号,我们会发现他们是和改革开放、市场经济相匹配的有闯劲儿的年轻人,他们有着与时代相匹配的野心,也有着与时代相匹配的锐意进取意识和敏锐的商机、商业意识、抱团意识,他们是时代的弄潮儿。这些人的发家史、成长史也是青岛这个城市的发展史,这一改既往的新产业工人苦难史书写模式。虽然杨争光并不回避因农民身份而带来的歧视和伤痛,公安局的盘问、城市老板的苛刻依然弥漫在文本

之中。但杨争光强调的是,他们虽然没有社会、经济和文化资本,但也一同经历着城市的发展和社会的转型。在此,以马离农的人生经历为例。马离农本名马力农,改名后的"离农"二字表明其离开农村的决心。他从揽工起步,成立卖力公司,逐步改进经营策略,实现人生的蜕变。其成就得益于他善于发现城市的需要,实现了劳动力与城市发展带来的精细化需求、劳动专业化分工与合理的对接,从而满足了新产业工人和城市的双重需要。在这个过程中,马离农也曾起起伏伏。不过,遭遇的每一次难题和危机,都被他当成提升自我、提升公司形象的机遇。第一次,卖力公司被老段举报,因无证营业而被迫停业,马离农趁机扩大公司范围,改善宣传策略。这是20世纪80年代中后期,市场经济刚刚起步,各种措施并不完善。第二次,老段通过强暴、挟持香水娘而将鸿翔劳务公司据为己有,马离农一边清算资产保存实力,一边另寻出路,承包食品加工厂并让其起死回生。这是国有企业改制、民营资本逐渐壮大的90年代。第三次,因食品加工厂利润丰厚引来嫉妒和暗算,马离农和船生倾力打造记忆岛,复原青岛城市旧貌,唤醒人们对历史遗迹的保护意识。这是城市同质化发展促使人们开始反思和批判的新世纪。也就是说,杨争光是在全球化、城市化的进程中,审视新产业工人的历史功绩,他们中间脱颖而出的人,最终实现了身份的转型。

第二种,随着社会整体文化素养的提高,"农民"群体的道德和精神境界逐渐提高,"农民工"本身所隐含的"低端劳动力"和"城市混乱的制造者"的污名不复存在。杨争光在书中一再提到一个相悖的观点:城市的发展是由新产业工人带来的,但城市的犯罪率也因农民的进城而居高不下,大部分罪犯是新产业工人。的确,小说中提及的犯罪分子如抢劫、偷盗、吸毒贩毒、拐卖人口等绝大多数是李带来、光光、麻成、许大车等新产业工人。当然,杨争光的目的是写出新产业工人群体的复杂性,并非单一的符号所能囊括。他们中间有一群志同道合、力求上进、有着人格操守的新产业工人,如常发财、马离农、罩子等。颇有意味的是,杨争光设置了逆转式的拯救(救赎)关系,让新产业工人充当城市人的保护者和救赎者,如常发财之于郑潇潇、汪队长等,包公信之于郑潇潇及被大火围困的人……

常发财的孤儿身世和吃百家饭的童年经历,使其积攒了异于常人的生命能量:他健壮硬朗、浑身是胆;有主见、懂谋略、知进退;知恩图报、行侠仗义、时时刻刻为他人着想;他始终捍卫自己的人格尊严和精神操守,也有通过写诗实现精神追求的能力,在他身上永远散发着古典主义的骑士精神。他一直在救人的路上:他敢于赤手空拳从李带来等人手中救下深夜回家的高中生郑潇潇,又出于朋友道义挽救李带来、光光、麻成;他为了寻找翠莲的儿子栓柱，而故意接近人贩子，只身入虎口闯进人贩子的贼窝，最终成功端掉崂山附近的人贩子团伙；他为了救王禄和残忍的汪队长（被王禄称为"剥皮老爷"），先后两次跳进大海；最终为了救被大海吞噬的孩子而透支了身体，加剧了尘肺病的进程，不治而亡……他永远在为朋友而失业的路上：为了暂时替代自己工作的王禄，他离开了冷库；为了寻找翠莲丢失的儿子，他辞掉新远达舒服的工作而前往山西人贩子所在的工地。后又为了齐乐年保住工作，而选择去偏远地方送快递……他永远做好事不留名，为了朋友的发展殚精竭虑：他让失业的大耳朵送回出于抱怨而偷拿的手套，让其重新回到"蓝白场"；他拾金不昧，并让郝进青上缴拾得的巨额钱款，从而为郝进青获得工作，成为正式员工；他为因从高处失足坠下而高位瘫痪的姚兰争取高额的赔偿费……同时，常发财还是诗人，他写下引人共鸣的《揽工》《钱》《春节》《暂住证》《户口》等。他人格的高尚衬托出城市人格的卑微，撑得起一个"真正的人"的称号。

如果说常发财是以精神的孤高存在于人们心中，他代表了物质贫乏而精神富足的一类人，符合人们对物质与精神悖论关系的思维定式。那么马离农则是物质与精神双重富足的代表，他的身上同样有常发财那种顾全大局、替人着想的闪光点，但他更有能力不让自身的生活处于失业和无序的状态，更不会因"泥菩萨过江自身难保"而被人指摘。他急人所急，想人所想，思虑周全，先后帮助船三、鸿儒、君保成为独当一面的人。应该说，马离农能屈能伸，得风气之先引领潮流，是时代的弄潮儿，但他更是城市建设的反思者。首先，他坚决不能容忍偷窃、偷奸耍滑的个人陋习，也杜绝在产品质量、生产环节上的以次充好；其次，在城市大拆大建之时，他已开始反思拆掉的很可能是历史的遗迹和青岛的特色。因此，他让船生租赁仓库保存拆掉的大量建筑材料，并将其打造成建筑博物馆，力图复原青岛被拆迁的建筑原貌，重塑新产业工人的拆迁史和迁徙史；再次，马离农与常发财一样有着艰辛的身世，但他更有着兼济天下苍生的情怀，养育之恩与故乡情结在他身上体现得淋漓尽致。

罩子十三岁来到青岛，彼时尚未改革开放，农民离开自己的家乡便成为"盲流"，他坚韧地在青岛生存下来。此后，因缘际会认识了牟汉林，两人暂栖老君庙，后在远达公司老总肖福源的鼓动下，伪装成老君庙的主人，将父母全部搬迁至浮山岬，以建筑工地起家，发展至经营度假村，成为名副其实的成功人士。但罩子始终认为自己是有原罪的：其一，伪造出身，占据老君庙，带有欺骗性，此一桩可视为资本发家的原罪；其二，失手打死范茂和蓄意打死范盛，两次杀人事件均由牟汉林背负罪名，这一桩可视为朋友间的道义，是罩子真正背负的罪名。在罩子看来，人与动物的区别在于：人懂得克制和悔罪。一方面，他不负重托，苦心经营浮山岬，杜绝赌博、卖淫等风气；另一方面，他将牟梨花和牟贵接到度假村，并娶了被范盛凌辱而怀孕的牟梨花为妻，抚养范盛的儿子。此外，他还到公安局自首，并以自杀的方式完成了自己的救赎。

此外，在小说中，我们还可以看到为了尊严而一跃而下的包玲、为了救郑潇潇及其他人而葬身火海的包公信，以及偶有戏谑报复心态的麸子……他们不仅自己秉承"人"的理念，也给最恶之人以改过自新的机会，让他们回到"人"的正常轨道上来。不管这些偏离"人"的轨道的是卑微的新产业工人还是城市的老板，也不管他们曾经是否罪恶累累还是穷凶极恶。因此，我们看到被马离农和常发财引到正路的包公信、船三，也看到被常发财、马离农放过的酒吧老板。事实上，杨争光不仅让新产业工人充当了城市的建设者，更让他们充当了城市灵魂的守护者，他们身上质朴的乡土文化一次次洗涤着被金钱蒙蔽的、利欲熏心的丑陋灵魂。

很明显，《最后的农民工》式的写作在中国当代文坛尚属先例，只不过从文本来看，这里的"最后的"本质上是第一代新产业工人。以麸子为代表的新生代新产业工人仍然面临着罩子、马离农等人的困境，不过，其精神品质有些矮化，会采取类似于老段的报复手段或故意抬价的方式对付城市人，敌对情绪仍然存在。在这个意义上，《最后的农民工》并非一次成功的写作之旅。

但在某种程度上，我们的确可以看到新产业工人苦难形象的打破，譬如说2021年翻译、研究海德格尔的陈直。我们先看媒体采用的标题——《一个农民工思考海德格尔是再正常不过的事》（谷雨实验室），隐含着新产业工人与文化资本的割裂，以及知识精英化的认知。不可否认的是，今天的新产业工人并非与整个时代的进步绝缘，而是一同享受着知识数字化、多元化的红利，自然，也会沾上一些"知识分子气"。对于新产业工人群体来讲，他们不再是被动接受命运，而是带有清醒的认知。我们可以以大众视野中的范雨素命运的陡转和她对自身命运的清醒认知为研究对象。继"底层文学"大讨论之后，余秀华和范雨素走进大众的视野。二人常被拿来相提并论，但无论是她们还是学界其实都清楚，除了生活的苦难和成名的方式有些相似之外，二人的写作和命运的走向有着天壤之别。余秀华成为一个自觉的写作者，写作成为生活的主业，并成功当选为湖北钟祥市作家协会副主席，书一本接一本地出且反响不俗，已出版的有诗集《月光落在左手上》（2015）、《摇摇晃晃的人间》（2015）、《我们爱过又忘记》（2016），散文集《无端欢喜》(2018),自传体小说集《且在人间》(2019)。近年来余秀华获得了各种奖项和荣誉如"农民文学奖"特别奖、冯道信乡土文学奖、2014年度"诗人奖"、中国作家榜年度作者、华语文学传媒年度最具潜力新人等、社会活动也明显增多,在数字化时代成为关注度很高的作家;而范雨素仍然挣扎在生活的"底层",成名只是昙花一现。因此,范雨素更具标本意义。

范雨素生于1973年,湖北襄阳人,长期在北京当育儿嫂,寄居在皮村。2017年,范雨素因自传体小说《我是范雨素》爆红,后又归于平淡。在阅读范雨素的过程中,我们会发现文学之于"底层人"的人生和我们常人理解的是不一样的,范雨素如知青小说主人公那般去流浪,发现根本活不下来;范雨素渴望生命中出现如《平凡的世界》中的孙少平那样不嫌弃自己的男人,但现实中却是家暴的丈夫;她也想着用文学改变人生,却发现收入大不如从前,最终还是选择做回了育儿嫂;范雨素的文学创作与出版社(或者说大众)的期待视野是相悖的,她的人生选择同样是与大众背离的,她没有顺势而为如王十月、郑小琼、余秀华般实现身份的转型,而是在原来的轨道上继续前行。

"我还是原来的我",这句话当然蕴含着文学无法改变命运的无奈认知,但更多的是,一个打工人在认清现实之后的主动选择。这也验证了知识精英对"文学与人生"关系美好期待的落空,文学很难成为撬动命运的那根杠杆。对于千千万万的新产业工人来讲,生活是具体而微观的,荣誉如果不能切实带来生活的改变,无法落实到柴米油盐、住房、教育等上面,那还不如选择多赚点钱来得踏实。也就是说,尽管流动会带来各种各样的困惑,但对于新产业工人来讲赚钱养家、改善生活才是首位的。"赚钱是要紧事",这是范雨素的信条。范雨素的两个女儿也并不对"出名"感兴趣,大女儿一个劲打电话劝她:"不要做梦,每天干活、劳动,赚了钱才是真的。"小女儿则说:"你是名人?王俊凯、鹿晗才是名人呢!"可见,对于新产业工人群体来讲,他们认清了社会现实,在无解的现实面前,坚韧地活着,并不在乎外在的身份困惑。所以,范雨素一再强调她是来城市打工的,城市跟她没有什么关系。这就超出了我们关于"农民与城市"关系的认知,在学界的探讨中,矛头总是指向城市与国家层面的制度设计,但对农民来讲,他们不断地调适的是自己和生活的距离,使自己避免受到更多不必要的痛苦和麻烦,而不是去寻求公平与正义。

"底层无法发声",所以学界在相当长的时间内探讨"底层如何表述自己",得出的结论其实也很简单,精英知识分子是无法替"底层"代言的,也有相当一部分人开始培育"底层",比如说工友之家、文学小组等,便培育出范雨素这样的人。但范雨素的存在,恰恰暴露了精英阶层与新产业工人阶层的巨大鸿沟。范雨素称"农民工"不应该是一个贬义词,它和其他类似于名人的符号标签一样,都是符号。范雨素称写作就是自己的精神诉求,她写的魔幻恰恰就是真实,根本不理解出版社对新产业工人的审美期待——苦难。范雨素始终是一个自足的个体,拒不进入任何刻板的圈套。也就是说,在互联网等造就的圈层文化里,新产业工人已经形成了自我的认知,有着强烈的主体意识,是一个复杂的存在。除却范雨素个人的打工经历,《我是范雨素》还触及新产业工人群体的尊严、新产业工人子女的受教育问题,这和批判、揭露式的写作没什么分别,但在这里始终透露出长期被歧视的社会群体对"平等""精神追求"的渴望。作为"底层""苦难"符号的范雨素,是大众和相当一部分精英知识分子的认知,不是范雨素对自己的认知。她呼吁新产业工人和艺术家都应该成为中性词,人与人是"你中有我""我中有你"的平等关系,要恢复新产业工人作为"人"的尊严。

对于当地人来讲,新产业工人是社区的一部分,对于书写者而言,他们不用刻意去调适自己与新产业工人的文化距离。比如说梁鸿在《中国在梁庄》前言所说的:"我想要抛弃我的这些先验观念",因为她明白自身的境遇与知识架构已经不可避免地主导着话题的走向,因此,自身的合法性就受到了挑战,笔下的范雨素们根本不认账。《大地上的亲人》的作者黄灯一再警惕经过系统学院知识武装的她对亲人故事的干预,这种干预往往是无意识的,顽强的。她认为亲人们讲述悲惨的故事时总是云淡风轻,"不懂煽情",经过了"情绪过滤",与自己的客观感受有很大差异。"不懂煽情"可能更多的是本真的讲述而非文学性的渲染,但当知识分子在试图展现新产业工人的真实生活时,它就显得难能可贵。

不管怎么说,新产业工人已经成为我们生活中不可缺少的一部分,尤其是疫情期间。他们可能是快递小哥、外卖员、送菜员、物业人员、保洁人员……我们怎样看待他们? 他们怎么看待自己? 这都是值得探讨的问题,但归根到底还是要回到"人"的问题上,平等地看别人,也平等地对待自己。无论身份游离与否,都是工作赋予的符号,而不是以城乡来区分人群。

重新回到国家话语层面,"历史化冲动"里当然主要是对新产业工人历史贡献的肯定,但明显遮蔽了新产业工人悲戚的历史命运。一方面,"历史化"冲动要求作家在整个改革开放的历史视野中,书写新产业工人与城市的发展史共生共存的关系,也就是新产业工人个体的成长史、奋斗史与城市发展史是同步的;但另一方面,乡村振兴战略影响下的新世纪乡土文学面临的现实问题是农民进城带来的乡村衰败,恢复乡村的活力和生活秩序必须召唤新产业工人返乡。这个时候,作家又不得不回到新产业工人的苦难史书写老路上,这就造成了近年来乡土小说复杂的面向。无论是尊重历史事实,还是既有的现实印象,新产业工人依然是身份游离的低收入社会群体。当然,任何一种表述均带有某种遮蔽。但随着逐渐摆脱就业谋生过程中的身份设置障碍,作家关注的眼光开始聚焦到超越城乡和阶层的人类共性上。一方面,整个乡土社会的解体,农耕文明的远逝,这是历史必然的趋势;另一方面,迁徙与流动逐渐成为"人的自由",地域文化身份意识逐渐让位于群体认同意识,城乡区隔逐渐让位于"本地与外地""上层与底层"的差异。那么高流动社会带来的共通问题就会浮现出来,顽强的"身份转变"意识也会逐渐模糊。

第四章　新产业工人的形象谱系

王祥夫在《我看打工文学》(《文艺争鸣》2010年第4期)一文中开篇以排比的句式对打工文学的内涵和叙事方式及对中国当代文学的贡献做出了自己的阐释。就其形象而言,他认为在城市化进程中与土地分离的农民,身份具有双重性和混合性,从工作类型来看是工人,但在户籍上又是农民,无法归入任何一个形象谱系内。因此,新产业工人作为城市化进程的矛盾集合体,其形象"不能不大大有别于建国以来截至八十年代初期的任何时期的农民的文学形象",他们"从来没有这么自由过也从来没有这样失落过?一旦脱离了土地的束缚,脱离了农村政权的约束与农村政权给他们的某种保护,在精神上的四顾茫然和无奈进取是中国当代文学不得不翻开的新的一页的主要内容……"[1]当然,王祥夫的论述是基于打工群体而言的,有明显为打工文学摇旗呐喊之意,但他所言的新产业工人形象的文学意义的确是不容忽视的。

那么我们又该以何种方式来观照这一群体,又该以何种标准划分这一群体?就目前的划分标准来看,颇为混杂,主要集中于两点:其一,按职业划分,于是便有了"城市拾荒者""保姆""堕落的妓女"等;其二,便是按照人物的生命流程及对城市的认知来划分,于是便有了"在城者""城乡徘徊者""返乡者"等。这样的标准不免有些简单,因为这些划分明显忽视了新产业工人本身就是一个"内部差异性很大的异质性群体",内部的阶层化也很明显。更为重要的是,这些笼统的划分标准,不能揭示新产业工人是文明碰撞的"中间物"这一本质特征,也不能反映新产业工人在城市化过程中的生命轨迹。因此,本章从文化适应的角度来划分新产业工人的形象谱系,考察新产业工人在城市化进程中的迁移、疏离与融合的生命状态。

作为人类文化学的重要概念,"文化适应"最初用于解释不同民族、种族在相互接触当中发生的一种现象。20世纪30年代美国人类学家罗伯

---

[1] 王祥夫:《我看打工文学》,《文艺争鸣》2010年第4期。

特·雷德菲尔德(Robert Redfield)、拉尔夫·林顿(Ralph Linton)等人共同起草了《文化适应研究备忘录》，认为文化适应是"当具有不同文化的各群体进行持续的、直接的接触之后，双方或一方原有文化模式因之而发生的变迁"。不过，文化适应起初只用于单向地融入新文化，而重返母文化遭遇的认同危机并未引起重视。

1944年，斯格兹(Scheuts)在研究有过多年海外经历的士兵归国后的难题时，首次使用"回流文化休克"这一概念，后被广泛用于跨文化交际研究，意指从异文化回归母文化后遇到的类似于文化休克的症状。汤普森(Charles L. Thompson)和克里提芬(Victoria Christofi)研究发现，无论是进入"新文化"还是重新复归"母文化"，都需要经历再融入的过程。马丁(Judith N. Martine)等人指出，与适应新文化相比，"回流文化休克"因其隐蔽不易被人觉察而更为痛苦，也更容易成为"故乡的陌生人"，原因在于个体回归母文化的再适应过程缺少必要的心理准备和社会支持。具体体现在：第一，"母文化"中的人并不认为归国者会遭遇认同危机，想当然认为他们不会产生文化再适应问题；第二，母文化环境并非与世隔绝、一成不变，也在不断发生变化，已与归国者因时空距离、乡愁等因素而不断定型的母文化大有不同；第三，归国者的价值、态度和行为方式已打上了鲜明的异国文化烙印，跟母文化有了较大差异；第四，归国者及其母国所在地的人们，并没有意识到这种变化；第五，家人和朋友在潜意识里都期望归国者与出国前保持一致，仍然存在着一个价值的共同体，并不希望产生情感裂痕，甚至不希望看到归国者身上新的行为方式或价值观念。斯韦勒·利兹格德(Sverre Lysgaard)、奥伯格(Kalvero Oberg)等人提出了U形曲线假说，认为文化适应需经历四个阶段：蜜月期(Honeymoon)、文化冲击期(Culture Shock)、恢复期(Recovery)、适应期(Adjustment)。U形曲线的四个阶段并不绝对，因个体差异而稍有不同，但一般而言，我们认为进入新的文化系统大致需要一年的磨合期。不过U形曲线理论的对象主要是进入异文化系统的文化适应，但对于归国人员的文化适应并没有做出说明。鉴于此，1963年，甘勒亨夫妇(John T. Gullahorn & Jeanne E. Gullahorn)在前人研究的基础上，总结出文化休克和重返文化休克的U形曲线和W形曲线图，直观地呈现"回流文化休克"比"文化休克"更为强烈的症状，认为归来者会反复经历"不适应—认同重塑—再适应"的"过山车式"痛苦与焦虑。

就新产业工人而言，回流文化休克在20世纪八九十年代较为隐蔽，一般会遭到来自乡土的斥责(被视为"忘本")，但也会收到艳羡的目光(有能力赚钱、洋气等)。但在21世纪的第二个十年，回流文化休克就变得较为普遍,主要体现为虽有乡愁和回家思绪,却无法安放心灵,内心始终处于躁动状态。不过,此时人们也容易理解这种矛盾情绪,回流者和在乡者均不在意。

鉴于中国长期的城乡二元对立结构及城市准入制度的硬性规定,使得新产业工人同时面临着文化适应的双向难题。就目前而言,我们大致有三代新产业工人:"以'50后''60后'为主体的老一代新产业工人""以'80后''90后'为主体的新生代新产业工人""'00后'新产业工人",因为"'00后'新产业工人"尚未成长起来,所以我们主要考察代际差异下的"老一代新产业工人"和"新生代新产业工人"的城市认同及返乡意愿的不同。二者无论是在生存技能、工作行业,还是在文化诉求及身份意识上,都存在鲜明的对比。这种对比显示着新产业工人成为真正意义上的"移民"的大趋势。此外,我们还要意识到不管是"老一代新产业工人"还是"新一代新产业工人",均有一批已经通过购买房产落户城市,成为名副其实的"新移民",还有一部分人在城市和乡下均有房产,过着两栖生活。

因此,在这里着重强调两个维度:其一,是否具有强烈的身份意识。作家的文本建构及整体的社会呼吁,其实是希望新产业工人成为市民的,或者说实现一种身份转换。但作为个体的新产业工人,对城市的态度却是千差万别的,其身份意识也或隐或显,这直接决定了他们能否成为"城里人"。其二,人的现代性质素。城市化的根本在于"人的城市化",而"人的城市化"必然涉及人的现代性素质,倘若没有这些东西,即便是获取了"城市许可证",身上仍然带有鲜明的"小农意识",和农民又有什么区别。

在这里有必要对"现代性"进行简单介绍。迄今为止,学界并没有对"现代性"这一概念达成一致看法,结合各派学者观念,原因主要有四个方面:科学主义观念、人道主义观念、资本主义观念和民族主义观念,[①]这些基本的观点均没有对人的现代性进行具体探讨。我们往往将之视为一种倾向,譬如说,具有现代性的个人常常表现为"乐于接受新的经验,面向未来的趋向,强调计划,个人效能感,以及类似的素质"[②]。对中国而言,"现代性"和"现代"其实是舶来词,是意味着朝西方一系列价值观念看齐的"动力"和"焦虑",彼时可能是思考中国将往何处去,此时可能是如何解决现实问题。具体到"人"而言,这个"现代性"可能意味着文化移植、文化交融、文

---

① 详见刘卫国:《"现代性"视野中的人道主义》,《中国现代主义文学思潮研究》,岳麓书社,2007年。

② [美]阿列克斯·英克尔斯、戴维·H.史密斯:《从传统人到现代人——六个发展中国家中的个人变化》,顾昕泽,中国人民大学出版社,1992年,第49页。

化认同等,也即个体的文化倾向性和选择意向。在这个意义上,我们可以发现,新产业工人内部其实也存在很大的差异性,甚至阶层化也成为他们的一个特色。他们有的人基本上是城市的过客,拒绝认同城市,有的人则既认同城市又排斥城市,而有的人则克服了边缘心态,融入了城市文化,消除了文化人格上的自卑,扎根城市,沦为真正意义上的城市人,还有一部分人对城乡均具有认同与保留,成为"城乡两栖人"。从这个意义上来讲,我们可将新产业工人形象分为三类:第一,过客心态的老一代新产业工人;第二,漂泊心态的新生代新产业工人;第三,具有双栖性认同的新乡贤。

第一节 "过客"心态与老一代新产业工人

老一代新产业工人又称第一代新产业工人,是指改革开放以来,最早进城的新产业工人,以"50后""60后"为主,他们曾长期挣扎在贫困线以下,大多有长时间的务农经验,已度过认同危机的敏感期,文化程度普遍较低,进城后主要集中于建筑行业、餐饮行业、家政行业等,在夹缝中求生存,乃"生存型"新产业工人。"挣钱在城市,消费在农村",基本上是以工贴农,一旦满足自己盖房子等传统中国人的事业,就可能返乡。目前,除少数因子女或家庭原因成为"老漂族"的以外,绝大多数人已基本回流。所谓过客,是指老一代新产业工人普遍抱有落叶归根的想法,虽然其生存方式因"进城"而改变,但在思维方式、自我认知上仍和传统农民别无二致,认为自己不过是城市的过客。他们尽管有身份焦虑,但普遍并无扎根城市之意,而是在丧失劳动能力的时候返乡终老于自己的家乡。最典型的是王十月《无碑》中的老乌、王华《在天上种玉米》中的王红旗、罗伟章《大嫂谣》中的大嫂、贾平凹《高兴》中的五富、林白《妇女闲聊录》中的木珍、尤凤伟《泥鳅》中的陶凤,以及昕朋《漂二代》中的李跃进夫妇和赵家仁夫妇等人。

在跨世纪的转折点上,有些东西注定要走向终结,有些文化注定要走向衰亡。王十月的《无碑》便是一个"正在进行的时代与远逝的人"的故事。老乌作为新产业工人最为典型的代表,是画家刘泽最为投缘的朋友与知音,刘泽用99幅画像为新产业工人竖起"丰碑",却无法为老乌画像,这里面既有"因为太近反而有了距离"的因素在内,但更多的原因还在于"老乌的不可琢磨"。老乌属于既往历史的一部分,已经飘然而逝,他是一个具象更是一个符号,一个传统符号——在社会急遽变化中茫然困惑的传统符号。他已经远逝了,在历史长河的画卷中,他参与其中激起过浪花,却不能抵挡其远逝的命运。因此，给其画像只能绘其形，而不能绘其神，那99幅画像是老乌的"形"，但老乌的"神"是无论如何也画不出来的。这也就预示着，老乌这样一个坚守传统的中国新产业工人的先锋者只能成为无所栖居的边缘人。严格意义上讲，小说讲述的是城市化进程中"传统"的当代命运。老乌是传统的化身，传统的农民，传统的农民品质和思想，唯一"不传统"的就是他的命运。

《无碑》是一篇略带"机巧"的文章，但很显然，王十月还缺乏足够的理论素养去将"老乌的故事"讲得足够机巧。叙事者一再跳出来，告诉我们老乌是一个很普通的人，但他有一个梦，姑且称之为"中国梦"，这也是普通中国农民的梦：趁着年轻，利用年龄优势在城市工作十年、二十年，存点钱，回家盖房子娶媳妇，再凭着打工的积蓄在家乡做个小本生意、搞点副业。这和梁三老汉的"创业初衷"无甚区别，似乎中国的农民永远在轮回的命运中止步不前。然而老乌来到了瑶台，他的命运也随之改变。

老乌在家乡因为胎记无以立足被家乡放逐到南方来，成为"民工潮"中的一员。因为胎记自然也就无法谋得一份职业，但也因缘际会遇到了黄叔，拥有了第一份工作：看鱼塘。正因为这种知遇之恩，使得老乌对黄叔有了不一样的感情。而老乌身上的本分、忠诚，使得黄叔对他格外器重，屡屡受重用。也可以说，老乌在瑶台的沉沉浮浮均与黄叔有关。但这样一个见证瑶台从一个小渔村成为"世界之窗"的全过程的人，却无缘与瑶台一起真正成长，始终停留在本分、善良、质朴上。最为典型的是他的愚忠。在工厂逐渐扩大的时候，黄叔已经成为不折不扣的资本家，即便知道"天那水"有可能导致中毒，甚至白血病，仍然不采取改善厂房环境的措施，而是采取扣押工人工资的办法来抑制工人的辞工。到了后来，延长工时、克扣工资就成了企业的运行机制。这引起稍懂些《劳动法》的李钟的愤怒，决意进行罢工。在罢工前夜，老乌得知消息，按理说面对这样的情况，他不应该告密，至少应该保守秘密，但他却"酒后吐真言"，出卖了李钟，也出卖了自己的工友。不能说老乌没有内心的挣扎，但他最后选择了愚忠，选择了知恩图报，这也使得他丢失了部分人心，也失去了李钟这个朋友。因为在李钟眼里，重感情固然是好，但不能不辨是非，鉴于此，他告诫老乌"脸上长了胎记不可怕，别让胎记长到心里"。由此可见，"胎记"不过是一个隐喻，是农耕文明的象征，是传统的象征。这传统像"乌鸡"一样乌到了骨子里。

在瑶台厂做总务总管期间，老马从不理会"三年总务头，一幢小洋楼"的说法，兢兢业业，清正廉明，绝不做贪污受贿等苟且之事；做二手房东期间，他拒绝将房子租给来历不明的人，求的是一份踏实；为了乔乔日后的开支,想盘租户的二手自行车店,却在弄清楚自行车来源后作罢,甚至不愿将房子继续租给车店老板;在别人都弄虚作假时,老乌自己的电话超市却计时准确,真正做到了童叟无欺。这就使得他赚钱比别人要辛苦很多,但他坚持这样,求的是一份心安。在整个社会世风日下的时候,老乌就是一个标杆,但他的作用是微乎其微的。在老乌成为瑶台的名人,做节目的时候,他不计较个人得失,守得住自己的本性。瑶台的这帮朋友"只可共患难,不可同安乐",子虚气量狭小,常埋怨老乌不能"分我杯羹",还恶意检举老乌收养乔乔乃沽名钓誉,借机打垮老乌,使自己获得"十佳外来工"称号;而主持人南北却霸占老乌的嘉宾费,凡此种种,不胜枚举,但老乌虽偶有不满,却也能泰然处之。

除此之外,老乌对待爱情的态度,对待人生的态度,均是传统的。他追求的是"本分、厚道、知恩图报、以德报怨"。装扮李彩凤男友,收留阿湘母子,在阿湘不辞而别后独自抚养其子,在得知阿湘得了绝症后,主动归还其子,后又收留阿霞母子,在阿霞回归家庭后选择了理解和忍受……这所有的事情都表明他的善良和质朴,而这种东西也是老乌一直坚守的。老乌身边的每一个人都在变,姑且不论黄叔这样的弄潮儿,也不说那些已经功成名就的人士,单说阿湘、李彩凤、李钟、周全林等,这些和老乌一样曾经卑微的打工者都在变。阿湘跟"烂仔"阿昌厮混,做香港司机的二奶,然后成为"贵妇人"。一个到南方寻梦的女孩,从纯情、羞涩、泼辣到饱经沧桑,她的人生充满坎坷,几经转变,但每一次转变都带给她对生活新的认知。我们无法臧否其人生的对错,但也至少对其最后的涅槃和蜕变持有一份敬意;李彩凤,从拒绝黎厂长借助权力而对其施加淫威的做法,到最后主动与他同居,这种转变尽管可恨也可悲,但是可以理解,毕竟这也是她寻梦的一种方式;老乌帮助周全林进瑶台厂,而周全林进厂后不顾情分弄倒了师傅王一兵,成了瑶台厂的厂长,后来还另起炉灶,明火执仗地和瑶台厂对着干,使得瑶台厂岌岌可危;就连老乌深爱的女人阿霞也在变,从女工到村妇,到和老乌同居,她敢于向世俗挑战,其决心和勇气是远远超过老乌的。……由此可见,外界的人和事都在变,唯一不变的是老乌。

正是老乌的不肯蜕变,使得他难以适应现代企业的经营模式。于是,他就处于一种很尴尬的位置:创业阶段起用他,成功后对他闲置不用,遇到问题时再利用他安抚人心。这就造成了老乌存在感的虚无,如同"幽灵"一样无所事事,终而辞职。但对老乌而言,他只有凭借黄叔这样传统式的庇护才能得以生存,有所发展。因此,小说一再写老乌与黄叔的情谊和相遇,离开黄叔他则漂泊,投靠黄叔他则如鱼得水,尽显其才。而同样的,林小姐、张若邻、刘泽对他都有知遇之恩,但是当企业真正运作起来时,他身上的滞后性就显示出来了。为瑶台艺术做广告的时候,老乌已经身不由己地进入了物欲横流的社会,他和传媒打交道,没办法适应,身心俱疲。传媒要的是"新闻眼",而老乌拒绝如此,因为他一再被当作"新闻眼"和被炒作的对象,这给他的生活带来了极大的麻烦:一方面是朋友相信他一夜暴富,成了百万富翁;一方面为了公司的利益,他只能吃"哑巴亏"。刘泽给他讲了一番如何将"艺术与资本"的抗衡转败为胜的理论,美其名曰"受得大委屈,才做得成大事",让老乌为了"艺术"而暂时委曲求全,伙同媒体一起造假。人人都在炒作,或者参与炒作,瑶台艺术村的每个人都从炒作中获利,仅有老乌能守住自己的天真。随着整个社会大形势的变迁,瑶台艺术区真正成为"乌有之乡"。

老乌是怀旧的,他对瑶台的过去十分怀恋,对环境日益恶化的现在深恶痛绝。瑶台的变化是中国城市化的样本,事实上瑶台也是深圳的缩影。老乌一再叹息瑶台的环境破坏,而李钟认为"这是经济发展付出的代价"。在这种情况下,老乌选择了回乡来慰藉自己的灵魂。小说中写到了老乌的两次回乡之旅:第一次回到家乡是从基德厂辞工后,准备立足家乡,大展宏图,却发现他已经不能适应家乡的生活,那里的人都变了,变得只爱钱了,变得"唯利是图""金钱至上"了,这使得他不可能在家乡存身了;第二次回乡,是害怕失去儿子乔乔,想带着他安静地在家乡待上半年,然后将乔乔还给阿湘。在这里,我们需要注意一点,老乌给乔乔的补课。在他潜意识里,乡村从未远去,尽管他让乔乔受的是现代教育,却在骨子里认为有关乡村的传统教育是不能丢弃的。然而他再次发现,乡村比城市的人更加"金钱至上",谈起"二奶"、小姐、司机损公肥私、出纳利用职权为自己谋财等津津有味,全无半点责备之意。在这种情况下,老乌又带着乔乔返回了瑶台。

作为中国第一代"闯深圳"的人,很多人都实现了身份蜕变,李钟、小不点、阿湘等,与他们相比,老乌成为"瑶台人"的机会更多,只是他每次都抓不住机会,更或者说,老乌并不打算在瑶台安家,去获得世俗意义上的成功。事实上,凭着老乌的韧劲,假以时日,老乌也能成为一名成功人士,可老乌没有,他缺乏的是与时俱进的"蜕变"。在这种情况下,老乌只能消失。

最绝妙的一笔就是拆"黄氏祠堂"。老乌一路写着各种字体,一路发泄自己的情绪。到了黄石祠堂这里,老乌一个劲儿问小伙子,自己写"拆"会不会成为千古罪人,会不会遭到上天的惩罚,最后写了个"拆",然后再加个"不"字,称其字体为"乌体"。到这个时候,我们才真正明白老乌其实就是传统的化身。聚族而居的局面已不复存在，而老乌所追求的"德政、贤声"更是如此，老乌最后只能"归隐"，或曰"杳无踪迹"。

老乌是字如其人，一直过着"底色"的生活，参禅、悟道，与整个时代严重脱节。作为一个仁义忠厚之人，老乌既有儒家的忠厚又有道家的超脱，他身上有着传统人格的魅力。他的悲剧性就在于，他身上的传统品格被社会所遗弃，以及他的坚守将成为毫无意义的迂腐。诸多人认为《无碑》是打工者的丰碑，照这个逻辑，老乌将会不经过批判而进入我们的视野，博得美誉，成为无言之美的象征，成为真正的新产业工人的象征。但我们应该看到，老乌身上有着许多悖论性的元素：忠诚与愚忠、善良与狡黠、大公无私与自私自利等。然而不管怎么样，传统的一面自始至终占据上风。

乔乔的过敏体质，其实是身体对"环境不适应"的一种反应，作为打工人的下一代，乔乔尚且如此，何况是老乌这样的第一代人呢。但更为新奇的是，乔乔的疹子在老乌的家乡从未出过，这也从侧面说明打工人及其下一代人其实是属于农村的。老乌的名字在小说中介绍时，往乌托邦上面靠，取"乌有"之意，这也就是说老乌是不存在的。老乌的字得益于习碑，得益于传统，刘泽引用了齐白石的一句话："对于传统，我们要用最大的努力走进去，然后，用最大的勇气走出来。"可惜的是，老乌没有走出来，许许多多的"老乌"也没有走出来。他在历史的发展中一步步撤退，最终杳无踪迹，只剩下一个胎记。这是否也是传统文化的命运，答案不得而知。

贵州作家王华的《在天上种玉米》中也刻画了一个执拗的"进城农民"形象。三桥村集体搬迁，住进北京的善各庄，按照常人逻辑，王红旗有了王飘飘这样如此有能耐的儿子，应该在北京舒舒服服地安享晚年，其实不然，他过得一点也不好，不是物质上的，而是精神上的。于是，他想在北京复制三桥村的生活，给三桥改名，让女人们都不准打麻将，而是在房顶上种玉米。改名的理由很简单，三桥是集体搬迁，所在的善各庄也以三桥人为主，自然应该成为北京的三桥。但改名的过程却很复杂，派出所等机关不答应，就连当地居民也不答应。这也就意味着，消逝的东西是不会再回来的。即便是最后王飘飘将整个善各庄买了下来，改名的愿望实现了，但毕竟这是一种虚妄的"自我确认"，旁人是绝不会将善各庄当做三桥的；在村里制定约法，行使村长权力，表面上看来是为了禁止打麻将，实际上是为了恪守一种村庄的生活方式。然而这也被证明是失败的；而在房顶上种玉米，不过是为了重建农民与土地的亲缘关系。搬家让农民离乡背井，失去土地，失去安身立命的"根"，于是在大雪降临后，王红旗突发奇想，号召全村人发扬"农业学大寨"的精神，走陈永贵"造地"的路子，刨土盖屋顶，在屋顶上种玉米。在远离乡村的都市里，王红旗造出了自己的"田园乌托邦"。除此之外，王红旗和张冲锋两个老人念叨的是"落叶归根"，期望王飘飘能给他们租上一块地（这也是许多村人的意思），即便是不能如愿也要把双脚放在家乡的土地上。他们对家园的构想就是要有土地，没有土地就不像家。

还有一群人，我们根本看不到他们内心的困惑与挣扎，只是为了讨生活而穿行于城市，其思维观念和行为方式均是农民的。罗伟章的《大嫂谣》（《人民文学》2005年第11期）中的大嫂最为典型。大嫂实际上是个典型的乡村传统女性，十分孝顺，将父母送终后才嫁给大哥。到了大哥家，也是家徒四壁，老弱病残的，她便和公公支撑一个家，公公年迈体衰了，她就独自撑起一个家。对李夏至而言，大嫂应该是"嫂娘"的。夏至的母亲去世时，他只有四岁。是大嫂供她读书，把他送进了大学。大嫂目光长远，虽读书甚少，却坚信耕读为本，视读书为唯一出路，为此，她先后寄希望于二哥、"我"、自己的儿子清明和清华，希望他们能跳出农门。小说正是从53岁的大嫂出门打工写起，串联起家乡生活、工地生活及人情冷暖。大嫂身体不好，贫血，还要去胡贵的建筑工地干男人的活。只因为大哥身体一直不好，老是胸闷，但又咳不出痰，咳嗽起来把脊梁都咳弯了，干不了重活。小儿子清华读书的学费贵得吓人，大儿子清明又不争气，出去打工杳无音信，也从不寄钱回来，成为城里人的李夏志又挣扎于"底层"自顾不暇，在这种情况下，大嫂只好去打工。这个见惯病痛和死亡的人，时刻为别人着想，却从未为自己着想。刚到工地，工资只有六百元，包住不包吃，她每个月就要往家里寄五百块钱。为了省钱，大嫂自己做饭，只炒一个菜，甚至根本不吃菜。后因病离开胡贵的工地，开始走街串巷捡垃圾，丝毫没有感到生活的不公与不易。她活得真诚，也活得坦然，更活得有情有义。在自己儿子清华考上大学，她要回家时，还专门去监狱里看胡贵，买了她自己都没尝过的乐山甜皮鸭安慰胡贵，让他看到这世界有盼头。

在大嫂身上，我们看不到丝毫的漂泊感，他们的想法很简单，就是赚钱养家。即便是他们能够感觉到城乡差异、漂泊与苦痛，但他们更多的是隐忍，将改变命运的希望寄托在下一代人身上，自己返回老家继续生活，如李跃进那样。他曾经带着包工队在北京奋斗二十多年，也成为十八里香社区的乡长，但因为年老体衰，生活质量严重下降，不得不做起回乡养老的打算。

这样的人不在少数，老一辈新产业工人或多或少均是"人进城"，但是思想与城市关系不大，赚钱养家是他们的第一要义，他们仍然维持着旧有的生活方式和传统的文化习性，这也决定了他们只能成为"城市的过客"。

第二节 "漂泊"心态与新生代新产业工人

2010年中央一号文件第一次明确使用新生代农民工这个概念,将其界定为出生于20世纪80年代以后,年龄在16周岁以上,在异地、以非农就业为主的农业户籍人口。据国家统计局《2017年农民工监测调查报告》显示,2017年农民工总量达到28652万人,其中1980年及以后出生的新生代农民工占全国农民工总量的50.5%,比上年提高0.8个百分点,首次超过老一代农民工数量,逐渐成为农民工主体。

与老一代新产业工人相比,新生代新产业工人呈现出"双重脱嵌"特征,具体如下:第一,"离土不回乡"。新生代新产业工人与老一代新产业工人相比,大多没有乡土经验和农业生产技能,直接是从学校进入城市,且相当一部分人自出生起便生活在城市。一份针对安徽省新生代外来务工人员的调查显示,80%的人已基本不会干农活了。因此,他们与农村、土地的关系甚是疏远乃至冷漠,"乡愁"意识较为淡薄,呈现出一种代际性的断裂,"返乡"更多的是完成父辈所传递的"情感任务"。第二,进城务工就职倾向的分化。新生代新产业工人普遍受过基础教育,大多数人拥有高中或职高学历,对工作的期望值也比较高,逐渐改变了只能做建筑工人、厨师、保姆等"底层职业"的观念,更愿意选择从事需要一定职业技能和晋升渠道通畅的工作,且能在职业中成长。第三,认同城市。2012年11月,《中国青年报》社会调查中心,借助大谷打工网和民意中国网等平台,采取实名制方式对10365名新产业工人进行调查,结果显示60.2%的人期待在未来的十年内成为新市民。新生代新产业工人作为"城市化的孩子",无论是穿着打扮还是思维方式与第一代新产业工人有着显著的差异。他们不再认同老一代新产业工人基于乡土中国的价值理念,而是认同城市的行为准则。第四,渴望承认,有着强烈的身份意识。由于新生代新产业工人一出生就搭上改革开放与城市化进程突飞猛进的快车道,他们与城市结下不解之缘,早已认同城市的生活方式和价值准则,回乡几无可能。再加上失去乡土生活的纵向比较,他们直接进入与城市人横向比较的平行世界。但由于户籍制度牵制的城乡壁垒尚未打破,使得以城市为参照体系和准绳的新生代新产业工人较老一代新产业工人更为惶惑,"我是谁"的困惑始终纠缠着他们。

与社会学领域热烈讨论新生代新产业工人形成反差的是,有关新生代农民的文学创作并不是很多,仅有《漂二代》(王昕鹏)、《涂自强的个人悲伤》(方方)、《世上已无陈金芳》(石一枫)、《怀念一个没有去过的地方》(邓一光)等。其中,王昕朋的长篇小说《漂二代》为我们展示了新生代新产业工人的复杂生存境遇,小说从"假伤门"这一事件切入,为我们提供了一批崭新的新产业工人形象,和第一代新产业工人不同,他们从没有打算离开城市返回家乡的想法,"老家"只是一个虚无的符号。强烈的错位感使得他们的性格呈现出复杂、矛盾的状态:既极度自卑又极度自尊,既多愁善感又豁达开朗,既好高骛远又务实执着。具体体现在如下三个方面:

第一,拒绝返乡,"乡愁"只是空洞的文化符号。"假伤门"乃《漂二代》的核心情节,围绕这一情节呈现城乡二元壁垒的社会现实,特别是在不同"二代"的互动、冲突、对抗关系中展现农二代的漂泊体验。农二代的人生分水岭是"初升高",他们普遍会遭遇"天花板效应",之后人生急剧分流,不可避免地重复父辈的人生。据调查,绝大多数新产业工人希望自己的孩子能一直留在城里,其中希望孩子初中毕业后在城市求学并参加高考的占42%、直接上职业技术学校的占9.7%、让孩子留在本地打工的占12.6%、15.8%的家长表示还不知道怎么办、回到老家读高中的仅占19.9%。①在《漂二代》中,从小就读于北京新产业工人子弟学校的"农二代们"一进入初三就不得不面临着"何去何从"的人生难题:或回老家参加高考,或读不受限制的职业技术学校,更多的是辍学。回老家参加高考这条路甚为艰难,因为新产业工人子弟学校办学本身的流动性导致的教育质量低下,新产业工人子弟随着父母工作的流动而缺乏系统的受教育经历,加上属地城市与老家教育的差异,使得通过高考重返城市的道路异常艰难;此外,直接进入城市的中职学校虽是一部分人的愿望,但因中职学校普遍收费很高,多数新产业工人家庭难以负担。在这种情况下,辍学就成为相当一部分人不得不面临的选择。

《漂二代》中,肖辉、肖祥兄弟二人重返老家再次考入大学,而张杰则为了拖延回老家高考的时间不断留级,甚至拒绝返回老家,最后直接辍学,成为小混混;宋肖新拒绝回老家考高中,只能上民办的中专,参加工作后经济较为宽裕后才提升学历,读成人教育的专升本;李豫生三岁就跟着父母来到了北京,为了过上"北京人"的生活,甘愿委身于汪光军与冯援朝二人,甚至出卖朋友,助纣为虐,置自己亲人于不顾,在北京无地自容后远赴广州谋生。有了这样的铺垫,就不难理解当肖祥连续三次获得区大赛作文一等奖时,他并没有感到开心,他的同学们甚至觉得这是"悲剧",因为嘉奖不过

① 详见黄传会:《中国新生代农民工》,人民文学出版社,2011年,第258页。

是一张空头奖状，无法换取在北京读高中的资格。就连没有户口意识，认为自己是"北京人"的李京生，也不得不对未来表示忧虑。类似的还有石一枫《世上已无陈金芳》中的陈金芳，她被父母带到北京插班，但在父亲去世，不得不返回湖南的时候拒绝回乡，任凭姐姐姐夫如何打骂，都要留在北京。她喊着"你们把我领到北京，为什么又让我走？"就算留在北京也坚决不住在姐姐家，如韧草疾风不折，辗转于北京、广州、深圳，渴望活出个人样。

对于"80后""90后"而言，他们已经没有了务农的资本，也没有农事经验，"老家"只是一个空洞的符号，"乡愁"甚至是社会主流文化所强加给他们的情感任务。《漂二代》第一章就用了两节内容来铺陈宋肖新回老家而不进老家门，又被老家人当成外地人的尴尬场景：物质实体的家已名存实亡，只剩下将要倾颓的老屋；血缘共同体随着父亲的逝去而解体，人们将之视为过客。

> 老家对于宋肖新而言充其量只是一个过客。在北京这么多年，她是外地人；到了老家，她感觉自己也成了外地人。在北京她买不起房子，可以租房子住；而在老家，她在过去的小伙伴家借住一个晚上，又住进了宾馆，这是唯一的能满足她的私密要求和起码的舒适要求的办法，但却使她更感觉自己是外地人。[1]

在这里，我们已明显看到第一代新产业工人和第二代返乡的差异，第一代会强调自己和家乡的观念差异及记忆的错位，会推门而进，让记忆重现，甚至在感叹中修补"现实"。人可以不在老家居住，但在老家仍然要有房子，以便落叶归根甚至魂归故里。但在第二代看来，如此不堪的故乡并不值得留恋，他们干脆拒绝与故乡交流，以过客的身份短暂逗留，即便是逗留也难屈居现实，选择城市的生活方式。在故乡的人看来，宋肖新已经不会讲河南话，她高挑的身材和端庄魅力的容貌，时尚的穿戴使得家乡的人都认为她是"北京人"。乡土气息的消隐和都市气息的环绕，使得宋肖新无法还乡，家乡只是提醒自己存在的证明，并无切实的意义。

第二，追求公平正义，具有强烈的主体意识和个人意识，对城乡壁垒有着深刻的认知却不轻言放弃，期望通过个体努力改变固化的制度。"公平正义"虽是基于人权意义的诉求，但在新产业工人这里，更多的是追求与城市人共同的权利，特别是因户籍而受限的同工不同酬和受教育权等。在有关

---

① 王昕朋：《漂二代》，人民文学出版社，2012年，第3页。

老一代新产业工人形象的文学作品中,不乏讨薪等不公的场景描写,但老一辈的新产业工人总是忍气吞声,在"谁让咱是农村人"的怨愤中认命。在《我们的路》(罗伟章,《长城》2005年第3期)中,贺冰想讨要自己三个月的工资,但老板仅一句呵斥他就不敢再闹了,因为他明白自己的处境,随时有可能丢了工作,只能忍气吞声。在王十月《国家订单》中的张怀恩,因他女朋友怀孕,他想找小老板讨要工钱,却始终不敢正面讨要。在后来的赶工中,也丝毫不敢休息以至于付出了生命的代价。而在《新生代农民工》一书中,类似的事情层出不穷,老一代新产业工人被免扣工资委实是家常便饭,只能自认倒霉。但到了新生代新产业工人这里,情况有了很大的转变。而吕途的《中国新工人:女工传记》以时间为经,以历史为纬,记录"50后"至"90后"34位女工的打工故事。我们发现从《1981年出生的阿坚:福祸相依》开始,"维权""成长""平等""选择""反叛""追寻""尊严"等字眼明显多了起来,即平等的主体诉求明显超过之前的女工。

就主体意识与维权意识而言,据全国总工会调查显示:新生代新产业工人一改父辈忍气吞声、委曲求全的城市生存方式,而是敢于维权,强调教育、待遇、福利等方面的平等权,且能借助法律、舆论等有效方式维护自己的权益。[1]在"假伤门"事件中,我们看到了新生代新产业工人强烈的主体意识,他们已经接受了作为现代人的法律意识和平等意识,而没有因为自己的"外地人"和"乡下人"身份而忍气吞声,独自消化生命的苦痛。肖祥、张杰与汪天大在小酒馆发生冲突,带有青少年的鲁莽和义气色彩,经当地派出所调解本已和解,但汪光军以面子为由,假造医学鉴定,并雇佣高律师,勾结副区长冯援军,致使肖祥被刑拘。在这个过程中,我们可以看见明显的代际差异,李跃进、肖桂桂、冯萍萍、赵家仁等第一代新产业工人采取的是"发牢骚""控诉""埋怨""泄愤""自认倒霉"等无法解决问题的消极策略。但"农二代"就表现出了与众不同的智慧和谋略:肖祥矢志不渝,运用法律武器维护自己的权益,一边在看守所复习,一边积极申诉,并主动劝说张杰不可轻举妄动;与此同时,肖祥同母异父的姐姐宋肖新、哥哥肖辉积极寻找律师冯功铭的资助,并协助搜集证据;天真善良的李京生联合同学给市长写信请求他主持公道,并借助网络给汪光军施加压力,胆大心细会武术的张刚则力图阻止张杰以暴制暴的想法……在他们的共同努力下,"假伤门"一案终于水落石出。

由此可见,随着文化程度的提高,新生代新产业工人更注重自己的主

---

① 黄传会:《中国新生代农民工》,人民文学出版社,2011年,第102页。

体意识,同时,也有追求公平正义的强烈愿望。他们讨厌父辈的委曲求全,以"人"的觉醒换取自身的权益。

第三,他们认同城市却与城市的"不认同"不期而遇,饱受"我是谁?"的灵魂之问。在大众想象中,新产业工人与城市人是有明显身份标识的,从外在符号上来讲是肮脏、土气、蛇皮袋等,从内在的文化符号来讲是随地吐痰、愚昧无知等。但"80后""90后"作为拖着拉杆箱进城的新产业工人,他们已经与城市青年同步接轨。在《新生代农民工》中,老一代新产业工人张玉河始终只认为老家是自己的根,北京是北京人的北京,而小强、王德志等新生代新产业工人认为,既然已经来到城市就是城市的一分子,"城市是大家的城市,北京也是大家的北京"[1]。"世界上许多国家的农民,在工业化、城市化的过程中都转为工人,成为新市民。我们这代人肯定要留在城市里,一定会留在城市里!"[2]他们打算一辈子待在北京,拒绝回乡。同时,由于父辈多多少少有了一定的积蓄,新生代新产业工人的生存焦虑得到一定缓解,他们频繁跳槽,勇敢寻找自己的价值,有对"那一天"的渴望:"我们在为城市创造一切,我们也在创造自己的未来"[3],这种扎根城市的愿望和勇气,让老一代新产业工人感到更为忧虑,原因是他们经历过历史的创伤,骨子里带着身份的自卑感,并以"少经见"和"不懂世事"评判新生代新产业工人的踌躇满志。[4]留下来的困难当然是存在的:在城乡一体化的预想下,户籍制度的改革却成为一线城市特别是"北上广"城市的专属问题。由于户口所确认的本地市民身份,实际上与社会福利、优质教育资源和医疗养老等利益分配机制直接挂钩,新产业工人聚集地的"北上广"户口便成为一块人人觊觎的蛋糕,"户口焦虑"便成为国人的一大心病。而"积分落户制度"的出台,它强调经济资本和文化资本二者的缺一不可,供职单位硬件与个人软件需要同时具备。因此,在人才争夺大战中,海归等精英人才可凭借文化资本享受落户的附加条件。而双重资本均匮乏、工作流动性强的新产业工人无疑被"北上广"挡在门外,成为"回不去"而又"留不下"的漂移群体。

因此,"漂二代"的"漂"主要是一种心灵的"漂"。在"漂二代"中,教育不平等只是户籍歧视的一种体现,小说一再强调,北京户口之于生存并没有多大影响,但之于发展则至关重要。新产业工人子弟在考大学时不得不回原籍参加高考,而在就业时也必须忍受歧视,失去很多主动的选择权。

---

① 黄传会:《新生代农民工》,人民文学出版社,2011年,第29页。

② 黄传会:《新生代农民工》,人民文学出版社,2011年,第124页。

③ 黄传会:《新生代农民工》,人民文学出版社,2011年,第141页。

④ 黄传会:《新生代农民工》,人民文学出版社,2011年,第29页。

《漂二代》中的宋肖新、李豫生、李京生、张杰、"小东北"等想尽办法待在北京，却无法变成"北京人"。小说中写了两个年龄阶段的第二代新产业工人：步入社会近十年已二十多岁的年轻人和年龄在十四岁左右的初中生群体。前者以宋肖新、李豫生为代表，作为"80后"，他们多多少少有过短暂的乡村生活，在北京生活近二十年，饱尝户籍之苦，有着强烈的双重异乡人感受。宋肖新从小来到北京，在北京已生活将近二十年，无论是形象气质还是举手投足均已都市化，但得到北京户口始终是她绷得最紧的一根弦，就连她和冯功铭的爱情也横亘着户口的鸿沟，遭到冯功铭家庭的围堵。李豫生因被渴望改变命运的肖辉抛弃，发誓要拥有北京户口，自此走上一条不归路。后者以李京生、肖祥为代表，基本没有乡村生活经历，对北京的感情远胜于家乡，但因升学而渐渐洞悉户口的奥秘，其认同危机来源于"北京的不认同"。在小说中，李京生的头脑里没有北京人和外地人的界限，也不认为户口是两者的根本界限，而能力和金钱才是。因此，她想当然地认为自己是北京人。正因为如此，她才在肖祥连续三次获得区作文大赛一等奖时，天真地以为四中、八中、人大附中等北京名牌高中会任由肖祥挑选，真心替他高兴。在"假伤门"事件后，她一次次追问"北京也是我们的北京，为何对待我们像后娘的孩子一样？"

在小说中，绝大多数北京人对新产业工人持排斥态度，大到住宅区域的严格区分、择偶标准的筛选、人际交往及子女的交友，小到言语间的藐视均可窥见一斑。王昕朋显然是以类型化的方式来刻画北京人形象的，他们的面目是模糊的，言语是蛮横的，喜欢大放厥词，一出口就带着"京骂"。就连官员也以居高临下的施恩态度看待他们，将其视为社区环境、社会治安的破坏性因素，表面上做足了惠民工程，实际上无视新产业工人的诉求，更对基层干部的反映置若罔闻。正因为如此，爱情事业双丰收的宋肖新依然觉得自己"在北京没根没底，有一种虚空感，繁花似锦的背后是绵绵无尽的孤寒"[①]。

其实，北京究竟是何人的北京？诚然，在城市化进程加剧的今天，城市的主体已经是由移民构成的，只不过匮乏文化资本和经济资本的新产业工人更受到移民的限制而无法成为"北京人"。石一枫意识到了这个问题，他在《世间已无陈金芳》中将陈金芳视为"北京的后来者"，赋予她坚韧务实的品行和坚定的目标，以及破釜沉舟的勇气。

《世间已无陈金芳》写于2014年，真正引起轰动时已是2018年。这里

---

① 王昕朋：《漂二代》，人民文学出版社，2012年，第17页。

面当然有第七届鲁迅文学奖的因素,但更重要的是2018年这个重要的年份——改革开放40周年。影视界《大江大河》轰轰烈烈,文学界不断梳理改革开放的个人小史并为"后改革开放"的年轻一代开出"改革开放四十年影响力书单"。也正是在这一年,两个"进城青年"陈金芳和涂自强进入了大众的研究视野。他们身上冠上了"新穷人""惨败青年""失败青年"的名字,这些争论自然有改革开放的宏观背景,但无一例外指向了个人奋斗史。与涂自强相比,陈金芳更令人钦佩。陈金芳身上有着永不休止的改变命运的勇气,为了城市立足,她踩在时代的鼓点上,利用一切可利用的男人在20世纪90年代及21世纪初混得看似风生水起。20世纪90年代,她在北京辗转于大院胡同混混,卖服装。后又进军广州,借助家乡的拆迁款办服装公司,失败后,只好背水一战再次杀回北京,摇身一变成为著名的艺术投资人和北京上流艺术圈的名流。"起高楼时",仿佛北京、香港,甚至国外的著名艺术家都是陈金芳的座上宾,"楼塌时"她却成为人人喊打的老鼠,蜷缩在新产业工人所在的城中村。原本雍容华贵的陈予倩再次被打回陈金芳这个原形,她就是一个进城的乡下人。艺术这种高雅的东西,根本不是她能玩的,时代的鼓点从来不是为她敲响的。所以尽管那些北京专业的投机者并不见得比陈金芳高尚多少,他们的发家史何尝不是一部坑蒙拐骗史,他们混迹于商界呼风唤雨,或卑微或颓废或无道德底线,但他们就是与陈金芳有着鲜明的界限:他们玩得起也输得起。诚如b哥所说:

> 假如我没看错人的话,她要承担的后果是最惨痛的。别人拿出来的都是闲钱,只有她,很可能把什么都压上了……还是那句话,我们这样的买卖,本来就不是她能玩儿的。[1]

土生土长的北京人清楚地知道他们不可能真正地带着陈金芳赚钱,但陈金芳呢?她或许对此也有清醒的认知,但她却义无反顾地变成北京地上的"几滴血"。血痕干涸在北京城的大地上,极易被风化,被清理。石一枫将陈金芳的悲剧视为北京城内无数周而复始的乐章之一,一曲终了,一曲又奏响。尽管石一枫试图抹去城乡之间的差异,否认"北京就是北京人的北京",先入者为北京人,先入者阻止后入者进入北京。但他依然将陈金芳少年时和青年的遭遇嫁接起来,少年时班主任呵斥她"穷嘚瑟",班干部公然用"品质恶劣""忘本"之类的词斥责她,女生对她翻白眼儿,喝来斥去,甚

---

① 石一枫:《世间已无陈金芳》,《十月》2014年第4期。

至动手打她。男生用跳绳抽她,用粉笔头掷她,还用扫帚把儿捅她的后脑勺。但事实上,陈金芳并没有招惹过谁,她在学校里不过是沉默的存在。但因为她是农村人,她的虚荣便成为无法原谅的过错。他们排斥她,不过是她妄想变得和他们一样。青年时,陈金芳是众多投机分子中的一个,却成为摔得最惨的一个。北京从来没有接纳过她。

　　或许是源于此,新生代新产业工人成为名副其实的"外省青年"。对于"外省青年",我们并不陌生,其来源主要得益于法国文学,特别是在巴尔扎克的《人间喜剧》中频繁出现。"外省"与"巴黎"不仅仅是地域空间上的"边缘"与"中心"、"落后"与"发达",更意味着身份、地位与阶层的差异。因此,"外省"向"巴黎"的靠拢,是一种常见的文化现象,也诞生了一批具有丰富象征意味的文学形象谱系——外省青年。美国文学批评家莱昂内尔·特里林在评论亨利·詹姆斯的长篇小说《卡萨玛西玛公主》时,将之与《高老头》《幻灭》《红与黑》《远大前程》《情感教育》《了不起的盖茨比》相提并论,将具有类似的性格、心理及个人奋斗历程的男青年统称为"外省年轻人"。而美国学者A. K.羌达在《外省来的年轻人》中,将《嘉莉妹妹》中的嘉莉、《名利场》的利蓓加·夏泼等女性形象也纳入其中。自此,"外省青年"成为世界范围内野心勃勃怀揣都市梦和上流社会梦的小城镇青年的代名词。而在中国,"外省"一词的意蕴更为复杂,在保留空间位置与文化位移的"边缘性"之外,还与我国特有的城乡二元对立结构相关,其参照的对象是城市以外的乡村,尤其是北京、上海与广州这些公认的"中心"。而无数心怀梦想的年轻人云集于此,更是一种重要的社会现象和文化现象。因此,广大的农村进城青年或者说城市异乡者均被纳入"外省青年"的行列。然而事实上,纳入"外省青年"研究视域最为集中的是"高加林",他往往是中国"于连"的代名词。"高加林"的庞大家族队伍中既有冯家昌(李佩甫《城的灯》)这样突围农村成功的知识分子,也有命运归零的远子等"底层"打工者(邓一光《怀念一个遥远的地方》),他们共同的"外省气质"便是野心勃勃的打破城乡位阶的欲望。而"80后""90后"新产业工人身上普遍具有一种追梦气质和主动融入城市的迫切欲望,但当上升的渠道越来越逼仄、在城市安家的希望越来越渺茫时,打工本身被赋予的改变命运的意义便轰然坍塌。向上无望,后退无路,他们便进退失据,产生一系列的心理问题。①因此,新生代新产业工人更容易将身份歧视内化为羞耻或者怨恨,进而"以恶抗恶",认同丛林法则,最终走向毁灭。

①黄传会:《新生代农民工》,人民文学出版社,2011年,第199页。

在《漂二代》中，对于第一代新产业工人李跃进、韩土改、赵家仁、肖桂桂等人而言，北京不过是赚钱的地方和暂时歇脚的寄寓之地，他们魂牵梦绕的还是老家河南。但对于漂二代来说，无家可归的他们该何去何从？十八里香长大的孩子，家庭背景一样，经历一致，思想观念也惊人相似，他们普遍看不到前途和光明，在自尊心被长期践踏的情况下，仇恨会潜滋暗长。但同时，我们也应该看到，诸如李京生这样的"新北京人"并非"外省青年"，他们一开始就自认为北京人，认同能力导向的原则，追求公理和平等的权利，避免让自己堕入"底层"。只不过，他们依然无法回避身份的问题，因此"漂泊感"愈来愈趋向于心理层面。

第三节　双栖性认同与超越"乡愁"意识的新乡贤

在进入论述之前，我们先谈近年来新产业工人题材文学中经常出现的双栖性新产业工人。一般而言，双栖性新产业工人是指具有一定的资本（以经济和文化为主）在城市购置房产、安家但不扎根的农民。其构成部分有两类：第一类，在城市特别是距离家比较近的县城买房，但主要经济来源依靠的是在大城市打工，主要的社会关系仍在农村，"房子"仅是用来结婚、上学等用途。父辈以老一代新产业工人为主，在大城市打工，耗尽大半生积蓄为新生代新产业工人买房，获取子辈娶妻生子的资本；第二类，已通过进城积累相当的原始积累，但因乡愁的召唤而重返农村，成为乡村建设的主体力量，也就是现在所说的新乡贤。在这里，我们主要探讨的是后者，也就是新乡贤。

何谓乡贤？乡贤一词，始于东汉，原指国家对已经去世的品行、才学俱佳的社会贤达人士的荣誉封号，后来被广泛指称因才学、品行、济世情怀而威望很高的乡间贤达人士。在当下，学术界对现代新乡贤内涵与外延的界定并不明晰，乡贤话语体系也较为模糊和含混。仅称谓而言，就有"乡贤""乡绅""乡村精英""乡村能人"等多种说法。其中，使用频率最高的是"乡贤"。因此，这里不做辨析，直接采用乡贤的说法。"旧有乡贤"专指我国封建时代居乡的退职官员和科举未中的乡村知识分子及族长等德高望重之人。他们是介乎"官—民""中央—地方"之间的中间力量，是在家国同构的乡土中国扮演官府政令在乡村的执行者和乡村自治代言人的角色，是平衡官民关系、维护乡村社会发展的基础性力量。作为一种概念的继承，新乡贤采取的是缩小内涵（保留"公共性"，放逐部分道德伦理话语)和扩大外延的方式(对象扩大)。因此,其"新"大体上有二:其一,新乡贤乃"在乡""离乡""返乡"精英的统称,"乡贤"与"本乡"的内在关联持开放态度,在身份上不强调"在籍"身份,原籍隶属故乡的人也赫然在列。且其领域有所扩大,乡村生活的各个领域具有成就的人均可以称之为乡贤。"村官"、农村个体户、乡村教师、手工艺人、返乡或未返乡的知识分子、"大学生村官"、退休返回原籍的有能力的人员等均在乡贤之列,几乎涵盖了乡村出身或现有村民中拔尖的各类人才。其二,新乡贤侧重于释放建设乡村的行业能量,借助经济优势和社会影响力回馈乡里,整合权力、资本、人脉等资源,最大限度维护村民利益,其道德垂范作用有所弱化。但新旧乡贤概念也有一致的地方,如无论是传统乡贤还是新乡贤,均是一种社会中介性的权威力量,具有政治、经济、文化、声望等资本,是乡村社会的领头羊和乡村秩序的维护者。他们均保有对乡土的认同感,带着救世的使命感,力挽狂澜,振兴乡村。

但新乡贤从哪里来?除却我们公认的大学生、退休知识分子、乡村干部、心系家乡且有资源及社会影响力的都市群体等,在"大迁徙"时代,必然只能从有过迁徙体验的农民中诞生。从"乡土中国"到"城乡中国","城—乡"两栖人普遍存在,乡村的边界已经被打开。在老一辈新产业工人陆续回到乡村,新生代新产业工人也已近中年的当下,乡土文学的书写发生了一种新的变化,从新时期流动农民的漂泊体验,到书写他们的梦想,扎根土地改造农村的希望。如此一来,漂泊体验就逐渐被"反向的建设激情所替代"。其实与正向迁徙相比,近距离迁徙到家乡附近的市镇,是近年来的一种趋势。就群体构成而言,经济条件好的、能力强的人在城市与乡村都有房子,尤以中青年农民为主。而且由于农村重男轻女观念的反噬,城市化进程导致娶媳妇难,所以"婚房进城"现象普遍存在,青年农民不得不在城市安家立业;就农业现状而言,现代化机器大生产让农民在打工的同时不需放弃老家的农业生产,为城乡两栖创造了条件,出现了特有的"跨代际家庭"①或者"拆分型"家庭;就生活现状而言,两栖式的生活普遍存在。经济条件好的,为了子女获取相对优质的教育资源选择进城陪读,而在农忙、过年等重要节日返乡。经济条件差的,子女留守在家,夫妻双方或一方在外拼搏。加上交通便利、信息四通八达,

---

① 朱晓阳在《"城—乡两栖人":中国二元社会新动向》(《北京日报》2018年8月20日,第14版)一文中,将跨代际的典型特征概括为:空间在县城和村庄之间转换,但这种转换依赖于通信和交通带来的时间地理的深刻变化。

更为城乡双栖提供了条件。即便是乡村,一轮又一轮的城乡迁徙之后,农民已经在世代居住的乡村中完成了生产方式、生活方式、权利权益等的城市化、现代化的转型。在这种情况下,几乎不存在没有城乡迁徙经历的农村人。"月是故乡明,水是家乡甜,就业还是家乡好,方便照顾老与小",成为相当一部分新产业工人的共识。

在这种情况下,2006年以后,特别是2015年前后,"返乡"(颇为吊诡的是知识分子说"返乡"或曰"回老家",农民说"回家")成为一个重要的文学现象。周大新的《湖光山色》,关仁山的《九月还乡》《天高地厚》《麦河》《金谷银山》《芦花如雪》,梁鸿的《梁光正的光》,杨争光的《最后的农民工》等均塑造了一批新乡贤形象,他们是楚暖暖、九月、鲍真、曹双羊、桃子、范少山、雁翎子、马离农、翠莲等。

这些新的人物形象序列,一开始就在内质上吸取了城乡文化的精华,具有明显的现代人格,他们聚合了反抗性、批判性、创造性、整合性和实践性,体现了中国农民主体性的觉醒。其形象特质,具体有以下四点:

第一,超越狭隘的乡愁意识,对"城乡中国"有着深刻的认识,对"城市"和"乡村"的认知发生了巨大转变,城乡双向认同成为一种显在的价值理念。一般意义上,在人口流动并不频繁的乡土中国,乡愁更指向个体与故土的情感联结,是远行人的怀乡病,而且这"怀乡病"大体是可以落到实处的。而在大流动时代,乡愁则慢慢变得稀薄,这并不是说个体对故土的思念之情已不存在,而是说随着人口在城乡、城城之间流动,"故乡"的所指已不再明晰。自然,作为集体无意识的乡愁,不再以单一的乡村为审美对象,而是夹杂着城市与乡村双重韵味的审美结合体。我们一般将这种讨论局限于知识分子中,殊不知在农民身上,乡愁也发生了某种变化。即农民关于城乡的认知发生了巨大变化:对城乡均有着双重批判和双重认同,在洞悉乡村变化的基础上,萌生一种超越"地方性"的乡愁。在前文中已经指出,新乡贤基本上均受过高等教育,拥有大城市大公司打拼的工作经验,已在城市站稳脚跟,并且积累了相当的经济、人力和社会资本。他们的回归乡土都有着某种机缘巧合,或因父母及祖父母年老体衰需要还乡照顾而诱发乡土情感,或因家乡发展带来人生机遇,更或因婚姻生活不幸、厌倦都市生活而主动请缨到基层锻炼。但不管哪种,这些人物无一例外有着乡土的出身,其父母仍在乡村生活,在城市曾遭遇身份认同困惑,对乡土有着天然的好感。在关仁山的《金谷银山》中,以范少山为主的新生代新产业工人均有过刻骨铭心的城市异乡者体验,始终有着浓厚的乡愁情结。他们向往城市,但也知晓城市人的高压生活,饱受高房价、高工作强度、食品安全、生态污染等困扰;而乡村呢,因城市生活垃圾向乡村转移、工业和农业污染使得生存环境相当恶劣,加上交通不便和资源匮乏,生活单调前途无望。此外,乡村已非净土,金钱伦理替代"以义制利、义中取利"的传统伦理,自私自利、蝇营狗苟之辈肆意横行,破坏自然之事屡禁不止……同样的,在《麦河》中,曹双羊毫不回避城市文明对自己的吸引,他的家庭和商业帝国(除了流动土地后建立的乡镇企业)均在城市,但他也始终对城市生活保持警惕,如小说一再凸显他的精神危机。他的第二次蜕变(从赌徒到土地流转的领导者)便是"土地的洗礼",他要把自己的灵魂与大地融合,寻找丢失的本真和道德;在《后上塘书》中,刘杰夫返乡,借助自己的影响力去恢复一个俨然被城市化进程遗落的村庄,并因妻子徐兰的死开始转换自己的城市派头和行事理念,这无不是乡愁在作祟;在《金谷银山》中,范少山的"口头禅"是"世间万般事,唯有乡愁挡不住";在《战国红》中,李青返乡的动因是《故乡的云》勾起的情思,以及潜藏在心底的乡愁……这些新乡贤是受益者,也是反思者,总有乡愁牵动着他们。由是观之,回流者的乡愁绝非简单的"地方性认同"带来的身份确认,而主要是带有杂色韵味的文化归属感。因此,"世间万般事,唯有乡愁挡不住"。这句口头禅就不那么简单,已与传统的落叶归根有了根本的区别。

但这乡愁已经不再是虚幻的海市蜃楼,也不是无法定居城市后的"退守"。质言之,范少山这一代的农民身份是可疑的。说他是农民,他毕竟回来了,且扎根乡村,大搞土地流转;说他是城市人,也不为过,毕竟他在北京城买了房子,加上妻子的本科学历,不出意外,范少山也会获得北京户口。可他又不单纯地在北京生活,也没享受土生土长的北京市民的同等待遇。对此,关仁山还从历史性维度展示中国农民进城的身份代际蜕变。祖孙三代人,爷爷辈是终身型农民,父辈是半终身型农民加兼职型工人,而子辈则是"非农非工""亦城亦乡"杂色型农民。这种杂色,首先体现在暧昧的农民身份,范少山如是,曹双羊亦如是,雁翎子也是;杂色又体现在对城乡文化的双重批判和双栖认同上,而落户城市,自由出入城乡,又为这种认同提供了前提性基础。

第二,具有梦想,又心系家乡。中国的城市化就是"农民进城"的历史,有能力的人纷纷进城,乡村则成为被城市"逆淘汰"的人的指称,也即"往外走"很正常,"往回走"则不被人理解。在《金谷银山》中,无可辩驳地验证了这一点:20世纪八九十年代以来农村先富起来的人均是闯荡城市的人,进城则生,不进城则"死"。小说中的基层农村干部,千方百计搬到城里,新农村建设的首要工作就是整体搬迁。照此思路,村之不存,乡情何以寄托?

乡村重建的任务便付诸东流。因此,呼吁新的主体就显得尤为迫切。"最突出的就是缺人,缺能人!"①他们"在城里摔打,就跟经了风雨的树苗似的,长得越来越壮实,他们一旦回到白羊峪,带着乡亲们干,白羊峪就拨云见日啦,乡亲们就有奔头啦。"②而迁徙时代优秀的农村青年,也在思考自己的出路,"……和父辈老实巴交、逆来顺受的人生比起来,长大的孩子,毕竟已经知道掌控自己的人生和命运,无论失败还是成功,他们终于在尝试怎样适应时代的转型,这种内在的活力暗中赋予村庄新的可能"③。这"新的可能"在诸如"垃圾池的修建""祠堂及其他公共文化生活的恢复""乡村文创"等微观层面已有体现,但究竟谁能走向历史的前台,成为真正的农村新人(乡贤之一),却是值得推敲的。所以小说并没有在返乡大学生身上寄予厚望,而是自然而然地关注资本雄厚的企业家。而对于那些自愿"下基层"的干部而言,作家往往将其设置成农裔出身。典型的如赵德发的《经山海》中,吴小蒿出身贫寒,成绩优异考上名牌大学,加上丈夫家境优渥又是官二代,她顺理成章地去政协工作。然而死气沉沉的单位生活令她窒息,又与婆家、丈夫观念相左,故而她想打破一潭死水似的安逸生活,主动请缨至乡镇寻找自己的人生价值。

但问题在于,"逆迁徙"与"回流"不得不面临着巨大的压力。业已习惯了喧嚣而热闹的都市生活,面对日益颓败发展缓慢而又单调的农村生活方式,是否还能适应? 抑或抱着慰藉都市受伤灵魂的心态,复归质朴的田园生活,却看到家乡跟着城市亦步亦趋,又该作何感想? 他们不得不调适自己的文化心态,甚至产生深刻的认同危机。即便是个体的认同危机可以借由乡情克服,但因城乡壁垒所造成的城市人的优越意识就能给新乡贤造成巨大的精神压力。事实上,新世纪乡土小说作家并不回避新乡贤因家庭离散而招致多方质疑甚至阻挠的问题。主动放弃千辛万苦打拼下来的城市新生活,回到日渐衰败看不到希望的农村,势必会遭到亲人的激烈反对。如范少山的妻子杏儿以北京人身份的重要性和孩子的未来为要挟,认为帮助家乡的方式有很多,金钱资助即可,完全没有必要彻底搬回村子。他的父亲则出于家庭团聚和前途考虑坚决不同意他回流,以激烈、粗暴的方式千方百计地加以阻挠;同样的,吴小蒿留在老家的父母不理解她,曾经深爱她的丈夫也拒不支持,她的婆婆也以"不顾家""不爱孩子"等理由变相嘲讽

---

① 关仁山:《金谷银山》,作家出版社,2017年,第62页。
② 关仁山:《金谷银山》,作家出版社,2017年,第62—63页。
③ 黄灯:《大地上的亲人:一个农村儿媳眼中的乡村图景》,台海出版社,2017年,第155页。

她,最终导致家破人亡。

更为重要的是,乡村普遍衰败的情形和发展主义理念,使得新乡贤的重建之梦很可能毁于一旦。小说中的村庄如楚王庄、白羊峪、楷坡等,均是资源贫乏、交通不便之地,人们纷纷走出去拒不回头。在这种情况下,吴小蒿和带灯之流均空有一腔抱负而最终成为牺牲品,家庭破裂仕途受阻。即便是成功的范少山、曹双羊之流很难说没有作家的一厢情愿。曹双羊、范少山等人的困境因过于"戏剧性"而显得虚假。比如说范少山的"前史"是一个失败者:三十大几一事无成,妻子出轨,有过在北京工地搬砖、捡破烂的辛酸过往,后来虽然有了稳定的卖菜营生,但仍无钱购买蔬菜保险柜,更不说改变祖孙三代的贫穷命运。返乡后也是捉襟见肘,成就事业的金钱全靠妻子杏儿卖菜来支撑。此外,范少山的性格有些懦弱,小说中明确说他胆小、窝囊,经常被人欺负。但维权事件后,其形象骤然高大起来,变得有勇有谋、有担当有策略,完全脱离了人物性格的发展逻辑。按照常识,新乡贤肩负的致富使命,特别是土地流转需要大量甚至巨额的资产,即便是小农户流转也要花上城市打拼的所有积蓄,必然是"进城成功"才能"返乡成功",没有足以和基层乃至县域权力抗衡的财力、智慧和勇气,即便再强化"进城理想无法施展""灵魂无法安置""带领乡亲们致富的使命"也无法让其在乡村成功。

第三,熟悉乡村现状,懂得跨界发展和融合之道,具备社会资源整合能力和决策能力,是新型农业战略与政策的制定者、推动者和执行者。现如今,农业和农村已经发生了天翻地覆的变化,多元化农业经营体制已经替代"小农经济","大农业"和"科技兴农"等概念已被农民接受。"土地流转"(自主流转或政府有组织的流转)成为当下重要的农业经营方式,无法外出或有经济实力的农民大都购买联合收割机等自动化设备,从而获得与城市打工相差无几的收入。由于人们对健康、养生和生活品质的追求,农产品不再局限于区域性流通而是变得全国化甚至世界化。除此之外,以血缘、地缘为主体的熟人社会向半熟人社会转移,业缘关系和现代经济理性替代传统的家庭经营方式,种植农业必须考虑销售渠道的问题。因此,这无形之中对新时代的中国农民提出新的要求。在《金谷银山》中,范少山不仅善于利用人脉资源和媒介资源,并且充分利用现代信息技术建造城乡销售网。他创办文化节,利用微信、抖音、哔哩哔哩等手机应用程序,不遗余力地宣传和打造白羊峪产品的名片,使得家乡的知名度迅速提高,农产品顺利销往全国。与此同时,范少山还进行土地流转,让更多的人民受益。同样的,在《麦河》中,曹双羊不断制定企业发展战略,不遗余力地打造市场,将麦河集团的产品推广至全国。在《芦花如雪》中,雁翎子等人也是善于整合资源,不仅解决了乡村建设的资金问题,还解决技术问题等。质言之,在每一个新乡贤的背后都有城市和乡村的共同支持者,他们充当了专家和顾问的角色。

更重要的是,新世纪乡土小说文本中直接进入农业技术现场的不再是拥有乡土经验的乡村智者,而是有着教授头衔的城市专家和农学高材生,他们是《湖光山色》中的考古学家谭文博、关仁山《麦河》中的土壤专家李敏、关仁山《金谷银山》中的农业专家孙教授等。这均预示着户籍身份区分新乡贤的失效,以及新乡贤的前身与外省青年有着千丝万缕的关系。在此以《金谷银山》为例,文中的孙教授是中国农业大学的农学研究专家和已退休的教授,他不仅是范少山城市关系网络的重要连接点,教授与专家身份为范少山打开城市市场顺利开展乡建事业提供智力支持,而且作为生态农业的实践者,他不遗余力地帮助范少山种植金谷子、整治土壤等。

第四,拥有全新的乡土重建理念。费孝通在《乡土重建》中提出一个令人警惕的观点:城市的发展与乡村的颓败是一体两面的。但在新时代的乡土小说中却肩负着城乡共同发展的时代命题。为达成这一命题,作家依旧采取二元对立的叙事模式,在乡土小说中,设置新旧两种乡村建设理念的冲突:唯速度、唯政绩、唯发展的替代式发展和人的全面发展及人与自然和谐的发展观。前者体现在"被城市化""山寨版小城镇""农民上楼""整体搬迁"等,导致"回不去的故乡";而后者便是"美丽乡村建设""新型城镇化""乡村振兴战略"等,让故乡得以重生、"回得去",并成为游子的生命栖息地。新旧乡村建设理念的差异仍以新乡贤与村干部之间的矛盾体现出来,村干部往往将土地视为资本符号,用土地来建工厂等,以一种速度革命的方式来发展农业,而新乡贤则倾向于恢复农业和农村尊严的全新思维来重建土地伦理。法国哲学家维希留提出"速度学"并以此解释现代社会的逻辑及矛盾,英国社会学家鲍曼借助"流动现代性"指出速度是现代社会的主要特征。在维希留看来,人类历史就是一场追逐财富和权力的竞赛,其核心就是速度,速度即权力,工业革命就是关于速度的竞赛。同样的,鲍曼认为,在现代性中,速度成为衡量人类智慧、想象力和应变能力的核心要素,个体不再探寻深度,而是追求速度,谁穿越一定空间的速度越快,谁就能抢占更多的空间。

事实上,"速度学"也是我国乡村建设重要的时代剪影。阎连科的《炸裂志》,以"炸裂"的隐喻写出了中国城市化的逻辑:村—镇—城市—国际大都市。这一逻辑链条彰显了在发展过程中的替代性关系,而且是以"加速度"的方式出现的。因此,"唯速度""唯政绩""唯发展"理念与"重建土地伦理""生态农业理念"就成为二元对立的矛盾,与基层权力和新乡贤的矛盾纠结在一起。在《湖光山色》中,楚暖暖与旷开田、薛传薪的分道扬镳,原因就在于后者仍然走的是商业资本的道路,虽保留乡村的外在质素,比如说建筑文化和山水文化及民间传说,但内质不过是城市化农村。且旷开田、薛传薪二人资本与权力的媾和,导致强拆强卖、卖淫成风、夫妻反目等现象时有发生。在《麦河》中,曹双羊与张洪生的商战及土地流转的周折均是县长陈元庆作祟,其中围绕流转后的土地究竟用于何途双方展开了较量。陈元庆(县长)及弟弟陈锁柱(村长)意欲兴建高尔夫球场,打造旅游胜地,大搞"土地财政"。而曹双羊认为"土地财政"是"深刻的破坏",他坚持用麦河清淤养护土地,与陈家兄弟决裂,拔出人们思想中的"恶念";在《金谷银山》中,范少山与白羊峪徐大贵支书、大王庄村支书的较量,也意在避免白羊峪变成黑羊峪那般残山剩水。……"较量"情节以新乡贤的完胜特别是基层权力的重组为结局,这也意味着农业现代化而非一味农业工业化的胜利。

"要看得见青山绿水,留得住乡愁",就要修复农民与土地的关系。在当下,我们之所以说"回不去的故乡",有一个重要的原因是故乡已经难以提供就业的机会、实现自身价值及后代发展的空间,传统的农业已被现代化机械大生产所替代,农业能容纳的人数有限。所以才会出现人们宁愿在城市、小县城、镇上买房子,也不愿意在农村盖房子,即便是在农村盖房子,也是将之视为婚房和养老的落脚地,真正的居住功能难以显现出来。这是乡村凋敝的重要原因。顺理成章地,利用特殊的地理环境和人文资源发展旅游业恢复乡土的生态价值,重建土地的伦理便成为拯救即将衰落的乡村的重要途径。在《金谷银山》中,范少山着力打造生态农业,他认为沿袭旧有农耕传统与建设生态耕作机制同等重要,主要体现在如下三个方面:一是"种子"须为"老种子",而非外国种子;二是禁用化肥、农药,而采用农家肥;三是组织休耕,确保土壤的承载力。"种子"尤其是"金谷子"作为《金谷银山》的重要意象,既起到开篇点题的作用,也起到穿针引线的作用。范少山一方面拒绝外国种子,强调种子背后的文化命题,寻找具有传奇色彩的金谷子,缔造了"金苹果"的传奇,甚至不惜用戏谑的语言或曰市场的广告词让我们看到劳作的艰辛,以及劳作背后的手工价值问题;另一方面范少山还注重"乡村生态资源价值化",发掘乡村和农业在生态、文化、旅游、教育、休闲、医养等方面的多功能性。周大新的《湖光山色》中,楚暖暖也是从旅游业找到突破口,利用楚王庄的古长城遗址,发展绿色旅游业。在赵德发的《经山海》中,吴小蒿同样是把"斤求两""香山遗美""鳃人传说"等民俗文化资源融入当下的乡村建设中。乡村文化旅游在当下甚为普遍,几乎所有的乡村能人都会想到这一点。在莫言《生死疲劳》的第四十四章"金龙欲建旅游村 解放寄情望远镜"中,西门金龙要建一个完整的保留"文革"时期山东高密乡的文化旅游村,将所有的西门屯往东直至吴家沙嘴的土地全部吃掉,建成世界最高等级的高尔夫球场,集天下游玩项目之大全的娱乐城。似乎,他只是将文化旅游当成后现代主义的怀旧,而声色犬马的现代享乐生活才是真的。而他所言及的"反思环保问题",树立"万物有灵的观念",不过是"吸金"的手段。范少山、楚暖暖、吴小蒿的所作所为固然也有金钱因素的考量,但更多的是凸显他们的商业头脑和救活当地经济的"公心"。

对城市化的批判是整个21世纪乡土小说共有的主题,这些"新乡贤"面临的首要问题就是如何让已对土地缺乏激情的人们达成共识:土地是可以创造财富的。因此,积极探索新型农村集体经济,努力破解当前十分普遍的"空心村"困境,进行土地流转作为当代中国第三次土地改革的方案应运而生。但这一次遇到了极大的挑战:一方面,合作化的历史创伤尚未远去;另一方面,它意味着"小农的终结",农民会彻底失去土地而只能成为产业工人,"土地"原本是农民最后的退路,如今这退路没了。因此,新乡贤往往会承担土地集中经营实现集约效应的责任,曹双羊和范少山均实行土地流转,最大限度为农民造福。"有底线""有操守""有追求"的人,方可充当乡村建设的主力军,在盘活乡村经济、创办学校、地方公益事业方面起着举足轻重的作用,才能"让农村更像农村"。

通常意义来讲,"代际"仍是区分新产业工人群体的重要标准,在这个意义上,无论是官方还是学界,一般会以第一代新产业工人(可简约为"50后""60后")和"新生代新产业工人"(可简约为"80后""90后")命名现有的新产业工人群体。但显而易见,这种命名恰恰遗漏了"70后",他们犹如夹缝中的匿名者,却以建设者的面貌出现在乡村的舞台上。这一批人很可能是范少山——这个近年来屡被提及的农村新人。此外,"80后"和"90后"——也就是留守儿童已长大成人,第三代新产业工人已在路上或已上路。如果说第一代新产业工人的诉求很简单,就是以工补农;新生代新产业工人不仅要求赚钱还想扎根城市,无奈无法实现,成为空心人;那么第三代该有怎样的诉求,其未来又在哪里? 我们无从得知。

第五章　新产业工人形象的
建构策略及文化内涵

作为一个历史主体,新产业工人形象凝聚着作家的文化理想和社会批判意识,因此,作家对塑造人物形象的方式极为讲究。他们既结合新产业工人的现实状况,也结合自己的文学理想,采用"归乡模式""边缘视角"和"二元对立模式"来塑造新产业工人形象。

第一节　异曲同工的"归乡"模式

"离去—归来—再离去"也称作"归乡"模式,是鲁迅小说的典型情节模式,代表性作品有《故乡》《祝福》《在酒楼上》等。这些小说由"我"的故事和他人的故事(闰土、祥林嫂、魏连殳)形成一种复调叙事,他人的故事是促使"我"离乡的重要原因。①而在《中国小说叙事模式的转变》一书中,陈平原认为"游子归乡"母题集中体现了"五四"作家着眼于情绪而不着眼于故事。"过去的故事之所以进入现在的故事,不在于故事自身的因果联系,而在于人物的情绪与作家所要创造的氛围——借助于过去的故事与现在的故事之间的张力获得某种特殊的美学效果。"②在这里,"归乡"之后的情绪不同于古典意义上的"还乡"。何平在《现代小说还乡母题研究》一书中指出:"现代文学中的'还乡'是在封建性与资本主义性文化双重夹击下的悲剧性氛围中展开的,置身其中的离家者和还乡者灵魂永远处在两者撕裂的痛苦和漂泊的疲乏中,安逸而温暖的家或家园只能在想象中、追忆中。"③它纠缠着"'现代化'和'反现代化'、'异域'和'本土'、'都市'和'乡村'、'主流'和

---

① 钱理群、温儒敏、吴福辉:《中国现代文学三十年》(修订版),北京大学出版社,1998年,第32—33页。

② 陈平原:《中国小说叙事模式的转变》,北京大学出版社,2003年,第52页。

③ 何平:《现代小说还乡母题研究》,复旦大学出版社,2012年,第13页。

'边缘',以及'他者'和'自我'多重声音,针对着共同的'现代性'场域"①。以《故乡》为例。它从"回到相隔二千余里,别了二十余年的故乡"说起,起初因为受挤压、遭排挤而离开故乡,却在都市依然遭到如此困境,便渴望回到故乡寻梦,然而,"时时记得的故乡"在闰土的一声"老爷"中彻底破灭,田园般的故乡不过是一种幻影。于是,"我"再次由希望而绝望,并远走他乡。由于"我"与鲁迅之间的对应性,"我"的精神历程也成为知识分子精神历程的一个体现。他们不堪忍受封建宗法制度的吃人本相,又被"欧风美雨"所带来的西方现代文明所吸引,纷纷"走异路,逃异地去寻求别样的人们"(《呐喊·自序》)。但是,现代都市并没有将他们带离现实的苦闷境地,于是怀乡梦成为他们的精神慰藉。然而回乡之后,他们才发现给予自己心灵慰藉的故乡,除了现状更破败之外,乡土的那种生存态度和精神状态均未改变,于是,他们只好再次离去。对故乡的这种认同危急时刻伴随着现代知识分子,使之成为"侨寓者",这便成为以鲁迅为代表的五四时期乡土小说的典型模式。作为一个世界性的母题,"归乡"模式反映了离乡者对家乡那种又爱又恨的情感和焦虑。因此,它频频在乡土文学中出现,一直延续到现在。在前文,笔者已经提到,新产业工人其实也加入了"侨寓者"的队伍,自然,也会产生知识分子的认同焦虑。只不过,对于知识分子而言,他们已在城市定居,家乡只是故园,只是其乡愁的载体,他们可以进退自如,其焦虑随着离去可以得到部分缓解。但对于新产业工人而言,"农村"是他们的"家",是实体性存在而非审美对象,其认同焦虑在于周期性甚至永久性存在,根本无法得到缓解。

学界目前研究新产业工人题材文学("乡下人进城""农民进城"等说法不一,但实质是一样的)模式大多是按照"农民工"的生命历程和心理历程来归类的,典型的如"进城—遭遇挫折—返乡""进城—遭遇挫折—沦落""进城—遭遇挫折—死亡"三种模式。②显而易见,这样的概括真正的区别在于新产业工人最终的"归宿"上,且这些典型的模式仅仅道出了故事的表层结构,而其背后的心路历程并未揭示出来。事实上,小说真正呈现的是与鲁迅小说中极为相似的"归乡"模式:"离去—归来—再离去"。至于"沦落"也好,"死亡"也好,都隐含着一种"故乡不再"的意味,前者"回乡"而"乡

----

① 何平:《现代小说还乡母题研究》,复旦大学出版社,2012年,第212页。

② 见张文娟《当下农民工题材小说模式化研究》(湖南师范大学硕士学位论文,2008年)。与之类似的还有向涛的《当代农民工文学叙事研究》(华中师范大学硕士学位论文,2007年)中将农民工题材小说的叙事模式归结为"回归乡土叙事""生活在城市叙事"和"归去—返回叙事"。

不认"的体验耦合了"归乡模式",后者可以说是客死他乡,但若活着必然也会体验这样一个心路历程。因此,这里着重分析"离去—归来—再离去"这一模式是如何呈现"农民工"的边缘身份和精神历程的。当然,我们也应该注意到,"农民工题材小说"中的"归乡"模式与五四时期的"归乡"模式的区别。五四时期的"归乡"模式因返乡主体的知识分子已从乡土抽身而去定居城市,故更侧重于两种文明的冲突带来的心理情绪;而新产业工人题材文学中的"归乡"模式既有两种文明冲突带来的心理情绪,也有因故乡被工业文明浸染而带来的家园不再的破灭感,更有村庄消亡带来的无家可归的现实感,甚或有无法抽身而去的命运悲怆感。因此,新产业工人题材文学的"返乡"叙事就显得格外复杂。

就事实而言,由于家庭的空间展开(或男工女耕,或老人和孩子在老家),返乡基本上是每一个新产业工人不得不经历的生活常态。返乡以"春运"为节点,基本上年年上演,周而复始。但"归乡"模式所指向的"漂泊"并不局限于春节、清明、收麦子、收秋等农忙时节及重大节日,而是指向所有的"回乡"带来的心灵困惑。换言之,但凡回乡均会有再次逃离故乡的冲动。典型的作品如张继的《去城里受苦吧》、焦祖尧的《归去》、罗伟章的《我们的路》、吴玄的《发廊》、贾平凹的《阿吉》、孙惠芬的《吉宽的马车》、曹多勇的《一棵挪来挪去的树》、何顿的《蒙娜丽莎的微笑》、林深的《回家》、东西的《篡改的命》、王十月的《寻根团》等。

首先,乡土的衰败使得返乡者无乡可返,乡愁无法落到实处。对于每一个返乡者而言,所谓的"乡"必定是具体可感的物质形态和情感寄托,它们包括自己幼时的房屋、田园,父母、伙伴等,这些东西的消失,虽然并不能打消在外游子的思乡之情,但因为心无挂系,返乡的动力就会减弱许多。由于我国南北东西差异,进城一般是"往东南飞",这就导致了落后的地区更加落后,所以作家也并不避讳乡村的衰败和空心化现象。再加上返乡必然会加剧新产业工人的现实无力感:日渐年老的父母、因无法亲自抚育而问题重重的子辈、游戏厅等干扰教育的新生事物与拆点并校导致读书难的现实、疲于奔命的打工生涯与离散的家庭……均使得他们滋生对故乡的绝望感。在罗伟章的《我们的路》中,"我"一开始就纠结在是否回家的问题上。对常人而言,这几乎不成问题。但对"我"来说,难以取舍,一方面是两个月的工钱,一方面是"家"的召唤。最终在一番挣扎之下,"我"舍弃了"金钱"而奔向家乡,期望不做"可怜虫",而做一个真正的人。但是,故乡老君山是怎样的一幅图景,如《故乡》中的"故乡"那般破旧、贫穷、落后已使"我"的兴奋劲消失了大半,回到家触目所及是贫穷,处处需要钱,不打工无以支撑这个家。这使得再次离家的"我"痛苦地告诉自己的幼女:"在历史上的某一个时期,城市和乡村是如此对峙又如此交融,我,你母亲,还有你,包括像你春林小姑这样的所有乡里人,都无一例外又无可挽回地被抛进了这对峙和交融的浪潮之中。为此,我们都只能承受。必须承受。"①刘庆邦的《回家》一开始就颇费笔墨地写梁建明回家时的天气(阴天、黑云消弭了天地间的距离、天地混沌如初、不辨来路)、路(镇上往村子里的路、村子里往他家的路)、家的位置、村里的狗,琐碎无比。然后,叙述者跳了出来,和读者发出一样的疑问:他为何选择在雨夜而不是和别人一样光明正大地返乡? 是否做了见不得人的坏事,被公安机关追踪? 他有没有赚到钱? ……随着故事的展开,我们才得知梁建明如此选择不过是没有赚到钱无脸见人而已。落魄回乡的梁建明是急需得到亲情的安慰的,但是亲情却一再推开了他。他的母亲为了自己的面子不让他出门,又旁敲侧击使他难堪,甚至指桑骂槐让他再次出门打工。此种情况下的梁建明如惊弓之鸟,感到风声鹤唳,不敢压水洗脸,不敢喘气。如果说,城市那个所谓茶叶公司是有形的监狱,里面有电棍、刀子折磨人,而家就是无形的囚笼,让人喘不过气来,在此种情况下,梁建明别无选择只好再次打工。出去就是潮流,"好像只要出去,就是目的,就是成功,不出去就是窝囊,就是失败"。被潮流裹挟其中的人们,谁能感觉到他们的伤痛。背井离乡的人总免不了有怀乡病,怀乡病的最大特点便是对故乡的一切抑恶扬善,原本平淡的东西也会在记忆中变得美妙神奇,但这一切在现实面前都化为泡影。

王十月的《寻根团》中,王六一父母已经去世多年,老家烟村已面目全非,老宅已破旧不堪,无法提供其"寻根"的场所。"家"已面目全非,里面满是蜘蛛网和霉腐的味道,颓败不堪。与成为"荒园"的家被一同遗弃的,还有整个烟村。原本那个白鹭环绕、宁静祥和的烟村已经不存在了。同样的,王昕朋的《漂二代》中,"家"对于"漂二代"来说,只是一个空洞的符号,上演的只有逃离的悲剧。宋肖新为了办护照不得不跟老家来一次近距离接触,可老家只剩下两间许多年没有住过人的老屋,她甚至没有带钥匙回来(当然,老屋已经破败得不需要钥匙了),连推门看一看的欲望都没有了。她在乡间最好的朋友家里也只能待上一晚,便住进宾馆,如同过客一般。"家"不仅仅意味着具体物质形态的消失,也意味着地缘与血缘关系的斩断,"过家门而不入"也逐渐成为新常态。

其次,由于迁徙,新产业工人身上已经具有了一定的现代性因子,他们

---

① 罗伟章:《我们的路》,《长城》2005年第3期。

的返乡便与故乡之间构成了一种巧妙的"看"与"被看"的关系,"返乡者"以不自觉置换自己的认识装置观看家乡的人,而家乡的人也以另一种眼光打量返乡者,双方之间出现了错位,使得返乡者成为故乡的陌生人。这种陌生体验以"风景的再发现"的形式呈现出来。这里的风景并不仅仅指向外在景观,更指向人事。"所谓风景乃是一种认识性的装置,这个装置一旦成形出现,其起源便被掩盖起来了"①。因此,几乎所有的返乡小说都会涉及风景的颓败、家乡的愚昧等,殊不知这本是他们离乡奔赴城市的理由。在贾平凹的《极花》中,主人公胡蝶就发生了一个"认识意义上的颠倒",她的"变形",幻化成一个"我"和"叫胡蝶的女人"均源于此。她原本就是"黑亮们"中的一员,她故乡的风景跟圪梁村相比,一点也不现代,也是丑陋的、愚昧的。胡蝶身上那种典型的启蒙视角下的"风景",其实是借助都市之眼对乡土文明进行再审视。圪梁村闭塞、落后、近乎凝滞的生存状态、怪异的习俗和禁忌,它们与传统、迷信、保守、愚昧交织在一起,难解难分。更为重要的是,圪梁村完全没有法律等现代意识,拐卖盛行,且认为合情合理……身在其中的黑亮浑然不知,而受过现代文明洗礼的胡蝶却能轻易感知。而在王十月的《寻根团》中,王六一年满四十,在外打工整整二十年,并已获得城市户口。可他却总觉得,广州并非他的家,故乡那个家也不是家,自己成了一个飘荡在城乡之间的幽魂。正因为如此,他要开启一次寻根之旅。作为楚州人,王六一和其他人一样相信托梦的存在,以及梦能预言的功能。小说一开头就写王六一梦见去世的父母责怪他"十年不回家","家里的房子都让人戳了个洞"。当他随着"寻根团"的富豪们回乡后,发现别人在他父母的坟上钉上了两根桃木桩,上面用油漆画满了符咒。王六一的第一个梦应验了。随后,王六一坐在堂兄门前打盹,做了第二个梦。在梦中,他的父母告诉他坟上的桃木桩乃马老倌所为。紧接着,王六一在堂嫂家又做了第三个梦,马老倌的儿子马有贵与他赤条条地告别,被"青面小鬼"掳走。尔后,马有贵因无法忍受自己的二十万元被父亲及族人觊觎的现状,喝农药自杀了。而王六一去吊唁马有贵时发现,马有贵家中恰有一把与梦中一模一样的木剑。在楚地巫文化中长大的王六一当然知道"桃木咒"的用意,想起自己父母与世无争,而自己又与马有贵情同手足,不由得悲从心来。怀乡人王六一开始质疑"返乡"的意义。对于王六一来说,愚昧的故乡无法带给他精神的慰藉,他的返乡和落叶归根情结只能作罢。那么,返乡之人的

---

① [日]柄谷行人:《日本现代文学的起源》,赵京华译,生活·读书·新知三联书店,2003年,第12页。

动机如何？楚州籍旅粤商人投资考察文化寻根团中，富豪只是打着"寻根"的名义，"经济搭台，文化唱戏"，寻找进一步扩充实力和资产的平台；记者和主人公作家王六一是真正地寻根，却无根可寻；马有贵这样的普通打工者想回家看看，却死在了故乡的土地上。烟村，已经遍布化工企业，清醒者被视为疯子，实用主义弥漫整个乡村。叔叔王中秋对王六一说的那段话实在耐人寻味发人深思，让他意识到自己既无政治资源、人脉资源，又无固守现实的勇气，断然是无法在老家生存下去的。于是，第二天一早，王六一离开了故乡。这一次，王六一的意识里，不再是闯广东，而是回广东。原本认为自己会落叶归根的，却不得不认异乡为故乡。"死亡"以隐喻的方式终结了王六一对烟村的牵挂，而被故乡放逐的王中秋是否意味着故乡之门的关闭，我们不得而知。

再次，返乡者的家乡已经相对而言比较富裕，但伦理秩序已经发生了变化，实用主义弥漫着整个乡村，道德畸变的现象层出不穷。平心而论，着力刻画"故乡"的裂变是将乡村与城市置于同样的时空中，而非以静止的眼光看待乡村，这是值得肯定的。但问题在于，抨击实用主义和道德畸变本身就失去了社会转型这一维度，很容易就滑向乡土乌托邦的轨道。小昌的《飞来一片村庄》中，归乡者洪顺约请同宗同族的洪仁、洪义一起吃饭，三兄弟追怀往事的同时又对现实黯然伤神。洪仁因为疾病想将村中的"坑"填掉，重新打造一个村庄。"坑"是北方方言，指池塘。小说中，随着村庄的日益发展，"坑"变得越来越大，成为村庄生活污水和垃圾的集中站，严重威胁到村人的健康。罹患重病的洪仁想复原儿时的村庄，桃李争妍、人文质朴，少女清新脱俗。但这个美好设想的核心人物大雁儿却对此漠不关心，她已做了当地黑老大雷哥的情人，当年那个敢爱敢恨的青春女孩已不复存在。

"乡村"的情感抚慰功能在实用主义的浪潮中荡然无存，金钱至上和伦理畸变使得相当一部分人落荒而逃。吴玄的《发廊》中，方圆归乡的直接诱因是其丈夫李培林的死，她失去了生活目标，处于失重状态，这个时候的回乡无疑是想平复心境，清理自己芜杂的生活。尽管，吴玄并没有写出方圆的反省，但也足够看出她对发廊的厌恶和与城市生活决裂的信心，然而她在家乡的一段日子，是相当难熬的。故乡西地没有给她任何安慰，而她的身心均不属于西地了。她没有办法适应西地日出而作、日落而息的生活，城市生活仍然以惯性的方式困扰着她，使她不得不在一个月的返乡旅途之后再次踏上了去开发廊之路。林深的《回家》一反常态，主人公柳愿未曾承受伦理道德的谴责而是难以忍受人们唯利是图，金钱至上的观念落荒而逃。当年柳愿因两分之差与大学失之交臂,受不了家人和全镇人的冷脸以及某些假同情,赌气到深圳闯天下,上演了"打工、傍款、卖笑、发财"四部曲,最终"曲终人散,踏上回家路"。但她是否能真的回家?小说的叙事非常缓慢,将柳愿的矛盾心理刻画得惟妙惟肖,"她的心直跳,咬牙都挺不住,一直担心家人不认她"。因此,林深刻意穿插了皇帝为妓女柳意儿立牌坊的故事,意在彰显柳愿渴望得到救赎的心迹。柳愿觉得在封建社会柳意儿尚能成为千古烈女,改革开放后人们的思想早已有了极大转变,自然可以有个大好前程。然而,古时青楼女子的诗意并没有在当代的农村女子身上显现出来。事实证明,"大好的未来"不过是"柳愿们"的一厢情愿。回到家乡的柳愿既有衣锦还乡,荣归故里,扬眉吐气之感,又有自知之明的愧疚之意。小说数次提到小镇的破败,人们的贫穷,这似乎为人们唯金钱至上的观念做了铺垫,也将批判的矛头指向了社会。躲债见钱眼开的哥哥称妹妹荣归故里;母亲认为"能赚钱就是好道";紧接着当年的"八面观音"汇聚一堂,另外七个女子央求柳愿带她们到深圳卖身赚钱……这些已经出乎意料,而后来的事情发展则令我们瞠目结舌了。柳愿为学校捐款二十万,为镇上捐款三十万,并被奉为榜样,受到镇长、县长的礼赞,这让她满头醉意——有钱能使鬼推磨,自己在建设家乡方面比大学生更有魄力和实力。似乎此时此刻的柳愿真的成了柳意儿,真的回到了家的怀抱。但父亲的斥责一语惊醒梦中人,"你就是捐几百万,人家也是冲着钱给足你面子,在心里你该是什么东西还是什么东西"。不幸的是,父亲的话被验证了。院子里涌进了一群借钱的亲戚朋友,哥哥被绑架了,母亲开始摔摔打打埋怨她捐钱,让她趁着好年龄回去多赚钱,黑道也自称"劫富济贫工作队"来恐吓她……柳愿只好在夜晚逃走,发现自己原来什么都不是。何顿的《蒙娜丽莎的微笑》一举粉碎了诸多性工作者以身体赚取资本后,隐姓埋名过上平静生活的神话。金小平回到小镇,嫁给了汪楚兵成为校长夫人,自己又开了一个洗脚按摩店成为老板,可谓家庭幸福,事业有成。金小平曾经一度是丈夫汪楚兵的蒙娜丽莎,但一旦她的妓女身份被发现,她就成了一个十足的恶妇。在此种情况下,她只好杀了那个副镇长,再次离开家乡,远走他乡。

由此可见,"故乡"不过是漂泊在外的游子的灵魂栖息地,整个中国正处于社会转型时期,乡村在外在形态上以急遽的速度衰败着,而内在机理则浸染了城市的诸种病症,这使得家园沦丧成为必然。因此,"归乡"模式也便长时间地存在着,成为刻画新产业工人形象的绝佳方式。

第二节　边缘视角及其文化功能

边缘是相对于中心而言的,它强调从边缘的认知出发呈现被主流意识形态建构和遮蔽的"民间",旨在打破中心带来的一元格局和不平等关系,从而摆脱"中心—边缘"的二元对立关系,消除两者之间的界限。尽管在改革开放四十年的成就总结中,新产业工人作为城市的建设者被编织进宏大的历史叙事中,但这种基于城市和国家发展的中心视角无疑无法准确窥知作为个体的心境。诚如《人民文学》刊发王十月《国家订单》时,卷首语以宏大叙事的口吻将"中国奇迹""中国制造"归功于新产业工人,同时,将新产业工人个体的梦想与命运的改变和时代的发展同构,从而彰显时代机遇和个人奋斗。[①]"Made in China"已经成为大众熟知的词汇,作为国家层面来讲,可以是民族的骄傲,但对于新产业工人个体而言,他们不能完全分享这一骄傲,有时反而沦为失语的存在。

此外,边缘视角在写出中国农民的悲剧性命运的同时又能隐喻社会政治文化权力关系,以及城市化进程中乡土文化的境遇问题,因此选择边缘视角无疑成为作家的自觉意识。受教育水平参差不齐的新产业工人进入城市,很可能对城市的治安造成威胁,有违法律与伦理道德的行为等都可能使他们成为现代意识观照之下的盲点所在。甚至他们在回乡时流露出的阿Q精神,也意味着国民劣根性的痼疾。但如何看待这些问题,就显得异常重要。而采取边缘视角的自觉意识就是莫言所说的"作为老百姓的写作",因为"只有背向文坛,面对苍生,他才有可能使自己的感受与百姓社会合拍,才有可能创作出反映民生疾苦,经得起历史、时间和读者考验的作品"。同样的,方方在谈到狄更斯对自己的影响时曾说:"狄更斯告诉我,一个社会的文明程度取决于它对弱者的态度,而作家对待弱者的态度可以衡量其境界高低。"

因此,边缘视角成为作家追问社会转型时期文化混杂状态、揭示社会制度内部矛盾和深刻危机的重要手段。在这里,笔者注意到几个作家面对新产业工人的现实所遭遇的写作困扰。他们大多是文坛成名已久的乡土大家,既有先赋性的农村生活经历和新产业工人有着千丝万缕的关系,又在城市生活已久深谙主流意识形态对新产业工人的认知,这使得他们获得了整体视野,生成反思中心的独特经验。以贾平凹为例,在写《高兴》时,贾

---

①《人民文学》2008年第4期卷首语。

平凹曾深入拾破烂人的生活,将前期的工作做足了,但他仍遭遇到写作的困境,为此不得不几易其稿。这种困境便是"怎么写"？怎样才能写出一部切近"破烂人"的生活的作品？起初,他写作的基本情绪是"仇恨城市",然而因为刘书帧的那句:"我叫刘高兴呀,咋能不高兴?!"而改变了写作的路子,但这两次改动均没有写到位。贾平凹一直不明所以,直到他给父亲上坟后,才意识到是叙述角度的问题。于是,便有了现在的《高兴》。在这里,贾平凹其实只做了一件事,就是把自己"抽出来",然后把"刘高兴"给放进去。如此一来,整部小说就是"高兴的边缘生活"。假如我们仍然采取鲁迅的俯视视角和赵树理的仰视视角,我们就看不到刘高兴对城市的那种爱恨交织的情绪。

　　同样的,尤凤伟写《泥鳅》时,也力争写出"农民工"的真实境遇。他借助"泥鳅"这个意象,隐喻城市化进程中的中国农民的命运,他们的被动性以及左冲右突的挣扎,其过程恰如泥鳅被做成佳肴。"泥鳅,是一种不起眼的鱼,上不了桌。而当它偶然成了佳肴——泥鳅豆腐,这时的它仍不免盲目逃生而正中圈套。"①小说最大的特色是有大量的案宗内容和当事人的口述,以及城市缔结的暗夜之网、错综复杂的人物关系,与之前"农民工题材小说"单一的叙述方式显得大为不同。在这里,《泥鳅》实际上是以复调叙事的方式叙写一宗案件。按理说法律依据的是证据,无论正视与否,主人公国瑞并不清白。但证据可以捏造,某些不公正的执法者也会倾向于权势阶层,而故意做出有悖事实的判断,那么法律就可能走向它的反面。尤凤伟恰恰是站在"泥鳅们"的立场上去审视这宗案件及这个世界的。小说一开始就以还原真实的口吻出场:

　　　　当我们能够以较为平和的心境来叙说农村青年国瑞这一段颇有
　　　　些光怪陆离的人生阅历时,他的案子已经终结。通常的说法是画上了
　　　　句号,书卷气的说法是尘埃落定。国瑞走上了自己的归宿。其他案件
　　　　相关人业已从案件的阴影中走出,轻松生活在明媚的阳光里。也许过
　　　　不了多久,国瑞案件就会被人们遗忘。好久不曾发生。国瑞也会被人
　　　　遗忘,好像世上并未有过这么一个人。如果说根据物质不灭定律一定
　　　　会留下点什么的话,那就是司法档案库里的一摞约莫七八斤重的卷案
　　　　了。尚不知此类卷案的法定存留时限为多久,二十年？三十年？五十

---

① 吕铭康:《直面现实　清新质朴——与著名作家尤凤伟谈〈泥鳅〉》,《齐鲁名人》2002年
　　第5期。

年？反正终有付之一炬的时候，到那时这个案件，这个人，便真正如那袅袅上升的青烟完全消失于尘世中……①

这种口吻有点像鲁迅的《伤逝》，但叙述者不是一个忏悔者而是一个真相的发掘者。公众知情人、案犯、证人的话到底哪一个才是真实的？这就必须要求作者对事实真相的勘探，于是我们看到了城市是怎样吞噬了"泥鳅们"的善良品性乃至生命的。尤凤伟一开始就将国瑞们置于"失语"和"被玩弄"的境地，让他们成为权力和消费文化的牺牲品。招工陷阱、工作陷阱、失业、贫困、疾病时刻纠缠着在城市举目无亲的新产业工人，使他们误入歧途。国瑞有错，因为他自己也陷入了"婚外情""性工作者"的尴尬情况，这些道德污点是无论如何不能抹去的，而且从法律上讲，他也确实参与了犯罪。但如果尤凤伟不是站在他们的立场上，就不会发现真正的问题所在。国瑞、蔡毅江、解小放、王玉城四人并非一开始就误入歧途。蔡毅江身残一案可以说是四人命运的转折点，也是这个温馨小集体解散的开端。尔后，蔡毅江先是逼未婚妻卖淫为生，后又组建"盖县帮"以"蔡公公"自居，成了名副其实的黑社会老大。他为报仇而活着，先强奸抢劫见死不救的医生黄群，后扳倒黄天河及天成公司，但他并没有就此悬崖勒马，反而变本加厉，到处坑蒙拐骗，胡作非为，动不动就拿刀子捅人，成了十足的社会败类；解小放被骗又被王玉城逼债，被逼无奈铤而走险，在上海大干一场获得资本的原始积累；王玉城目光短浅，无视友情和乡情，更为了一己私利不惜做了"内奸"。三人完全背离了当初进城的梦想，但这里面却有着深深的无奈。他们根本"遇不上正确的事"，而且"没路走了就得往河里跳"。不是他们不想走金光大道，而是实在无路可走了。而国瑞呢？他为了生存干过很多事，化工厂、饭店、建筑队等均留下了他的足迹，但这并不能让他在这个城市立足，更不能接济乡下的哥哥。于是，在"半推半就"之下，他做了性工作者，其间自然有挣扎、有痛苦，但为了生存，他还是"坐稳了"这有失尊严的行当。而其他人的堕落也大致如此，当国瑞劝阻小解不要往火坑里跳的时候，小解说"不跳火坑你指出一条金光大道来？指出来我就走，一定走"。王玉城当内奸被国瑞质问时，他说"国哥，我知道你会怪我，可你想没想过有谁管过咱们？"②同样的，寇兰想换一种生存方式，从卖身的苦海中逃离出来。但一系列的欺骗和压榨，让她再次身无分文，只好回到老路上。妓女

① 尤凤伟：《泥鳅》，春风文艺出版社，2002年，第1—2页。

② 尤凤伟：《泥鳅》，春风文艺出版社，2002年，第282页。

小齐对自身堕落颇有感触:"人都知道好歹,都不想堕落,可我们这些人,谁能给一条平坦的路走呢?"在这里,边缘视角可以追问新产业工人犯罪背后的社会根源,发掘他们在城乡夹缝中的生存现状。

其次,边缘视角使得新产业工人获得了某种主体性,让在城市化进程中脱序的"乡村"获得了某种自足性,让"乡村"说或让乡村内部的人说。边缘,从文化意义上来讲,是城乡文化两不搭界的状态,伴随着城市生活及体验的进一步加深,新产业工人眼下的乡村又是如何呢?按照知识分子的眼光来看,是与现代文明所背离的衰败景象。这也是绝大多数新产业工人所能体会到的,但这是否就意味着它是唯一的乡村体验。乡村在城市化进程中的真正命运何在? 在此,以林白的《妇女闲聊录》为例。这篇小说是"口述实录",讲述者自然是农村妇女木珍,但是记录者很少出现,仅以笔录必不可少的行文格式予以暗示,再者就是以文本括号内对木珍的话进行补充和阐释的方式"露面"。如此一来,这部小说看上去就是一个进城打工的乡村女性和一个作家的"闲聊",作家所做的就是一个补充性作用,让读者能够清楚地明晓木珍讲述的内容。在这里,作者的声音基本上没有了,通篇就是一个农村妇女用方言讲述的自己的成长记忆、故乡王榨的生活及风俗、进城打工的经历等。这些内容在新世纪以来的文学中司空见惯,譬如说城市化进程中乡村生活经验的萎靡(远离农事、风俗习惯日趋简单化等),乡村伦理道德特别是性道德的变迁(男人找相好的、女人随便与人厮混、漂亮女孩当"二奶"等),打工生活(儿子七筒在天津艰难的打工生活、坐火车的经历等),但这些很容易被有关现代性的系列惯用语阐释的东西,并没有引起木珍的唏嘘感慨,只是以"零度情感"的方式展现给我们。

在此与新产业工人题材最为契合的可能就是"二奶现象"和"打工生活"这两部分。《妇女闲聊录》中的《其实就是二奶》和《可能也是给人当二奶》两个部分,讲的是木珍村里的香苗和娘家村里的一个女孩在外当"二奶"的事情。木珍主要陈述和转述别人的看法,自己很少发言。村里人对此事并没有过多的"道德歧视",甚至很羡慕,因为她们不仅改善了家里的生活,还改变了家人的命运,将自己的母亲或弟弟带离了农村。在讲述的过程中,木珍是平静的,甚至是理解的,绝没有怨恨和同情的感觉。这固然是与木珍的性格有关,她不多嘴多舌,性格比较温和,遇事处乱不惊。即便是自己的儿子从河堤上掉下去,打工时脸上花花的(十有八九是有了什么病),她也不慌不乱。但深层原因在于,木珍是这个乡村的一分子,她经历过两个时代,见证了王榨的"不瘟不火""拖沓散漫""贪图享乐""活在当下,不问未来""道德虚无"等现实图景。因此,她了解乡村的历史以及苦难,在讲述的时候自然就能平心静气……至于打工生活,这里是没有多少艰辛可言的。王榨的人基本上都出去打工了,他们收废铁、做生意、卖假货、修表、开家具厂、骗钱等,概括起来就是混日子骗钱。修表的大多数不会修表,做家具的大多数根本不是行家里手,做生意卖的都是假货,在他们身上看不到属于农民固有的形象特征,反倒身上充满了"江湖"气息。即便讲述自己儿子十几岁就出来学木工,住的条件很差,吃的也不好,还要干很重的活,木珍也是习以为常的,没有流露出丝毫的疼惜之情。一切的艰难,在木珍眼中都是波澜不惊的。

这得益于"闲聊"这种文体。关于闲聊,林白始终强调的是一个"闲",也就是随意,甚至有些天马行空、不着边际。但在这里应该注意的是"闲聊"的另一个特点,注重事件,不注重深度,不讲究思想性。因此,木珍的讲述是来自乡村内部的声音,是没有经过"异化"的声音,是一种原生态的声音。

林白对自己这部作品颇为自豪,她说:"在写作《妇女闲聊录》的时候,我感到自己回到了大地,并且感到了大地给我的温暖。这种低于大地的姿势是适合我的。以这种姿势潜行,将找到文学的源头,那种东家长西家短,柴米油盐。像风一样吹过,又像水一样流走。最早的文学就是这样的吗?后来我们把它忘记了吗?过度的文明像一台压榨机,把这样的文学清除了,不是吗?……也有人从中看到了农村社会形态的溃败,那种传统文化、性观念、伦理道德观的崩溃,以及城乡差别种种。但我并没有刻意去表达这些,我愿意一切都从闲聊中渗透出来,像无边的细雨,落到皮肤上。就像一滴水滴到宣纸上,慢慢地洇开。这与刻意用钢笔在纸上画一道清晰的线是完全不同的形态。"①当视点成了纯然的农妇视点时,我们就发现了,原来知识分子笔下的乡村生活和农民形象完全被解构了。戴维·洛奇在《小说的艺术》一书中有着极为形象的阐述:"确定从何种视点叙述故事是小说家创作中最重要的抉择了,因为它直接影响到读者对小说人物及其行为的反应,无论这反应是情感方面的还是道德观念方面的。"②《妇女闲聊录》采取纯然的农妇视点,给我们展示了一种迥异的乡村生活,它不乏萎靡,但真实,自然。同样的,在付秀莹的《陌上》中,我们会发现封建意识的回潮,成功男人"妻妾成群",妻子与其他女性也达成共识。几乎每一个乡村女性都有婚外情,越是能干越是

---

① 林白:《低于大地——于〈妇女闲聊录〉》,《当代作家评论》2005年第1期。

② [英]戴维·洛奇:《小说的艺术》,王峻岩等译,作家出版社,1998年,第28页。

要强的女性越是如此，婚姻的空虚和过日子的艰难，使得她们既想咬牙和老实本分的丈夫过下去，又想寻求某种寄托和心灵慰藉，艰难地在婚姻和过日子的生活中挣扎着。付秀莹没有谴责她们道德的污点，相反，对她们的生活压力和精神困境娓娓道来。以人性的方式呈现当代乡村女性的精神世界。除此之外，对于村人的阿Q心态也并不谴责。他们拼尽全力在城市买房子，以车子等物质符号在村人面前显摆等虚荣行为，在付秀莹这里是可以理解的，她没有谴责，更没有痛斥。

总之，"视角"所承载的文化功能非常突出。边缘视角强调的是对中心的自觉抵制，采用平视的角度来对待新产业工人，看到他们在转型时代的挣扎和无望。更重要的是，我们透过这一视角可以看到新产业工人作为独立的个体，他们与城市相遇的过程中那种丰饶的苦痛，以及他们为改变自身命运所做出的种种努力。因此，绝大多数作家选择这一视角，洞悉新产业工人形象的文化内涵。

第三节 "城乡二元对立"模式

就乡土文学而言，自诞生之日起，"城乡二元对立"就内在于作家的情感结构和小说的文本结构。不管是启蒙乡土小说还是审美乡土小说，均带有鲜明的文明等级论色彩，将城乡文化置于中西、传统与现代的对立结构中加以审视。而当中国农民进入城市文化空间，先前的文明等级论更容易化为身份的自卑意识，空间壁垒则显得更加明显。因此，在新产业工人题材文学中，"城乡二元对立"思维较为复杂，既有文化冲突又有阶层冲突，既有小说情节结构意义上的冲突又有人物刻画意义上的冲突。

毋庸置疑，当下整个乡土文学均面临这样一种局面：文学制度层面的城乡一体化提倡与历史、现实层面（如居住区域、社会福利、子女教育、劳动力市场等）的二元对立，造就了新产业工人题材文学特殊的矛盾——以"城乡二元对立"的方式来弥合二元对立。事实上，新产业工人题材文学在"城/乡"观照中一般都采用二元对立的人物塑造模式和情节架构方式。城里人与新产业工人，从外貌特征到言谈举止、行为方式乃至道德品行，都带有鲜明的类型化、脸谱化印记。新产业工人一出场就是衣着寒酸过时、性格卑微怯懦、谨小慎微、忍辱负重，相反，城市人一出场就是傲慢无礼、目中无人。这种区隔还存在于居住方式、工资报酬和社会待遇上。需要注意的是，二元对立模式随着时代的发展也增添了不少新的元素，除却城乡对立之外,还有阶层之间的对立,以及"本地人与外地人"之间的对立。后两者甚少,评论家也往往将之视为城乡对立的表现方式而不予关注,如此一来,新产业工人题材中一些富有象征意味的新元素就被抹杀了。

不言而喻,"城乡二元对立",是中国乡土文学的重要传统和叙事模式。而"农民工题材小说",其显著的特点就是城乡冲突,人物塑造、情节模式自然依赖二元对立模式得以建构。小说中出场的人物基本没有职业、年龄、性格等的区别,常见的雇佣、租赁、上下级等关系均服膺于城乡关系,甚至千丝万缕的亲戚关系也被斩断,人物的面孔仅剩下两副——城市人和乡下人。新产业工人在城市里遭遇的绝大多数问题,均内在地与"城市"或"城市人"这一符号勾连起来,而这一符号的凸显自然成为最重要的叙事动力。

首先,"城乡二元对立"思维在人物塑造上的第一要义是在城乡矛盾冲突中突出新产业工人忍辱负重的品行。陈应松是"底层文学"中最擅长借助城乡二元对立刻画人物形象的作家之一。其小说中的人物已经"进城",但他们的思想没有"进城",仍然抱着前现代的种种品性在城市谋生,并因这些品性处处碰壁。《太平狗》有两条线索:一条是小狗太平的城市遭遇,另一条是程大种的城市遭遇。程大种无意带太平进城,他将之视为礼物送给姑妈不过是想讨好她,没想到姑妈对之非常厌恶。公交车上的人也都嫌弃太平,原因这是乡下的狗,乡下的狗就必定有狂犬病。因为城里容不下乡下的狗,所以才有太平的流浪和被送进屠宰场的经历,也才有了太平和城里狗搏斗的一幕。赋予狗以人的特性,在动物寓言小说中甚为常见,然而用在这里却有些"刻意强调"。为争食而爆发的战争,被陈应松视为"乡村巨人与城市巨人的一场搏斗"。城市狗"自私、矫情、暴虐",却因长期养尊处优而在面临困境时只能等死,反观太平却拼命厮杀,抱着"与其死在异类范家一手上,不如死在与同类的战斗中。与其冻饿而死,不如捞一口成个饱死鬼!"[1]这种"丛林法则"式的生存哲学,救了它自己。同样的,它和城市老鼠的搏斗仍然被视为城乡搏斗。似乎城乡之间所有的生命哪怕它们微不足道,也是处于对立的两极。而打破这两极对立,几乎是不可能的,只能靠着征服的欲望和求生的本能意志才能立足。也就是说,太平身上的乡村野性拯救了它自己。然而,程大种身上并无这种东西,他身上只有隐忍,用隐忍来对待包工头的暴虐以及黑工厂那种无法想象的劳作,其间还要忍受肉体与精神的折磨。他很清楚,自己的亲姑妈都不待见自己,其他的城里

---

① 陈应松:《太平狗》,《人民文学》2005年第10期。

人可想而知。城乡壁垒在亲情面前不堪一击,在这个时候,我们基本上可以断言,只要不动声色地写尽新产业工人的悲剧,并且将悲剧的矛头指向城市,就能达到农民形象刻画的基本层面——被侮辱、被损害的弱者。

从这里我们可以看出,"人与人"之间的关系被转化为"城与乡"之间的关系,而且这"这人"与"那人"只是两个符号,根本无须较量的符号。德国哲学家卡西尔说:"人是符号的动物,亦即能利用符号去创造文化的动物。"①不言而喻,作家是将"符号"运用到了极致。当然,城乡二元对立中,新产业工人的"受难"形象也就凸显了出来。

其次,"城乡二元对立"思维还体现在道德品行的对立,也即基于"伦理道德"的"价值评判"的二元对立——城恶乡善,探寻新产业工人的悲剧成因,凸显新产业工人负面性格乃城市之恶的浸染。在新产业工人题材文学中,"城市人"的标签基本上就是仗势欺人、道德沦丧、自恃清高、盲目排外等,他们往往如资本家一样贪婪成性,自身生活奢靡却对工人极为苛刻;而新产业工人则勤俭节约、安分守己、任劳任怨、忍气吞声,迫不得已也会奋起反击、以恶抗恶。表面上的二元对立还是次要的,意在突出一种弱势地位和边缘情境。深层的善恶对立才是值得批判的,在每一种对立模式的背后,支撑的均是城恶乡善的逻辑。在男民工形象的塑造上,作家往往会设置这样的情节:满怀激情却在处处碰壁,遭受生活的重击导致信念动摇,最后不得不助纣为虐采取"以恶抗恶"的方式决绝反抗。这在尤凤伟的《泥鳅》中最为明显。而对女民工而言,"城乡二元对立"结构最直接的体现便是设置欲望场景。一个典型的场景就是诱奸,她会被城市男人欺骗,成为他们泄欲的工具,她们的命运就会因此而改变。她们漂亮、纯洁、无瑕,仿佛是从沈从文的湘西世界里走出的女神,而后再变成"飘萍",甚至"凌霄花",失去自我。这里的城市男人,看似正人君子,实际上却是贪淫无耻之人,视女性为玩物、交易之物。小说一面把握住打工妹的无知、天真、一厢情愿,不让它们溢出生存的层面,也不过多描摹其精神世界;另一面却写尽城市人的奢靡与道德沦丧。这在盛可以的《北妹》、尤凤伟的《泥鳅》、阿宁的《米粒儿的城市》、王昕朋的《漂二代》等作品中均有体现。

再次,"城乡二元对立"模式便于展开文化冲突。"农民工题材小说"中人物之间的矛盾、冲突大多由跨文化交流障碍造成,性格、品行等也围绕城乡文化的差异而被塑造为对立的两端,戏剧冲突由此展开、推进。在小说中,城市被赋予文明、先进、富裕等特征,而"农民工"则普遍具有

①[德]恩斯特·卡西尔:《人论》,甘阳译,上海译文出版社,1985年,第4页。

愚昧、保守、信息闭塞、思维僵化等特征，从而构成合理不合情的伦理批判，彰显新产业工人的人性底色。于晓威的小说《厚墙》借助"墙"这个意象预示城市和乡村之间隔着厚厚的墙，难以砸破。装修是司空见惯的日常生活场景之一，装修房子的主人与施工方会签订合同，就装修时间、细节、支付方式达成协议。在小说中，城里的中年人要装修，雇佣少年打工仔来砸墙，但因为墙很厚，少年打工仔未能如期完成，因此延误了工期。中年人借此压低工钱，而少年却等着用这工钱去支付爷爷的医药费和妹妹的学费，二人发生了矛盾，少年举起大锤，发现中年人曾慷慨施舍过自己10元钱。两人各有各自的逻辑，中年人遵循的是协议和契约精神，少年则强调怜悯等情感态度。但很明显，中年人可以慷慨馈赠却对工钱斤斤计较，少年人无法理解城市的逻辑，中年人也无法体谅少年的不易，两者之间始终隔着一堵厚厚的"墙"。

更为常见的文化冲突体现在婚姻叙事中。作家纷纷以城乡情人或夫妻构成故事主线，然后再融入情感、文化和观念的冲突，以一种二元化的思维模式，传达创作主体对文化混杂的思考。"农民工题材小说"作家往往借助爱情和婚姻中的不对等性，突出"乡女"的悲剧性命运，奠定她们形象的悲剧性底色。这种婚姻，不管"乡女"如何，在"城男"的父母及亲人眼中，她们均是功利性的。而谈恋爱乃至结婚的过程，则成了漫长的较量，最终丧失掉爱情与婚姻本身应有的诸种美好。"不对等"则意味着弱势地位，更意味着融入的艰难。

随着城市化进程的推进和新产业工人题材文学的深入，我们发现"城乡二元对立"的演变，也即"本地人"与"外地人"的对立。就当下而言，谈论"本地人"与"外地人"的对立与矛盾是勉为其难的，因为绝大多数小说中的"本地人"就是指"市民"，而"外地人"也指向新产业工人，因此两者的对立在本质上是"市民"与新产业工人的对立。不过，我们还是可以从为数不多的小说中窥知一二。在"打工文学"中，我们通常会注意到深圳等地因征地而暴富的农民对社会形成的极大破坏作用。"一夜暴富"的"农民"究竟是否称得上是"市民"？显然不是，尽管在话语系统中，"市民"就是"现代"的代名词，但外在身份的获取并不意味着内在思想认知等的变迁，因此这些"暴富的农民"还不是真正意义上的城市人。在此以王十月的《无碑》和盛可以的《北妹》为例。《无碑》比较完整地展现了深圳从一个小渔村成为"世界之窗"的飞速发展过程，而小说中出现的几个老板（黄叔、基德厂老板）都不过是此前的农民，他们抓住机遇利用肮脏的手段掘取人生的第一桶金，进而建立自己的事业。当然，还有阿昌这样的烂仔为非作歹，收保护费，玩弄

"北妹"，任意扣留打工者。他们虽然也是农民，可是他们有钱，懂粤语，就能为所欲为。有他们的映衬，自然，打工者就成了被侮辱与被损害的。而打工者中，"懂粤语的"和"不懂粤语的"又分为两派，前者不仅工作相对轻松，还时不时欺压那些"不懂粤语的"。同样的，在《北妹》中，我们也发现打工妹的悲剧命运不仅仅是城市造成的，参与其中的还有许多"底层"恶者，他们中不乏当地的农民。其实，"北妹"（广东等地对外来打工妹的称呼）一词已经昭示着"本地人"与"外地人"的对立。李思江刚进入深圳，就不得不出卖身体向村长换取暂住证。而那些导致她怀孕、堕胎、差点丢掉性命，乃至被洗劫一空的那些男人，无一不是当地的农民。在真切的个人体验中，我们看到的是"北妹"和"当地男人"的恩恩怨怨。这些男人无疑成为欲望的主体，而"北妹"则是欲望的客体，她们随时可能被诱奸、抛弃、奸杀，无法真正掌握自己的命运。这里面始终纠缠着身体的物化过程，以及当地人对"北妹"的把玩。

荆永鸣是专注于"外地人"之"尴尬"的作家。他的"外地人系列"已有十个短篇、一个中篇，典型的如《北京候鸟》《走鬼》《有病》《纸灰》《抽筋儿》《白水羊头葫芦丝》等。俗语说："北京人看全国人民都是下级，上海人看其他地方的人都是乡下人，广州人认为除了自己其他人都是北方人。"也就是说，这些大城市的人在对待外地人的态度上基本上并无太大区别。在荆永鸣小说中，"北京人"（仅是一部分，并不能涵盖所有的北京人）从不把"外地人"放在眼里，自恃身份优越，对"外地人"便有些鄙夷，总是颐指气使，蛮横无理。其中以《抽筋儿》最为典型。小说中，外地农民与本地有钱人之间的纠纷起因于一件微不足道的小事，但正是这种微不足道的小事道尽了新产业工人的悲哀。里面的人物有两个："烧饼"和"京A"。姑且不论三轮车与"京A"的区别，仅看人性的分野就颇具对立意味："烧饼"本分、卑怯、懦弱，而"京A"霸道、蛮横、粗野。"烧饼"一味退让，而"京A"步步紧逼，最后"烧饼"忍无可忍，拿起尖刀，吓退"京A"。荆永明有意在小说中设置悬殊的二元对立结构，通过外在的户籍差异、交通工具、衣着打扮和语言，以及内在的气质禀赋和性格特征，构成戏剧性的冲突，揭示新产业工人的弱者地位和难以融入城市的精神创伤。

同样的，在王昕朋的《漂二代》中，"本地人"与"外地人"正常的人际交往基本断裂，任何微不足道的事情都可能成为矛盾冲突的导火索。《漂二代》讲的就是两个区域、两个阶层之间的对立。十八里香社区是新产业工人的聚集地，里面簇拥着各色小饭馆和美容美发厅，被视为脏乱差甚至犯罪聚集地的下等社区，这里的人整天为生活奔波，为户口费尽心机,这里的孩子则无法享受正常的学校教育,或返回家乡,或过早地在社会上游荡。在许多本地人眼里,十八里香社区就是社会的脓疮,人人避之而不及。与之相对的,小说也写了汪光军所住的高档社区,那里有专门的保安看管,不允许外人随便进入,里面干净整洁、设施齐全,而那里的人一个个位高权重、生活优雅,甚至趾高气扬,那里的孩子一出生就养尊处优,受不得半点委屈。故事就发生在两个不同社区的冲突上,十八里香社区的孩子张杰、肖祥和高档小区的汪天大因为口角而打了一架,本来也并非大事,可汪天大的父亲汪光军却借题发挥,认为自己是"十八里香"的恩赐者,自己的儿子怎么能被"下层"社区的新产业工人打呢?于是,他策划了"假伤门"事件,利用自己的权力和金钱栽赃陷害肖祥、张杰,并制造了一系列引人深思的悲剧。其间充斥着两个阶层之间不可调和的矛盾,他们相互戒备、仇视。两个孩子打架,本已和解,却因"冒犯"而成为引发暴乱的导火索,解决的过程也纠缠着各种复杂的社会力量。以汪天大、冯援朝为代表的"本地人"为了面子可以呼风唤雨,将青春期孩子们的冲突升级为瞧不起北京人的层面上来,而十八里香社区的外地人不考虑打架的事实以及法律的公正问题,直接认为是歧视所导致的,甚至将出主意想办法的"诸葛会"演变成控诉不公正待遇的"诉苦会"。他们历数在北京受到的各种歧视:工作几十年被榨干身体却无法获取基本的尊重,地位低下远不如北京的"狗";生活歧视、待遇低下,被视为"低端人口"影响市容,在特殊的场合和时间段被限行等。

"本地人"与"外地人"之间的冲突,归根结底,还是城乡冲突的延伸,因为流入城市本身就是城乡结构失调的一种体现。"诸葛会"显示出"城市—乡村"对话的失效,"城市"始终对边缘保持警惕、轻视心理,而"乡村"始终对"中心"持有怨羡心理。即便是法律公器也被人视为不可信任的东西,营救肖祥只需寻找证据即可,然而,诬陷诱发十八里香社区群怒的恰恰是法律公器的失效与资本的傲慢。

同样的,"上层"与"底层"的对立,也暗含于城乡冲突之中了。如铁凝的《谁能让我害羞》、尤凤伟的《泥鳅》等都体现出这一对立。在《谁能让我害羞》中,铁凝的道具并不多,似乎只有一个高楼,但她却将一切符号化了,用住房区域、服饰、语言等将人物置于阶层的两端。在这里,铁凝连人物的名字都略去了,只冠之以"女人"和"少年"。女人住高档小区、开豪车、干着相当不错的工作,有足以令她骄傲的丈夫和宝宝,物质丰裕、生活优越。她代表着这个社会的上层,而少年却是打工仔,一无所有,只能靠偷表哥的衣服换取女人的注意,少年的"用力"弄巧成拙,他的"爬"不过是一种隐喻,预示着他对突破阶层对立之努力,然而,最终他失败了。在一个身份日渐淡出的社会里,或许阶层的对立就更为明显了。

姚鄂梅的《你们》是一篇故事性与理念性均很强的小说,但同时也直击了社会现实。虽然小说一开始并没有点明高锐的身份,只写以他为代表的刚毕业的青年们的种种艰难,以及喧嚣都市中的那点温情。直到最后,读者才明白,人与人之间充满了利用,高锐的整个人生就是一个圈套。他因多年前弄丢了汽车公司的500元,找已在城市安家的老乡大柳借钱却被拒绝,不得不逃走流落他乡。后被人收留,当了上门女婿。结婚时,他承诺用二十年时间在城市扎根,转眼十二年过去了,这愿望却十分渺茫。因此,他便"借机报复"达成目的。为了万无一失,他一方面利用吴小周取得大柳的好感;另一方面,假借租房,与"我"套近乎,进行感情投资。不仅让自己的女儿成功地进了实验小学读书,还让大柳名誉扫地,并因抑郁得了肝硬化。当高锐这一切被戳穿时,他倒坦然了。讲了一番"你们"和"我们"的区别。在这里,"我们和你们",不仅仅是两个指称对象不同的称谓,更代表着各自不同的生活遭遇和社会地位。"我们",因为种种意外,从一开始,就被命运抛到轨道之外,无法沿着正常人的轨道前进。而"你们",是指"我"这样的人,走的是一条常规路线,每一步都踩在节点上,始终走在正确的轨道上,有多余的钱,多余的社会资源,这些资源无须动脑动手,如朝阳升起一般不请自来。由此可见,"我们"和"你们"之间有着不可逾越的鸿沟,有着无法拉近的距离。而造成这种鸿沟与距离的深层原因,是社会资源的分配不公。因此,一旦沦为"我们",沦为"底层",就无法跨越阶层的鸿沟。而拥有资源的人们却可以利用资源交换或共享,得到"底层"无论如何也得不到的"甘之如饴"的东西。在这里,高锐的身份有点模糊,他一直在伪装身份,伪装成无辜的、勤奋的、上进的、真诚的人,这是他的生存逻辑,是他向城市进军的武器。小说戏剧性的结局显示了他从来没有放弃欺骗。他的欺骗是坦然的,因为,在他看来,他的欺骗是应该被理解的。

小说中俯拾皆是的空间对比,"我们"没有房子,而"你们"却拥有几套房子。棚户区的破烂与中心住宅区的奢华的对比,也是别有意味的。在前文,笔者已经提及新产业工人题材文学对空间的重视,其意在形成一种"上层"与"底层"对比的强烈反差效果。进城农民在抵达新的环境时,会自觉聚集在一定的居住区,这些居住区多半是城市的边缘地带(城郊、将要拆迁的出租房、打工工地简易的工棚或可移动式集装箱房屋、小餐馆、城中村等),与城市中心形成鲜明对比。但因这些地方,房租便宜、物价相对低廉,生活成本低,因此成为进城农民的聚集地,进而形成"都市里的村庄"。这也是很多评论者所提到的"飞地",也有人称之为"贫民窟"。

总之,城市化进程导致城乡差距的扩大和文化的断裂,城市内部的等级秩序投射在文学中,使得"城乡冲突"在新产业工人题材文学这里俯拾皆是,其区别就在于架构叙事的技巧上,有的略显稚嫩,斧凿痕迹甚为明显,有的则较为成熟,浑然天成。不管怎么说,建构新产业工人形象,尤其是他们作为边缘人的形象,基本上是在"城乡二元对立"思维中完成的。人物进入我们视野的首要情境就是二元冲突,这是历史的必然性所决定的,也是农民被动卷入城市化的当下所必然遭遇的历史情境,更是他们真切感到的一种社会情境。只不过这种二元对立,很容易导致人物形象的类型化和符号化,下文将具体阐释这个问题,这里就不做赘述。

第六章　新产业工人形象的
缺失及提升空间

对于一个城乡流动如此频繁的社会而言,掩藏在城乡问题背后复杂动人的人性故事,才是作家应该追求的东西,愈是变幻无常,愈是应该去审视个体追求自我价值、爱情婚姻的难题、漂泊与返归等诸多主题。荷马、屈原、莎士比亚、巴尔扎克之所以受到世界人民世世代代的推崇,除了他们拥有高超的艺术才能之外,他们在作品中传达的体验和思想感情是人类所共有的。俄罗斯作家库普林在《亚玛》中借助记者之口说,"妓女题材"火候未到,"这儿需要一种伟大的才能,抓住一种琐碎的小事,从而道出可怕的真理,使读者大吃一惊,过去有人写过这些题材,但写出来的不是扯谎,就是富于戏剧性,骗骗年轻人而已。我想再过五十年左右,总会有一位天才作家,名副其实的俄国作家,会把这生活的一切重负和令人憎厌处统统吸收到自己心里,然后用朴素、优美、不朽的形象表达出来"①。引用这样一段话,并不是说,新产业工人题材文学出现优秀的作品为时过早,而是说我们的作家的确缺乏一种"伟大的才能",使得"朴素、优美、不朽的形象"长久地缺席着。

尽管我们的文学从不放弃与世界文学对话的可能,也往往在世界文学名著的前面加上"中国的"三个字来证明其成就。人物形象也不例外,在新产业工人题材文学这里,我们常常视新产业工人为"外省青年"②(或曰"外省来的年轻人")。中国的研究者也喜欢用"平行研究"的方法将文学史上

---

① [俄]库普林:《亚玛》,汝龙译,安徽文艺出版社,1996年。

② "外省"是法国文学的独特贡献,凡是巴黎以外的人均是"外省人",用以指称那些想进入巴黎,谋取金钱和地位的年轻人,后逐渐成为世界文学史中具有同等经历的年轻人。尽管在中国,"外省青年"还是一个有待澄清的词,往往和"北漂"联系在一起。但是仍然有相当一部分批评家将它和"农民工"联系在一起,典型的如张清华的《个体的命运与时代的眼泪——由"底层生存写作"谈我们时代的写作伦理》就认为"进城务工者"和"外省青年"的身份很相似。

的人物与"外省青年"进行比较,最典型的如"高加林和于连"的比较,堕落的打工妹和嘉莉妹妹的比较(甚至将这些以身体谋取身份的打工妹称之为"中国的嘉莉妹妹"),这些比较虽然给了我们新的研究视角,然而这些比较的大前提是存在问题的:何谓"外省青年"?"外省青年"的气质究竟是什么?中国文学中有没有真正的"外省青年"? 在前文,笔者曾将部分新生代新产业工人视为外省青年,但整体而言,"外省青年"的"浪漫""文雅""不甘平庸的气魄"等,我们的新产业工人是没有的,而且"外省青年"觉醒之后的自我反思也是新产业工人所匮乏的。然而,笔者并不分析两者的异同,只是借"外省青年"来反观我们的新产业工人形象,发现他们虽然也是极具典型意义的"历史样本",却被写成了刻板符号,缺乏主体性,没有自己的思想和血肉,甚至没有一个真正令人信服的文学典型。

第一节 "人"抑或符号

王晓明曾说:"实质上所有关于农村问题的讨论都发自城市,真正的农村并没有声音,除了李昌平的上书。现状是大多数农民都没有发言权,他们的命运决定于城市人怎样看待农村问题,这是一个悖论。"①学界确实曾就"底层能否发声及如何发声"的问题展开了轰轰烈烈的讨论,认为只有通过文学这种独特的个性表达方式,去发现那被压抑着的精神和肉体的"沉默",寻绎到那"能指"背后的历史意义的"所指"。然而,知识分子的话语有时也成为一种霸权,遮蔽了新产业工人自身的主体性,使他们成为"弱者符号""社会问题符号"和"乡土文化符号"。

第一,最浅层次的符号,是"弱者符号"。不言而喻,对待弱者的态度在某种程度上是判断一个社会进步与否的重要标志。也正因为如此,雨果的文学作品散发出恒久的魅力,只不过雨果所言的弱者是剔除了外在标志性身份,如阶级、阶层、出身等因素的全然意义上的弱者。在今日,将新产业工人题材文学视为只写"苦难"的文学,是不公平的。从前文关于新产业工人形象的嬗变可看出,新产业工人是夹杂着开拓者、冒险者和零余者三种复杂意蕴的群体。然而,由于进入主流学者研究视域的作品多以"苦难"为主,且"苦难"的确是贯穿不同阶段新产业工人题材文学的焦点所在。换言

---

① 王晓明:《新意识形态与中国当代文化——王晓明教授在汕头大学的演讲》,《汕头大学学报(人文社会科学版)》2003年第2期。

之,"弱者"已是新产业工人的代称,这没错,但错就错在弱者身上的苦难并没有经过文学之光的照亮,而是仅停留在因身份而设计苦难的拼贴上。卫小将、何芸在《主体性的再思与打造:社会工作视阈中的农民工》一文中指出新产业工人被社会情境塑造为"问题人",或被"吸纳社会"排斥为"边缘人",随之堕入一种"缄默文化"而失去主体性。①该文借助美国学者苏珊·桑塔格的《疾病的隐喻》及美国社会学家威廉·托马斯的"情境定理"理论,指出新产业工人的"污名化标签"其实也是一种现实情境,他们就是素质低、能力差,是"秩序的扰乱者"和"社会问题的制造者"。社会学、大众媒介及国家意识形态在新产业工人的认识上是一致的,就是一种"缄默的弱者身份符号"。紧接着,该文指出只有借助"充权"和"叙事"才能使得新产业工人获得主体性(这里是基于"叙事治疗"及新产业工人对自己的主体性认知的判断)。在文学视域,作家纷纷带着朴素的悲悯情怀描写被迫卷入工业化、城市化进程的新产业工人,他们如何在城市被榨取廉价劳动力却没有获取相应的待遇,并为之鸣不平。小说中的新产业工人也是陷入了"缄默文化"的状态中,所不同的是,作家正是借助他们的"无声"来"发声"。但发声的过程也是一个"失声"的过程,葛红兵在《让农民发声,还是让农民沉默? ——我对尤凤伟〈泥鳅〉的批评》一文中从《泥鳅》的叙事视角入手认为国瑞们的命运并非符合现实,这种借着发声的名义违背现实农民命运的逻辑,只能让农民彻底"失声"②。也就是说,作家过分强调"新产业工人的异化",承认"弱者的逻辑"和"生存伦理",以演绎他们的悲剧命运,因此"以恶抗恶的新产业工人""疯癫失语的新产业工人""失足的打工妹"出现在我们的视线中,而那些真正的"个体反抗"却被遮蔽了。在新产业工人悲剧命运的演绎上,注重社会性因素,如欠薪、殴打、陷害、死亡等,使得新产业工人成为一种带着"苦难"和"欲望"的"弱者身份符号"。

"弱者符号"是一种"温和的暴力"(皮埃尔·布迪厄语)。因为小说隐含着新产业工人将"弱者身份"视为一种"生存逻辑",以此攫取相应的公平权利。此外,"弱者"之"弱"还体现在对生活主动权的把控上,他们被迫进城,在歧视中艰难生存,生活是愁云密布的,精神是孱弱的。众所周知,农民进城是因为在城市的收入远远超过农村的收入,他们的生活不能仅仅是横向的城乡比较,还应该有纵向的乡村生活与在城市打工的生

---

① 卫小将、何芸:《主体性的再思与打造:社会工作视阈中的农民工》,《华中科技大学学报(社会科学版)》2011年第2期。

② 葛红兵:《让农民发声,还是让农民沉默? ——我对尤凤伟〈泥鳅〉的批评》,《当代作家评论》2002年第5期。

活的比较。然而,不管是已经成名的农裔作家,还是业已成名的打工作家,他们的写作绝大多数还是带着身份转变后的优越感以及对同类身份的新产业工人的悲悯感,基本上还是以"外来者""融入者"的身份来写新产业工人和城市的疏离感,其视角还是城市人的。当然,小说中的新产业工人也不尽然是"城市人"的看法,很多打工作家笔下的人物均有"泛自传"色彩,在他们的小说中,我们就很难断言,农民及新产业工人问题的思考均是来自城市人。不过,若是对中国作家的"自我他者化"做一番考究,也不是难事。因为,在中国城市化的逻辑中,就是要"化农民",而中国作家的逻辑就是揭示"让弱者发声",他们也是真诚的,但他们的真诚是建立在对农民及新产业工人的刻板印象之上的,这就使得文学中的新产业工人是一个"非歧视性"的歧视符号。

第二,新产业工人是社会转型时期拷问社会不公的"问题符号"。城市人口剧增和城市的容纳量之间产生了矛盾,并由此衍生出了大量的城市社会问题——如阶层固化、社会失范、道德失衡等。而其中的连接点是流动人口,特别是新产业工人。2011年,我国的城市常住户籍人口首次超过了农村,这标志着中国的城市化迈出了关键的一步,①随后,户籍城镇化率逐渐提高,但与常住人口城镇化率相比仍有不小的差距,人户分离状况甚是普遍。也就是说,就数字而言,我们可能向"城市化"迈进了一大步,按照这个进度,新产业工人很可能会成为一个消失的阶层。但就实质而言,我们的"城市化"是失衡的。而这些均可以透过新产业工人这个符号来窥知一斑,事实上,中国作家写新产业工人绝非是为写新产业工人而写新产业工人,他们是怀着揭示社会问题,介入社会现实的抱负来写的。而透过新产业工人这个问题符号,我们可以看到如下问题:社会失衡、道德失范等。

社会失衡体现在公正、正义的部分丧失。不言而喻,新产业工人在城市里干着最卑微的活,是中国城市化进程的重要推动者,却要受到种种歧视。小说往往会借助"讨薪难"的场景,将新产业工人的生存之难与城市上层人士的奢侈和盘剥两相对比,造成两极社会的极大反差,并在同一个文本里戏剧性地呈现,如在尤凤伟的《泥鳅》中,宫超等人玩弄权术,动辄包揽几十亿的项目工程,将国瑞等人玩弄于股掌之上,而"国瑞们"却始终苦苦挣扎,连基本的生存保障都无法获取。在东西的《篡改的命》中,汪槐和汪长尺父子为了改变命运,一个残疾,一个自杀,可谓惨烈。在这个过程中,

---

① 汝信、陆学艺、李培林:《2012年中国社会形势分析与预测》,社会科学文献出版社,2011年。

我们发现父子二人都是优秀的，都是被人顶替的，但他们没有办法去抗拒这个命运。相比较而言，汪长尺的命运更为可悲，他一直在为自己的仇人林家柏顶罪，又将自己的儿子汪大志送给林家柏，自己投胎到林家柏家，终于实现了做一个城市人的愿望。反观林家柏，别墅、保姆、保镖，动辄近千万工程，雇凶杀人……这种强烈的对比，越发显出荒诞背后的逻辑合理性，以及公平与正义的缺失引发的心理失衡和社会矛盾。

道德失范，是借助新产业工人这面镜子折射出来的。新产业工人虽然绝大多数生活在社会的"底层"，但他们却成为考验社会的一面镜子。作为"他者"，可以反衬出城市的欲望。可能最为显见的就是一种"圈套"模式，在此，以阿宁的《米粒的城市》为例。在小说中，米粒儿与三哥的初识场景宛若一个购物商场，她因漂亮、清纯在被三哥挑选的过程中脱颖而出。尔后，米粒儿在三哥公司象征性的工作其实不过是商品的包装过程。其间，三哥对米粒儿的体贴照顾和不为情欲所动的表现，均是一场表演，不过是想用米粒儿的身体从柴行长那里获得巨额贷款。颇为嘲讽的是，传统乡村伦理道德，也被视为一种符码。米粒儿的重情重义，知恩图报，一旦心有所属便矢志不渝，甘愿为男人做出牺牲的品质加重了性商品的筹码，"慰藉"了柴行长这样缺乏爱情的都市人的枯竭心灵。从小说中得知，青春也有此种遭遇，更多的乡村女孩都逃不脱这样的遭遇。小说鲜有对三哥这个人物的正面刻画，而是着重侧面烘托，但从米粒儿和无辜打工者的遭遇可以看出此人的阴险歹毒，他正是城市险恶的化身。同样的悲剧也在尤凤伟的《泥鳅》中上演。在既有的研究中，我们总惯于运用批评的套路将矛头指向"城市"的代表——宫超，而没有真正思考酿成国瑞悲剧命运的其他人，特别是吴姐和玉姐。吴姐犹如"隐形人"一般有着巨大的关系网络，为国瑞提供了一次次没有回头的"救援"。而玉姐则利用国瑞满足自己不能从宫超那里得到满足的欲望，她的奢靡、自私、明哲保身均使她不可能竭尽全力拯救国瑞。从这两部典型的小说中，我们至少可以得出如下结论：城市是欲望横流之地，而上层社会的人进行着钱权、美色交易等无耻勾当，但他们却可以轻易利用新产业工人等"底层人"为之洗牌。

总之，新产业工人作为社会转型时期的特殊阶层，已经成为我们反思社会改革、公平正义、社会失范的符号。而作家也借助新产业工人这个符号，直奔社会问题的现场，频繁地引出各种社会事件，将矛头指向社会现实。这在一定程度上确实使新产业工人的问题浮出了水面，但也遮蔽了真正的问题所在。

新产业工人之所以作为一种身份符号存在，就是因为这样的符号，蕴含着一种特殊的底色，这种底色，映衬出这样的群体处于某种尴尬的生存境遇。而更重要的是，通过这样的符号就能更好地看到中国社会转型的裂隙。

第三，新产业工人是即将消失的"乡土中国"的代称。中国作家始终没有摆脱塑造农民形象的逆向思维，也没有放弃对愚昧背后的善良品性的勘探。因为这"善良"是我们难以忘怀的东西。不得不承认，新产业工人其实是一种制衡性的力量和对抗性的存在，让我们窥知现代性途中的"阴暗面"。而在被"血腥"和"恶"充满的虚构世界里，"怀旧"必然会成为一种普遍的社会情绪。这个时候，就是我们发掘新产业工人形象审美意蕴的最佳时刻。我们常常不假思索地就将"农民"视为传统的代称，因此作为一种文化符号，他们就是"乡土"的指称。在作家、研究者的潜意识（包括本人）以及实际的研究成果中，我们还是以"进城农民"对新产业工人加以界定，并以转型的视角来写农耕文明因子的流失，以毫不掩饰的挽歌情调写尽这个过程中的蜕变，而忽视了新的可能性的诞生。

尽管在现实生活中，新产业工人可能是歧视性符号，也确实因各种生存伦理而做出极端之事，其"异化"也确有现实为证。但为何作家还执意强调他们善良、淳朴、坚强等品质，因为这些品质几乎缓解了社会转型所带来的种种苦痛。新产业工人由一种伦理符号，转化为乡土符号，这很明显就是一种文化对另一种文化的选择性建构。我们可以从近几年一再反对的将"农民、新产业工人"视为"传统、落后"的符号的批评中窥知一二。这种逻辑基点是中国城市化的道路应该是"城乡融合"，而非城市剥夺乡村，或城市消灭乡村。但就作家而言，新产业工人作为城乡文化交流与融合的媒介，是"乡土文化"的最后纽带，随着社会的大转型很可能也面临着消失的困境。这种潜意识的恐惧左右着他们，使他们一再用文化的乡愁浸润着笔下的新产业工人形象，写出他们身上的真善美，写出他们身上的"光"。这就是为何，新产业工人形象和既往的"农民形象"一样走进了中国文学的怪圈，再一次沦为"乡土中国"的符号，这是极为可悲的。因为这样的道德理想主义式的审美幻象再次有意遮蔽新产业工人自身的精神裂变，使新产业工人沦为城市立场的集体想象物。

被"符号化"的新产业工人固然是作家们出于解构二元对立社会形态及刻画新产业工人形象的思考。但更是一种潜隐的意识形态心理在作祟。我们可以借助霍米·巴巴的后殖民理论加以思考。霍米·巴巴在法侬的"刻板化形象"（stereo types）这一概念的基础上进一步思考，认为"刻板化印象"本身蕴含着"东方主义"色彩，它绝非外在的歧视那么简单，而是官方意识形态的隐喻和转喻。同样的，新产业工人的"他者化"情境将新产业工人陷入了一种难堪境地，是将他们进一步固定在社会的"最底层"上，带着愚昧、落后，甚至犯罪、堕落等"不道德"的标记，进入我们的视野。诚如梁鸿所说：

> 如何能够真正呈现出"农民工"的生活，如何能够呈现出这一生活背后所蕴含的我们这一国度的制度逻辑、文明冲突和性格特征，却是一件非常困难的事情。并非因为没有人描述过或关注过他们，恰恰相反，而是因为被谈论过多。大量的新闻、图片和电视不断强化，要么是呼天抢地的悲剧、灰尘满面的麻木，要么是挣到钱的幸福、满意和感恩，还有那在中国历史中不断闪现的"下跪"风景，仿佛这便是他们存在形象的全部。"农民工"，已经成为一个包含着诸多社会问题，歧视、不平等、对立等复杂含义的词语，它包含着一种社会成规和认知惯性，会阻碍我们去理解这一词语背后更复杂的社会结构和生命存在。①

结合梁鸿的另一篇旗帜鲜明的文章——《"乡土中国"：起源、生成与形态》一文把"乡土中国"的起源放置到"世界史"的格局中考察，认为"乡土中国"这一形象是作为"西方他者"的"异质性"存在的，同样的，中国的农民形象也是知识分子话语的人为建构。换言之，梁鸿对"传统与现代"划分标准背后的价值分野、文明等级秩序极为不满，原因在于这种划分将农民视为"传统"的代名词，而"传统"则意味着愚昧和无知。当然，梁鸿旨在颠覆自鲁迅以来的知识分子话语体系，自然失之偏颇，因为我们无法忽视知识分子话语背后的隐形逻辑本是乡村小说存在的根基的事实。但她对农民形象作为"他者"的思考是有意义的，因为在文学史中，农民的确是"现代"和"城市"的"他者"。尤为重要的是，梁鸿注意到后殖民色彩对新产业工人形象复杂性的遮蔽。而"遮蔽"，恰恰在新产业工人题材文学中尤为普遍。正因为如此，我们才看到"符号化"的新产业工人。"在一般人的想象中，传统中国是超越时间的存在，人们都静止不动。其实中国的家族史都建立在迁徙的基础之上。"②中国的新产业工人已经不是城市这一"隐含读者"眼下的新产业工人了，他们作为一个群体，是现代化的一部分，而非被抛弃的一

---

① 梁鸿：《出梁庄记》，台海出版社，2016年，第414页。
② [美] 张彤禾：《打工女孩：从乡村到城市的变动中国》(中文版序)，张坤、吴怡瑶译，上海译文出版社，2013年。

员。在这种情况下,我们需要真正还新产业工人以主体性,看到他们的复杂性。

保罗·约翰逊在《知识分子》的结尾高呼:"任何时候我们必须首先记住知识分子惯常忘记的东西:人比概念更重要,人必须处于第一位……"毫无疑问,新产业工人是活生生的人,并不真空于高速发展的中国社会,也不隔绝于周遭的社会网络,因而,他们不应该是一个个在作家的理念里艰难行走的"牵线木偶"。

第二节　思想的抽离和命运悲剧的单薄

所谓"思想的抽离"其实也就是小说人物形象精神维度的缺失。这一点和"典型性"的丧失都引起了评论者的关注,只不过他们针对的是当下小说创作的整体情况而言的。张学昕在《当代文学人物形象的精神深度》一文中对中国当代文学人物形象缺乏精神深度的现象分析得甚为全面,也比较透彻,其中有一点用于新产业工人题材文学是再也恰当不过。那就是,他认为人物在当代文学里的地位是"功能性"的,作家根本就没有进入人物的心理层面。事实上,新产业工人题材文学作为目前最为重要的小说思潮之一,很明显的特征便是一味追求小说的故事性和传奇性,而忽略了新产业工人也是具有主体性的个人,忽略了他们内心的挣扎、徘徊、孤独、无望等。几乎每一部小说都极力强调事件,而根本不进入人物的精神层面。

若从文化和精神内涵的角度去理解新产业工人似乎是勉为其难的,因为,大家所公认的新产业工人已符号化,这就是王十月的《国家订单》中所刻画的形象:背着蛇皮袋匍匐前进,在城市里畏畏缩缩,自轻自贱。改革开放已经四十年了,无论是媒介宣传还是文学作品,却始终将蛇皮袋和扛在肩头的行李视为新产业工人形象的重要构成要件。嘲讽的是以"最后的农民工"面世的《最后的农民工》一著其封面设计仍然是红蓝相间的编织袋,无法体现其"自尊自强"的主题。也就是说,我们基本上以外在的苦难取代了内在的精神困惑,但事实上,经过四十多年的变化,新产业工人的队伍在不断分化,文化层次不断提高,他们对世界的认知、对自身的认知并不比作家的理解肤浅。暂且不去考虑这一点,仅看新产业工人的两栖状态,这种状态不只是生存的,更是精神的。从精神内涵界定,新产业工人就是处于两种文化之间,找不到位置的农民,也即没有归属感的农民。"没有归属感"这估计是整个20世纪乡土文学重要的精神内涵，但是我们对此的认知却是不一样的。鲁迅这样的知识分子我们可以理解，路遥笔下的高加林我们也可以理解，唯独新产业工人我们难以理解。其实，当文化激荡自上而下的辐射终于到了"最底层"的农民身上时，整个社会的文化激荡就不言而喻了。

他们虽然因生存而被捆绑在空地上、车间里、厂房里，但他们也是活生生的人，也有灵魂的挣扎。对情节、苦难氛围的营造方面，新产业工人题材文学已经做得比较到位，但是有关人物内心的感受和情感的力度则薄弱得多，这里只有客观事件的讲述，没有情绪的勃发，我们根本就看不到人物的内心挣扎。新产业工人因对城市的向往生发出来的各种丰富性的因素都不见了，只看到简单的命运悲剧。

"命运悲剧"在《俄狄浦斯王》中，俄狄浦斯的悲剧主要来自神的预言，无论是他父母还是他自己都竭力避免这一悲剧发生，但在既定的命运轨道上，俄狄浦斯还是走向了"杀父娶母"的命运。他是无辜的，对自己的命运一无所知，勇敢、智慧、有魄力，但还是无法抵抗命运。随着理性时代的到来，由神主宰命运的悲剧已经几无存在，但命运悲剧却依然存在，它以另一种方式出现——个体被时代所裹挟，一步步走向时代为他们预定的命运。悲剧的发生只是时间问题和表现形式不同而已。当然，我们并不能否认命运悲剧是一种较为肤浅的悲剧模式，并以此来认定新产业工人题材文学的拙劣，而是说作家在建构新产业工人悲剧命运的时候所采取的模式化和空洞的逻辑演绎。几乎所有的作家在人物出场的设置上都会有较为恒定的构成要素：贫困家庭加上家庭变故、因反抗命运而进城、进城失败。

站在上帝的视角，为人物设置特定的家世背景和人生际遇，将其置于匪夷所思的绝境并展开徒劳的抗争，是新产业工人题材文学通行的做法。事实上，我们也会认同出身、阶层鸿沟等，但我们又不得不承认作为撕开这些裂隙背后的个体生命的痛楚。而在近年来相对比较好的文学作品中，依然清晰可见单薄命运悲剧的演绎，它完全消解了跨越阶层鸿沟的个体努力，以极为夸张的逻辑演绎着生命，碾压着新产业工人。东西的《篡改的命》、方方的《涂自强的个人悲伤》、石一枫的《世上再无陈金芳》、李佩甫的《生命册》等莫不如此。在此，以东西的《篡改的命》为例加以说明。小说一开始就说道："命运第一"，乡下人从出生那天起就输了，输在起跑线上，每步都像走钢索，丝毫不能拿命运开玩笑。改变命运最重要的契机是考大学，20世纪八九十年代农村对读书宗教般的信仰，在汪家体现得淋漓尽致。小说叙事的起点是改变农民命运的高考录取通知书，汪长尺自视甚高，填报志愿过高被人钻了空子而与大学、改变命运的机遇擦肩而过。紧接着,小说又用"父子同命"来写命运的恐怖之处:父亲招工被人顶替,他上大学被人顶替;父亲用跳楼的方式讨公道,他也用跳楼的方式讨公道;父亲讨公道致残,他因公致残,讨公道无果;父亲千方百计要改变下一代的命运,他也千方百计改变下一代的命运;父亲想让他进城,而他千方百计在城市活下去,并将自己的儿子汪大志送人让其彻底成为城里人……更为可悲的是,汪长尺的一生均跟林家柏有着千丝万缕的关系,其悲剧命运也与林家柏有关,他的儿子汪大志成为林家柏的养子,他自己则投胎成为林家柏的亲生子。已经被置换身份的林方生本是个有担当的警察,但当知道自己的身世后,也以销毁证据的方式隐瞒了这一切。

东西以魔幻现实主义的方式借助"命运"来写农民的各种苦难,以及进城的种种可悲。为了篡改命运,书中的贺小文选择"卖身",尽管卖身的方式并不高明,会制造道德的污点,但她却认为人生重要的阶段在于青春时期,而青春是短暂的,利用青春赚钱是值得的,不需要别人的理解和诟病。与贺小文相比,汪长尺的做法有些卑鄙,但他也有一番自己的解释:"同样是命,为什么差别那么大呢?是我不够努力吗?或者我脑壳比别人笨?不是,原因只有一个,就是我出生在农村。从我妈受孕的那一刻起,我就输定了。我爹雄心勃勃地想改变,我也咬牙切齿地想改变,结果,你都看见了。我们能改变吗?也许会有一点量的变化,比如,多挣几块钱,但绝对做不到质变。牛就是牛,马就是马,即使把它们牵到北京上海,也不可能变成凤凰。""那时我以为命运靠拼,现在我认为命运靠想,想就是动脑子,就是思考,就是从体力变成脑力。"①这种逻辑难以有现实的支撑,我们当然无法否认汪长尺关于命运的起跑线说法,但问题在于汪长尺是20世纪80年代有文化的新产业工人,有着高出农村同龄人的优越条件,否则也不会成为贺小文誓死要嫁的对象。20世纪80年代,正是建筑业迅猛发展的时刻,汪长尺也确实赚得比一般新产业工人要多,基本已经实现了改变命运的初衷。而且,他挖空心思只是想以不寻常的方式改变命运,已经和正常的法理相冲突。除了最后的汪槐夫妇、贺小文、刘建平,以及村里的所有人都轰赶着汪长尺的灵魂往城里投胎外,篡改命运的支撑都显得乏力甚至可笑。同样的,方方的《徐自强的个人悲伤》对命运的书写也极为单薄。如果方方将叙事的时间提前30年、20年、10年,涂自强的家庭困境及打工上学便遭人间苦难的可信度会大大提高,贫寒学子的捉襟见肘也会更有力度。但小说的叙事起点放在2013年,且将涂自强考上大学视为悲剧命运的开始,而不是

---

① 东西:《篡改的命》,上海文艺出版社,2015年,第242页。

改变命运的开始。这个世界堆积的所有苦难性元素均在涂自强身上一一展演：家贫不得不以打工的方式去上大学，整个大学期间需要靠勤工俭学维持生存，没有背景找工作难，过劳、癌症等。固然这显示了一定的社会问题，但如此多的苦难，极致展演的苦难反而在赚取泪水的同时滑向虚假的另一端。

而关于女性命运的设置，则是另一种极端，无一例外地让女性经历"进城失身并堕落"的境地。在此以"妓女形象谱系"为例。理解打工妹必须从"农村人""女人""人"三个维度出发，也就是说这里面不仅仅有身份认同危机在内，也有伦理道德危机在内，两者合起来才能真正理解公认的"边缘中的边缘""弱者中的弱者"等看法。

比较著名的作品均集中于外在的故事性，如贾平凹的《高兴》、尤凤伟的《泥鳅》、邵丽的《明惠的圣诞》等，即便是写到她们的伦理危机也引而不发，含而不露。反倒是那些不著名的作家与作品涉及了打工妹的心灵苦楚，只是这些作家不太出名，作品也因注重人物的心理和性格等原因而丧失了故事本身的魅力，不被人注意。在此以李肇正的《姐妹》和肖勤的《我叫玛丽莲》为例。李肇正的《姐妹》真正打动读者的不是宁德珍、舒小妹在迷乱生活中的姐妹之情，也不是"小姐们"被迫为娼的悲苦命运，而是她们在"小姐和女人"之间的徘徊和焦虑。"小姐"是一个十足的性符号，而"女人"却含有被纳入正常社会秩序的意味。在小姐们看来，"女人"这个词不适合她们，因为"女人"意味着专一地爱一个男人，和一个男人长相厮守。尽管如此，她们还是想做一个女人的。弗洛伊德的"白日梦"在这里得到了极好的演绎，"小姐们"心里无不装着一个男人，这个男人可能是具体的也可能是虚幻的。莉莉甘愿养一个小老公，忍受他的白吃白住；舒小妹似乎忘了丈夫的残暴和无耻，只是炫耀他如影视明星许亚军般的美貌，对着他的照片，做出思念的样子；宁德珍身为寡妇无可炫耀，就默默怀念死去的丈夫，将出租司机常先生与丈夫合二为一，心生幻念……此情此景，令人无不动容。与其说这是一群堕落的女人，不如说是一群在伦理危机中亟待拯救的女人。

肖勤的《我叫玛丽莲》叫人有些心痛，它最大的特色就是将性工作者放到了"人"的位置上，放到了"女人"的位置上。孟梅因父母的"投入产出"计划淘汰出局被迫打工养家，成了支撑贫困家庭的顶梁柱。小说一开始从她的"乳腺癌"写起，为了治病就必须切除乳房，为了赚钱就必须保留乳房。房屋倒塌、母亲得了风湿和肝硬化，弟弟要读书……短短七八个月的时间要挣到四万块，而孟梅却只有一年的生命。这是一个将自己放到祭台上的罂粟花,虽为世俗所不容,却始终保持着一颗善良和追求爱情的心。诚然,她"职业"特殊,但也处处维护自己做人的尊严,不允许警察肆意谩骂自己的姐妹;她渴望爱情,希望能穿上洁白的婚纱和心爱的男人一起走进婚姻的殿堂;她悉心呵护亲情,宁愿让母亲恨自己也坚决不让她知道自己的死,甚至托主治医师去上海开会时才将自己的信和钱一并带给母亲。此外,她还奉劝七姐回到母亲身边,留下两千块钱祈求房东给一直睡在公交站台的阿栋媳妇一个窝,做完这一切,孟梅为自己精心装扮一番,穿上白色蕾丝长裙,穿上百丽鞋子,自己将自己"嫁出去"了。

李肇正和肖勤是少有的将"小姐们"当做女人和人而不仅仅是农村人来写的作家,他们也像其他作家那样写"小姐们"的凄惨身世以及因城乡差异带来的身份焦虑,但他们更多的是关注小说的精神维度。这为千篇一律、画地为牢式的创作增添了几许新的亮色。

以女性的身体空间腾挪、迁移来反思现代性,在新产业工人题材文学作家这里甚为普遍。诸多的文本显示,在乡村遭遇城市的侵袭的时候,乡村就是女性。我们再次回到刘庆邦的《家园何处》中刻意设置的新嫁娘出嫁前夜的恐惧心理场景,这实际上是对现代性恐惧心理的一个置换。"进城=失身"不仅仅是作家这样写,也是一种普遍的社会心理情绪,这里面既蕴含着乡土伦理的被解构,也意味着乡土对现代性的永恒警惕。这些乡村女性温顺、贤良、逆来顺受、忍辱负重,纯净得像深山里的矿泉水(盛可以在《北妹》中如此形容李思江),其实是中国现代化过程中乡村的文化表征。当我们看到乡村女性在城市的诱惑下身陷囹圄的时候,也就看到了乡村遭遇现代性时的危机与困境。女性的身体叙事缓缓地驶入了现代性叙事的轨道,也将城市给乡村带来的伦理变迁提上了日程,这也是引发当下众多批评者关于历史进步与道德背反的争论的重要原因。

就批判与同情的层面,我们的文学的确做到了这一点。但就女性的主体性而言,当下的文学又是失败的。这倒不是说文学不应回避堕落打工妹的问题,而是说文学在城乡对立中为诸多乡村女孩设置的路,难道她们就无路可走了吗?在女性主义那里,尚有光彩照人的妓女形象,在"底层文学"这里反而不见了。作家一再用封建主义善终的妓女来比拟乡村青年女性,似乎有种今不如昔之感,而忘却了现代文学中那些陈白露们"清醒的痛苦",只让批判的矛头指向城市。乡村的苦难必须由女人的身体来承担,这是严重有问题的。此外,随着消费文化思潮的兴起,写身体故事的模式化极易与消费文化混为一谈,从而削弱现实批判的力量。数百万来自乡村的打工妹在进入城市后,沦为商品,待价而沽。作家纷纷将笔触伸向最为污秽的环境,发掘她们的生存困境,这无可厚非。但此种写作,恰恰反映出文学的危机,这一危机体现在人们精神生活的匮乏。韩少功说,在这样一个时代,"消灭思想便成为时尚,让我们万众一心跟着感觉走。这样,肠胃是更重要的器官,生殖器是更重要的器官。……人就是身体,人不过就是身体"。(《夜行者梦语》)事实上,打工妹一进入城市,就进入了一个性别化的场景,她们的生存苦难及心理镜像很快被欲望叙事所替代。叙事话语的模式化,凸显了乡村与城市之间的欲望关系,将欠发达地区和发达地区的关系简化为欲望关系,也隐含着乡村的性别化,和城市对乡村的殖民消费。

在新产业工人题材小说这里,命运悲剧被简单地置换为"宿命论"。应该说,新产业工人的悲剧应该是社会悲剧多于命运悲剧,如"城乡二元对立"、阶层固化等均属于结构性困境而非简单、盲目的、神秘的命运,作家应该借助新产业工人在结构性困境中的抗争彰显小说的社会批判维度。但作家却将新产业工人悲剧的原因一股脑推向身份,且因过于强化身份而弱化了社会性因素,忽略或刻意回避其性格因素。换句话说,这些人物的命运是设定好的,其形象就是为这一命运而预设好的。就文学艺术而言,这是无可厚非的。巴赫金认为"古典型的性格塑造"的基础就是"命运的艺术价值",但这里的"命运"指向的是艺术的逻辑,而非作家武断的行为。正如巴赫金所言:"为了塑造作为命运的古典型性格,作者无须过分凌驾于主人公之上,也无须利用其外在于主人公的纯时间性的特权和偶然性的特权。"①但在新产业工人题材文学这里,命运遵循的恰恰不是艺术逻辑,作者并没有与小说主人公形成巴赫金所言的对话关系,而是作者凌驾于人物之上,过分强调一种戏剧性的效果。几乎所有的新产业工人一出场就在与城里人的对比中生发出对生而为农的境遇的不满乃至于痛苦,进而生发出艳羡、愤世嫉俗等情绪。在此以邓刚的《桑拿》为例。这篇小说并无新奇之处,甚至可以说斧凿的痕迹甚为明显,不过,它却是作家刻意营造悲剧命运的典型文本。小说一开始就以"谶语"的方式让我们看到城市的罪恶和新产业工人的必然命运:城市是罪恶的渊薮,城里人均是坏人,农村人进城就会变得跟城里人一样坏,于是城市和他人均是地狱,时刻要小心谨慎。这些以偏概全、荒谬的"真理"竟然真的一点点印证了:"半截子"陆老板折磨小琴,表哥趁火打劫,并为自己脱身,使得刘忠德被判三年刑。尽管,小说笔锋一转,让刘忠德收获了真正的爱情,并来了一句黑色幽默"坐牢挺好的"。但小说以预设

---

① [俄]巴赫金:《巴赫金文论选》,佟景韩译,中国社会科学出版社,1996年,第510页。

的方式诉说主人公的命运，却是值得深思的。当然，我们可以说这篇小说并非出自大家之手，也不具代表性。然而，所谓文坛真正的大家，谁又能让自己笔下的新产业工人逃出命运悲剧的怪圈呢？

　　需要指出的是，也有部分作家已经涉及了人物的精神层面，如荆永鸣的"外地人"系列。以"尴尬"的"精神状态"出场，比一味书写苦难要高明得多。因为在新产业工人题材文学领域，真正以生命体验的方式进入自身写作的作家已不多了，对新产业工人内在精神的关注更是少之又少。此外，鬼子的《瓦城上空的麦田》也值得一提。这部围绕"身份"而展开的故事，颇具现代主义色彩，对现代人无所凭依的生存境遇做了有力的勘探。①

　　不过，就整体而言，作家将绝大部分的笔墨用于其外在生存环境的恶劣和城乡人之间的冲突上，以人物性格形成的社会原因来探究他们的悲剧，而绝少涉及人物自身的因素。更为重要的是，新产业工人的进城失败仿佛是无缘由的、不可逆的天命，不仅消解了"进城"的意义，更外在于小说的主导性情节，仅留下命运的神秘感和抗争的无力感。

第三节　哲学意蕴的匮乏

　　巴尔扎克曾明确地说："我无意充当批评家。"②但实际上，巴尔扎克的文论观点时时闪现着智慧的光泽，并没有随着岁月的流逝而蒙上时间的灰尘。他是少有的强调艺术世界"必须成为一个体系"的作家兼文论家。这里所谓的体系，实际上只有一点：故事家不能仅仅是故事家，他必须"集全部才华之大成"，"他应该是历史学家；他应该是戏剧家；他应该有深刻的辩证法使他的人物活起来；他还应该有画家的调色板和观察家的放大镜"③。在巴尔扎克这里，小说家、历史学家、哲学家是三位一体的，不分彼此的。而在实际的文学创作中，巴尔扎克自觉地反映社会的全貌，在"头脑里装进整个社会"，"社会的各个阶层，从高层到下层，法律、宗教、历史和当代"，他

---

① 黄伟林在《对身份的现代主义追问——论仫佬族作家鬼子的〈瓦城上空的麦田〉》（《民族文学研究》2005年第3期）中有详细的论述，他认为鬼子将"现实主义思维转化为现代主义思维，对当下中国多元复杂的生存状态进行了富有深度的现代主义提问"。

② ［法］巴尔扎克：《关于文学、戏剧和艺术的信》（一），载《巴尔扎克论文艺》，艾珉、黄晋凯选编，袁树仁等译，人民文学出版社，2003年，第20页。

③ ［法］菲拉莱特·夏斯勒：《〈哲理小说故事集〉导言》（节选），载《巴尔扎克论文艺》，艾珉、黄晋凯选编，袁树仁等译，人民文学出版社，2003年，第428页。

"都一一作了观察和分析"。①也正因为如此,《人间喜剧》才成为一部真正意义上的"体系"。在这里,"哲学"始终隐含在巴尔扎克的文论观点之中,特别是其"三位一体"的观点更强调了文学与哲学之间须臾不可分离的关系。此外,将新产业工人独特的身份追寻叙事上升至历史与现实的普遍性问题,乃至整个人类命运的共通性问题,也是书写新产业工人题材文学的应有之义。

当然,用哲学境界来要求这股并未走远且势头正旺的文学思潮,还必须具备一个条件:我们的时代是否对文学提出了这样的要求?事实上,大流动时代迫使我们已经到了一个群体追问"我是谁"的时代,这样的追问先由知识分子发起,再到农民,呈现出一种"由上至下"的辐射结构。尽管,将这样一股社会学意义大于文学意义的思潮上升到哲学意蕴的高度,似乎有"拔苗助长"的意图,但实际而言,新产业工人题材文学确乎涉及哲学意蕴,作家也不再满足浅层次的离散体验书写,而是越来越注意到整体离散语境下人类的共同情绪,只不过这种写法尚未深入,仅是"点到为止"。典型的如鬼子的《瓦城上空的麦田》、贾平凹的《高兴》及陈应松的《夜深沉》。

鬼子的《瓦城上空的麦田》讲了两个相对完整的"进城"故事:以进城为志向并成功将三个儿女送进城市的乡村父亲李四无法自证其身的荒诞故事;一个是主动抛弃农民身份进城捡垃圾并渴望实现华丽转身的胡来父子尴尬的城市境遇。乡村父亲李四视子女为精心耕作的"麦田",将他们送进瓦城。却因不堪忍受麦田守望者的孤独乃至被遗忘的命运而愤然进城,以缄默的姿态试图重建"瓦城上空的麦田"与乡村血脉相连的关系。无奈李四缄默不语的暗示与子女们浑然不觉的错愕形成戏剧性反讽,陌生人的慷慨与子女的漠视形成鲜明对比,使得故事最终滑向对身份追寻的轨道。阴差阳错下李四失去了"身份证"这一城市社会辨认个体身份的物件,成了一个彻底的失语者。内心的愤懑又使得他拒绝开口说"真话",可说了真话又能如何呢?亲人间的私密话语、胎记、子女们的小名、李四前后信件的笔迹等均不能唤醒子女们的记忆,基于血缘与亲缘关系构建的意义关联,在坚实的以证件指认符码的城市身份逻辑面前不堪一击。李四媳妇的招魂非但没有唤醒子女们对父亲的愧疚之意,以及对乡村的留恋,不仅如此他们以风驰电掣般的速度切断与乡村的唯一纽带——老屋,使李四成为一个活着的"鬼魂"。李四的失语还在于他被强加了"捡垃圾的人"这一城市"底

---

①[法]巴尔扎克:《〈给韩斯卡夫人的信〉(1833年3月末)》,载《巴尔扎克论文艺》,艾珉、黄晋凯选编,袁树仁等译,人民文学出版社,2003年,第521页。

层"身份,警察得知李四是捡垃圾的人的时候态度陡然转变,李四的子女们以为"捡垃圾的人"是异想天开,冒名顶替。就连最具悲悯心的外孙女艳艳也不过是给一些饭菜和零钱,说一些悲悯感动的话语,却在本质上拒斥"底层"的身份。将瓦城视为理想的还有胡来,他渴望以抢占先机的方式驻扎城市,没想到又被葬在了农村。两个有着共同梦想的老人活着被城市剥夺了正常的人伦情感,死后又被互换了身份。在某种意义上,我们可以将《瓦城上空的麦田》视为"身份叙事",小说自"身份"始也自"身份"终。渴望改变身份的中国农民最终沦为城市上空漂浮不定的白云,即便是能获得身份的转变,也逃不脱因生活奔波而迷失自我的悲剧命运。就"身份"本身而言,这"身份"既可以是实体的身份证,也可以是我们现代人心里的"身份"。外在的身份证可以证明我们外在的身份,可是当我们一旦失去一切外显的符号证明,我们又该用什么来证明呢?鬼子的思考不仅仅是指向"农民""农裔"的,更是指向所有人的。

在《高兴》中,我们注意到这样一个结局:五富想埋尸故乡,却被火化了;而刘高兴想留在城市,却失去了精神支柱。也就是说,拒绝城市期望落叶归根的人却"留尸他乡",而想留在城市里的人,却什么都抓不住。刘高兴和五富作为一对矛盾综合体,刘高兴代表着"善"和"雅",承担着中国农民乐观、既自卑又自尊、在有限的能力范围内保持人的体面和尊严,并不乏无伤大雅的小奸小恶。五富是彻底的农民,他始终保持着农民的本分,以赚钱养家为志业,以勤俭吝啬和目光短浅为典型特征,所以小说将"俗"和"丑"给了他,将之描写为无法顺应时代潮流的新产业工人。"善""雅"的刘高兴是第一代新产业工人中拥抱城市全然认同城市的人,也正因为如此,他的悲剧成为全书的焦点所在。他从婚姻失败、卖掉老屋开始就走向了通过虚妄符号建构自我的生命之旅,穿西装、吹箫、找一个城市女人、换一个洋气的名字等均是通过外在符号来彰显内心的虚幻,然而他越执着于外在就越滑向悲剧的深渊。除此之外,刘高兴还想通过人际关系构建他和城市的关系,比如说他卖肾、享受身份错位带来的尊贵感、用城市人的生活方式改造五富等,以一种表演性的伪饰穿行在大街小巷。更为悲怆的是,刘高兴还自命天生贵气,在他所列举的七条"城里人气质"中,其实彰显了他乐天达观的生命态度和对精神生活的渴求。因此,他将城市变成了风景,而他是城市的漫游者,苦难不过是一种磨难。他的"城市需要我们""农村人并不少智慧而是少经见"等观点,以及仗义、互助等行为,均显示出其精神境界的超拔。但在现实面前,刘高兴的改变和先天禀赋全都失去了效力,他被打回了原形。贾平凹似乎在改造高兴身上的阿Q精神胜利法，引导着悲剧走向精神层面。但因为高兴自身的精神因子强化了与现实境遇的错位，或者说贾平凹以知识资本灌注高兴的肉身，使得新产业工人的身份漂泊感缺乏坚实的现实逻辑。这是小说《高兴》的第一层精神性困境。第二层精神性困境则是"求而不得"的困境，无论是想重返家乡、魂归故里还是想扎根城市的人均成为城市的幽灵。个体无法主宰自己命运的悲剧性情境以及漂泊无依的生存境遇，已经呼之欲出。然而，这种"超越性的哲学内涵"和"最深刻的抽象层面感悟"却"随表象之波、逐生活之流"而被稀释掉了。①

另外值得一提的是陈应松的《夜深沉》，把这篇小说放在新产业工人题材文学里考察似乎有些勉强，但也说得过去。它涉及的是移民文学常见的"家"叙事，由离家和回家两个段落构成，阐释人类在"远方"与"家园"之间的无尽徘徊。小说的主人公隗三户是在城市奋斗多年的新产业工人中的"成功人士"，他有能力在城市买房，通过我们众所周知的以拥有房子的形式成为城里人。但是，他现在想回家，想在家乡盖房子。其直接原因在于两个：其一，他生了一场大病，险些丧生。而在昏迷的过程中，孩子不在身边，幼时的伙伴不在身边，他体会到了思乡的切肤之痛；其二，中央取消农业税，农民种地也能赚钱了。而根本的原因在于，"逃逸者"无法被认同的苦痛，他看似小有成就，但那种生活给他风刀霜剑的感觉，并不能真正安放自己的灵魂。他需要回到家乡，"落叶归根"。家乡就是根，可是他遇到了一个问题：当年他是交不起农业税而将土地撂荒的，这土地已被村长霸占。他给村长送钱，受到了奚落，而且此时的村长俨然是个农村企业家，他那被收回的土地已经变成了村长管辖下的养猪场，不可能再要回来了。更为重要的是，他那点钱、那点成就在村长眼里甚至村人眼里也算不得什么了，他也就失去了"扎根"的资本了，因此他不得不在夜晚离开家乡。碰巧的是他离开家乡时又遇到了回家时的那个偷牛贼，这次他没有将牛牵回村里，而是递给偷牛贼。没想到，偷牛贼误以为隗三户是抓他的，所以就捅了他一刀，就这样，隗三户死在了家乡的土地上。这种结局，其实隐含着今天的新产业工人已经找不到他们的根了，而失去了根，也就失去了生命的倚重。传统的血缘、人伦感情甚至居住的房屋都因进城而不存在了。这种悲怆是"所有故乡叛逃者"的必然命运，也是我们人类无"故乡"的原因之所在。

---

① 陈新榜：《"生活流"和戏剧性的拔河》，载韩鲁华主编：《〈高兴〉大评》，陕西人民出版社，2008年，第88—89页。

新产业工人的认同危机是显而易见的,而"农裔知识分子"的认同危机也是小说的一个重要构成要件。新产业工人题材文学(其实也是新世纪乡土文学的重要组成部分)和鲁迅笔下的乡土文学有一个相似点,均有一个农裔知识分子的存在,他们和《故乡》中的"我"、《祝福》中的"我"一样,与挣扎的乡人有着血缘关系,他们不能从乡人的苦痛中抽身而退,只能闪烁其词或说出一些无关紧要的话语。当然,由于时代背景与作品视点及作家认知的不同,他们也存在着很大的差异,最明显的就是新产业工人题材文学中的知识分子是认同自己的乡人的。他们将自己的身份建构和新产业工人的身份建构融为一体。而这源于他们与"底层"同处边缘,在城市挣扎的现实境遇。在此以吴玄的《发廊》、罗伟章的《大嫂谣》为例。

首先,吴玄和罗伟章设置的知识分子曾有着"跳农门"成功的光宗耀祖身份,但在城里却并不得意,生活困窘,不能反哺家庭,更无法借助自身的经济、权力、社会资本改变故乡人的现实境遇、切实解决一些难题。如《发廊》中的"我",与妹妹同处一个城市,在城市生活多年却并无根基,百无一用是书生。公安局对妹妹的发廊百般刁难,"我"却无可奈何,就连廉价的控诉等道义支持在权力机关面前甚至会因扰乱公务的罪而被拘留。罗伟章的《大嫂谣》中的李夏至,从小父母双亡,大嫂待他视如己出。大学毕业后,李夏至在城市谋生,没能找到稳定的工作,只好从事自由写作,生活拮据。既无力帮衬大嫂,更无力改变大哥一家的生活境遇。新产业工人题材文学中的农裔知识分子已经失去了天之骄子和跳农门的优越感,扎根城市生存的不易愈发显得他们的孱弱和无力,小说便在此种同构中道出新产业工人人生选择的合理性和必然性。其次,新产业工人题材文学采取的同构叙事,其实是在换位思考和深刻的体认中洞悉城乡迁徙带来的认同危机。如小说惯用"假如我没考上大学""假如我没从事文学道路""我一定也会成为他们那样的人"等句式,这种吊诡式的认同和农裔知识分子的无根感纠缠在一起,从侧面反映出"我是谁"是整个社会乃至人类共同的精神难题。

当然,农裔知识分子的认同危机更大程度上是精神上的,"原乡"和"异乡"之间的文化差异,使得他们长期以来不断固化自己的"农裔身份",建构自己的纸上故乡,最为典型的就是贾平凹。在这里,我们必须意识到,新产业工人是作为"历史样本""社会样本"而存在的,或者说他们的"文化认同危机"是极具典型意义的。在社会转型时期,不仅仅是农民和农裔,而是所有的人,都被卷入了"认同危机"的困境中。美国人类学家M.米德曾在20世纪80年代提出了"文化上的移民"的概念,她认为,对于今天这个变化如此迅速，价值观念更迭如此频繁的世界来说，老一辈的人都是"文化上的移民"，他们的迁徙并非空间上的而是时间上的。①这是一个群体性追问"我是谁"的时代，"人们经常用不知他们是谁来表达（认同危机），但这个问题也可以视为他们的立场的彻底的动摇。他们缺少一种框架或视野，在其中事物能够获得一种稳定的意义。某些生活的可能性可以视为好的东西或者有意义的，另一些是坏的或不重要的，所有这些可能性的意义是不确定的，易变的，或者未定的"②。因为我们面临同样一种情境——文化转型。

不管承认与否，我们的农村生活是在逐渐萎靡的，农民逐渐成为无所依附的"漂泊者"，或者说"现代人"。提到"现代人"，就必然要提到"现代性"。马歇尔·伯曼对"现代性"如此概括："有一种富有活力的经验，它是空间和时间的经验，自我和他人的经验及生命的可能性和危险性的经验，今天全世界的男男女女都感受着它，我把这种经验称之为'现代性'。成为现代的，就是发现自己处在这样一种环境中，它向我们许诺了冒险、权力、快乐、成长以及我们自身和世界的变化，与此同时它又威胁着要摧毁我们所拥有、所知道和所归属的一切。现代的环境和经验冲破了一切地理和种族的界限、阶级和民族的界限以及宗教和意识形态的界限。从这个意义上可以说，现代性把全人类统一了起来。但这是一个充满悖论的统一，一个没有统一性的统一；它把我们所有人都注入到漩涡中，一个斗争和矛盾的漩涡，一个混乱和焦虑的漩涡。"③当下的中国与"乡土"相关的价值均在消隐，有些人失去了方向感和意义感，"我是谁""我从哪里来到哪里去"的问题时刻纠缠着他们。换言之，在当下的中国，特别是知识界，普遍存在着的迷茫借助新产业工人找到了一个切口。

"在路上"是文本的主要结构，这其实也是当下现代人的精神惶惑。不管如何定义"现代性"，我们都不能回避一种现代的心态，那就是——"在路上"。在前文，笔者已经对新产业工人题材文学的归乡模式进行了分析，为新产业工人形象的形而上的提升做了铺垫。很可惜，整个社会的迷茫情绪并没有透过新产业工人这个"镜像"而显现出来，作家只是将"中国式的身份尴尬"在世俗性的层面展现出来，没有真正上升到文化认同危机的层面，

① 武斌：《现代中国人——从过去走向未来》，辽宁大学出版社，1991年，第207页。

② 汪晖：《个人观念的起源与中国的现代认同》，载《汪晖自选集》，广西师范大学出版社，1997年，第38页。

③ [美]马歇尔·伯曼：《一切坚固的东西都烟消云散了——现代性体验》，徐大建、张辑译，商务印书馆，2003年，第15页。

对"认同"也没有做深层次的哲学意义的思考。

退一步讲，新产业工人形象的悲剧意义也没有真正解释出来。我们从德莱赛的《嘉莉妹妹》《美国的悲剧》等自然主义创作中可以发现，人物的悲剧性抗争，以及这种抗争背后预示的人类无法理解他们所在世界的无奈，而这恰恰是当时整个美国的心理现状，这种哲学意义至今仍被人们广泛接受。中国当下的现实，就是新的文明尚未真正确立，人们徘徊于过去与未来之间，也呈现出一种哲学上的困境，但中国的文学并没有将其发掘出来。

也就是说，作家没有从形而上层面去思考农民的这种"我是谁""远方与家园无尽徘徊"的困惑，也没有将苦难上升至本质层面。他们的思维逻辑仍然存在于新产业工人是农民的层面，而无法将之置于"现代人"的行列，也就无法展示这种极具典型意义的哲学困惑。

第四节 转型时代的文学要求与典型的缺失

从基本的阅读经验来说，我们记住一篇小说在很大程度上依靠的就是人物，倘若没有那些鲜活的人物形象，小说很难留存于我们的记忆当中。但若说小说就是写人物，不免会因"人物中心论"而受到谴责，况且这一论调势必会消解先锋文学的意义，但不管怎么说，就现实主义而言，人物或曰典型始终是一个核心范畴。作为一个蔚为壮观的文学潮流，且以现实主义为创作方法，以社会转型时期新产业工人的命运为主题的文学思潮，没能为文坛提供站得住脚的人物几乎是说不过去的。

"典型的缺失"已经不是一个新话题了，几乎所有涉及当代文学病症的研究或多或少都会提到这一点。2003年杭州作家节上，陈忠实认为中国文学缺乏"思想"，张抗抗认为缺"钙"，铁凝认为缺少"耐心和虚心"，莫言认为缺乏"想象力"。李建军在《当代小说缺什么》一文中继续讨论这个话题，认为当代小说最缺"真正意义上的人物形象"。而张学昕在《当代文学人物形象的精神深度》一文中也一再提到这种现象。他们所谈及的内容并没有针对新产业工人题材文学，但其观点对新产业工人题材文学同样适用。如今，批评家和作家均意识到这样一个问题：谁能创造出这个时代的新人，谁就会成为这个时代的代言人，其作品也必然会成为这个时代的经典。但很显然，千呼万唤的文学典型并没有出现。2018年集束式的"失败青年"研究，2020年持续至今的"农村新人"研究，其实质均在寻找契合当下时代本质的新人形象。然而新人形象一直是"呼声高"却始终无法令人信服，便有了各种理论期待和梳理、整合性措施。

段崇轩在《聚焦新的农民形象》一文中认为,20世纪90年代以来,乡村小说塑造的农民形象并无新意,仍以外貌上的灰头土脸和身心上的固守成规为主,缺乏新意,成为人物形象序列塑造中的"弱势群体"。造成这种现象的原因如下:第一,80年代中期之后,受西方文学的影响,人的主体地位有所动摇,人物形象及其塑造明显受此影响。第二,现实主义的"典型观"不但没有随着时代发展,反而逐渐呈现出诸多问题,因此被作家所遗弃。陈树义在《文学应当塑造什么样的农民形象?》一文中认为,我们应该检视有关农民形象的误区,作家应该与时俱进、调整写作视角,重新发现农民,改变"唯金钱论"的思维,杜绝以狭隘的经济眼光看待农民,注重市场经济转型以来中国农民的精神状态。①由此可见,评论家所有的焦虑其实均是新世纪典型农民形象的缺失,而这也适用于新产业工人形象。

以潮流化书写的"进城农民",在写"进城难"和"迁徙的阻力"这一层面上,新产业工人题材文学已经做到了。问题在于,对新产业工人的界定上缺乏宏观视野,没有将其纳入全球化、城市化的进程中。所谓城市化是指由工业化而引起的经济发展和人口向城市聚集和分化的过程。流动不仅仅是指从贫困、机会匮乏的农村流向城市的空间位移,更指向经济、社会地位的向上流动。新产业工人一旦被卷入全球化、城市化的过程,不管是否已经获取新的市民身份,其指向都是明确的。写"进城难"旨在凸显城市对农民的拒斥,至于"招工难"等均是无法立足的体现。这种书写表面上是写文化冲突,实际上是写深不可测的社会鸿沟,写生存和立足的艰难,根本没有进入文化冲突的层面。即便是触及身份的冲突,也讲的是农民对这一稳固身份的丢弃。然而在事实层面,农民身份的丢弃是移民的第一步。城市身份的获取才是迁徙的动力和最终的目的,这自然是难的,"在路上"的心态在所难免。但这种"在路上"更指向精神层面,而就目前的创作来看,新产业工人形象仍处于被动接受命运摆布的初级阶段,人物形象尚不饱满,就更谈不上典型了。

何谓"典型"?这几乎是一个老生常谈的话题。批判现实主义文学,着力突出了时代的特点和人物个性的特点。作家们为了更鲜明地塑造形象,往往精心安排故事情节,渲染背景。巴尔扎克在总结自己的典型化创作方法时说:"为了塑造一个美丽的形象,就取这个模特的手,取那个的肩。"鲁迅也曾说:"杂取种种人,合成一个。"不言而喻,典型已经成为中国当代文

---

① 陈树义:《文学应当塑造什么样的农民形象?》,《山西日报》2009年02月24日。

学的一个重要问题,而作为新世纪文学主潮的新产业工人题材文学中的典型更是如此。就整体而言,新产业工人题材文学只存在"类型",而不存在独特的典型。虽说在"典型"理论发展的过程中,"类型说"也是必不可少的一部分,但它存在着很大弊端,它"强调一般牺牲个别,强调类的普遍性牺牲具体事物的特殊性、强调量的平均数牺牲质的本质特征,强调事物常态的共性而牺牲事物特有的个性"①。也即中国古典文论所说的"千人一面"。因此,随着文学理论的发展,"类型说"也自然被淘汰了。目前,"典型"理论基本止步于马克思主义典型理论,无论是新中国成立前周扬与胡风的"典型"论争,还是新中国成立十七年后关于"典型环境中的典型人物"的论争,乃至新时期关于"典型环境中的典型人物"的论争,基本上都没有对"典型"理论作进一步的提升。但是,有一点可以肯定的是,"典型"论争绕不开真实,真实是典型的核心。具体要达到真实必须具备三个要素:时代本质的洞悉、典型环境的抓取和细节的真实。目前,细节的真实基本上已经做到,典型环境也能部分做到,但因为不是时代本质之下的典型环境,人物就有种出位的感觉。

而如何写人物,广为引用的便是沈从文的那句"要贴到人物来写"。汪曾祺对此的解释是,"小说里,人物是主要的,主导的;其余部分都是派生的,次要的。环境描写、作者的主观抒情、议论,都只能附着于人物,不能和人物游离,作者要和人物同呼吸、共哀乐。作者的心要随时紧贴着人物。什么时候作者的心'贴'不住人物,笔下就会浮、泛、飘、滑,花里胡哨,故弄玄虚,失去了诚意。而且,作者的叙述语言要和人物相协调。写农民,叙述语言要接近农民;写市民,叙述语言要近似市民"。就这句话来评判当下的新产业工人题材文学,可以基本上断定,小说是没有贴着人物写的。在此,以国瑞(尤凤伟《泥鳅》中的主人公)、刘高兴(贾平凹《高兴》中的主人公)、肖明惠(邵丽《明惠的圣诞》中的主人公)为例。前两部是长篇小说,有很大的影响力,作者均在文坛具有一席之地,并对农村生活有着较深的积累(至少是在新时期及以前),后者获第四届鲁迅文学奖全国优秀短篇小说奖,小说塑造的明惠形象更是引起了广泛关注。

关于国瑞这个人物,争议很大。葛红兵在《让农民发声,还是让农民沉默——我对尤凤伟〈泥鳅〉的批评》一文中认为,"国瑞的命运太奇特了,这不是典型的农民进城的命运。在我身边,我看到的是那种隐忍的、屈服的、暗伤的新产业工人的命运。那种命运可能更真实一些。从高要求来看,我

①叶纪彬:《中西典型理论述评》,华东师范大学出版社,1993年,第20页。

希望尤凤伟能写出那种无事的悲剧来,那种暗伤的、隐忧的、平淡的民工生活来"①。葛红兵以生活为依据,也即城市生活运转与新产业工人的关联,渴望看到隐忍的、庸常的悲剧,而不是因身份隔膜而将之视为对象化之后过于戏剧化的悲剧。事实上,如果将"三和青年"与国瑞的悲剧加以对比,则很轻易发现戏剧化逻辑的缺陷。也正因为如此,李敬泽认为国瑞凭借身体满足上层女人的消费欲望并借此成功地跨越阶层的鸿沟是不可能的,这显示了尤凤伟与现实的严重隔膜。他认为《泥鳅》是将"批判、悲悯之类的知识分子正确立场与欲望的消费非常光溜地结合起来"②。言下之意,国瑞这个人物作为欲望对象的出现,是出于消费主义思潮的思考,并不具备现实性。由此可见,国瑞的奇特经历是争论的焦点。然而尤凤伟强调,这是真实的,甚至这现实的"真实"比小说中呈现出来的"真实"还更为奇特。

究竟如何来看待国瑞?如何来看待尤凤伟塑造典型的问题?首先,我们必须承认,"国瑞们"是已经走出土地,也与土地没有深刻亲缘关系的一群人物,因此,我们不能全然地用既往的农民特质来约束他们,而应该将重心放在他们与"农民"的"不像"上面,将重心放在新产业工人这一形象特质上,再进而思考国瑞作为新产业工人中的"这一个"的形象特质。可以说,在蔡毅江出事之前,国瑞只是一个有理想的新产业工人,他想到城市里谋发展,而不是简单地养家糊口。这个时候的国瑞,尚具有"高加林"的气质,有挣脱自己命运的野心。但是,随着后来故事情节的发展,国瑞更倾向于和女人纠缠在一起的于连。换句话说,国瑞一直处于高加林这样的知识分子和普通的新产业工人之间的游离状态,他始终没有真正提升。

在这里,我们要弄清楚的一点是,尤凤伟塑造国瑞这个人物形象的最终目的是什么?估计这是最接近《红与黑》的一部作品,尤凤伟希望通过讲述一无所有的青年"直升直降"式的命运悲剧来达到对不公平的社会制度的反思。在一个成功取决于出身的年代,一切都是命定的,所有的挣扎都是无谓的。也就是说,这是一个命定的悲剧,国瑞必须死,而且必须死得离奇、离谱,才能达到对不公平社会现象的控诉。"死亡既是作品主人公一种真实的命运,同时也是一种象征。中国农民已经陷入了困境。究竟能不能置之死地而后生,我不敢乐观。农民问题是个世界性问题,欧美那么先进的农业还需仰仗着国家的补贴生存。我不知道那里的农民是否也像我们

① 葛红兵:《让农民发声,还是让农民沉默——我对尤凤伟〈泥鳅〉的批评》,《当代作家评论》2002年第5期。
② 李敬泽:《失踪的生活,可疑的景观》,《南方周末》2002年6月27日。

这里一样涌进城里,也不知道他们进城后会遇到什么问题。当然也不必替洋人担忧。我们这里的'国瑞们'才是我们真正应该关注的。他们的处境实在令人担忧。我每回看到媒体上报道'犯事'的农民子弟被处决,便心绪难平,是一种巨大的看不见的力量把他们推上了刑场。"①这也是郜元宝所说的,"他者视角"与"我们的城市"之间的微妙关系。他认为《泥鳅》下部没有走向《红与黑》那种开掘内心的情境,就在于尤凤伟关注的是"我们的城市",这也是我们当代作家关注的。换言之,尤凤伟牺牲了国瑞而成全了他的批判,他急切地要国瑞走向死亡,而拒绝了进一步展示国瑞的复杂性和矛盾性。

这里有几个复杂性没揭示出来,国瑞和玉姐、吴姐之间的关系。按理说,国瑞对她们是又爱又恨的,但是,这里面我们看不到恨,看不到屈辱和内心的挣扎,反倒看到的是他淫邪的一面。玉姐和他之间是雇用和被雇用的关系,既然国瑞是一个有理想求上进的人,也是一个时刻对朋友道德沦丧保持警惕甚至持斥责态度的人,就不可能以这样的面貌出现。同样的,面对老谋深算的吴姐,国瑞难道就没有一点清醒的认知?就活像一个没有主体性的人,任她牵着鼻子走。当然,我们可以说,是国瑞天真、善良的一面占了上风,但很显然,这和此前那个有主心骨、处处留心自己事业的国瑞判若两人。

同样的,我们来看看国瑞和"三阿哥"宫超之间的关系。国瑞的"顶峰"只有一个月,这一个月是宫超给的,所以,宫超对他有知遇之恩,国瑞没有想到宫超会陷害他。但不能忽视的是,常容容和腾经理都从专业角度提出了质疑,这些质疑估计在国瑞的课堂上会被当作案例来讲的,但为何他执迷不悟,"一条路走到黑"。为期一个月的学习,不仅仅是情节需要,更是国瑞提升自己的必不可少的环节。然而,国瑞是一直没有提升的,反而更"笨",笨得让人难以接受,笨得就成了一条"泥鳅"。最值得注意的地方被忽略了,最能看出一个人内心挣扎和矛盾的地方不见了,只剩下了传奇。从国瑞的身上,我们看到的是作家塑造人物时的倾向性,尤凤伟倾向于将农民置身于城市权力、金钱等怪圈中呈现他们的悲剧命运,以为只有这样才能透视整个社会问题。其实,真正的新产业工人有几人能和社会的高层直接对话,他们处于社会"底层",即便是作为一个庞大的阶层,已经渗透进我们生活的方方面面,也不太可能有过于戏剧性的"合作"。在这方面,我们可以借助那些卖掉身份证的"三和大神",和他们接触的也只不过是黑中

① 陈思和、王晓明等:《〈泥鳅〉当代人道精神的体现》,《当代作家评论》2002年第5期。

介，并没有上流社会的人。无怪乎，人们慨叹庸常的悲剧和真实的新产业工人，而不是离我们的生活很远的人。

如果说，尤凤伟与现实生活之间有条鸿沟的话，那么贾平凹就不存在这个问题，刘高兴确有其人，其事也处处可见，但与生活没有隔膜了就能达到艺术的高度吗？刘高兴算一个典型，但这并非一个成功的典型。刘高兴原名刘书征，贾平凹儿时的伙伴，在一起玩耍十九年。两人都曾想参军，只不过贾平凹因体检未过而落选。从此，两人便走向了不同的人生道路。刘书征参军、退役、进城收破烂和卖煤，现在靠着贾平凹的名气和《高兴》一书的效应卖字、照看贾平凹文学馆，自称日子比以前好过多了。

长篇小说是最具潜力写出时代典型的文学样式。"民工潮"带来的时代命题和作家的责任感也决定了我们对其的要求。然而，就现实而言，新产业工人题材文学远远没有达到这一步。贾平凹的《高兴》也是如此。在后记中，贾平凹说，"我要写刘高兴和刘高兴一样的乡下进城群体，他们是如何走进城市的，他们如何在城市里安身生活，他们又是如何感受认知城市，他们有他们的命运，这个时代又赋予他们如何的命运感"。他还说"这部小说就只写刘高兴，可以说他是拾破烂人中的另类，而他也正是拾破烂人中的典型"①。贾平凹一再强调，刘高兴是有"文化知识又不安分"的一代新农民，因此《高兴》注重的是"这一代农民不一样的精神状况，他们不想回农村，想在城市安家落户，他们对城市的看法和以往的农民完全不同"②。由此可见，贾平凹对刘高兴这个人物形象是充满期待的，希望塑造出一个时代的典型来。然而，刘高兴这个人物的确难以承担此任。首先，他身上缺乏那种新产业工人在社会转型时期的普遍命运，没有厚重的生活底蕴。他缺乏主动或被动进城、改变命运的现实动力，前期的进城务工生涯虽有现实基础，却没有为之提供多少经验；其次，他虽有新时代农民普遍向往城市的共性并有强烈的身份认同危机，但表现出来的仍是旧时代农民的精神气质，抑或士大夫气质。与《平凡的世界》中孙少平千方百计隐匿自己的读书人身份相比，刘高兴处处彰显的"贵气"无疑会成为他收破烂生涯的障碍性因素。

就实际情况而言，中国农民已经处于第三次变革中，他们身上应该带有鲜明的印迹。中国农民在半个多世纪里，先后经历了土改、合作化、人民公社、家庭联产承包责任制等，已自行结束与土地的亲缘关系，将目光

---

① 贾平凹：《高兴》，作家出版社，2007年，第449页。

② 张英：《从"废乡"到"废人"——专访贾平凹》，《南方周末》2007年10月25日。

投向城市。因此,刘高兴若想成为这一时代的农民典型,他就必须从《秦腔》里那些因种地入不敷出而毅然走向城市的农民中诞生,而不是从一个乡村无产者中诞生。当然,若是刘高兴是新生代新产业工人,没有沉重的土地记忆,就像眼下那些一毕业就奔赴远方打工的青年的话,也无可追究。问题在于,刘高兴是老一代的新产业工人,他进城纯粹是因为自己觉得自己"贵气",自己不是商州的刘哈娃,而是西安的刘高兴。这种生而有之的身份认同危机很难说有现实的合理性,况且他卖肾盖房子、娶媳妇等都跟现实中的新产业工人相去甚远。再者,就刘高兴在城市中的种种表现也难具典型性。刘高兴是个光棍,若不是遇见孟夷纯,他过得挺滋润,有种得过且过的逍遥感,并没有为实现其城市梦而奋斗的迹象。相反,他在骨子里还是一个地地道道的农民,无论是对麦子的热爱,还是背尸还乡都体现了这一点。

若缩小范围,说刘高兴是捡垃圾的典型,他又缺少足够的生活底蕴。但要说刘高兴这个人物形象缺少生活底蕴,似乎有些说不过去。因为这是贾平凹耗时几年,深入"底层"群体,几易其稿才写出来的。他到拾破烂的老乡那里,放下身价,与他们同吃同住,胡诌,帮他们要回被警察扣留的架子车,找回被拐卖的女儿。这只能说明贾平凹的前期工作做得相当充分,并不能为高兴这个人物形象的丰富性和立体性提供直接的佐证。刘高兴是一个"自我拔根"的农民,他改名、卖肾,刻意寻找自己"贵气"的地方,渴望找西安女人做媳妇,在灵魂上更靠近城市,这些无不显示着当下农民的身份危机。此种身份焦虑是很好的角度,或者说在"高兴"的精神世界与"不高兴"的现实中凸显出的那种乐观品质,都值得进一步思考。然而,贾平凹没有在生活中去发掘它们,而是沿着自己的写作惯性,穿插了自己小说中一再出现的"元素"(如吹箫等旧式文人的文雅之气,人物的小聪明等),用大家习以为常的社会事件支撑起刘高兴的血肉,这样就使得刘高兴这个人物形象显得单薄。当然,我们不能说,刘高兴就不能有文化,就不能吹箫。阿城的《棋王》中主人公王一生的棋艺在很大程度上就得益于捡烂纸的老头,正是老头那"道家的棋艺"才成就了王一生的"棋王"称号。况且"山野奇人"也是众所周知的事情,问题就在于,刘高兴的吹箫不啻附庸风雅,其间也透露不出多少生命的睿智与苦闷来。只是为了显示刘高兴不像农民而设置的一个符号,后来又故意添加了一些莫须有的情节来将刘高兴往"怀才不遇的知识分子"身上靠。诚如邵燕君所说:"他一方面从刘高兴'原型人物'身上拿来一个张大民式的性格,同时又投射给他一个贾平凹式的灵魂,让这个以捡拾垃圾为生的农民工,一会儿像附庸风雅的士大夫,一会儿像游走在现代都市的游手好闲者。"①

在贾平凹一次又一次的表述中,刘高兴应该是一个痛苦的清醒者,他明白自己处于社会的"底层",明白自己无法在城里立足,明白自己即使再刻意模仿城市人的一切,在灵魂上认同城市,自己都无法成为真正的城市人。倘若真的如此,刘高兴这个人物形象至少在精神层面上达到了一个高度。然而事实并非如此。其命运的确是当代农民在城市化进程中无所适从的命运,其精神焦虑也是大多数新产业工人的焦虑,但支撑刘高兴精神世界的却是阿Q式的精神胜利法。贾平凹将刘高兴定位于靠近城市有文化的新农民,想写出高兴身上超出一般农民的品质,这无可厚非。新产业工人本身就必须找出与农民的相异之处,唯有如此,才能写出农民形象真正的特质来。但是,刘高兴身上恰恰显示着"不死的阿Q"的灵魂。在这里,我们有必要提及贾平凹的另一篇小说——《阿吉》。阿吉也有一个换名的过程:"阿鸡—阿吉—阿鸡",两次换名其实也意味着现实境遇和精神状况的转变。阿吉进城务工失败后,独独带回了城里的一点生活气息,墨镜便是体现。这点"城市气息"是他受到村人尊敬的根本原因。可他随意编排别人,致使自己从顶峰摔下来,不得不再次进城,更名为"阿鸡"。刘高兴虽然不是阿吉,但不能保证刘高兴也会再次易名为"刘哈娃"。刘高兴在城市里其实也是一无所获的,他身上的那种乐观恰恰和阿吉一样,是一种阿Q精神的体现。关于这一点,已被相当一部分评论者所关注,笔者并无意再对两者进行比较,而是想说贾平凹在此间体现出来的矛盾性。究竟是启蒙视点还是新产业工人视点,倘若是后者,那么刘高兴的精神特质,应该是悲剧命运中显示出来的那种坚韧和乐观,或者说是一种清醒的痛苦。也就是说,刘高兴那种"比上不足比下有余"、自轻自贱、装模作样、附庸风雅等举动理应呈现的面貌是自尊自立、达观、与人为善等优良品质。

评论界对贾平凹的《高兴》中刘高兴这个人物形象可以说是毁誉参半的,赞誉者认为这个人物为铺天盖地的未脱离传统农民那种"苦大仇深""四肢发达、头脑简单""勤俭质朴"等形象的一个补充,他虽有传统农民的优良品质,却有尊严,懂得生活的情调。毁誉者反对的恰恰是这一点,认为五富更具生活质感,而刘高兴身上带有贾平凹自己的气息,是"作家和人物重叠的两层皮的香蕉人"②。窃以为,刘高兴这个人物的确给以苦难为底色

① 邵燕君:《当"乡土"进入"底层"——由贾平凹〈高兴〉谈"底层"与"乡土"写作的当代困境》,《上海文学》2008年第2期。

② 谢俊:《于破烂处重写现实——评贾平凹长篇新作〈高兴〉》,《文艺理论与批评》2007年第6期。

的新产业工人形象增添了一抹亮色,也的确写出了人物挣脱环境之"异化"的"自在"状态。然而,贾平凹用过于"油滑"的技巧放过了刘高兴的精神危机,让一种不合时宜的温暖流淌在文字里。

《高兴》的真正独特之处就在于在时下"人城异化"关系的大面积泛滥中,为我们提供了一个没有被异化且有部分主体性的农民形象——刘高兴,只不过这是一个未能完成主体性建构的形象。贾平凹是深谙故乡叙事的作家,称商州是自己写作的根据地,并认为小说《秦腔》调动了故乡所有的素材,倾注了生命和灵魂的所有东西。①这样的说法似乎有些突兀,理解起来也不难。清风镇的遽变已经让记忆中的故乡面目全非,成为时时回望的记忆。即便是在纪录片《文学的故乡》中,贾平凹指认给我们的"老家"其实是隐匿的,是要在纪念馆、老人的讲述中辨认和还原的。也即要回答从清风镇走出的刘高兴如何生存,就需要对故乡经验进行反思,又要整合城市经验,从而形成一种整合性的内部视角,但贾平凹始终没有摆脱知识分子视角,这才使得刘高兴成为一个不太成功的典型。

相比较而言,评论界对《明惠的圣诞》大多是褒奖的。这是因为它的"稀有性",它是少有的关注城乡文化冲突的小说。在这里,我们几乎看不到大多数同类题材的核心内容:户口悬殊之下的城乡冲突,以及生存困难等,而是直接通过肖明惠"无名"的岑寂的死亡来宣告城乡之间的精神沟壑。这自然成就了肖明惠作为人物典型的独特性,但她能否成为一个真正的艺术典型。答案无疑是否定的。肖明惠是一个无名的存在,从她落榜备受乡人及其母亲的耻笑、到怒而进城、再到做按摩女兼妓女、最后到豪宅的"小主妇"乃至最后的死亡,给我们留下的深刻印象的是她对金钱的贪婪,不是她最终的觉醒——死亡。

明惠傲气、嫉妒心强,忍受不了自己从云端坠落的现实境遇才进城的。作为一个高中生,明惠理解城市的能力是极其有限的,她认为有钱,嫁给一个城市男人就能成为真正的城市人。这也可以理解,毕竟对一个小村庄的女孩来说,她所有的城市想象都是靠道听途说得来的。但这一切必须通过高考才能解决(至少在明惠没有进城之前是如此)。因此,明惠的"落榜"不仅是"成为城里人"梦想的失落,更意味着自己爱情的丢失。而桃子回乡带来的刺激,激起了明惠进城的欲望。她进城的目的同样有两个——成为城里人和寻找爱情,这也是她求证自我的两个途径。可叹的是,大家仅仅注意明惠对金钱的那种贪婪,注意到她对城市物质的追求,而忽视了另外一

---

① 黄博:《对消逝乡村的挽歌 贾平凹〈秦腔〉道尽故乡情》,《中国青年报》2005年4月19日。

点。的确，明惠对金钱的算计，是很让人痛心的。"明慧很坚决地拒绝了桃子为她介绍工作的打算"，"那一夜她手里就攥着那五张大票，就像攥着自己的命"，"无论得到的是三百还是五百，圆圆（明惠在城里的艺名）回去的第一件事情，就是把那钱展得平平的，有时还把昨天或者前天的放在一起，反复数上几遍"，"钱"完全成为明惠最重要的生存动力和生活意义。小说中给出的解释是明惠在为成为"城里人"积蓄资本和力量，可在这个过程中，做人的尊严在哪里？我们当然不能说傲气就是尊严，可肖明惠是有尊严的，这尊严不可能随着更名改姓而消失。作为按摩女的明惠是邵丽写得最弱的地方，这基本上和其他写打工妹堕落的小说别无二致。

　　我们再来看看肖明惠的死。邵丽多多少少是想把李羊群写成肖明惠的恋爱对象，而且肖明惠进城的隐秘理由也是为了寻找爱情。王伍抛弃了她，而桃子竟然能找到马强这样的城市男人做男友，因此她也需要寻找自己的爱情。但她和李羊群之间并没有爱情，他们是"赶巧"——"赶巧遇上了，赶巧觉得合适"。两人交往期间的错位场景，大家并不陌生。就是路遥《人生》中，刘巧珍去城里看望已经工作的高加林的场景，这一场景直接预示了来自不同文化背景的人的爱情必然以悲剧而告终。李羊群和高加林一样是在人生低谷时遇到了肖明惠，他们之间可能有暂时的惺惺相惜，却没有真正的爱情，更产生不了心灵的沟通。城市文明并不尽然是西方文明，但邵丽所设置的一系列符号——肯德基、酒吧、圣诞晚会等显然能代表城市文明的相当大的一部分。李羊群带肖明惠去肯德基，根本不问她需要什么，径自给她点了他前妻喜欢吃的东西，然后带她去高雅的地方喝茶。在此期间，两人的心理活动很值得推敲：李羊群进出高雅场所是一种身份、品位，而肖明惠想的却是草草了事赚取金钱；李羊群沉浸在自我的臆想中，错把肖明惠当成了前妻和优雅的知识女孩，而肖明惠考虑的是将点心打包当第二天的早点。因此，和李羊群待得越久，肖明惠就越沮丧。当然，肖明惠也有瞬间的绽放，第一个圣诞节，在酒精和"直觉"酒吧的浓烈氛围下，她释放了自己。在酒吧里的肖明惠可以找到自己，但在"小上海"度假村圣诞晚会，她找不到自己的定位了。事实上，从一进入李羊群的家，对自己身份定位的问题就一直困扰着明惠。李羊群随口一句"我可不是让你来当工人的"，就使明惠琢磨了许久——"不是让我当工人，那是把我当什么人呢"。在这一点上，明惠显然是非常在意的，因为这直接关系着她城市人身份的确认。虽然有着疑虑，但明惠的心中一直抱有希望，她相信自己已经是"城市人"，所以才会有"等上两年，一定养一个李羊群的孩子出来"的想法。可是曾经给过她希望的圣诞夜却将这一切无情地摧毁，而且摧毁得彻彻底底。原因在于,那些场所并不属于她,只属于李羊群这样的人。这个时候,肖明惠觉醒了,她生命中那个真实的"我"觉醒了。她终于意识到自己不过是李羊群的听众、玩伴(估计连"伙伴"都不如,是个供养起来的玩偶)。从当下新产业工人题材文学的历史使命来看,肖明惠的死是小说最为绝妙的一笔。

但这只是作为农村人身份意识觉醒之后的伤痛,而没有涉及"人"的觉醒。同样是爱情的抛弃者,为何刘巧珍就能打动人,原因就在于,她身上有着可贵的传统文化品质。同样是作为觉醒者而死,为何陈白露比肖明惠更能吸引人,原因就在于陈白露性格的复杂性。而肖明惠没有,她有些单薄,她曾经的尊严和求知的欲望,完全没有了。她的立体性没有真正展示出来。邵丽将她视为一个缺席的存在者、隐形人,是为了更好地突出城乡冲突,虽然其间也刻画了肖明惠的心理,但这还远远不够,他们生活的变化没有呈现出来,日常生活的冲突也没有展现出来。

以上是研究界热衷讨论的几个人物,也是塑造得比较成功的人物。但是,他们远远还没有达到"典型"的程度,这是颇为可惜的。概言之,当下的新产业工人题材文学缺乏的是个体,以及个体的主体性和复杂性,这里的新产业工人不管怎么改头换面,我们都能和所臆想的符号化的新产业工人对号入座,而根本看不到活生生的新产业工人形象。

第七章 困境中的反思及出路

所谓"牵一发而动全身",不存在单纯的"农民工形象"问题,事实上,"农民工形象"只是本文的出发点,真正的落脚点还在于探讨新产业工人题材文学的问题。就总体而言,新产业工人题材文学的现状与新产业工人的现状是极不相称的,作家及评论家往往从自己的知识背景和城市文明的角度来观察这一群体,因而,书写的是知识分子眼里的新产业工人,而不是新产业工人眼里的新产业工人。

当下时代的主题或者说趋势是逃离乡土,从农村逃向城市,甚至逃向国外。"逃离乡土"其实是一个失根的过程,而新产业工人很难在城市真正"扎根",即便是能"扎根",也是一个漫长的过程。而且从文化意义上来说,"扎根"并非易事。因此,这群"边缘人"的命运就构成了今日乡土经验的重要方面。可惜的是由于作家经验的缺乏及后现代主义和消费主义文化思潮的冲击,使得新产业工人题材文学严重脱离现实,再加上评论家的"不作为",这一文学类型一直处于低端的复制生产中,难见标志性的文学作品和新产业工人形象。

第一节 永远的真实与永远的主义

毋庸置疑,无论是思潮层面的大讨论、还是文学制度层面的提倡,乃至学术研究界的批判与反思,都明确地指向一点:我们不知道今日的农民和新产业工人究竟是什么样的? 但因为他们又无时无刻不在我们的生活中出现,是熟悉的陌生人,我们可以清晰地说出"不是什么",却在"是什么"的问题上语焉不详。以现实面相来质疑文学形象成为一种显见的思维方式,而作家也用"尴尬"二字道出自身的无奈。在这个意义上,可以说,"真实"已经成为这个时代最大的焦虑。

一、同质化写作与失真的文学

如果要问新产业工人题材文学最大的文学史意义是什么,答案只有一个:真实。它真实地再现了社会转型期农民乃至整个国人的心态,无论是创作还是批评,"真实"几乎成为唯一的准绳。然而,不论是作家还是研究者,倘若能扪心自问,举一反三,这"真实"的尺度可能就大打折扣,反而会出现严重的同质化倾向。俗话说中国人上溯三代都是农民,因此无论是作家还是研究者,都对现实的农民有一个基本的了解。而随着房地产、物流、快递业、家政业的发达,绝大部分人都会与新产业工人发生多多少少的关联,对新产业工人的形象也有基本的认知,也会形成这样一种共识:新产业工人群体较为复杂,绝非灰头土脸、畏畏缩缩的"失败者"和"新穷人"所能涵盖。换言之,我们都有自己心目中的新产业工人形象,并以现实比对文学,叹惋文学的不真实。张光芒在论及"底层"书写的贫乏时认为:

> ……当这种精神被抽空且被标写着"贫穷"两个大字的幕布完全遮蔽之后,底层仿佛变成了隔绝于时代发展、无力变动、固化僵硬的一个特殊存在体,它表征着没有交流、没有生机、没有成长、没有升华的悲剧命运,而点缀于中的人、物、风土民情等等,都变成了演绎贫穷、诉说不幸的标本。①

可见,为写"贫穷"而写"贫穷"带来的书写贫乏症亟待纠偏,已成学界的普遍共识。就现实时空来讲,城乡的确存在很大的差距,但不能否认的是,如果将参照系换为农村自身的发展,历时性地看,相较于三四十年前的农村,在整体上,今日农村的物质匮乏现状已得到极大改善,精神贫乏是与时代同频的,不存在与时代脱轨的一面。而且,随着社交媒体的发展,新产业工人的发声变得可能甚至多样化,并形成一种众声喧哗的局面。在虚拟的网络空间内,城乡之间的位阶很可能会颠倒。我们会看到农夫、村妇多姿多彩的现实生活,这里面并非凄风厉雨式的苦难,更多的是一种乐观向上的精神,特别是人在生活重压下仍能葳蕤生长的百态人生。事实上,新产业工人也有基本的人的尊严,健康、向上、坚韧,他们从生活中获取的智慧足以令我们汗颜,特别是新一代新产业工人,他们对梦想的渴望,对未来

---

① 张光芒:《是"底层的人",还是"人在底层"——新世纪文学"底层叙事"的问题反思与价值重构》,《学术界》2018年第8期。

的憧憬以及从内到外的"城市气息"，无不显示着这个群体的复杂性。在此，以梁鸿的《梁庄在中国》《梁庄十年》为例。就农民形象谱系而言，《梁庄在中国》中既有搬运工、镀金工人和误入传销组织的农民、又有办保安公司和经营校油泵等家族式小企业人员，还有大学生新产业工人及办公司的大企业家，既有在国内的新产业工人，又有远在西班牙开餐馆的外籍民工等。就新产业工人的代际差异而言，我们既可以看到老一代新产业工人进城仅为赚钱的"过客心理"，也可以看到新一代新产业工人强烈的主体诉求；就新产业工人的个体生命而言，我们既可以看到他们卑微的生存，又可以看到他们为求取尊严的那种血性以及无法排遣的灵魂钝痛；就新产业工人的认知而言，我们既可以看到他们"仇恨城市"的情绪，也可以看到对农民自身劣根性的清醒认知。

作为大迁徙时代的新产业工人，面临的是买不了房子无法在城市定居，家乡要么城市化要么空心化，回又回不去的漂泊感。这理应成为文学生产最为关注的地方，但绝大多数作家仅仅指向外在的"阶层"标识，而随着"80后""90后""00后"新产业工人登上历史舞台，这种外在的"阶层"标识恰恰是最不恰当的。经济增长速度减缓与高压生活催生的快递、外卖、保姆等职业，资讯发达带来的知识获取渠道的通畅，使得新产业工人的素养得到极大提升。这些年崭露头角的余秀华、范雨素（包括用书籍替代学校教学最终自学成才的女儿）、南阳"农妇诗人"韩仕梅、研究海德格尔的陈直、"外卖诗人"王计兵、杀马特教父罗福星、温州小英夫妻、在田埂上跳古典舞的广西农妇韦曼春等莫不得益于互联网而获得身份的救赎。加上手机资讯的发达，催生了一大批的自媒体职业者，其成员多为家庭主妇，不乏打工女。2018年8月27日，《实地探访山东新媒体村，农妇做自媒体收入破万》的文章霸屏，尽管引起人们关于"洗稿文"的大讨论，但也释放出一个重要的信号——农民的文化水平已大幅度提高。甚至，我们完全可以说，全民阅读的推广在很大程度上有赖于手机这一便利的通信工具。自我学习和自我提升，也成为新生代新产业工人的重要特征。但可惜的是，我们往往会忽视新产业工人自身的文化素质。在路遥的《人生》《平凡的世界》等作品中，进城的高加林、孙少平并没有被命名为新产业工人，反而被视为农村的知识分子。在铺天盖地的文学作品和宣传中，新产业工人往往指向处于"底层"的未能改变命运的进城务工者。但实际上，今天类似于高加林和孙少平这样的进城务工者比比皆是。

在美籍华裔作家张彤禾的纪实文学《打工女孩：从乡村到城市的变动中国》中，我们看到了别具一格的新产业工人形象，她们称得上是"同质化写作"中的"异类"。全书围绕伍春明和吕清敏这两个人物展开，但也代表了相当大部分的新生代新产业工人形象。她们两人不安于现状，积极寻求上升的渠道。春明从玩具厂起步，有过从妓院逃离的经历，却从未对城市望而却步。她严格制定计划，不放过任何提升自己的机会，学普通话、学粤语、学电脑，以及英语，而每一次的内在提升均给她带来了全新的朋友圈子和生活体验。除此之外，她还通过减肥、整牙等方式从外在形象上提升自己，这无不显示着她融入城市的决心。她敢于和老板谈判，并成功升到管理层，在老板欺骗她的情况下以其人之道还治其人之身，自己成立公司。当然，她还搞传销、当记者、做销售，她的人生起起伏伏，历尽沧桑，但她绝不向命运低头，坚持自己人生的信念，以及对做一个真正的人的追求。因此，她虽然漂泊着，但还坚持寻找爱情、寻找浪漫，寻找属于自己的天空。如果说，伍春明体现了打工妹对事业和人生的追求，那么，吕清敏则主要体现在敢爱敢恨，敢于挑战权威等与传统婚姻家庭观念的决裂方面。她敢于追求自己的爱情，也敢于突破乡村的陋习，并鼓励姐姐自由恋爱。她还敢于挑战父亲的权威，用自己的勤奋和金钱树立在家里的权威。同时，她时刻不忘用城市文明改造自己的家人。尽管她失败过，但她仍然坚持着。除此之外，我们还可以看到疯狂学英语并成功创办自己幼儿园的刘以霞、自学成才的大师、推销奔驰的销售员、官至经理和行政秘书的打工者。他们敢炒老板鱿鱼，违背父母意愿，自由恋爱，享受着城市咖啡馆、宾馆等高档生活，和城市人一样在网络上排遣孤独等。然而，这样的新产业工人形象却很少在新产业工人题材文学中见到。

　　张彤禾塑造打工女的形象显然是基于乡土中国向城市中国转变的视角，考察迁徙与流动带来的人的命运的正向改变。[①]她先后指出制度建设的推进使得新产业工人已从暂住证的恐惧中解脱出来；新产业工人和本地居民之间并无实质性的交流，因此歧视无从谈起；在工厂内部，看重的是个人能力，升迁渠道通畅、速度也很快；打工妹并不必然回到农村，农村也不是她们的唯一归宿。在高速流动的时代，一切变得可能。……究竟是什么造成了人们对新产业工人的偏狭印象，张彤禾认为人们脑海中关于新产业工人的认知仍停留在20世纪90年代形成的刻板印象上。而对今日的写作者而言，我们所有的臆测何尝不是来自90年代中期的新产业工人形象。张彤禾提到自己的震惊，她的北京朋友认为东莞就是"无穷无尽的工厂和

---

① ［美］张彤禾：《打工女孩：从乡村到城市的变动中国》，张坤、吴怡瑶译，上海译文出版社，2013年，第29页。

妓女"。而对我们作家而言,新产业工人何尝不是生活于魔窟中的罪犯和妓女。

那么,为什么作家写不出真实的新产业工人形象呢?原因有两点:第一,现实已经远远超出了作家的经验储备,作家无法正确地处理现实经验,只能凭着惯性的写作逻辑塑造出"新中见旧"的人物;第二,商业文化与后现代主义思潮的影响。作家为了迎合市场需求,用商业的作料嫁接新产业工人的命运,使得人物失去了本真。

从整个文学史来看,新产业工人形象或者说今日之农民形象其塑造的主旨在于替代传统意义上的农民形象(不妨将这类农民形象称之为前现代的农民形象)。就形象本身而言,他们是复杂的,既带有前现代的陈迹,又具有现代的气息,身上散发着农民的质朴气息以及市民的世俗气息。在第二章的新产业工人形象谱系中,可以发现他们身上的"农民性"要远远大于"市民性",过客心态和漂泊心态始终纠缠着他们。"理论家们有这样一种倾向,即把社会分为传统社会、过渡性社会和现代化社会三种,并想象传统社会中什么都是落后的,过渡性社会则问题成堆;因此指望能借助于城市化和工业化的方式,把它们带到现代化社会的水平。"①同样的,中国的理论家也存在这个通病,使得中国农民的历史性格长久地存在于文本中,而时代性格却长久缺席。

在与母胎撕裂的过程中,文学理应着重强调其"新",而非其"旧"。而作家恰恰相反,强调其"旧"。也就是说,农民进城了,他还是农民。变的只是其身处的环境,不变的是其性格。他们身上的现代性因素被遮蔽了,小说以略带嘲讽的意味对待他们的"媚俗"心理,甚至直接以道德的武器对其加以批判,因此,作品中的新产业工人形象总是给人似曾相识之感,也给人以厌烦之感。这种情况,主要出现在处于文坛主流地位的"50后""60后"作家的作品中,他们的童年和青年在"毛泽东时代"中度过,然后又戏剧性地进入了改革开放的时代。按理说,他们是最有可能写出标志性作品的,但很可惜,他们并没有写出奠基性的著作。面对农村的新变化,他们普遍产生了一种隔阂和陌生之感,写"变"不足,写"常"有余。即便是文坛常青树的贾平凹和诺奖之后八年磨一剑的莫言,他们的新作仍拖曳着旧文本的影子。事实上,主流作家真正写新产业工人题材文学的并不多,写出长篇的则更少,目前来讲,代表作只有贾平凹的《高兴》、尤凤伟的《泥鳅》、东西的《篡改的命》、杨争光的《最后的农民工》。前两者因

---

① [美]B.N.瓦尔马:《现代化问题探索》,周忠德、严炬新译,知识出版社,1983年,第43页。

为新产业工人身份建构与知识分子身份建构的隐含性而被人诟病,后两者因为戏剧性而被人指摘,说到底,仍然是"真实"的问题。换言之,这些农裔城籍作家已有相当长的时间脱离乡土,进城之后的生活已与日下飞速变化的乡土相去甚远,他们应对这种"城市化、乡镇化"的乡土就显得无能为力。正如韩少功所说:"现在的作家都开始中产阶级化,过着美轮美奂的小日子,而且都是住在都市","没有办法和他想表现的对象真正心意相通"。特别是当下的我们往往过着"虚拟空间+现实空间"组合的生活方式,信息资讯发达,不经过社会网络似乎也可以"躲进小楼成一统"。但我们也得正视另一个问题,生活在城市的每一个人都或多或少与新产业工人发生着切实的关联,整个社会的面貌与他们息息相关。他们能感受到新产业工人的生活,却又无能为力。这倒不是说一定要产生"梁生宝"式的新人才能奠定新产业工人题材文学在文学史中的地位,而是说作家在相关"无力"的表述①中,放弃了对这个时代本质的抓取努力。或者说,对这个时代农民精神性命题的放逐,已经成为写作的通病。

如果说,这些主流作家是因为自己脱离了生活,只能从道听途说中汲取写作的材料,或者说将自己童年时期记忆的农民性格及自己的城市生活经历嫁接到新产业工人身上,使得他们的作品在相对宏阔的历史背景中展开,却无法深入新产业工人的灵魂深处的话,那么我们可以说,"底层作家"是在追求真实的过程中,丢弃了真实。"底层作家",尤其是"打工作家",他们可以说是在生存中写作,不能说他缺乏生活的经验。而且从早期打工文学来看,他们塑造的新产业工人形象仍是不可多得的艺术形象,譬如说张伟明的《下一站》中的"马仔",王十月《国家订单》中的"小老板",前者的尊严意识和梦想气质,后者的身份尴尬及人性纠缠,他们既没有遵循弱者的逻辑走向堕落,也没有一味地丧失人性。然而打工作家本身就是矛盾性的存在,他们与现实的距离很近,但在某种程度上又很远。"近"是人所周知的,往往能够以真切的打工际遇和务工细节充盈文本,提供依靠体验生活而写作的作家难以达到的现场感。"远"是指在写作的过程中,他们自身的抽离。因为毕竟他们曾经经历过"在生存中写作"和"在写作中生存","在边缘中写作"和"在写作中被边缘化"的过程,也就是说,对他们而言,写作是改变现实可能性的工具。一开始,他们的读者就是"打工人",他们也只

---

① 比较显著的是贾平凹关于《秦腔》的自陈心迹:"我所目睹的农村情况太复杂,不知道如何处理,确实无能为力,也很痛苦。实际上我并非不想找出理念来提升,但实在寻找不到。"参见贾平凹、郜元宝:《关于〈秦腔〉和乡土文学的对谈》,《上海文学》2005年第7期。持类似困惑态度的还有阎连科、张炜、李洱、关仁山等人。

是体制外的自由写作者,能够真正做到"我手写我心",在"月亮与六便士"的挣扎中保持鲜活的质感。而后来,进入体制内后,写作就出现某种僵化的趋势。这就是为什么打工文学作家的创作环境大大改观,而作品并没有因之改观的原因所在。需要指出的是不管是"近"还是"远","打工文学"主要的寄生媒介还是非传统媒介,报纸、打工期刊、网络、自媒体等,面向的主要是打工者,因此其写作注定会强调"控诉性"和"传奇性",从而借助文学作品的"移情作用"为读者提供宣泄的渠道和成功的范式。被称为"每个字都是生命的体验"的周述恒的《中国式民工》里面就充溢着思亲、习武乃至暴力反抗、曲折婚姻等情节,带给打工者的是刺激,带给研究者和主流媒体的是可炒作的真相。据悉,这部作品在网上非常火热,却在转化为纸质媒介时屡屡受阻,出版社声称"农民工题材"不好卖,其原因也许跟读者受众范围有关吧。

当然,与现实脱离的另一个原因是后现代主义思潮的冲击。如果说"与现实的脱离"指向新产业工人形象的现实维度,那么后现代主义思潮就指向新产业工人形象的精神维度。后现代主义思潮的基本特征是反本质主义,追求世俗性。新时期以来,中国思潮迭起,横向移植西方的各类话语,但其实中国并没有自然生长此类话语的土壤,于是就出现了理论难以接"地气"的现象。就文学而言,自20世纪90年代以来,"转型"一直是其最重要的特点,中国的社会与文化持续发生着相当复杂多变的"转型",曾经风靡一时的各种西方现代思潮逐渐降温,社会的价值取向也发生了逆反性的变化。随着文学轰动效应的消失和启蒙工程的崩塌,知识分子精神领路人的优越地位归于消解,不再是社会精英的知识分子出现了分化,相当一部分知识分子告别了80年代的理想化,走向世俗,抨击崇高,张扬私人化,逃避历史和现实,文学在90年代也逐渐由中心走向了边缘。作家以"断裂"的方式从知识分子的队伍中撤退,直接面对现实生活,甚至直接面对市场。20世纪80年代的新写实小说,追求"零度叙事",21世纪以来新产业工人题材文学过于追求生活的碎片化。作家自鸣得意的"文体创新"(林白的"闲聊体")和"细节流式的写作"(贾平凹的《秦腔》和《高兴》),实际上显示出的是作家反映现实的无力。一种简单的解决方式就是迎合市场,市场喜欢什么,就提供什么。这就是为何作家宁愿从新闻中汲取材料,用新闻或者商业文学的主元素架构文学,崇尚极致叙事,而不愿意耗费心力关注新产业工人的真实命运,更遑论新产业工人形象了。

"伪乡土""伪真实""伪底层",这样的字眼频频出现,已经昭示着我们的写作出现了重大问题。无论是《人民文学》的"非虚构文学"栏目引起的反响，还是评论界普遍认为"文学丧失了反映现实的努力"的观点，都印证了这一点。①但若综合起来，大家对"伪"的"痛恨"，聚焦的仅是两点：苦难和欲望，或者说"苦难+欲望"式的写作。确实如此，几乎所有的作家都在"苦难+欲望"上大做文章，"恶"推动着故事的发展，"性"成为每个文本的主料。对此邵燕君称之为"苦难叙事转化为残酷叙述"，洪治纲称之为"苦难焦虑症"，李建军更是对这种怨恨叙述表示出激烈的反感，他称之为"被人性与愤恨奴役的单向度写作"。如果说这些是虚假的，你只要稍微关注下新闻就知道所言不虚。就是从文学史上关于"边际人"的叙写来看，苦难和欲望也是构成文本必不可少的素质。最典型的是郁达夫笔下的"零余者"，其中不乏"性"话语，为何他的小说没有给人这样的"反感"。而梁鸿的《中国在梁庄》、孙惠芬的《生死十日谈》其中也涉及很多此类事情，我们对她们的写作也没有产生排斥反应。其原因就在于他们更多的是借助苦难和"性"话语来反映人生遭际，文字背后是作家对世道人情深深地体察和更为深远的人道主义同情。其实，评论家反对的不是写苦难，而是对苦难的虚假演绎，以及打着"底层"的幌子写出"伪底层"的东西；他们也不反对作家强调的道德良知，而是反对消费文化元素的过度泛滥，淹没了"底层"生存的真正现状。同时还应警惕习焉不察的男权思维定式，特别是女性阶层流动书写中的婚姻框架设定、依附心理及城男拯救者角色定位。

沈从文谈到新文学失败的原因时说，一些作家"记着"时代，忘了"艺术"。作者既想作品坐收商品利益，又欲作品产生经典意义，并顾并存，当然不易。同时情感虚伪，识见粗窳，文字已平庸无奇，故事又毫不精心注意安排。间或自作聪明解脱，便与一种流行的谐趣风气相牵相混。②这种判断同样适用于新产业工人题材文学创作，只不过它显得更为复杂，现实永远给小说重重一击，其中的荒诞和惨烈让人咋舌，故而无法非难作家。

二、通往真实的路

这种失真的情况不唯新产业工人题材文学、"底层文学"、乡土文学（这三者各有交叉）所独有，而是整个文学界的问题。文学界的真正焦虑在于什么样的作品才能真实地反映城市化进程，才能真正反映这个大转型时期

---

① 如张光芒在《当代文学正在失去反映现实的能力》(《探索与争鸣》2009年第9期)中指出，"当代文学首先丧失了展现当代社会全貌与生活整体性的能力，其次丧失的是挖掘生活真相与反映现实复杂性的能力，再次丧失的是描摹文化现状与人性现状的能力"。

② 沈从文：《作家间需要一种新运动》，《抽象的抒情》，复旦大学出版社，2004年，第44页。

的社会心理。换言之，"城市化"是我们最大的焦虑。遽变的现实和思想资源更新缓慢导致的矛盾，促使研究者对当下文坛固化的创作进行审视，甚至提出乡土大家写作经验和范式的"终结"命题。孟繁华的《乡村文明的崩溃与"50后"的终结》一文指出在中国社会从乡村转向城市的结构性变化中，乡村文明的溃败和以乡村生活为创作对象的"50后"作家的终结是必然的。其原因就在于"新发展起来的村庄与城市同质化"，落后村庄又严重"空心化"，乡村文明已彻底溃败。"皮之不存，毛将焉附"，"50后"由于创作观念的老化而不再是"文学变革的推动力量"，但他们的"文学观念和隐形霸权统治了整个文坛"，压抑了新的文学经验的产生。因此，"当他们的创作不再与当下现实和精神状况建立关系时，终结他们构建的隐形意识形态就是完全有理由和必要的"。⑧孟繁华的观点迅速得到了诸多专家学者的回应，白烨在《也谈乡土文学与"50后"》一文中肯定了孟的观点，认为"50后"建构了乡村文学经验，而这种经验恰恰也束缚了"50后"的创作。与之对应的是，莫言、贾平凹、阎连科等"50后"纷纷表示出写作的无力感，写作无意义等。作家与评论家共同认为"50后"的乡土写作范式或曰话语霸权应该终结。

然而，"终结"之后又该如何"重构"，能否实现理论的"建构"意义？不是重建文学格局、文坛格局这些大而空的话所能解决的，因为这是所有乡土作家的难题。从近年来中国文坛兴起的"非虚构写作"中，我们可以汲取一定的经验。

"非虚构"是一个舶来品，并非中国独有。美国有、法国有，日本也有，甚至俄国也有。被中国评论界广为引用的是美国的"非虚构小说"曾经的"至尊地位"和萨特的那句宣言——"不久之后它将成为文学最重要的形式"，这不过是为中国的"非虚构"正名，然而鲜有人去关注"非虚构"兴起的历史背景。就美国而言，"非虚构小说"在20世纪60年代异军突起，与当时骤变的"大众社会"有关，越战之后扑朔迷离的社会现实加剧人们的困惑，使得美国人民"面临一个人类历史上全新的时期，它既无先例，且前景难卜"，而这一切使得传统写作难以为继。在具体的文体特征上，"非虚构小说是一种长篇的混合型文学样式，它运用某些小说技法，以散文叙述体记录和展示现实生活真貌，它热衷于涉及暴力的政治性、历史性、极端性和戏剧性题材，作品中弥漫着大众社会特有的个人危机感和文化没落感"①。也就是说，作家用"非虚构"这种形式将社会、文化历史事件呈现在读者面前，

---

① 司建国：《美国非虚构小说简论》，《西北师大学报（社会科学版）》1996年第3期。

其根本目的还是为了抵抗社会危机。另一个引起笔者注意的是索尔仁尼琴，尽管中国"非虚构"的阐释者从来没有提及他，也没有将他的写作视为"非虚构"，但他的《红轮》确实做到了这一点。索尔仁尼琴写《红轮》的时候，越写越长，他援引大量原始资料，使得自己的写作计划不得不扩大，以至于膨胀成一部世界性的鸿篇巨制。当然，这部小说没有固定的人物形象，也不像一部小说，只是他尖锐的思想和对俄国社会的真实描述，为读者提供了"第一手资料"。正因为如此，他才被视为"俄罗斯的良心"。《倒转红轮》的作者金雁认为俄国伟大作家如托尔斯泰等人为何在小说中掺杂大量的议论和哲学思考，是因为他们期望还原真正的历史，用自己的思想来对社会加以整体把握。

因此，世界文学曾经都面临这样一个纯粹的虚构难以反映现实的时刻，这个时刻可以描述为时代转型。也就是说，"非虚构"最根本的姿态是创造者，它在"百年未有之变局"中，采用新的文体形式和表述方式深度介入当下的现实，寻找新的途径整合支离破碎的生活乃至世界图景，发现那些被忽视和被忽略的东西。作为一种混合型文体，"非虚构"借助不同学科知识，发挥社会学科的科学严谨优势和文学创作的诗性想象特长，跳出传统小说的范畴，重建文学的公共性和叙事尊严。在这个意义上，中国文学界提倡"非虚构"正逢其时。自《人民文学》从2010年第2期推出"非虚构"这一文学专栏以来，"非虚构"逐渐受到文坛的推崇，亦成为各大期刊争相推出的栏目之一。现如今比较有影响力的有梁鸿的《中国在梁庄》《梁庄在中国》《梁庄十年》，萧相风的《词典：南方工业生活》，郑小琼的《女工记》，王磊光的《一位博士生的返乡笔记：近年情更怯，春节回家看什么》和《呼喊在风中：一个博士生的返乡笔记》，黄灯的《大地上的亲人：一个农村儿媳眼中的乡村图景》，华中科技大学中国乡村治理研究中心编的《回乡记》等。这些作品是在"下生活"的基础上写出来的。梁鸿回到自己的故乡，踏踏实实在家乡待了五个月之久并辗转西安、东莞、厦门等各大城市；而萧相风和郑小琼本身就是打工者，他们在工厂里亲历打工人的一切，然后用笔忠实地记录下来。"忠实"涉及"非虚构"的第二个特征：非虚构文学对真实有着更高的诉求，当然能否达到是另外一回事。

2016年以后，有关乡村的"非虚构"写作开始引发潮流，并有了新的命名——"返乡书写"。"返乡书写"一般是指受过高等教育的"70后"和"80后"知识分子及大中院校学生借助过年等返乡机会围绕返乡见闻展开的文学创作。与当下的乡土文学创作相比，返乡书写更具有反思与深度体察精神，放弃启蒙、审美、左翼等价值预设，基于"不虚美不隐恶"的写作伦理，以

"问题"的形式呈现城乡中国的诸种状况。此外，"返乡书写"强调社会学等理性话语的在场，在呈现问题的同时，更突出对问题的思考与分析。在此，以梁鸿的《中国在梁庄》《梁庄在中国》和《梁庄十年》为例。梁鸿作为一个乡土文学研究者和农裔后代，她进入写作的方式是自觉的。在《中国在梁庄》的前言《从梁庄出发》中有一段灵魂的自白："在很长一段时间内，我对自己的工作充满了怀疑，我怀疑这种虚构的生活，与现实、与大地、与心灵没有任何关系。我甚至充满了羞耻之心，每天在讲台上高谈阔论，夜以继日地写着言不及义的文章，一切似乎都没有意义。"[1]作为一个已经跻身体制内的知识分子，梁鸿的心里有两个村庄：纸上的村庄和真实的梁庄。在前者这里，乡村是"底层""边缘"和"病症"的代名词，是"民族的累赘"和"改革的负担"，这些定性的话语是否就符合现实呢？作为"梁庄的女儿"，她的经历告诉她，答案并非如此。因此，她回到梁庄，"以一种整体的眼光，调查、分析、审视当代乡村在中国历史变革和文化变革中的位置，并努力展示出具有内在性的广阔的乡村现实生活图景"[2]。并试图回答这些问题："当代社会变迁中乡村的情感心理、文化状况和物理形态，中国当代的政治经济变革、现代性追求与中国乡村之间的关系。一个村庄如何衰败、更新、离散、重组？这些变化中间有哪些与现在、未来相联系？哪些是一经毁灭就永远不会再有，但对我们民族来说又非常重要的东西？"[3]梁庄作为城市化、现代化进程的独立"客体"，在梁鸿这里获得了自身的主体性，不再是知识分子建构的，用以质疑城市化的幻象。

很多人仅注意到梁鸿"外来者"的身份，特别是知识分子身份，却很少留意到《中国在梁庄》每一章前面的《穰县县志》（除第三章《今天的"救救孩子"》前面是《穰县人民法院少年审判庭新闻资料》以外，其他均是）。"县志"是对梁鸿了解梁庄的一种补充，但更多的是将之视为一种官方话语加以审视。《穰县县志·概述》《穰县县志·村镇建设》《穰县县志·大事记》《穰县县志·民政》《穰县县志·收入》《2007年穰县年鉴》《2007年穰县政府工作报告》基本上讲述的是穰县在历史变革中的发展状况，特别是经济发展和新农村建设中的政绩。然而，从采访中，我们可以得知，新农村建设远非县志所描述的那样，而是存在种种难题。因此，警惕官方话语，才能发现被遮蔽的真实。同样的，《梁庄在中国》里面提到"大学生农转非"的"阴谋"：政府

① 梁鸿：《中国在梁庄》，江苏人民出版社，2010年。

② 梁鸿：《中国在梁庄》，江苏人民出版社，2010年。

③ 梁鸿：《中国在梁庄》，江苏人民出版社，2010年。

为了提高"农民市民化",就把考上大学的大学生的户口转到乡镇派出所的空头户口上,使得他们的户口被凭空"悬"起来,沦为名副其实的"边缘人"。也就是说,在官方话语系统中,城镇化均可以在一种"不透明"的机制中用数字加以量化,而一旦"农民上楼""农转非""公路下乡""公交进村""农民创收"等变成可喜的数字时,我们也就看不到"被城市化"与"伪城市化"的一面,也就失去了一个知识分子最基本的良知。

而在《梁庄在中国》第二章"西安篇"中,戏剧性地穿插了《三轮车夫耍赖致交通瘫痪3小时 万余辆黑三轮成XX市顽疾》这篇报道。三轮车夫"耍赖、要挟执法人员",甚至使用暴力,而这严重威胁了社会稳定。活脱脱的"暴民"和"恶民"形象与其说是媒介所建构的,不如说是官方话语霸权所建构的。实际上,我们看到西安的三轮车夫是有血性的人,为了"一块钱"的尊严他们才抱团生存。而那些"清理"他们的人也同样是"肮脏的",是社会人渣。

梁鸿回避知识分子话语,其目的是在避免进入一种预设的话语系统,也即"一元思维"的城市化路径。她说,"农村与城市在当代社会中的结构性矛盾被大量简化,简化为传统与现代、贫穷与富裕、愚昧与文明的冲突,简化为一个线性的、替代的发展,简化为一个民族的新生和一个国度的兴起的必然性"①。作为一个研究乡土文学的批评家,梁鸿当然明白当代文学一直存在着"反现代的现代性"的传统,也当然明白当代乡土文学的叙事动力就是国家政策的调整,整个文本似乎也陷入了历史的怪圈中,永远在"贫穷"和"富裕"之间循环往复。如今,城市化已是大势所趋,只是盲目的"代价论"比"清醒的反城市化"更为可悲,它必然丧失知识分子的公众立场,也必然会因为这种立场的缺席而使得此前的"生活体验"付诸东流。因此,梁鸿试着融入"梁庄"那些被讲述者的生活,放弃此前的种种"预设",让"他们说","让梁庄说"。从村庄的内部,从新产业工人的内心发掘问题的所在,这比空洞的"替底层发声"要真实得多。在书中,我们处处可见梁鸿作为一个知识分子"启蒙"的"失效",蓬勃的"民间"始终自由自在,"抱团与冷漠""宽容与狭隘""物质与精神""斗争与妥协"等混杂在一起。当然,这还不是重要的,更重要的是梁鸿借助"梁庄"的境遇去反思中国城市化的路径,期望能实现城乡统筹,在全球化的统一模式里,实现中国特色。

米兰·昆德拉说:"从现代的初期开始,小说就一直忠诚地陪伴着人类。它也受到'认知激情'的驱使,去探索人的具体生活,保护这一具体生活逃

---

① 梁鸿:《呼愁与哀痛》,《青春》2013年第1期。

过'对存在的遗忘'","让小说永恒地照亮'生活世界'"。也就是说,为了抵达现实,我们至少要做到两点:"下生活"和"独立意识"。

"下生活",并非意味着"生活在别处",而是对文学和历史一样惯于关注"过去"而忽视"当下"的品性的警惕,更是从文学既有写作范式中突围的一种方式,让作家从坚固的写作理念进入鲜活的日常生活经验,以探索者甚至是拓荒者的身份建构新的叙事文本。对此,评论家分析得最为透彻。何平认为"'行动者的写作'可以理解为'我'和世界关系的重建和再造",这是"整个中国知识界面对变动不居的'新世界'所必须正视的问题"。①而"深入乡村,用脚丈量中国,用眼睛观察现实,用心灵感受大地,这是对费孝通的'江村',晏阳初的'定县',梁漱溟的'邹平'的'田野调查'的承续,是一个正确的写作方向"②。在文学重建与现实的关系上,乡土作家可以走出书斋,走向广阔的生活,从而汲取新的写作资源。那些置身其中的生活毕竟要比书籍、新闻、视频资源等二手资料来得更为真实,这个时代的作家开始化身为倾听者,采取"口述体"或"拟口述体"。作为被采访者的新产业工人直接叙述自己的打工经历和对生活的看法,作为记录者的作家穿行其间仅做简单的评说,且这评说采取的是客观冷静的态度。此外,在组织成书的过程中,作家尽可能调适自己的写作距离,以新产业工人的立场进行书写。在这方面,我们以贾平凹的《高兴》和林白的《妇女闲聊录》为例。贾平凹深入西安的大街小巷及城乡结合部,与拾垃圾群体"胡谝"、同吃、交朋友,写出了《高兴》这部思考新产业工人作为城乡"边缘人"的尴尬生存境遇的作品。他在后记中说:"在这个年代的写作普遍缺乏大精神和大技巧,文学作品不可能经典,那么,就不妨把自己的作品写成一份份社会记录而留给历史。"③换句话说,在"大时代",笨拙式的写作也可以有所作为。同样的,对于林白的《妇女闲聊录》,我们关注的也是"真实性"。虽为"口述实录",但记录者很少出现,仅以笔录所必不可少的行文格式予以暗示,再者就是以文本括号对木珍的话进行补充和阐释的方式"露面"。因此,通篇小说就是保姆木珍用方言讲述自己的成长记忆、故乡王榨的生活及风俗、进城打工的经历等。林白从"个人化"的呓语中解放出来,开始与世界对话,这份真诚是《妇女闲聊录》赢得好评的根本原因。因此,面对复杂的社会转型,乡土文学作

① 何平:《行动者的写作》,《中国图书评论》2012年第12期。

② 陈剑晖:《因为真实,所以感人——评〈中国在梁庄〉的成功与不足》,《文艺评论》2012年第3期。

③ 贾平凹:《我和高兴》,作家出版社,2012年。

家必须直面生活,唯有如此,才能突破自我,写出与时代共鸣的文学。

有了"下生活"是不是就可以写出成功的作品?答案非也。新中国成立以后,蹲点、体验生活等作家活动一直存在,我们也可以从各级作协、文联的采风活动造就的平庸写作与写出《追忆似水年华》的作者普鲁斯特的人生加以对比,轻易得出结论。盲目一刀切式的"下生活"很可能招致陈忠实"你懂个锤子"的嘲讽。当然,我们也不能忽视以陈忠实为代表的老一代作家基本上都是经验型的作家,其写作的资源来自自己的童年和青年时期,大量的资料查阅是宏观背景的需要和内容的扩容,并不损害他们创作的"独立意识"。至于"独立意识",中国作家面临的情况可能比梁鸿的思考更为复杂。除了主流意识形态外,还存在市场消费文化,还有乡土中国所建构的一系列传统经验等。在某种程度上,我们出现了一个类似于农村题材小说的繁荣期。从文学制度层面来讲,乡村振兴战略逐渐成为作家创作的核心理念,几乎所有标榜新乡土的创作都围绕"绿水青山就是金山银山","产业兴旺、生态宜居、乡风文明、治理有效、生活富裕","留得住乡愁"等演绎新时代的创业故事。承担乡村振兴的农村新人一般由回流打工者、乡村能人、大学生村官组成,他们用新理念、新思想,在原有的贫瘠的农村打造一个又一个的生态农庄。在关仁山的《金谷银山》《芦花如雪》和老藤的《上官之眼》等创作中,对于农村新人的刻画理念多而逻辑不足,遇到一切困难都逢凶化吉,动辄就是惊天动地的伟大事迹,呼风唤雨的超能力,似乎忘却了农民处于流动市场上的位置。小说中原本贫瘠的乡村,总是会出现与乡村振兴战略相符合的具有生态、休闲、消费价值的新景观,完全忽略了乡村旅游及特色田园所需要的得天独厚的自然条件,整齐划一的乡村复兴,已经成为这个时代小说创作显见的症候。

就消费文化而言,乡土文学创作逐渐呈现出新闻写作的倾向。在当下,消费文化更强调即时性享受,带有这个时代症候色彩的苦难,如脆弱的爱情和婚姻、迷惘的青春、无法安放的老年生活等社会焦点话题均进入文本,从而引发文学创作的轰动效应,普遍造就了有"事件"而无"文学"的现象。中国作家普遍有一种"被遗忘"的恐惧,为了抵制这种"恐惧感",写作的速度越来越快,跟踪热点的能力也越来越强。质言之,从表面上看,中国作家一直在"与时俱进"。就长篇小说领域而言,贾平凹的《秦腔》《高兴》《带灯》《极花》《老生》,林白的《妇女闲聊录》,张炜的《你在高原》,东西的《篡改的命》,李佩甫的《生命册》,阎连科的《炸裂志》,关仁山的"中国农民命运三部曲"等无不是围绕城市化进程中的乡村及农民命运而展开的。在这些作品中汇集了"时代的重大主题":乡村沦陷、农村娶妻难、无法融入城市、土地流转、城乡一体化等。但均并不能超脱新闻等自媒体所能提供的信息，甚至贾平凹的《高兴》，余华的《第七天》，李佩甫的《生命册》或取材于新闻，或直接采取新闻串烧式的写法。除此之外，在这些作品中，城乡的界限被打破了，没有单纯的城市生活，也没有单纯的乡村生活。但是，作家的价值判断仍然是农村的，因此看似"与时俱进"，实则"原地不动"。也就是说，在具体而微的细节上接了"地气"，但在整体气韵上仍可以追溯到乡土文学的"三个既有"传统那里，尤其是沈从文的传统。

仅仅是"下生活"和"独立意识"还不能真正创造伟大的文学。因为"农民工题材小说"也是中国当代文学的另一个危机还在于"止于现实"。贾平凹在谈到他的长篇小说《高兴》时这样说过："这个年代的写作普遍缺乏大精神和大技巧，文学作品不可能经典，那么，就不妨把自己的作品写成一份份社会记录而留给历史。我要写刘高兴和刘高兴一样的乡下进城群体，他们是如何走进城市的，他们如何在城市里安身生活，他们又是如何感受认知城市，他们有他们的命运，这个时代又赋予他们如何的命运感，能写出来让更多的人了解，我觉得我就满足了。"①与贾平凹的观点接近，林白在谈到《妇女闲聊录》的创作时那种溢于言表的自豪，似乎忠于现实就是最高的境界，这同样是一堆"泼烦的日子"。当然，更不用提在传统媒介之外生存的许多新产业工人题材文学了。

然而，一旦社会记录式的写作风靡一时，文学离悲哀也就不远了，真正的文学还必须有自己的哲学思考，尤其在中国这样一个转型时期。这就是为何笔者在前文提及索尔仁尼琴和托尔斯泰的原因，索尔仁尼琴最在意的还是他的思想，他的鸿篇巨制不在于长度而在于深度。同样的，托尔斯泰的《战争与和平》里面的历史哲学也是备受研究者青睐的东西。丁帆教授在论及这一点时，甚为沉重，他一直强调中国乡土文学中哲学意识的匮乏。在《中国乡土文学史》中屡屡提及，而在《怎样在现代文化语境中认识人性》中直接以赛亚·伯林对托尔斯泰等俄国思想家的评述来表达自己的观点。伯林说："他们关注最多的是不公正，压迫，人与人之间荒谬的关系，以及壁垒或陈规的禁锢（亦即屈从于人造的枷锁），还有愚昧、自私、残暴、屈辱、奴性、贫困、无助、仇恨、绝望，诸如此类——这些到底是谁的责任？简言之，他们关心的是这些人类经验的本质以及它们在人类境况中的根源；不过，其中隐含的首先是俄罗斯的人类境况。而且反过来，他们也希望知道，如何才能实现相反的一面，那将是真理、爱心、诚实、公

---

① 贾平凹：《〈高兴〉后记》，作家出版社，2007年。

正、安全的国度，人类的自尊、庄严、独立、自由以及精神圆满都得以实现，人与人的关系以此为基础而建立。"①也正因为如此，伯林没像其他人那样否认托尔斯泰的历史哲学。当然，在一个连现实都无法反映的作家面前，在一个丧失了把握社会整体性能力的时代，哲学是否会进入作家的头脑，或许只能成为一个"伪问题"。

左建明在《乡土文学的三个基本要素》②中提到，乡土文学的三个基本要素是"作家的乡村生活经验""深度的情感介入"和"高度的现代意识观照"。对于"作家的乡村生活经验"，他将之视为乡土文学创作的先决条件。事实上，中国的乡土文学绝大多数有着作者童年记忆的根基，有着根深蒂固的东西在支撑，那就是乡土中国的稳定结构。鲁迅在《新文学大系小说二集导言》里提及的乡土文学，就本质而言，是"侨寓者对故乡"的言说，是作为知识分子的迁徙者在"异乡"与"故乡"的比较视野中，书写现代语境中"故乡"现状带给他们的错位感。换言之，以鲁迅为代表的乡土文学其底色是童年记忆，是隐现着时空比照之下的乡愁。他们有乡村生活经验，现实与记忆的融合与对照，再加上现代意识的观照，就形成了乡土文学难以企及的高峰。在某种程度上，沈从文也是一个"侨寓者"，只不过他缺乏的是一种现代意识，他沉浸在自己的童年记忆里，用无与伦比的"过去"来对抗"现在"。因此，对乡土文学来说，现代意识的观照至关重要。

经验情感和现代意识和本文所谈的"下生活"独立意识哲学意识不无相似之处。一般而言，在社会转型时期是出好作品的重要时机，但中国作家的写作惯性太强了，而对现实的把握能力却不强，这就导致新产业工人题材文学无法提升，新世纪的农民形象更无法提升。

第二节　作家的精神眩惑

作家的精神眩惑已经不是一个陌生的话题，甚或几近熟烂，但从农民形象入手还较为少见。但事实上，这是考察作家焦虑的重要维度。我们只需看一看作家肯定的是哪类新产业工人形象，肯定他们身上的何种素质就可以判断。"被侮辱与被损害"的新产业工人占了半数以上，而那些"夹缝中的小老板""扎根的新产业工人"却屡屡遭到作家的"贬抑"。而褒扬与礼赞

---

① ［英］以赛亚·伯林：《扭曲的人性之材》，岳秀坤译，译林出版社，2009年，第7页。
② 左建明：《乡土文学的三个基本要素》，《文艺争鸣》2011年第12期。

的新产业工人却是集传统道德于一身的"农民",我们看不出他们和既往的农民有何区别,唯一的区别就是他们进了城,谋生方式有了变化。换言之,作家的褒贬已经隐含着鲜明的价值判断,其标准仍然是中国新文学的惯性:"传统的善"。的确,这些人绝非完人,身上满是"城市病象",因此也成为"社会两极分化"和"精神家园沦丧"的有力佐证。作家打着伦理和道德的旗号,不过是为已经远逝的传统文明唱一曲挽歌。如贾平凹《秦腔》和《高兴》的后记里均提到对农民进城这一现象的疑惑。在《秦腔》那里,贾平凹思考的是农民与土地分离之后的精神家园问题。而在《高兴》这部专写新产业工人问题的后记里,他的思考就比较复杂,既思考新产业工人产生的原因,又思考新产业工人的城市融入问题,还思考农民进城后的乡村建设问题和新产业工人的出路问题,最后以无比忧虑的口吻退回到写作者的书写上,选择沉重和苦涩的基调。①的确如此,经过残酷现实的击打,又亲历日益牢固的阶层文化,强调新产业工人命运的多种可能性和形象的多维复杂性,似乎有些不合时宜,甚至显得苍白。但我们依然相信,只要流动,人就可以用有限度的自由,去创造自己的未来和生活,不会全然被必然性牢牢束缚。进城不仅仅是因为城市是工作的集中地,更是因为它给农民改变命运带来了可能性,新的生活、眼界等次第打开。如果我们过于执着于进城本身的苦难并以批判的眼光去审视选择本身,在某种程度上就解构了人对美好生活的本能追求,也屏蔽了同时代农村的进步以及农民对生活的自我调适能力。

那些正在扎根的新产业工人身上已经初步显示出市民的因素,即便是选择两栖生活的新产业工人,他们很可能就是这个时代的新人。但他们没有成为"新人",而是成为被斥责的一族。在这里,笔者想以梁鸿的《梁庄在中国》和孙惠芬的《生死十日谈》为例来反观新产业工人题材文学所缺失的那类形象为何长久得不到重视,即便是刻画他们也是贬抑大于褒扬。在《梁庄在中国》中,散居于中国各地的"梁庄人"不乏成功者,这里面最突出的是"千万富翁"李秀中,作为一个不动声色的叙述者,梁鸿已经尽量克制

---

① 贾平凹说:"为什么中国会出现打工者这么一个阶层呢,这是国家在改革过程中的无奈之举,权宜之计还是长远的战略政策?这个阶层谁来组织谁来管理,他们能被城市接纳融合吗?进城打工真的就能使农民富裕吗?没有了劳动力的农村又如何建设呢?城市与乡村是逐渐一体化呢还是更加拉大了人群的贫富差距?我不是政府决策人,不懂得治国之道,也不是经济学家有指导社会之术,但作为一个作家,虽也明白写作不能滞止于就事论事,可我无法摆脱一种生来俱有的忧患,使作品写得苦涩沉重。"详见《高兴》,作家出版社,2007年。

了自己的感情投射,给予李秀中讲述自己"创业史"的机会。他苦难的少年和青年、寄人篱下的北漂生活、抓住机遇攫取人生第一桶金、大刀阔斧地进行企业改制,从而突破了梁庄人创办企业的瓶颈——只能停滞在"家族作坊式"的经营模式而无法创办现代企业……这一切使得李秀中和别的"农民企业家"不同,但是,梁鸿仍然猜测他和亲人之间的冷漠绝非仅仅是企业模式一事,很可能也与自身的私利有关,其间夹杂着"成为新富阶层之后对过去生活的厌弃和对'农民'身份的回避","现代管理"只是这种回避心态的外在显现。而作家非常善于用"同胞互看"的方式来刻画他们。孙惠芬的《生死十日谈》[①]中,杨柱这个人物一直被包围在翁南村的舆论阴霾中,不知其"庐山真面目",以"当代陈世美"的形象存在着。他不仅抛弃糟糠之妻,还将性病传给了她,在她艰难患病时将夫妻情分忘得一干二净,丝毫不肯为之施以援手,甚至连自己的亲生骨肉也不闻不问,使其沦为孤儿。再加上村人一味渲染杨柱在城市的妻子后台如何过硬,他又是如何过着花天酒地的生活,使得孙惠芬的叙述,也让"偏听偏信"的我们相信杨柱是一个十足的既忘本又失志的"小人"。随着调查的深入,杨柱的真实情况才逐一呈现出来。在以"无毒不丈夫"的自我开脱背后隐藏的是一个痛苦的、挣扎的灵魂。杨柱和现任妻子"小嫂子"的确是因真情而走在一起,除此之外,他身上有种"铁肩担道义"的"大哥情怀"和使命感,当然他还有争夺自身命运的强烈愿望。这个时候,我们开始理解杨柱了。等知道是杨柱前妻自己染上性病,而非杨柱传染给她时,我们才真正体会到什么叫"妄下定论"。但孙惠芬仍对杨柱持鄙夷态度,原因在于,她自身的女性立场以及她的文学制高点:资本的血腥和人性的污点。

"非虚构写作"的两位作者尚且如此,更不用说新产业工人题材文学的作家了。也就是说,尽管这些人身上的现代因素很多,但不可避免的,他们身上有着种种的道德缺陷。作家注重的是传统的道德伦理价值观,这也是《寂寞嫦娥》中的嫦娥、朱晓琳的《情人港咖啡》中的金亚琴被作者称赞的原因,而诸如王华《在天上种玉米》中的王飘飘,王十月《无碑》中的李忠和"小不点",并未被完全否定的原因也在于他们身上还保留"乡村的气息"。特别是王飘飘这个人物身上还保持着一份"孝心"和"侠气",他虽油腔滑调,领着一班兄弟提着脑袋在北京打拼,干着黑社会的勾当,可他良知未泯,拒绝"一条道走到黑",悬崖勒马,与黑社会斩断关系,并将家乡所有的村民都搬到北京,还买下了善各庄,以达成父亲王红旗的心愿。这些人之所以能

---

① 孙惠芬:《生死十日谈》,《人民文学》2012年11期。

葆有一丝"可爱",是因为他们内心还有一份"回响",还带有一份柔情。不过,作家和大多数人都熟谙《资本论》中的论断,"资本来到世间时每一个毛孔都在滴血",因此,这些人物形象往往被套上了道德的"魔咒",无法破除。

可是回过头来,我们发现,另一类形象为何可以不受这一魔咒的禁锢?那就是"以恶抗恶"的新产业工人,里面不乏杀人抢劫者,他们为何从"不道德"变成了"道德的同情者",问题就在于他们是"被侮辱与被损害"的,是能彰显作家的人道主义精神的。这是作家的隐秘心理。

众所周知,目前前现代,现代,后现代三种文明形式在同一片时空下杂糅并置,作家选择哪一种方式是写作的基本权利。中国作家往往喜欢站在"反现代"的视角上,带着"先入为主"的思维去塑造人物形象。总体而言,新产业工人题材文学是处在自我与他者、农村与城市、传统与现代的自觉意识中,其新产业工人形象虽有现实的依据,但更多的还是建立在作家的文化立场上的,是作家根据自己独特的现代性体验而做出的一种镜像。这一作家群体,大概可以分为农裔作家,和20世纪80年代中后期涌现的一批专写新产业工人题材的草根作家,他们在与"城市"(往往是"现代"的别称)的对话中生成自己的城市体验,这种体验说到底还是一种文化对另一种文化的理解与阐释。站在他们的立场上,我们可以轻而易举地发现种种社会问题,特别是城市对人的异化作用。

这种异化可以简单地说,女人不能进城,进城就堕落;男人不能进城,进城就必然走上不归路。而那些已经在现代路上迈出重要一步的新产业工人企业家,他们也沾染上了城市的种种"弊病"。如果将之视为发展的代价,又会被人斥为不人道。最典型的如陈应松《归来》中的一句话:"桃花峪有二十几个妮子长梅疮,就是梅毒,没了生育,可人家楼房都做起来了,富裕村哪,哪像咱们这儿后山樟树坪穷死,可去年死了八个,挖煤的,瓦斯爆炸,一下子竟把全村的人均收入提高了一千多块,为啥,山西那边矿上赔的么……要奋斗就会有牺牲……"①也就是说将"进城"与"乡村经济"联系起来,使得新产业工人的苦难有了明确的意义。"当他们中的男性懂得用'恶',女性懂得用身体后,他们也就取得了城市的通行证,城市借助他们进行'恶'与'性快感'的生产与再生产,他们中的成功者则借此完成自己做一个'正常'城市人的原始积累……"②关仁山的《九月还乡》便是一个将资本原始积累反哺于民的故事。九月用卖身赚来的钱换取家乡的建设和发展,

① 陈应松:《归来》,《上海文学》2005年第1期。
② 陈思和、王晓明:《〈泥鳅〉:当代人道精神的体现》,《当代作家评论》2002年第5期。

并再次答应村长用身体去勾引冯主任。这样的作家并不占多数,他们同样面临着困惑。因为即便它是一个历史事实,但作家必须承担一定的道义责任。这就使得小说出现了一种奇异的嘲讽,他让农民以艳羡的口吻说出类似以身体作为"原始积累"的残酷事实,成功地转移作家的叙事难度,也使文本显示出明显的"民间情怀"。

用未必恰当的话来说"当现代性遇到人道主义"。事实上,人道主义的确是反思和批判现代性的有力武器,①但它本身就是"现代性"的重要构成部分,两者之间更不构成必然的冲突。我们可以借助它来反思,却无法借助它来反戈一击。再进一步来说,作家所体现出的人道主义精神,是极为偏执的,是以践踏人物形象的主体性为代价的。我们今天已经不可能盘桓于纯然的反现代的立场上,更不可能为反现代性而反现代性。从作家的人道主义立场出发,他们所期冀的是新产业工人获得一个真正的身份,这身份恰恰就是现代的。即便是将这些统统忽略,作家提笔时面对的就是"半现代、半传统"的写作对象,以及他们身上破碎的现代性体验。因此,我们借社会转型所带来的诸如阶层分化和道德困扰来反思现代性,绝不可以纠缠于道德及伦理问题。然而,事实并非如此,整个文学界都卷入这场争论中,其根本原因就在于现代性的破坏力量被过度放大,而"现代性"的建构力量被无视。

这里的"建构",是指现代性本身所带有的"乌托邦冲动",所有的现实问题均可以在"未来"得到解决,这是新文学长久以来的叙事动力及逻辑终点。但是在今天,这一"未来"迟迟没有到来,现代性的问题反而积重难返。再加上时代赋予的命题就是中国的城市化和移民化问题,于是,作家只好将笔触集中于"被侮辱与被损害"的新产业工人形象上,将他们生存困境的源头都指向城市,借城市化的种种问题来批判现代性。现代性对传统的侵蚀已达到了无以复加的地步,我们面临的是彻底的家园沦丧(实体的与精神的)。村庄成为空心村,只剩下老弱病残,它们以惊人的速度从中国的大地上消逝。而生活在都市的新产业工人的灵魂无以安放,只能成为游走的边缘人。

"中国人的家园原型,始终是一种现实乡土人伦社会。……如果说,西方人在现代化过程中所经历的最重大的精神危机,是上帝之死,那么中国

---

① 参见刘卫国的《中国现代人道主义文学思潮研究》(岳麓书社,2007年),他在该书中将"人道主义"视为现代性的一个重要组成部分,可以抑制其他三个部分——"科学主义观念、资本主义观念、民族主义观念"的无序发展,因此,成为反思现代性的武器。

人所经历的,就是这个由土地与人伦构成的家园世界的坍塌和破毁"。"随着工业化带来的生产、生活方式的变化,传统文化在现代社会中地位和意义的调整,中国人昔日赖以安身立命的那片领域变得日渐模糊可疑,和农业文明联系在一起的乡土从精神上变成昨日的世界;城市在崛起,但精神世界的建设不可能像物质世界的建设那样加速发展,文化领域很难发生真正的革命,旧结构的拆除和新结构的建立必须循序而进,意义世界的形成则必须经由长时间的积淀。城市业已成为我们最主要的谋生之所,它也正在为我们生成新的意义世界,然而对绝大多数人来说,它还不是一个充分意义上的家园。一个真正的家园,必须是使人生时依恋、死后魂归的地方,今日的城市还远远做不到这一点。"①但若联系《文学中的城市:知识与文化的历史》②《美国大城市的死与生》③《落脚城市》④等作品中的描述就可以得知,城市完全可以成为另一种面孔,并成为人类迁徙的最后落脚点。中国作家未尝不知这一点,只是中国的作家绝大多数从农民转化而来,尤其是写这些新产业工人的作家,他们不可能褪尽自己身上的"农民本位意识",也不可能站在历史的制高点上去肯定城市,去发掘城市作为文明的真正本相。

对中国人而言,乡土就是我们的家园,是一种和谐的自然状态。也就是说,作家始终固守着对城市的批判态度,不肯将之置于文明的长河中加以审视。他们自以为站在新产业工人的立场上写出对城市的控诉就足够了,殊不知新产业工人对城市的向往及扎根城市的梦想从未停止过。当然,这是乡土文学的传统,也是乡土文学难以跨越的障碍。但在乡土文学已经到了不得不突破这一瓶颈的时刻,我们的作家就必须慎重对待城市。仅以莫言获得诺贝尔奖引发的关于乡土文学未来发展方向的讨论为例,就可窥见一斑。白烨做客中新网《新闻大家谈》时称:"如何把新的乡土现实写出来,是作家面临的一个困境。"这个现实就是很多作家一旦涉及当下就用一种"感叹的""怀恋的""挽歌式"的笔调,而事实上我们整个乡土已经迅速城市化,而且这也是一种必然的趋势。

说实话,笔者在读这样的小说时能深切感受到作家的困惑,这种困惑

① 邵宁宁:《家园彷徨:〈憩园〉的启蒙精神与文化矛盾》,《中国现代文学研究丛刊》2004年第4期。

② [美]理查德·利罕:《文学中的城市:知识与文化的历史》,吴子枫译,上海人民出版社,2009年。

③ [加拿大]简·雅各布斯:《美国大城市的死与生》,金衡山译,译林出版社,2006年。

④ [加拿大]桑德斯:《落脚城市》,陈信宏译,上海译文出版社,2012年。

继而也影响到笔者本人，拿不准该以何种标准来衡量这种有着严重模式化的文本。这种乏力的叙述不过是一种抚慰，作家从个人角度呼应时代变迁。在现实中越来越远离农民、新产业工人身份的作家试图在写作中越来越靠近农民和新产业工人。表面上看来他们启用了启蒙叙事的部分传统，实际上仍然刻画的是旧式的农民，是城市人想象的农民。唯有如此，作家才能和整个社会达成一种共谋，获得一种心理抚慰。

第三节　表面繁荣下的边缘化实质

哈罗德·布鲁姆在《西方正典》中称这个时代是一个"混乱的时代"，并声称作为文学批评界一员的自己，遇到了最糟的时代。中国的文学也面临着这样的状况，既有莫言获得诺贝尔文学奖所带来的"当代文学最好"的论调，也有大量低水平的平庸作品。而在公众的心目中新产业工人题材文学就是后者，因此表面上看来，它一直处于新世纪文学的中心，实际上，确实已沦为一种边缘性的存在。公允地说，新产业工人题材文学的繁荣局面，与全球化、城市化进程有关，也与作家坚持不懈的努力有关。他们从描写新产业工人的打工生活开始，表现他们在户籍壁垒下的艰难境遇，试图借助文学唤醒人们的良知，还原被遮蔽的真相，承认其历史贡献和巨大牺牲，进而追求平等的权利和待遇。但这种繁荣仅是数量的增值甚至是重复性写作，缺乏必要的审视，只是一种表面的繁荣。

一、佳作难觅与重复性写作

应该说，从1984年林坚的《深夜，海边有一个人》诞生至今，新产业工人题材文学一直呈现出数量繁荣、佳作难觅和重复性写作的倾向。这一方面固然因为写作队伍自身的原因，永远有初抵城市之人，其中的文学爱好者自然也就汇入作家群体，加上写作者创作时间与文坛思潮的错位，使得书写生存苦痛和精神迷茫的类自传叙事等老生常谈的主题一直得以延续，造成一种于作家而言为"新"于文坛却是"旧"的重复性写作。顺理成章地，研究者的视野与期冀便投向了介入这一文学潮流的主流作家，然而惋惜的是，主流作家的介入并没有真正改变新产业工人题材文学作品的文学品格。况且，他们的华丽转身，更使得新产业工人题材文学作品成为彻底的边缘文学。换言之，这一文学类型自身的"品质不高"，加上作家纷纷转向，使得新产业工人题材文学仅有数量上的增值，精品却并不多见。

这是涉及作家眼界大小的问题,因为在作家眼里,新产业工人题材文学通体都是"小"的,不足以显示他们的抱负。倘若问一下今天的文学能否回避新产业工人?答案不置可否。但是如何来写?就目前的创作而言,"底层作家"(包括打工作家和新涌现的一批写新产业工人的作家)拘囿于新产业工人本身,这些人因为自身经历的缘故,凭着鲜活的生命记忆,为社会提供了许多艺术水准虽不高,但极具时代见证的作品,然而由于其自身身份的"卑微",不可能进入"主流话语圈",因此这些作品和他们自身一样,或昙花一现归于沉寂,或干脆一直沉寂着,最后以史料的形式被发掘从而认定其"发轫期"地位。正因为如此,对自身边缘处境有着清醒认知的"底层作家"心底有着隐隐的不公平感,他们的顽强抵制造就了一种极不正常的文坛现象——固守边缘,"自我拘囿",故步自封。最为典型的是打工作家,不愿意被定型的他们宣称"作家就是作家"①而没有层级的区别,抵制类型化身份的伪善之处和写作内容的等级差异。吊诡的是,在另一些场合,他们又捍卫自身的身份(以题材取胜),就形成了一种复杂的暧昧表情。

事实上,作为一种思潮打工文学可以追溯其发端、发展及衰落的过程,但自始至终是以整体的文学现象而被文坛接受和研究,在肯定层面大体没有脱离"异质""冲击力""在场感""社会效应"等。就当下文学的"现实性"和"批判性"而言,打工文学的地位的确是不可动摇的。而且作为深圳的文化品牌,他们有自己固定的作家、刊物,以及评论家,为这一文学类型的长期发展提供了充足的动力。即便是已获得文坛认可的郑小琼,也曾拒绝体制内的工作坚持在工厂打工,以保持经验的纯粹性。而有关打工文学的否定层面,基本围绕文学性展开,给出可行性路径的方式也是文学性。这股以中短篇为主的文学思潮,从一开始就陷入"文学性"的严峻挑战。早在1992年,被誉为"打工人文精神象征"的安子,其《青春驿站》就被视为文学性不强的、粗糙的"短、平、快"作品,还没有从"文学的视角"看待打工生活和现实世界,还需要进一步加强文学与生活的功底。②而在20世纪90年代中后期,因打工文学的盛行,珠江三角洲的打工杂志很多,但刊登的作品与《青春驿站》相比更缺乏文学性。于是,2004年国内最早的打工文学杂志《打工族》(原名《外来工》),直接宣布回归纯文学道路。因此,失去了政府主流意识形态与地方研究者合力造星运动的现实根基,"安子"成为不可复

① 深圳著名打工文学研究学者杨宏海在2007年"第三届全国打工文学研讨会"后发现当"打工作家"在以该身份引起关注后,往往会和"打工文学"划清界限的有趣现象。
② 详见《打工文学的一朵报春花——〈青春驿站〉座谈会纪要》,《青春驿站》,海天出版社,1992年。

制的成功学案例而存在着。紧接着被人们津津乐道的王十月,因《国家订单》获得鲁迅文学奖而成为"打工文学"有精品的例证。报道标题采用的是"广东'打工文学'闯进主流视野"①,但在主流视野内,《国家订单》的文学性依然是欠缺的。鲁迅文学奖中篇小说终评委员会委员丁帆是这样说的:"我将《国家订单》这部小说作为第一名推荐……这部作品从广义上仍然可以归为'底层写作'的名下,但它却很有新意,它关注的是劳资矛盾这样的重大题材。他写的是深圳打工者和老板之间复杂的社会关系,小老板既是压迫者也是受害者,虽然文字不算精致,但将社会底层图景展露无遗。"②紧接着,报道又转向了打工文学的话题,③转述雷达关于打工文学乃"平民化、粗加工"的文学类型的话。质言之,打工文学引起主流文坛的关注,并非基于"文学性"的期待,而是了解城市化进程中中国农民的心路历程(甚至无法上升到国家的历史发展过程),把它们当成历史的佐证和社会文化心态的一个记录。

　　发端于类似于打油诗的打工文学是以"在场"的方式走进文学的现场,以思潮形式呈现的打工作家更愿意以"灰暗""尖锐"造就的"粗粝"风格书写视为打工群体的呐喊,其潜台词就是打工文学巨大的"打工人读"的市场效应。《江门文艺》《佛山文艺》《大鹏湾》等都曾有骄人的成绩,这些都是不能回避的事实。而随着这些刊物的转型、停刊,打工文学也出现了低潮期,进而出现打工文学失去预设读者的现象。2015年6月10日,国家玮在《中华读书报》发表《阶层身份焦虑与功利性阅读》一文,该文在翔实的调查数据资料基础上得出打工者不读"打工文学"作品,而是选择《故事会》《青年文摘》及微博、微信等段子类文章。如果倒推的话,是否可以认为此前的打工文学就是注重传奇性、娱乐性的呢?答案不置可否。失去读者又无法以文学性立足,很容易带来审美的餍足,学界很快得出了打工文学日渐式微的结论,并提出了相应的对策。大致是将个体的打工经验与广阔的社会生活结合起来,使之进入哲学和文化的维度。④

　　然而,当评论者指出"打工文学期待深化"⑤、需要抵达文学应有的艺

---

① 详见《广东"打工文学"闯进主流视野》,《南方日报》2010年10月27日。

② 详见《广东"打工文学"闯进主流视野》,《南方日报》2010年10月27日。

③ 2000年,《南方文学》杂志社开展关于"打工文学到底怎么了"的大讨论。

④ 贺仲明在《重识"打工文学"的意义并论其未来发展——兼论城市书写新的可能性》(《东吴学术》2021年第1期)一文中指出打工作家可从"提升思想高度""开拓生活视野"两个层面深化其创作。

⑤ 详见王杨、饶翔二人合写的《"打工文学"期待深化》,《文艺报》2009年8月18日。

术深度,激起了打工作家的不满和抗议,甚至认为"打工文学不需要深化"①。坚守自身创作的主体性固然必然,但产生这种"坚守阵地"的看法则值得商榷,是因为打工作家将现场感和社会效应(非贬义)当作了文学的最高追求。郑小琼曾指出:"有人说我的写作太灰暗,太尖锐,只是停留在愤怒的表面,是的,我只是想说,这些是我的真实感受。我有责任把我的亲历与见到的东西记下来。"②当然,我们应该辩证地看待打工作家的这种"自囿"姿态。因为当打工文学引起主流注意时,相关扶持政策也出台,打工作家内心也需要主流的扶持。2013年,"打工文学网"曾报道《人大代表提交"扶持打工文学"议案》一文,内容提及人大代表郭建勋提交的《关于继续扶持打工文学、促进宝安文学发展的建议》,认为"应该进一步擦亮打工文学这张名片,呼吁政府要继续关注打工作家、扶持打工文学"③。这种扶持带有明显的倾向性,是选择性扶持,既是为了和谐社会的目标,也是为了平衡文学生态。因此,打工作家的姿态也有一定的"边缘意识",自觉疏离中心,对抗中心。诚如谢端平在《打工文学三十年,概念与成就之争》针对打工文学第二阶段(1995年至2000年)出现的式微状况给出了自己分析,在他看来其主要的原因在于早期打工作家借助写作成功进入体制内或获取稳定工作的垂范作用,加上学院专家学者及地方文化官员的有意强化,使得打工文学走向功利性的歧途——改变命运的工具。事实上,在农裔作家路遥、莫言、阎连科等人的文学之路回顾中,以文学改变命运的想法甚是普遍,也不需要过多的道德谴责。只不过,谢端平反对的是打工作家的迷失和媚俗心态,没有将个体的苦难史和奋斗史做精神的提升。因此,他呼吁应该松开扶持带来的规训制度,让打工文学自由发展。④这种对扶持的清醒态度当然看到了"品牌"本身的规训和限制,以及打工作家自身的浮躁心态。这种自我限制和重复性写作倒不仅仅是示范效应带来的,而是与打工作家整体的写作素养有关。持续的创作与推进需要长久的积累,而相当一部分打工作家基础薄弱、文学素养参差不齐,难以推动其纵深发展。当然,谢端平没有提及的是20世纪80年代改革开放和西方文化思潮带给农裔作家的契机,他们的背后无一例外不站着一个外国作家,其童年经验和人生经历获得了质的提升。即便是郑小琼,同样对发星连续六年的寄书和引导心怀感

① 何真宗:《"打工文学"不需要深化》,http://blog.workercn.cn/?5469/viewspace-61610。

② 郑小琼:《来自真实的力量》,http://www.chinawriter.com.cn。

③ 郑礼军:《人大代表提交"扶持打工文学"议案》,《宝安日报》2013年1月31日。

④ 谢端平:《打工文学三十年,概念与成就之争》,《文学报》2016年3月24日。

念,坦然扎实的阅读促使她超越一般的打工诗人。

而那些业已成名的大作家,基本上视新产业工人题材文学为其创作生涯的"客串",乘风而上,风头一过,马上步入自己的常规写作。但因为不能忽视当下农民的生存现实,就将新产业工人的生存嫁接在自己的作品中,使之成为不折不扣的"乡土文学"。显而易见,这种将新产业工人题材文学视为"夹心饼干"的方式,往往会被视为艺术水准较高,也极易为文坛接受。当然,很多作家也并非有意而为之,只是其作品显现出这样一种形态。在这里,以张炜的《你在高原》、李佩甫的《生命册》和关仁山的《麦河》为例。《你在高原》中的《荒原纪事》《鹿眼》《无边的游荡》等对农村衰败的描写及农民进城命运的书写,与新产业工人题材文学里面并无二致,我们也不能分辨出"小杆儿""冉冉""加友""瓜妞"等人物和"国瑞""明惠"等人有多大的分别。唯一不同的是,张炜笔下人物的命运都是通过知识分子宁伽的眼睛发现的,不是纯然的"底层"视角;李佩甫的《生命册》是一部少见的以"人物"贯穿起写作的小说,里面的人物的生存空间无非是"无梁村"和"城市",这里面既有返城的知青(杜秋月)、进城的大学生(吴志鹏、骆驼)、捡破烂的村妇(虫嫂)、虽沦陷却成功实现身份蜕变的妓女(蔡苇香)等,这些人物形象同样在新产业工人题材文学这里司空见惯;而关仁山的《麦河》中的"桃儿"其实就是《九月还乡》中九月的"化身",她也曾经在城里出卖过自己的肉体,尔后回到家乡,加入麦河道场集团,并组织与她有同样经历的姐妹组办公司,实现自己的人生蜕变。如果让这些作品和新产业工人题材文学相比,高下立见。长篇所容纳的历史厚度及人文意蕴是中短篇小说所难以企及的,这也是"农民工题材小说"所匮乏的。只是一旦内容汇进纯然的乡土文学后,叙事的空间和中心置于与城市疏离的边缘地带,新产业工人的城市生活呈现灰色基调,小说的整体氛围就变成了对乡土的怀恋,和对城市化的批判,如此一来,便冲淡了此类小说应有的悲剧性和批判性。

也就是说,我们在宏大的乡土叙事中见到新产业工人的踪迹,也寄希望于宏大叙事能写出真正的标志性的新产业工人题材的小说,很可惜,作家只是将新产业工人视为城市化进程的反应器,而没有进一步深入。更为可惜的是,大家在认定新产业工人是经济资本、文化资本、社会资本匮乏的群体时,忽略了个体命运与国家之间的意义关联,也就失去了将个人嵌入时代的写作热情,从而陷入具体而微的日常叙事泥淖无法自拔。而作家的转向自然也成为新产业工人题材文学难以产生优秀作品的重要原因。

二、文学批评的"不作为"

在对新产业工人题材文学进行整体性研究之后,我们发现学界择取的历史时段影响了整体判断,造成了文学批评的"不作为"。这种"不作为"既表现在理论建设的无力,也表现在批评行为的"不作为"和价值判断标准的游移上。批评造势,看似有扶持之意,实则是站在精英的立场上俯视这一文学思潮,戕害了它的良性发展。

(一)从宏观层面来讲,整体的批评倾向存在严重问题,批评理论建设较为无力

好的批评家作为文学思潮的"引领者",他们不仅能够确立新的研究范式,同时也是文学风向健康发展的"导向者"。他们敏锐的洞察力,不仅仅体现在对历史话语资源的发掘上,还体现在对世界文学资源的汲取上。由于新产业工人题材文学内容的驳杂性,与乡土文学、"底层文学"均有交叉,因此自然会从文化冲突和社会结构断层两种路径进入,且后者明显更占优势。"底层文学"创作和研究在2008年开始呈现衰减态势,[①]但沿袭的"底层叙事"却开始渗透进余华、阎连科、莫言等人的文学创作中。且"底层文学"研究基本囊括了20世纪至今所有的理论资源,无论是历史资源的辨析和世界文学资源的援引方面,"底层文学"研究已有相当的成果,大多收录在《"底层文学"研究读本》。[②]但迄今为止,关于"底层文学"的论争仍存在着许多的对话和抗争,研究始终纠缠着五四时期启蒙话语、左翼话语,显示其内在的复杂性,对此我们必须正视之。

"底层文学"最大的问题是"理论建设的不足","底层"概念的暧昧性导致"底层文学"概念的混杂以及具体指向的不明晰。[③]在这里,笔者并不意在辨析"底层"的概念,以及"底层文学"研究中胶着的"代言"和"美学脱身术"问题,而是回归引发"底层文学"思潮的现象级文本——《那儿》。曹征路的《那儿》(原载于《当代》2004年第5期),讲述的是国有企业大厂工会主席为国企改革中工人阶级被遗弃的命运奔走呼告而失败进而自杀的故事,因"那儿"得自《国际歌》中"英特耐雄纳尔"的误读,加上工人阶级、工会、罢工、资本家等鲜明的阶级话语烙印,使得它被视为"新左翼文学"。当然,《那儿》的几场专题讨论会均有学者对此表示质疑,如白烨、南翔、牛玉秋等

---

① 赵学勇:《新世纪:"底层叙事"的流变与省思》,《学术月刊》2011年第10期。

② 李云雷:《"底层文学"研究读本》,上海书店出版社,2018年。

③ 李云雷:《新世纪底层文学论纲》,《文艺争鸣》2010年第11期。

人不认同"新左派"的解读方式,但他们的质疑很快被引向"新左翼"与"自由主义"的论争。即便是不认同新左翼提法的曹征路也渐渐接受这一说法。不过,由于《那儿》的特殊性,使得诸多的评论者主要围绕工人阶级的困境而展开,再由工人阶级辐射至整个社会"底层"——下岗工人、新产业工人、煤矿工人等。由此可见,新产业工人本身就是缺席的。换言之,支撑性的文本是很少的。也就是说,新产业工人一开始就被笼统地纳入话语体系中,沦为彻底的失语者。姑且不论彼时农民是否具有真正的话语权,然而召唤一个虚假的历史主体是否必要,是否就具有真正的革命伦理,仅就文本的实质而言,就抹杀了新产业工人的主体性。这场寻求历史合理性的文学思潮,在揭示新产业工人历史困境的同时,也将其主体性定位问题简单化。随着城市化进程的加剧,国家政策的逐步敞开,这一研究路径的弊端将会越来越明显。

因为"底层文学"借助转型期社会结构的断裂,复活部分阶级意识(但对此也保持警惕),以老工人的"底层化"外在特征审视改革意识形态。这就遮蔽了不同时代语境下,新产业工人题材文学书写的不同,特别是打工文学特质的再认识。打工文学在本质上是"中国改革开放的产物",即"中国国际化、市场化、工业化、城市化'四化'的产物"。[①]因此,在20世纪80年代,资本并未进入研究的视野,或者说打工之苦并未被单纯视为城市的压迫,社会文化的转型与生活空间的腾挪促使新产业工人重新定位自我,剥夺异化没有成为主要的反思对象。而在市场经济全面转型的90年代,资本的压迫日益变得明显,整个学术界弥漫着"人文精神的失落""文学边缘化"等情绪,"废都"意识较为明显。在某种程度上,作家进一步强化了文学写作中的城市批判意识。再加上大批成名已久的乡土名家的汇入,城乡二元对立模式迅速替代了原有打工文学中复杂的"内陆与南方""城市与乡村""劳动与异化""劳资矛盾"等复杂意蕴。不能回避的是,中国的乡土作家是率先完成迁徙梦想的人,他们几乎都经历过"城市""西方"话语带来的惊诧、踌躇和惶惑,以及由乡入城人生轨迹带来的切肤体验,进而形成相对恒定的"城—乡"二元对立思维模式和文学视角。但因为这是中国文学最为成熟,也最易为各方接受的模式,文坛便采用了这种模式,进一步压制了打工文学的发展空间。

无论是打工文学、"底层文学"都由深圳开始,其缘由自然是与深圳作

---

① 张胜友:《举起打工文学大旗——访中国作协书记处书记张胜友》,载杨宏海主编:《打工文学纵横谈》,社会科学文献出版社,2009年。

为改革开放的先锋密不可分。在 20 世纪 80 年代,打工文学类似于改革文学,又夹杂着些伤痕文学,其主要作用还是彰显改革开放的精神。我们可以简单看一下第一篇打工小说——《深夜,海边有一个人》。小说的主人公名叫陈可化,现实中却是"食古不化",经历了香港师傅的一番洗礼,特别是"这个世界上,人人都要搏杀才能有出路,我不知道你们内地怎样讲,对,是讲有上进心,难道你一点上进心也没有吗?"的点化,和"怪不得你们内地人要吃大锅饭"的刺激,他在海边徘徊许久后终于醒悟。陈可化的食古不化自有来处——"大锅饭",这是改革文学的起点和改革的缘由。陈可化的转变是思想观念的转变,虽说历来改革文学关注改革者的英雄事迹特别是观念的转变,而忽视了被改革者观念的转变,但从食古不化到锐意进取,是深圳改革精神的一种体现。再看小说的结尾:

> 怎么办呢?陈可化又沿着黑沉沉的海滩徘徊了许久,许久……他终于抬起头朝着万家灯火处奔去了。[1]

卢新华《伤痕》的结尾是:

> 夜,是静静的。黄浦江的水在向东滚滚奔流。忽然,远处传来巨轮上汽笛的大声怒吼。晓华便觉得浑身的热血一下子都在往上沸涌。于是,她猛地一把拉了小苏的胳膊,下了石阶,朝着灯火通明的南京路大步走去……[2]

陈可化和王晓华均经历了一番思想斗争,最终都褪去了历史遗留的伤痕。走出历史伤痕的陈可化想必会是齐欢[3]甚至是被视为熟谙成功学的"安子们"。质言之,对于 20 世纪 80 年代的打工文学来讲,它生逢其时又生不逢时。说它生逢其时,是因为它最早写出了改革开放以来人口迁徙带来的新文学气息,贡献了少有的工厂(特别是三资企业和外来企业)叙事和新工人形象;说它生不逢时,彼时中国文坛改革文学、先锋文学风头正盛,现代主义潮流正替代现实主义潮流,根本无暇顾及打工作家的宣泄及补偿式写作。

---

① 林坚:《深夜,海边有一个人》,《特区文学》1984 年第 3 期。

② 卢新华:《伤痕》,《文汇报》1978 年 8 月 11 日。

③ 林坚《别人的城市》中的主人公,出生于农家,但能快速融入城市文化,在深圳活得如鱼得水。

此外,"底层文学"压倒性的研究遮蔽了新产业工人题材文学的整体研究,而且早期的打工文学未能进入主流文坛研究视域,成为深圳专属的地方性研究品牌。改革开放已有40余年,"农民工题材小说"创作也接近四十年,究竟如何看待早期的打工文学和"底层文学"的关系问题,逐渐成为近年来学界的关注点。就文学研究的历史化趋势而言,学界倾向于将"农民工题材小说"的发展分为三个阶段:打工文学—"底层文学"—城市新移民文学。①尽管大家并不否认"底层"不唯新产业工人群体,但研究仍将其视为重点关注对象。那么,如何将打工文学嵌入"底层文学"研究就成为不可回避的问题。打工文学研究专家杨宏海一直强调"打工文学"与"底层文学"的区别,在他看来,"底层文学"是基于精英知识分子的关怀而被代言的文学,而打工文学强调作者与内容的同一性。学界"底层文学"研究者基本没有超出杨宏海的判断,并达成以下共识:一是在写作范畴方面,"底层文学"涉猎更为广泛,外延与内涵是比打工文学更大的概念。二是在写作群体方面,"底层文学"多为精英知识分子所作,采用代言方式彰显其人道主义情怀。而"打工文学"多为"底层"所为,隶属自己为自己代言。三是在文坛影响层面,"打工文学"远不及"底层文学",反而是"底层文学"促使学界以"知识考古学"的方式来研究"打工文学",为"打工文学"的发展提供了契机。当然,也有少部分学者扩大"打工文学"的外延,认为"打工文学"是大于"底层文学"的概念的,如周航在《论"底层文学"与"打工文学"之关系》中认为,"打工文学可以写底层也可以写高层","打工文学是崭新的时代生活与精神",而"底层文学"只有囿于"底层",缺乏层次感,其人文关怀和道德指向并没有带给我们全新的时代感。②这些研究都是必要的,问题在于要将打工文学镶嵌进"底层文学"的整体脉络中,就必然要"去广东化"。而"去广东化",在某种程度上就是去工厂化、资本化(全球化),将叙事导向城乡之间,从而寻找一种普遍经验。就现实层面来讲,由于劳动力短缺的缓解,就业竞争激烈,相当一部分新产业工人只能去干城里人不愿意干的活,寄身于建筑工地、家政行业、小型作坊等,特别是现在年轻人不愿意进工厂而选择相对自由的职业成为普遍现象,但这在某种意义上就从文学中驱逐了工厂叙事,也自然失去了资本空间,原有复杂的关系就变成了人与人之间的关系,更确切地说是城里人与农村人之间的关系。事实上,我们可以反问下:为何"打工文学"自深圳始,"底层文学"也自深

---

① 谢镇泽、郭海军:《改革开放城市新移民文学书写研究》,人民出版社,2018年。
② 周航:《论"底层文学"与"打工文学"之关系》,《小说评论》2011年第3期。

圳始,提倡改革的从深圳开始,反思改革的也从深圳开始。光明的主调（苦涩的微笑、艰难的成长蜕变）转变为控诉的笔调,打工文学的主体才得以建立,并成为一个时代的巨流。

窃以为,我们应将改革开放以来的新产业工人题材文学视为一个整体加以研究,在"迁徙"（流动）的视野中,从"城与人"的关系入手,特别是"农民与城市"的关系,分阶段研究其特质。为庆祝中国改革开放及深圳经济特区建立40周年而编撰的《深圳新文学大系》,其定位值得思考。"通过浓缩改革开放以来整个中国城市化进程中的深圳故事,再现当代中国近四十年来发生的巨大而复杂的历史变化以及与之相伴生的情感与心理变化。具体而言,就是通过对近四十年来深圳的各类文本的纂集,不仅要记录这个城市的现实变化与精神脉动,而且要显示流灌于其中的当代中国的激情和梦想。"①这种思路延续了邮票般大小的地方隐喻着整个乡土中国的说法,但也确实表明深圳文学作为城市化进程中的中国文学的表征的确凿无疑。既然如此,我们关注的对象不再是知识分子与城市的关系,而是农民与城市的关系。细细想来,知识分子与城市的关系关联"底层文学"的"代言角色"、乡土文学的启蒙宗旨,结局大抵一样,均是失效的。王十月屡次在文本中穿插关于"底层""底层文学""为底层代言"等的看法,他鄙视赵本山、小沈阳、周立波以调侃、嘲笑农民为能事,丑化了农民;锦衣玉食的人关注"底层",恰如其分地提出观点,左右逢源,实则根本没有热情,让"底层"再次失语;同时,他也拒绝为"底层"代言,认为谁也无权替别人代言,作家所能做到的至多是一个人道主义者;在尤凤伟的《泥鳅》中,设置了艾阳（著名作家）与国瑞（"底层"民工）之间的对话,国瑞为艾阳提供了真实的素材,但艾阳却"举重若轻"地将国瑞认为最为惨烈的东西阉割掉了,自然也就是不真实的;而在杨争光的《最后的农民工》中,同样设置了写诗的常发财遭遇的困境:出版社的编辑将主流文坛的各种主义及写诗技巧做了一番评点,并以连续发问的方式让其自惭形秽。即便是触景生情写出的诗歌,也没有获取新产业工人群体以外的支持者,常发财的诗歌成了新产业工人群体的顾影自怜。

回到"城与人"的关系上来看,新产业工人的问题,其实就是迁徙旅程中无法绕过的城市适应和城市融入的问题,试想,今天的农民谁能不靠城市活着。从宏观上讲,这个生长型的文学题材,被过多地编织进意识形态话语的框架下。表面上看来,这样的理论资源契合文学与社会的互动,作

---

① 李扬主编:《深圳新文学大系》,海天出版社,2020年。

家很容易以推敲"进步"的名义从文本中提炼出一种普遍的情绪来揭露转型中国的"断裂与失范"问题,可实际上,这是以新产业工人缺席的方式对社会加以审判。我们将新产业工人的悲剧命运视为社会转型的对立面,却没有意识到在这个过程中,中国农民真正的需求是什么?更遮蔽了迁徙与流动带给了新产业工人丰富的人生体验,以及他们在全球化、城市化进程中的贡献。的确,解决农民现代转型的制度障碍,也是必不可少的过程,因为制度性的障碍不解决,农民最终还是农民,其命运就在"农民—农民工"之间循环往复,不可能真正成为市民。可是,新产业工人不仅仅是空间上的移民,更是文化上的移民,他们从传统到现代的转变过程尽管是漫长的,但也是可以预见的。因此,实现真正的"人民性"和"批判性",乃至文学的社会影响力,就必须应对另一种事实:农民的"自我现代化"。

陈映芳的《农民工:制度安排与身份认同》认为新产业工人作为独立的身份,既是制度安排的结果,也与新产业工人自身的身份认同有关,她指出只有将新产业工人的问题视为"市民权"的问题而不是权利问题,才能真正解决新产业工人的问题。社会学层面的思考给我们莫大启发,在新产业工人题材文学遭遇话语困境的今天,批评家也应该从阶级、阶层层面的思考转向移民问题的思考,这不仅是批评家应对现实的需要,也是拓展文学空间的需要。"从乡村到城市",从新产业工人自身而言,是融入城市、适应城市文化的过程,借助"移民文学"的相关理论,来看待新产业工人题材文学,以历史的眼光来观照这一群体和这一文学特色。这既是当下对新产业工人题材文学集体不满的一种微不足道的反驳,也是对批评界漠视的一种反驳,将批评界对新产业工人的伦理关注,转向真正的文化关注。

(二)具体批评行为上的"不作为"

在这里,"不作为"指的是批评家面对作品时的态度——以"创作谈"替代了自己的观点,很少超出作者的自说自话,出现了研究者的观点与作家的自述高度一致的情况。当下的批评家大多跻身学院,拥有博士学历和留洋背景,很注重话语的增殖能力。加上大学管理的科层化思维和严苛的考核标准,使得他们面临极大的生存压力,根本无法保持自身的独立性。作家新书的出版往往会伴随座谈会和组稿式的评论,原本的"批评"就会变成作家收获赞誉和批评家撰写论文的双赢结局。在此,以林白的《妇女闲聊录》和贾平凹的《高兴》为例。《妇女闲聊录》获得了"华语文学传媒大奖",自然赢得了很多赞誉。这些赞誉集中于两条:文体和"林白"的转向,而这两点是林白在自己的创作谈里反复叙说的。《妇女闲聊录》有两篇"后记"——《世界如此辽阔》和《向着江湖一跃》,在前篇的叙述中可以了解到,林白重新建构"小说"与"世界"关系的缘由。即"个人化写作"和"女性写作"的代表人物林白在捍卫自己写作理念的同时关闭了自身和世界的通道,审视写作就是世界,"自我"就是写作,世界是外在于写作的箴言。但木珍却将其带到了"一个辽阔光明的世界",重新恢复她与世界的关系。在后一篇那里,林白阐释采取"口述实录体"的缘由。她将《妇女闲聊录》视为有主体性的生命个体,而不是自己的创作物。它如野草一般蓬勃生长并指引着林白的写作方式,使她不得不由"主动"变为"有节制的被动",然后加入乡村生活的狂欢。因此,在她看来,任何艺术的准则必须符合生活的准则,它也只能成为"记录体长篇小说"。当大家均从"小说与世界"的关系来审视林白的转变,与林白一起分享经验的敞开带来的喜悦,认为被遮蔽的乡村世界终于回到了文学的轨道时,是不是应该警惕林白创作谈背后的盲点并追问木珍讲述的乡村世界的内在逻辑和农民的无力感。同样的,在贾平凹的《我和高兴》中主要显示了两点:《高兴》的写作内容及写作过程,强调当下农民的生存状态和作家的"下生活"姿态。而整整一部《〈高兴〉大评》却始终难以超出这两点,"高兴"人物形象的真实性和贾平凹的真诚成为评论的焦点,即便是有所非议,也仅仅指出"高兴"这个人物形象与作家自身形象的某种重构性。如果我们看到《文学的故乡》中出场的刘高兴原型人物刘书征的人生际遇,估计会颠覆大家的印象。这倒不是说作家和评论家的"一致性"不被允许,而是说,批评家在阐释文本时,始终没有超出作家所能看到的,用一种仰视的心态,缺乏真正的"审视"——建立在高度和深度之上的审视。

与附庸风雅式的批评相对应的是另一种"不作为"——"批评价值次序的紊乱"①。到底哪些有价值,孰轻孰重,自然是众说纷纭的。但是,作为评论家必须遵循一点,就是"甄别力"。就目前而言,几乎所有的批评家都看到了新产业工人题材的边缘意义。他们反复吟说的公平、正义,恰恰只能站在与中心对立的位置上才能看清楚,这些文学特质一旦被主流意识形态所收买,马上就会变质。而我们现在呼吁重视打工文学、扶持"底层作家",恰恰加速了这些文学的主流意识形态化,丧失了应有的文学内涵。

就具体的文本细读而言,评论家陷入了一种皮相的"怀旧"中,将关注的焦点聚焦于那些传统因子更多的新产业工人身上,而对真正的"边缘人"

---

① 这里借用青年批评家曹林在《从造谣到黑客:批判的价值次序》(《四川日报》2009年6月11日)中提出的一个"批评的价值次序"概念,曹文解释为"一个事件上可能有许多值得批判之处,远的近的,弱的强的,直接的间接的,明显的隐含的,这样的排序就是批判的价值次序",用通俗的话讲也即"用价值来衡量哪些批评内容的坐席"。

则嗤之以鼻。最为典型的莫过于对贾平凹的《高兴》的评论,普遍的观点认为"五富"的艺术形象魅力更大,而"高兴"的"边缘状态"没有得到真正认识。文学界普遍推崇的是以农民为标准的相似性,而否定不似性,也就失去了文学批评应有的功效。当然,这也可能与贾平凹赋予刘高兴现代抑或文明的方式有关。贾平凹用相貌(西装)、语言(普通话)、休闲方式(吹箫)、精神气质(像个作家)等来塑造刘高兴形象,这种文化资本的表意符号不仅不能强化刘高兴文明的一面反而会适得其反,认为是其造作的体现。但不管怎么说,"今日农民"或曰新产业工人还能用旧的一套有关"农民形象辞典"来形容吗? 尤其是面对"新生代新产业工人",他们在乡村所受的教育不仅仅带有"泥土的气息",更多的是源于电视、影视、网络媒介等与城市别无二致的"资源",除却一张户口的凭证,他们和普通城市孩子的内心还有很大的差别吗? 他们虽然寄身于城乡结合部,可并不代表他们接触不到高素质的城里人和高雅的城市文化,更不代表他们身在一个与高速发展的现代中国所隔绝的、铁板一块的"乌托邦世界"。在这种情况下,应该更多地鼓励像"刘高兴"这样的新产业工人形象的出现,而不是"五富"这样的人物形象。诚然,文化的印记不是那么容易抹去的,新的人物形象不可避免的有很多的缺陷,但是,文学批评对人物应该不仅仅是臧否,更多的是引导。

(三)批评家自身价值的游移

"无论是我们的文学创作,还是我们的文学批评,都缺乏强大的精神资源,至少是精神资源不足,所以思想力度不够,价值坐标不明朗,审美能力不强,批评标准出现迷乱现象,在当前复杂多元的文学现象面前明显缺乏让人信服的解析能力和深刻的审美判断力。"[①]就新产业工人题材文学而言,彰显伦理批评,这种批判最大的优势是能迅速就文本中的"苦难和道德"显示自己的批判立场,最大的劣势也在于此,因为评论家始终强调的是自己的"伦理维度",而忽视了真正的问题所在。笔者以为真正的问题不是苦难滥觞,而是欲望挤走了苦难,使得苦难没有达到批判的效果和悲剧的力量。另外,就是"反城市化"情绪的滋扰。批评家也和作家面对共同的世界和共同的问题,只是他们的思考要比作家多一些,因此,在面对城市化进程中新产业工人的诉求时就必须非常谨慎。因为如今的问题不是"是否要城市化"的问题,而是"如何城市化"的问题,在这种情况下,就必须在历史的链条中对作品做出中肯的评价,譬如对陈应松《归来》的评价,里面就涉及"历史的正确性"和"历史的残酷性"以及作家的人道主义情怀。最后,在

---

① 雷达:《我们需要什么样的文学批评》,《南方文坛》2012年第6期。

明确价值立场之后，还必须意识到新产业工人自身的悲剧性格。在有关"外省青年"的著作那里，我们看到的是生命本体欲望的释放，以及主人公在悲剧之后的忏悔与孤独。而这些在新产业工人身上甚为少见。新产业工人题材文学不应该仅仅刻画压抑之下的个体的萎靡，更应该看到个体懵懂的觉醒和自觉的反抗，以及最终的自我审视，评论家必须正视这一点。同时，批评家更应该意识到，稳固农民身份的丢弃，原本就是农民改变命运必不可少的部分，空间流动仅是第一步，向上流动才是最终的目的。

"最高层次的批评的真正实质，是自己灵魂的记录"，王尔德如是说。丁帆一直强调，批评应该有"历史的纵深感、鲜明的价值立场、鲜活的生命感悟"，应该倡导"人、人性、人道主义"的批评范式。也许唯有如此，才能抢救当下这种乏力的文学批评。

诚然，文学批评并不被作家"看好"，文坛大家不领情，"底层作家"尤其是"打工作家"也存在这样的情况。但从整体上看，新产业工人题材文学确实需要真正的文学批评的引导，把它的真正内涵挖掘出来，从而形成一种良性的文学生态，避免出现"用高蹈的姿态从文学外围加以褒扬和从文学内部（文学性）加以否认"的状况，而作家也不盲目顺从主流而篡改自己的本意，这样才有可能出现标志性的新产业工人题材文学和全新的新产业工人形象。

余论　历史性与当下性视野中的新产业工人形象：流动与社会变革

　　大抵从人类诞生那天起，迁徙就伴随我们朝着财富、自由和梦想的方向流动，这是人的本能也是人类文明发展的动力。《圣经》的《出埃及记》一篇中，就是一个人带领一群人迁徙，从而获得新生的故事。无独有偶，中国有句古谚语叫"树挪死，人挪活"，意即借助迁徙与流动改善当下的生活与困境。

　　改革开放以来，随着城市化、工业化进程的持续推进，我国从静止的乡土中国转变为流动的迁徙中国。作为"乡土中国"对位概念的"城乡中国"便基于此。"城乡中国"的内涵有三个层面：第一个层面是指城乡人口结构的变化，城镇居民人口超过了农村。2012年1月国家统计局宣布，13.5亿中国人，其中51.27%常住城镇。进入21世纪以来，随着新生代新产业工人逐渐成为进城农民的主体，其城乡流动模式已发生转变，定居式迁徙逐渐替代候鸟式迁徙，青年单身男女流动逐渐被全家流动所替代，与农村空心化相应的，流动人口常住化也成为一种新的趋势。"农二代"与乡村的关系发生了变化，他们既无务农的经验，也无回乡的打算。不管城市接纳与否，他们的生活方式与观念均已城市化；第二个层面是指传统的乡土沦陷，以差序格局、伦理自治为基本特征的乡土中国发生了转型。刘守英认为熟人社会的村庄制度发生了变化，刘奇认为改革开放四十多年来，中国的乡土社会发生着深刻剧烈的变化，主要体现在十个方面：社会主体由稳定性向流动性转变、社会生活由同质性向异质性转变、社会关系由熟悉性向陌生性转变、社会空间由地域性向公共性转变、社会结构由紧密型向松散型转变、社会细胞由完整性向破裂性转变、社会文化由前喻文化向后喻文化转变、社会价值由一元性向多元性转变、社会行为由规范性向失范性转变、社会治理由权威性向碎片化转变；[1]第三个层面是指国家通过新型城镇化、

---

① 刘奇：《中国乡土社会正在发生十大转变》，《北京日报》2018年9月3日。

美丽乡村建设、乡村振兴战略等系列政策打破既有的城乡二元对立格局，促进城乡文化的发展。而国家政策导向的确带来了新产业工人形象的转型，回流新产业工人开始出现，这一群体的主体构成是第一代新产业工人以及"城乡两栖"的新生代新产业工人。

事实上，我们已经意识到，在人口流动的今天，人与土地的束缚关系基本解除，自由迁徙的权利日渐成为人的基本权利，而这也是改革开放四十年的重要成果。在这个过程中，蓦然回首，我们发现传统农民(安土重迁)已经无法适应时代的发展，农民身上的勤奋、老实、本分、善良等品质已成为他们获取成功的绊脚石。20世纪80年代，寻根文学弥漫的"最后一个"气息，不知不觉弥漫到中国农民身上。当然，"最后一个农民"不太可能，但"最后一个传统农民"却是可能的。在经过乱象丛生、丛林法则的城市生活洗礼之后，人们被迫接受这一准则。在付秀莹的《陌上》中，能折腾的是大全这样的能文能武的人，那些老实、品行端正的人是乡土中国时期理想的择偶对象，却在城乡中国这里成为无能者：根来脾气好，大坡是个老实疙瘩，但父子俩都无法在村子里立足；根生长相英俊，却只能靠妻子香罗支撑门户；占良本分，却无以养家。尽管素台安慰占良的妻子小鸾人生自古难以两全，老实本分自有老实本分的好处。但小鸾却叹气，宁愿占良有本事，在外招猫逗狗，也比他成天窝窝囊囊的好；"小别扭"心量宽，性子慢，一事无成，只能出苦力，家里只好靠银花"识破"；望日莲父母本分老实，却也窝囊了一辈子，日子过得寒碜，影响了望日莲的前程，她只好自己挣脸面……

由此可见，我们基本接受了这样的观点：流动则生，不流动则"死"；进城则生，不进城则"死"；拥抱现代则生，固守传统则"死"。这样的看法自然符合迁徙与流动对个体发展的影响，无可厚非。但一旦涉及迁徙与流动对社会的转型、文明的冲击时问题就变得异常复杂，传统稳定的礼俗社会未能顺利转变为现代流动的法理社会，反而出现了乱象丛生的现象。我们并不能将"金钱至上"、突破"伦理道德底线"的人就视为现代的人。因此，我们需要重新审视物质贫乏时代到丰裕时代的人性变迁，顺理成章地，新产业工人便成为最好的对象。在社会转型中充当重要角色的新产业工人，他们的现代转型甚为复杂。其原因在于我们既希望他们变，又喜欢他们不变，他们承载着城乡中国最为复杂的文学想象。事实上，从整个新文学史来看，农民的现代转型一直是其重要的文学想象。《新时期小说中农民意识的现代转型》中称农民的现代转型体现在如下方面：土地意识、身份定位、伦理困惑、科学意识、消费观念等。这样的分析其实仍然是中国文学的一个既有惯性,并不能解决太多的问题。因为它实际上将20世纪80年代以来乡土文学中有关农民叙述与城市文学接壤的部分给细化了,将农民融入城市过程中所出现的与市民文化惊人相似的一面给具体化了。姑且不论囿于历史语境而对"现代"标准的错误认识,就从研究者的立意来看,这样的转型是研究者竞相批判的东西。也就是说,中国农民的现代化转型始终是一个未竟的问题,只有在充分认识城市及城市化本质的基础上,才能深入理解这一问题。

对于农民,文学史最为经典的话语模式是"传统",这是我们谈农民的现代转型的首要难题。这个观点没有错,但这只是以一种静止的眼光"管中窥豹"。中国的社会结构是金字塔形的,基层民众很多,占绝大多数。从对现代性的感受来讲,这估计是一个圆形结构,从中心到边缘,一点点扩散到农民身上。随着整个社会的转型,中国农民的"现代感受"和五四运动时期的知识分子、20世纪80年代被誉为"现代人物"的高加林、金狗、赵巧英等人是一样的。特别是在资讯时代,社会任何一点微不足道的涟漪都会扩散至中国农民身上。

姑且不论五四时期的知识分子,"走异路,逃异地",漂洋过海,仅看20世纪80年代文学是如何阐释"农村青年"的现代主题的。经典的命题就是出走(离开农村)和婚变叙事。但这有一个必然的前提,就是这些主人公身上负载着现代的气息,已经难以适应乡村那种窒闷的生存状态。也就是说80年代出走的农民是精英,而今日的农民队伍很复杂,很难说均是精英。而且,他们的"出走"更多的是"经济诉求",并非出于"现代诉求"。作家也有意回避他们身上的"现代性"质素,而转向对社会问题的揭露与批判。但就"进城"(何尝不是一种"出走")本身而言,农民就开始接触到现代气息,并成为撬动传统乡村的主要力量。对此,我们可以从托马斯的《身处欧美的波兰农民》窥知一二,托马斯相信,"从传统的乡村文化移向现代都市文化的经历,就其实质而言是带有普遍性的。不管是青年男女离开美国的农场去都市寻找工作,还是一个美籍非洲人离开南方农业区迁向哈雷姆或芝加哥,也不论是一个波兰青年来到匹茨堡的一个钢铁厂工作,还是一个意大利家庭离开家园到布法罗的罐头食品厂谋生,在所有这些情形下,人们都是将一种结合紧密的、以家庭为基础的传统文化抛到身后,而去努力适应一个更为个人主义的、更具竞争性的世界"①。事实上,经过近四十年人

---

① [美]W.I.托马斯、[波兰]F.兹纳涅茨基:《身处欧美的波兰农民》,张友云译,译林出版社,2000年。

口流动,新产业工人身上的"农民性"和"传统性"在减弱,而"市民性"和"现代性"在增强,呈现出多元、复杂的价值取向。当然,作家不是没有注意到,而是说,作家预设了新产业工人的身份转换困境,即便能顺利实现转换,这些人物很可能因为伦理道德的缺陷而成为负面形象。这就使得文学中农民的现代转型远远落后于现实生活中的农民现代转型。

不管承认与否,新产业工人这一身份本身就意味着"既传统又现代""既不传统又不现代"的双重性,一旦迈出这一步,农民只可能走向现代,而不可能全身而退返回传统。现代的最终落脚点可能是"市民"这样一个具象的身份,但更可能是文明的符号及特质。尽管目前文学中呈现的新产业工人形象还没有呈现出"扎根"的迹象,还停留在"漂泊者"的物质化生存状态上。但随着社会与文学的进一步发展,"扎根"肯定会到来。改革开放四十年来,有相当一部分新产业工人已经在城市定居下来,完成身份的蜕变。而在今天,无法扎根大城市又无法在老家生活的年轻人,会选择小城镇买房子,从而过上两栖甚至三栖生活。如果我们将"生命的延展""拓宽视野与提升能力"视为新产业工人获取现代身份的第一个端点,将"城—乡"关系认知的细微转变视为"历史的一小步"的话,那么我们就不需要那么悲观,因为文学已经显示了此种可能性。在此,以荆永鸣的创作转变为例。

荆永鸣是以"外地人"系列进入我们的视野的,其身份比较多元。他的职业身份在国家工作人员和个体小老板之间游移(正式的身份是内蒙古平煤集团公司驻京工作人员,却一直开着饭馆),同时,还一直笔耕不辍,将生活的经历转化成写作的材料。作为一个仅通过文本来认识作家的读者来说,任何的揣测很可能都是"妄下定论"。但是,凭着其小说的共有元素和人生经历按图索骥,可以得知荆永鸣其实一直在写一种关系——"外地人"和"北京人"的关系。前期是紧张的,而后期则是舒缓的。这样的转变不仅仅是荆永鸣的生活境遇使然,更是世事使然。从《北京候鸟》《外地人》,到《北京邻居》《北京房东》,荆永鸣的写作重心已经转变。但在笔者看来,他仍然在写"外地人"如何融入城市的问题,"邻居"和"房东"这两个词已经显示了这一点。虽然,这种关系最常见,也最简单。绝大多数新产业工人都必须与城市人构成一种"租赁"关系,但很难发展成"邻居"关系。然而,荆永鸣突出的是"邻居",是情谊。《北京邻居》和《北京房东》合起来就是一个内蒙餐馆老板从找房子到买房子的故事,且后者明显是前者的一个尚未展开的情节。"我"(《北京邻居》中叫"刘老板",《北京房东》中姓荆)和妻子经历了"外地人"的尴尬,苦心经营餐馆,蜗居在四平米的餐馆耳屋里,受够了城管、工商、卫生防疫站的人的窝囊气,活得战战兢兢。因为租房住进了二十一号院,和院里的人成为邻居。从和一般"外地人"那样谨小慎微,躲着邻居,到和邻居打成一片,其间的琐事仿佛就是一个院里的家长里短。这里面掺杂着"我"的事业发展和思维转变。餐馆生意日渐好转,存款也日渐增多,"我"的日子也日渐舒展。而"我"也没有了"外地人"的偏激,既能理性看待胡东等新产业工人的狭隘,也能尊重北京人的活法与心态。就这样,"我"不仅成为二十一号院的好邻居和好朋友,还成了"知心大哥"。虽说"我"自己较为传统,力求在"现实和想象"之间保持一种平衡。但"我"通达、与人为善,有勇气去承担生活的苦难,挺过各种各样的困难,终于在城市站稳脚跟等已显示出他和一般新产业工人的截然不同。正如书中所说:"人活着才是超乎一切的硬道理;而活得稍微好一点,则是我们进入这个城市的出发点和为之奋斗的目标。"正是这样的信念,二十一号院的邻居们都走了,而"我"却来了,这种鲜明的对比恰恰说明新产业工人融入城市,由不敢"大声呼吸"到"安居乐业"不是不可能的。

我们也可以将打工作家视为一种文化标本。打工作家中不少人通过打工文学这种特殊的建构认同的方式,获取了身份上的彻底蜕变。典型的如第一代打工作家张伟明和安子,前者不仅拥有了深圳户口、房子和车子,还拥有了自己的庄园和工作室,过着"都市—乡村"的生活,后者更成为"打工皇后",拥有自己的企业,创造了名副其实的"打工神话";新一代的打工作家王十月,也凭借着自己的文学成就落户东莞。这三人并非独特的现象,何真宗等人已经成为都市新移民的典型代表。这些无不预示着一种向上的力量,和打工作家落户城市的可能。"身份凭证"的获取还应与相应的精神状态结合起来才能证明这个群体的"现代转型"。就笔者所阅读的"打工作家"的作品,都呈现出他们对马尔科姆·考利的《流放者归来》的钟爱。张伟明对之的钟爱可以在其谈及《无所适从》等著作中体现出来,王十月的难忘可以在《无碑》中老乌的模糊思考中窥知。他们对之的钟爱不仅仅是"流放者"的困惑,更是对现实的一种接纳。在"无家可归"中创造家,这就明显超越了"边缘心态":

> 这是你的家……可是在你的记忆之外它存在吗?等到你到达山顶或小路拐弯处,你会不会发现人已不在了,景色也变了,铁杉树被砍倒了,原来是树林的地方只剩下残桩、枯干的树梢、树枝和木柴?或者,如果家乡没有变,你会不会发现你自己大为改变、失去了根,以致你的家乡拒绝你回去、拒绝让你参加家乡的共同生活?没有关系:我们的童年之乡还存在,即使仅仅存在于我们的头脑之中,即使家乡将

我们流放，我们仍然对它忠诚不变；我们把家乡的形象从一个城市带到另一个城市，就像随身必带的行李一样……①

"有狗尾巴草的地方就是他的故乡。"中国人的"故乡"或曰"原乡"是基于血缘与地缘关系的实体村庄及村庄风物，因此，"原乡意识"有很强的现实寄托，也直接影响了我们的身份归属感。故而，"原乡意识"的撬动意味着身份归属感的变动。在这里，"故乡"已经幻化为"行囊"和"生命的支撑点"，只要心里有它，便可以处处为家。从"无所适从"到"双栖性认同"，实际上就是对自身身份的一个超越。

此外，我们也可以借鉴社会学的既有典型，考察新生代新产业工人的现状，他们的前身是留守儿童和流动儿童，幼年可能辗转于城乡之间，暑假进城与父母同住，其他时间与爷爷奶奶在农村生活。而长大后，直接从校门到城市，基本上没有农村生活的经历和能力，也没有对农村产生血缘般的认同。更有甚者，他们生在城市，长在城市，在内心里认定自己是"城市人"，仅因高考户籍制度的限制不得不回到农村参加高考，而高考后，再返回城市。抑或直接接受完九年义务教育后直接辍学，留在城市。这些"农二代"的命运究竟如何呢？王昕朋的《漂二代》做出了回答。新产业工人与当地居民"共荣共存"的隐喻式结局当然是值得怀疑的，这个光明的尾巴诠释了公平与正义、法律等社会公器乃至社会政策向新产业工人的倾斜，事实果真如此吗？高考户籍制度改革步履维艰，城乡户籍制度改革仍阻力重重，"农二代"在城市无所适从，这些社会难题若非几十年的努力是很难改变的。然而，我们又不得不承认"历史的一小步"，法律意识和民主意识，乃至对自由的强烈追求与人权的自觉维护均显示了文明在"农二代"身上扎根了，随着时间的推移，他们也必然扎根城市，成为名副其实的新移民和新市民。《漂二代》中，有人呼吁新产业工人为北京新市民，也并非空穴来风。另外，作为一部描写深圳"新移民"群体生存状态的长篇小说，弋铧的《云彩下的天空》是运用三线并立的手法呈现巴里、帅、峰三个家庭出身背景完全不同的少年的成长故事。家境富足的巴里代表着富人阶层，他一直在私立学校学习，尽管沉迷于游戏当中，高中没毕业就被父母送到国外。大学毕业后，最终回国到亲戚的公司里磨炼实习；帅，代表着广大的"底层人"，他性格叛逆，初中没有毕业且一度离家出走，辍学之后只好跟随家人到深圳打工谋生。在深圳打工的过程中眼界大开，他开始钻研各种技术，虚心求

---

① [美]马尔科姆·考利：《流放者归来》，张承谟译，重庆出版社，2006年，第14页。

教,向同事学习电脑,积累工作经验;峰,代表着受过高等教育的知识青年。作为艺术院校美术系的高材生,他性格内向,沉默寡言。毕业后,南下深圳,加入去深圳的创业大军中。他从淘宝店起步,有了自己的公司,运营得风生水起。一个出国留学,一个辍学打工,一个自主创业,三个来自不同阶层和学历的人殊途同归,成为合作伙伴……小说取材于当下真实的都市生活,在任何一家公司里都存在着来自不同阶层的人,本地人和外地人,新产业工人和精英。它深刻揭示了深圳这座移民城市巨大的包容性、无限的机会和可能性:无论你来自何方,家庭教育背景如何千差万别,只要胸怀大志且矢志不渝地追求自己的梦想,都可以找到施展自己才华的舞台。不可否认,这是一部充满理想气质的主旋律小说,但它为身处流动时代的各种人提供了无限的可能性。

当然,更多的是另一种情境:既回不去故乡,也无法在城市扎根,成为"悬浮人"。这种"悬浮"既是生存状态的,更是精神上的。农民进城、新农村建设等打破了旧有的村庄结构及家庭结构,也预示着以"代际相传"的乡村文化的彻底溃败,使得新产业工人"无家可归"。而城市并没有真正接纳他们,户口、房价、孩子读书问题等其中任何一个问题都可能使得新产业工人的"城市梦"毁于一旦;与之相对的精神问题更为严重,新产业工人尤其是新生代新产业工人在长期的城乡流动中生成的现代感受,使得他们成为精神上的"漂泊者"。"用哲学的语言说,在现代性的征途上,我们正和后现代状况蓦然相遇;用国际政治经济学的术语说,在追求地区和民族发展的同时,我们正和当代西方资本主义全球化的和全面性的霸权相遇;用文化心理学的术语说,在追求身份确认的同时,我们正和人格多重分裂和身份杂交化、流动化、碎片化的状态相遇。"[①]

打工诗人辛酉在追问"我们到底都是些什么人"后,用悲愤的语调得出"鸟人"的结论,道出了在丢失固有农民身份之后无所凭依的认同危机:

　　——我们这些打工的人 /我们这些奔波在季节里的人 /我们这些像候鸟一样的人/我们这些——"鸟"人[②]

城乡迁徙带来的身份困惑可想而知。无论被动城市化还是主动城市

---

① 钱超英:《文化身份与知识生活:中国现当代人文精神的三种困境》,《学术研究》1998年10月(深圳特区专号)。

② 辛酉:《我们这些鸟人》,《中国2008年度诗歌精选》,四川民族出版社,2009年。

化,无论农民是否已经获取城市身份,他们离真正的现代还相去甚远,这是一个未竟的命题,也是一个难题。更为重要的是,在一个新的"百年未有之变局"的今天,"变"中"不变"的东西是什么,我们是否能够据此重建"乡土"? 那么,回到我们的初衷——如何定位新产业工人,如何书写他们的形象? 是否存在着统一的新产业工人经验叙事? 是以城乡夹缝人书写他们干着城市人不愿意干的活,挣着最为低微的工资,承受着抛妻弃子、背井离乡的心灵创痛? 还是在改革开放、全球化、城市化进程中书写他们的贡献以及他们的个体成长和命运沉浮? 这与国家的意识形态有关更与作家"宏阔的历史眼光"有关。

2018年正值改革开放40周年,中国文坛以总结的方式回顾新时期以来的各种文学思潮,梳理中国走向世界的文学贡献。"大江大潮"式的思潮涌动,汇成了中国城市化进程带来的巨变——乡土中国向城市中国转变。2017年至今,每年我国都有关于乡村振兴战略的"中央一号文件"发布,并召开相应的工作会议,显示出我国乡村振兴战略的紧迫性。与此同时,民间的乡村建设运动再掀高潮,它强调科技与文化下乡,由知识分子和青年学生提供智力支持,社会各阶层自觉参与,以基层农民为主体,注重农业生态、乡村文化建设、农业互助等。因此,它首先明确乡村建设为谁而建的问题,扭转既往乡村建设中的农业的被动、附属地位,确保农业、农民的主体地位,乡村建设的团队多了不少非农民的身影。其中以温铁军、贺雪峰、李昌平等著名社会学者为代表的,轰轰烈烈的当代高校大学生"三农"社团下乡实践最为著名。该团队成员均有乡土经验,且必须躬耕于田野之中,借此召唤人们"爱故乡"的情感能力,挖掘地方文化资源,扶持地方乡建力量,鼓励全民投入乡村建设,并借助各级各类农业项目开展训练营等,其成果在有影响力的自媒体公众号上发布,汇编成各类"非虚构"文学创作出版物。由于"新乡村建设"从一开始便与青年知识分子密不可分,它被钱理群誉为二十世纪以来中国的"第六次知识分子下乡运动"。此外,相当一部分商业组织也以民宿、文化旅游、非遗工坊等方式介入乡村建设。政府与民间、公益组织与商业团体等共同构成了当下新乡村建设的群体性力量。这种力量旨在解决农民进城后的乡村问题,以"抛家舍业出门赚钱难"不如"返乡就业"的方式召唤"返乡"。2020年,新冠疫情席卷全球,就近就业也成为一种选择。无论是在城市还是农村,农民逐渐蜕变为产业工人。质言之,我们基本上形成这样的共识:乡村建设方案仍以现代为标准,其致富路径仍以非农就业为主要方式。

在这个过程中,我们可以清晰地意识到历史性与当下性两种维度的纠缠:历史地看,中国的城市化进程与前所未有的劳动力大军密不可分,新产业工人是当之无愧的建设者,他们撑起了世界工厂和中国制造。与此同时,"进城"作为当代中国国家发展的一种隐喻,意味着我国从农业社会变为工业社会,新产业工人个体的生命体验特别是身份认同危机,也成为一种普遍的情绪。从现实来看,新生代新产业工人登上历史舞台,返乡机制和整体的"故乡不再"的氛围,都会进一步推进制度建设和人文关切。问题在于,新产业工人的整体境遇仍没有明显改善,"农民工化"依然是大家需要警惕的社会现实,他们成为工作低端无保障、报酬极低、生活不稳定、身份模糊的代名词,如《文化纵横》杂志公众号推出的《当前多人群出现"农民工化"趋势,最明显的是大学生》[①]。新产业工人丰富的人性和丰饶的痛苦,进取和冒险精神,对命运的挑战和忍耐,反而都被遮蔽了。投射在文本中,新产业工人形象亟须打破符号化的刻板印象,在宏大叙事的话语中,发掘他们在全球化和城市化进程中被遮蔽的历史贡献,在书写历史局外人悲剧的同时关注个体与历史的复杂关联。同时,还要保持对"宏大叙事"和"日常生活叙事"的双重警惕,既要警惕前者遮蔽苦难的一面,道出异乡生存的边缘处境和身份认同的危机。又要警惕后者生存淹没精神的一面,还原跳脱出传统生活轨道的农民在迁徙与返归中的蜕变。唯有如此,才能塑造血肉丰满、意蕴丰厚的新产业工人形象。

---

①原题为《教育流动与底层再生产———一种大学生"农民工化"现象的研究》,原载于《广东社会科学》2016年第4期。

参考文献

一、文学作品

(一)著作

1. 安子:《青春驿站——深圳打工妹写真》,海天出版社,1999年。

2. 邓一光:《怀念一个没有去过的地方》,北岳出版社,2000年。

3. 东西:《篡改的命》,上海文艺出版社,2015年。

4. 范泽木:《我不是坏小孩》,武汉大学出版社,2018年。

5. 付秀莹:《陌上》,北京十月文艺出版社,2016年。

6. 关仁山:《金谷银山》,作家出版社,2017年。

7. 关仁山:《日头》,花山文艺出版社,2017年。

8. 贾平凹:《高兴》,人民文学出版社,2008年。

9. 贾平凹:《极花》,人民文学出版社,2016年。

10. 贾平凹:《秦腔》,作家出版社,2005年。

11. 荆永鸣:《外地人》,文学艺术出版社,2006年。

12. 梁鸿:《梁庄十年》,上海三联书店,2021年。

13. 梁鸿:《中国在梁庄》,江苏人民出版社,2010年。

14. 林白:《妇女闲聊录》,新星出版社,2008年。

15. 刘继明:《送你一束红花草》,武汉出版社,2006年。

16. 孙惠芬:《吉宽的马车》,作家出版社,2007年。

17. 孙惠芬:《民工:孙惠芬小说精品选》,作家出版社,2005年。

18. 孙惠芬:《歇马山庄》,人民出版社,2000年。

19. 孙惠芬:《歇马山庄的两个女人》,群众出版社,2003年。

20. 王安忆:《上种红菱下种藕》,南海出版公司,2002年。

21. 王十月:《国家订单》,中国社会出版社,2009年。

22. 王十月:《收脚印的人》,花城出版社,2015年。

23. 王十月:《无碑》,花城出版社,2009年。

24. 王昕朋:《漂二代》,人民文学出版社,2012年。

25. 杨志军:《最后的农民工》,作家出版社,2021年。

26. 叶炜:《踟蹰》,安徽文艺出版社,2019年。

27. 尤凤伟:《泥鳅》,春风文艺出版社,2002年。

28. 张伟明:《无所适从》,作家出版社,1999年。

(二)文章

1. 艾伟:《小姐们》,《收获》2003年第2期。

2. 残雪:《民工团》,《当代作家评论》2004年第2期。

3. 陈应松:《归来》,《上海文学》2005年第1期。

4. 陈应松:《太平狗》,《人民文学》2005年第10期。

5. 程军波:《宝儿闯京都》,《北京文学》2002年第6期。

6. 戴斌:《深南大道》,《人民文学》2001年第11期。

7. 邓刚:《桑拿》,《十月》2001年第6期。

8. 范小青:《城乡简史》,《山花》2006年第1期。

9. 关仁山:《九月还乡》,《十月》1996年第3期。

10. 鬼子:《瓦城上空的麦田》,《人民文学》2002年第10期。

11. 何顿:《蒙娜丽莎的笑》,《收获》2002年第2期。

12. 何玉茹:《三个清洁工》,《广州文艺》2009年第7期。

13. 胡传永:《血泪打工妹》,《北京文学》2003年第4期。

14. 贾平凹:《阿吉》,《人民文学》2002年第6期。

15. 焦祖尧:《归去》,《人民文学》1993年第10期。

16. 荆永鸣:《白水羊头葫芦丝》,《十月》2005年第3期。

17. 荆永鸣:《北京候鸟》,《人民文学》2003年第7期。

18. 荆永鸣:《大声呼吸》,《人民文学》2005年第9期。

19. 李师江:《廊桥遗梦之民工版》,《上海文学》2004年第1期。

20. 李铁:《城市里的一棵庄稼》,《十月》2004年第2期。

21. 李肇正:《傻女香香》,《清明》2003年第4期。

22. 李肇正:《女佣》,《当代》2001年第5期。

23. 梁鸿:《梁庄在中国》,《人民文学》2012年第12期。

24. 林坚:《深夜海边有一个人》,《特区文学》1984年第3期。

25. 林深:《回家》,《山东文学》2003年第6期。

26. 刘庆邦:《回家》,《人民文学》2005年第12期。

27. 罗伟章:《大嫂谣》,《人民文学》2005年第11期。

28. 罗伟章:《我们的路》,《长城》2005年第3期。

29. 墨白:《事实真相》,《花城》1999年第6期。

30. 乔叶:《拆楼记》,《人民文学》2011年第9期。

31. 乔叶:《盖楼记》,《人民文学》2011年第6期。

32. 邵丽:《明惠的圣诞》,《十月》2004年第6期。

33. 石一枫:《世间已无陈金芳》,《十月》2014年第4期。

34. 孙惠芬:《民工》,《当代》2002年第1期。

35. 孙惠芬:《致无尽关系》,《钟山》2008年第6期。

36. 铁凝:《寂寞嫦娥》,《中国作家》1999年第1期。

37. 铁凝:《谁能让我害羞》,《长城》2002年第3期。

38. 王安忆:《保姆们》,《新华文摘》2002年第5期。

39. 王安忆:《民工刘建华》,《上海文学》2002年第3期。

40. 王华:《在天上种玉米》,《人民文学》2009年第2期。

41. 王十月:《出租屋里的磨刀声》,《作品》2000年第6期。

42. 王十月:《寻根团》,《人民文学》2011年第5期。

43. 王手:《乡下姑娘李美凤》,《山花》2005年第8期。

44. 吴玄:《发廊》,《花城》2002年第5期。

45. 夏天敏:《接吻长安街》,《山花》2005年第1期。

46. 项小米:《二的》,《人民文学》2005年第3期。

47. 徐则臣:《天上人间》,《收获》2008年第2期。

48. 许春樵:《不许抢劫》,《十月》2005年第6期。

49. 许春樵:《麦子熟了》,《人民文学》2016年第10期。

50. 张继:《去城市里看看》,《中篇小说选刊》2002年第4期。

51. 张伟明:《我们INT》,《大鹏湾》1988年12月创刊号。

二、学术专著

（一）中国著作

1. 陈一军:《生命迁流与文学叙述——当代农民工题材小说研究》,东北师范大学出版社,2015年。

2. 丁帆等:《中国乡土小说的世纪转型研究》,人民文学出版社,2013年。

3. 丁帆等:《中国乡土小说史》,北京大学出版社,2007年。

4. 丁帆等:《中国乡土小说研究的百年流变》,南京大学出版社,2021年。

5. 高秀芹:《文学的中国城乡》,陕西人民教育出版社,1900年。

6. 谷显明:《乡土中国的当代图景（新时期乡土小说研究）》,中国社会科学出版社,2016年。

7. 韩鲁华主编:《〈高兴〉大评》,陕西人民出版社,2008年。

8. 何平:《现代小说还乡母题研究》,复旦大学出版社,2012年。

9. 贺雪峰:《新乡土中国:转型期乡村社会调查笔记》,广西师范大学出版社,2003年。

10. 贺雪峰编:《回乡记:我们眼中的流动中国》,中信出版社,2018年。

11. 黄传会:《中国新生代农民工》,人民文学出版社,2011年。

12. 黄灯:《大地上的亲人:一个农村儿媳眼中的乡村图景》,台海出版社,2017年。

13. 江腊生:《新世纪农民工书写研究》,人民出版社,2016年。

14. 李云雷编:《"底层文学"研究读本》,上海书店出版社,2018年。

15. 柳冬妩:《打工文学的整体观察》,花城出版社,2012年。

16. 陆学艺:《"三农"新论——当前中国农业、农村、农民问题研究》,社会科学文献出版社,2005年。

17. 孙立平:《断裂——20世纪90年代以来的中国社会》,社会科学文献出版社,2003年。

18. 王磊光:《呼喊在风中:一个博士生的返乡笔记》,复旦大学出版社,2016年。

19. 吴海清:《乡土世界的现代性想象:中国现当代文学乡土叙事思想研究》,南开大学出版社,2011年。

20. 吴妍妍:《作家身份与城乡书写》,中国社会科学出版社,2009年。

21. 徐剑艺:《中国人的乡土情结》,上海文艺出版社,1993年。

22. 杨剑龙主编:《阅读都市:作为一种生活方式的都市生活》,上海三联书店,2007年。

23. 叶南客:《边际人——大过渡时代的转型人格》,上海人民出版社,1996年。

24. 张丽军:《乡土中国现代性的文学想象:现代作家的农民观与农民形象嬗变研究》,上海三联书店,2009年。

25. 张懿红:《缅怀与徜徉:跨世纪乡土小说研究》,中国社会科学出版社,2010年。

26. 赵旭东:《城乡中国》,清华大学出版社,2018年。

27. 赵园:《地之子》,北京大学出版社,2007年。

28. 周其仁:《城乡中国》,中信出版社,2017年。

29. 周水涛、轩红芹、王文初:《新时期农民工题材小说研究》,社会科学文献出版社,2010年。

30.周宪:《现代性的张力》,首都师范大学出版社,2001年。

(二)外国著作

1.[法]H. 孟德拉斯:《农民的终结》,李培林译,社会科学文献出版社,2005年。

2.[美]W. I. 托马斯、[波兰]F. 兹纳涅茨基:《身处欧美的波兰农民》,张友云译,译林出版社,2000年。

3.[美]阿列克斯·英克尔斯、戴维·H. 史密斯:《从传统人到现代人——六个发展中国家中的个人变化》,顾昕译,中国人民大学出版社,1992年。

4.[日]柄谷行人:《日本现代文学的起源》,赵京华译,生活·读书·新知三联书店,2019年。

5.[丹麦]勃兰兑斯:《十九世纪文学主流》,张道真译,人民文学出版社,1980年。

6.[美]布罗茨基等:《见证与愉悦》,黄灿然译,百花文艺出版社,1999年。

7.[美]段义孚:《空间与地方:经验的视角》,王志标译,中国人民大学出版社,2017年。

8.[美]吉尔伯特·罗兹曼主编:《中国的现代化》,国家社会科学基金"比较现代化"课题组译,江苏人民出版社,2003年。

9.[英]雷蒙·威廉斯:《乡村与城市》,韩子满、刘戈、徐珊珊译,商务印书馆,2013年。

10.[美]马歇尔·伯曼:《一切坚固的东西都烟消云散了:现代性体验》,徐大建、张辑译,商务印书馆,2003年。

11.[英]乔治·拉雷恩:《意识形态与文化身份:现代性和第三世界的在场》,戴从容译,上海教育出版社,2005年。

12.[爱尔兰]瑞雪·墨菲:《农民工改变中国农村》,黄涛、王静译,浙江人民出版社,2009年。

13.[美]张彤禾:《打工女孩:从乡村到城市的变动中国》,张坤、吴怡瑶译,上海译文出版社,2013年。

三、报刊文章

1.白浩、唐小林、谭光辉:《文学的新世纪命名与底层关注——中国当代文学研究会第十四届学术年会综述》,《社会科学研究》2007年第1期。

2.蔡翔、刘旭:《底层问题与知识分子的使命》,《中文自学指导》2004年第3期。

3.陈国恩:《迁徙的经验与现代化的梦想——从知青下乡到民工进城

的文学叙事》，《广东社会科学》2008年第2期。

4.陈树萍、李相银：《现代化进程中的乡村叙事》，《当代文坛》2005年第6期。

5.陈映芳：《城市里的"移民"》，《东方早报》2004年10月20日。

6.程凯：《社会史视野与当代文学经验的认识价值》，《文艺理论与批评》2019年第5期。

7.崔志远：《关于新世纪文学发展的思考》，《河北师范大学学报》2007年第4期。

8.邓伟：《"三峡移民文学"辨析》，《当代文坛》2011年第1期。

9.邓小燕：《梁鸿论——知识分子返乡书写症候分析》，《中国现代文学研究丛刊》2022年第10期。

10.翟业军：《乡土，还是底层？——百年乡土文学流变之一瞥》，《群言》2021年第10期。

11.丁帆、李兴阳：《中国乡土文学：世纪之交的转型》，《学术月刊》2010年1月。

12.丁帆：《城市异乡者的梦想与现实——关于文明冲突中乡土描写的转型》，《文学评论》2005年第4期。

13.丁帆：《中国乡土小说生存的特殊背景与价值的失范》，《文艺研究》2005年第8期。

14.段崇轩：《变革人物观念创造新的形象——关于人物和典型问题的思考》，《中国当代文学研究》2019年第3期。

15.郜元宝：《评尤凤伟的〈泥鳅〉兼谈"乡土文学"转变的可能性》，《当代作家评论》2002年第5期。

16.洪治纲：《底层写作与苦难焦虑症》，《文艺争鸣》2007年第10期。

17.黄佳能：《新世纪乡土小说叙事的现代性审视》，《文艺理论与批评》2006年第4期。

18.黄轶：《新世纪小说的城市异乡书写》，《小说评论》2008年第3期。

19.蒋述卓：《现实关怀、底层意识与新人文精神——关于"打工文学现象"》，《文艺争鸣》2005年第3期。

20.雷鸣：《论新世纪长篇小说"农民进城"叙事的新向度及生成逻辑》，《山东社会科学》2021年第6期。

21.雷鸣：《新世纪乡土小说的三大病症》，《文学评论》2010年第6期。

22.李兴阳：《"新世纪"的边界与"新世纪乡土小说"的边界——新世纪中国乡土小说转型研究之一》，《扬子江评论》2008年第1期。

23. 李音：《"世界民"与"地之子"——1920年代中国乡土文学的普遍性与特殊性》，《民族文学研究》2014年第3期。

24. 李音：《从"实证性"到"文学性"——呼唤一种新的乡村诗学》，《文艺报》2022年7月30日。

25. 李勇：《20世纪90年代以来乡村小说叙事新度及其研究批评》，《文艺评论》2011年第1期。

26. 李勇：《20世纪90年代以来乡村小说叙事新度及其研究批评》，《文艺评论》2011年第1期。

27. 李运抟：《现代田园的骚动书写——近年农村题材小说创作走向》，《理论与创作》2005年第5期。

28. 刘大先：《确定性的显隐——乡村叙述的嬗变与"三农"的再认识》，《文学评论》2021年第6期。

29. 刘海军：《诗意消散的新世纪乡村小说》，《南京农业大学（社会科学版）》2010年第2期。

30. 刘强祖：《城乡差异化背景下的艰难突围——1990年代中国电影中的农民形象建构及其时代意义》，《电影文学》2022年第8期。

31. 柳冬妩：《城中村：拼命抱住最后一些土》，《读书》2005年第2期。

32. 马兵：《新世纪乡土文学的"常"与"变"》，《时代文学（上半月）》2011年第9期。

33. 孟繁华：《"到城里去"与"底层写作"》，《文艺争鸣》2007年第6期。

34. 孟繁华：《乡村文明的变异与"50后"的境遇——当下中国文学状况的一个方面》，《文艺研究》2012年第6期。

35. 孟繁华：《中国的文学"第三世界"——新世纪文学续集》，《文艺争鸣》2005年第3期。

36. 孟繁华：《重新发现的乡村历史》，《文艺研究》2004年第4期。

37. 南帆：《底层经验的文学表述如何可能?》，《上海文学》2005年第11期。

38. 南帆：《启蒙与大地崇拜：文学的乡村》，《文学评论》2005年1期。

39. 南帆：《曲折的突围——关于底层经验的表述》，《文学评论》2006年第4期。

40. 潘家恩：《城乡困境的症候与反思——以近年来的"返乡书写"为例》，《文艺理论与批评》2017年第1期。

41. 庞秀慧：《"返乡书写"的情感困境》，《扬子江评论》2018年第4期。

42. 庞秀慧：《新城镇文学的困境及其可能——以"返乡书写"为例》，《海南师范大学学报（社会科学版）》2021年第6期。

43.钱超英:《广义移民与文化离散——有关拓展当代文学阐释基础的思考》,《深圳大学学报(人文社会科学版)》2006年第1期。

44.邵明:《何处是归程——"新乡土小说"论》,《晋阳学刊》2006年第3期。

45.沈建阳:《从"下乡"到"进城":"知青文学"与"打工文学"比较谈》,《中国当代文学研究》2021年第7期。

46.施战军:《"进城":文学视角的挪移和城市主体的强化》,《扬子江评论》2007年第6期。

47.苏奎:《永远的异乡人——论"农民工"主题小说》,《当代文坛》2005年第3期。

48.孙胜杰:《十七年文学到改革文学中农民形象人物间的关系配置及文化内涵》,《当代文坛》2022年第11期。

49.田恩铭:《"城乡交叉地带"的路遥——"重读路遥"之二》,《博览群书》2021年第7期。

50.田丰:《20世纪80年代乡土小说中农民"经济人"意识的苏生及其限度》,《中国语言文学研究》2022年第2期。

51.铁凝、王尧:《文学应当有捍卫人类精神健康和内在真正高贵的动力》,《当代作家评论》2003年第6期。

52.王春林:《打工农民现实生存境遇的思考与表达——对〈高兴〉与〈吉宽的马车〉的比较》,《南京师范大学文学院学报》2009年第1期。

53.王光东:《"乡土世界"文学表达的新因素》,《文学评论》2007年第4期。

54.王宏图:《阴影里的风景——城乡对峙与精神乌托邦》,《当代作家评论》2005年第5期。

55.王祥夫:《我看打工文学》,《文艺争鸣》2010年第4期。

56.王祥夫:《小说与农村》,《山西文学》1996年第10期。

57.王晓华:《当代文学如何表述底层——从底层写作的立场之争说起》,《文艺争鸣》2006年第4期。

58.吴毅:《记述村庄的政治》,《读书》2003年第3期。

59.伍倩:《脱域写作与新时期以来城乡题材小说的新变》,《中国比较文学》2021年第1期。

60.谢燕红:《"我们"如何讲述民工故事——王安忆小说〈民工刘建华〉再解读》,《山西师大学报(社会科学版)》2015年第1期。

61.徐德明、黄善明整理:《"乡下人进城":现代化背景下的城乡迁移文学研讨会综述》,《文学评论》2007年第4期。

62.徐德明:《"乡下人进城"的文学叙述》,《文学评论》2005年第1期。

63.徐德明:《"乡下人进城"小说的生命图景》,《文艺报》2006年12月18日。

64.徐德明:《"乡下人进城"叙事与"城乡意识形态"》,《文艺争鸣》2007年第6期。

65.徐德明:《乡下人的记忆与城市的冲突——论新世纪"乡下人进城"小说》,《文艺争鸣》2007年第4期。

66.许玉庆:《迁徙·冲突·漂泊——大陆与台湾"农民进城小说"之比较》,《世界华文文学论坛》2005年第4期。

67.轩红芹:《"向城求生"的现代化诉求——90年代以来新乡土叙事的一种考察》,《文学评论》2006年第2期。

68.晏杰雄:《"亚乡土叙事"的可能性》,《求索》2008年第11期。

69.杨胜刚:《"返乡体"底层视角下的农村叙述》,《武汉大学学报(人文科学版)》2016年第4期。

70.张光芒:《是"底层的人",还是"人在底层"——新世纪文学"底层叙事"的问题反思与价值重构》,《学术界》2018年第8期。

71.张洪艳、逄增玉:《"情动机制":21世纪文学中的"返乡"书写》,《当代作家评论》2022年第9期。

72.张立新:《由"负重"到"失重"——城市化进程中的"农民工"文学形象嬗变》,《文艺理论研究》2014年第2期。

73.张琦:《新世纪乡村小说的几种表情》,《文艺评论》2009年第1期。

74.赵目珍:《作为经验的场域及其文学话语生成——改革开放四十年深圳文学的一种透视》,《当代文坛》2020年第11期。

75.周水涛:《"城裔"的得失:城裔作家在新时期乡村小说创作中的文化建构》,《江西社会科学》2004年第4期。

周思明:《"打工文学"的更名与危机》,《文学自由谈》2018年第12期。

四、学位论文

1.艾乐:《论新时期以来农民工小说的城乡书写》,中南民族大学,硕士学位论文,2021年。

2.曾毅:《中国当代文学中的"民工"叙事》,吉林大学,博士学位论文,2012年。

3.晨曦:《"疯狂":"乡下人进城"小说的一种心理与精神类型》,扬州大学,硕士学位论文,2007年。

4.单博:《论文学作品中的农民工形象——以新世纪以来的"打工"题

材小说为例》,黑龙江大学,硕士学位论文,2015年。

5.龚玲芬:《20世纪90年代以来城市小说的日常生活叙事研究——基于城乡关系的视角》,江西师范大学,博士学位论文,2021年。

6.纪丽洁:《新世纪城市文学研究——以邓一光的"深圳书写"为例》,辽宁大学,硕士学位论文,2021年。

7.李会丽:《想象农民——新时期以来乡土小说论》,华东师范大学,硕士学位论文,2021年。

8.林业锦:《论新世纪"三农"小说的人文取向及困惑》,广西民族大学,博士学位论文,2020年。

9.令狐兆鹏:《九十年代以来"乡下人进城"小说的修辞与意识形态》,苏州大学,博士学位论文,2012年。

10.刘琼:《论1990年代农民工题材小说的返乡叙述》,湖北师范大学,硕士学位论文,2022年。

11.欧阳田:《乡关何处?——从"鄉"字探寻打工文学中的原乡困境》,南京师范大学,硕士学位论文,2017年。

12.盛翠菊:《百年"乡下人进城"小说叙事研究》,扬州大学,博士学位论文,2017年。

13.苏奎:《漂泊于都市的不安灵魂——中国现代文学中的"城市外来者"研究》,东北师范大学,博士学位论文,2006年。

14.孙波:《新时期"乡下人进城"的悲剧性叙述》,南京师范大学,硕士学位论文,2007年。

15.王敏:《乡土移民小说的苦难叙事》,河北师范大学,硕士学位论文,2008年。

16.王欣睿:《"闯关东"文学研究》,吉林大学,博士学位论文,2016年。

17.向涛:《当代农民工文学叙事研究》,华中师范大学,硕士学位论文,2007年。

18.肖芹:《论"乡下人进城"的"苦难"叙事》,扬州大学,硕士学位论文,2007年。

19.许玉庆:《20世纪90年代以来的乡土叙事转型》,山东师范大学,硕士学位论文,2006年。

20.轩红芹的《向城求生——论90年代以来乡土小说的现代焦虑》,浙江大学,博士学位论文,2006年。

21.杨荣超:《苦难的漂泊,真挚的书写——新时期以来关于年轻一代农民工形象的文学叙述》,吉林大学,硕士学位论文,2006年。

22.张海欣:《论新时期以来中国电影的城乡叙事》,南京师范大学,博士学位论文,2018年。

23.张继华:《20世纪80年代以来"乡下人进城"叙事模式研究》,扬州大学,硕士学位论文,2007年。

24.郑术静:《焦虑与困境——论新世纪小说中的农民工形象》,黑龙江大学,硕士学位论文,2016年。